Zum Buch:

Die Gewinnerin des diesjährigen Schönheitswettbewerbs trägt eine durch
übermäßigen Konsum von Koks perforierte Nase, deren DNA sich vom
Rest des Körpers unterscheidet. Ein neuer Fall für das bewährte Team um
Kriminalrat Mader und seinen Dackel. Möchtegernkrimiautor Hummel, ein
grundgestresster Zankl und die stets resolute Dosi krempeln die Ärmel hoch.
Sie stoßen auf ein dicht gewebtes Netz aus Rolex tragenden Schönheitschirurgen mit bizarren Geschäftspraktiken.

Zum Autor:

Harry Kämmerer, Jahrgang 1967, lebt in München und arbeitet in einem
Buchverlag. Er ist Autor zahlreicher Kurzgeschichten und hat zwei Hör-
spielserien fürs Radio geschrieben und produziert. Zu seinen Kriminal-
romanen zählen die Bände mit dem Ermittlerteam rund um den Münchner
Kriminalrat Karl-Maria Mader, die mit »Isartod« beginnen. Weiterhin gibt es
die Krimireihe »Mangfall ermittelt« und die Romane »Drachenfliegen« und
»Oh, Mama!«. Harry Kämmerers Liebe zu Musik und Kabarett prägt seine
Bücher und seine Lesungen mit Livemusik.

HARRY KÄMMERER

DIE SCHÖNE MÜNCHNERIN

Kriminalroman

HarperCollins

Die Originalausgabe erschien 2012 unter dem Titel
Die schöne Münchnerin bei Graf Verlag.

1. Auflage 2024
© 2024 by Harry Kämmerer
Neuausgabe
© 2024 HarperCollins in der
Verlagsgruppe HarperCollins Deutschland GmbH, Hamburg
Umschlaggestaltung von Hauptmann & Kompanie Werbeagentur
Umschlagabbildung von g215/Shutterstock
Gesetzt aus der Berling
von GGP Media GmbH, Pößneck
Druck und Bindung von CPI books GmbH, Leck
Printed in Germany
ISBN 978-3-365-00629-0
www.harpercollins.de

Für K & K

Münchens scharfer Scherenschnitt
klebt am Horizont wie Pritt
der Alpen wilde Zackenkette
echter Schönheit Silhouette

Von der Ferne in die Stadt
bedeckt mit Herbstlaub satt
Straßen, Parks, Alleen
überall ist es zu sehn

Ab und an Wind eisig schon
Blätterwirbel jetzt Saison
rot und gelb und braun
melancholisch anzuschaun

Alles hat so seine Zeit
Herbst heißt auch Vergänglichkeit

Die schöne Münchnerin ist nach *Isartod* der zweite Kriminalroman aus der Reihe mit dem Ermittlerteam der Münchner Mordkommission.

Karl-Maria Mader: Chef der Mordkommission I in München, Mitte fünfzig, Dackelbesitzer, wohnhaft im betonierten Neuperlach, liebt Frankreich und Catherine Deneuve (Fernbeziehung, einseitig). Eigenbrötler, geschieden.

Klaus »Soulman« Hummel, fantasievoller Kriminalbeamter, träumt von einer Zweitkarriere als Krimiautor und ist unsterblich verliebt in die Schwabinger Kneipenwirtin Beate – meistens. Aktuell läuft es nicht so toll, also gar nicht.

Hummels Kollege **Frank Zankl** hat seine großen Testosteron-Reserven noch immer nicht aufgebraucht.

Doris »Dosi« Roßmeier ist und bleibt die niederbayerische Seele der Münchner Mordkommission: loses Mundwerk, fintenreich. Klein, stark, rothaarig – »das Sams« (Zitat Zankl). Ihr Freund Fränki liebt sie abgöttisch.

Rechtsmedizinerin Dr. Gesine Fleischer kümmert sich hingebungsvoll um die Toten.

Dezernatsleiter Dr. Günther ist stets besorgt um das gute Ansehen der Polizei.

Bajazzo ist und bleibt der klügste Dackel Münchens. Teilt mit seinem Herrchen Mader so manche Ansicht und auch Brühwürfel. Bajazzo versteht sein Herrchen blind und zieht die Fäden im Hintergrund.

WWWWWRRRROOOOAAAAAARRRRRRRRRRRRRRRRRRRRRRRRR

Der Sound ist unbeschreiblich. Dr. Hanke tritt das Pedal voll durch, dann Gas zurück, Kupplung, Schalthebel vor, Getriebe jault auf, Maserati geht auf 110 runter, Hanke steigt auf die Bremse, lässt sie los, am Scheitelpunkt der Kurve wieder Gas, Hinterreifen drehen durch, greifen und katapultieren den Wagen aus der 90-Grad-Kurve. Hankes Lederhandschuhhände halten das Lenkrad ruhig und gelassen. Er lächelt. So ein geiles Auto! Gestern haben sie es endlich geliefert. Jetzt Sonntag. Kaiserwetter. Gut, dass die Kesselbergstraße am Wochenende für Motorräder gesperrt ist. Und die Biker halten sich auch noch dran, ha! Na ja, vorhin hat er noch zwei Typen auf einer alten *Triumph* gesehen. Die letzten Gesetzesbrecher. Wo käme man auch hin, wenn alles nach Vorschrift liefe? Bei ihm läuft es gerade gut, richtig gut – finanziell. Und definitiv nicht vorschriftsmäßig! No risk, no fun.

Er schaltet die Anlage an. Verdis *Requiem* erfüllt den Innenraum des Wagens mit Bombast. *Dies irae*. Tag des Zorns. Passt zur Stimmung, die das Telefonat vorhin bei ihm ausgelöst hat. Grasser hat sie doch nicht alle! Sein ewiges Misstrauen. Wenn die Jungs das wahre Potenzial bei dem Geschäft nicht erkennen, muss er eben Konsequenzen ziehen. »Die Hosenscheißer! Und dieser blöde Sammer. Will mitspielen bei den Großen und gibt diesem Journalisten ein Interview. Was für ein Depp! Scheißt ins eigene Nest. Soll der mal bei seiner kleinen Priener Praxis bleiben! Aber den hab ich gut eingebremst, auf Spur gebracht.« Hanke lacht.

Das Chefmäßige ist genau seins. Das würde Grasser auch noch einsehen. Er schnauft durch. Der Ärger hat sein Testosteron in Wallung gebracht. Da ist der Maserati genau das Richtige! *Yeah!* Er tritt aufs Gas und der Wagen macht einen Satz. »Geile Karre!«, schießt es ihm wieder durch den Kopf. Und morgen ab damit in den Urlaub, nach *bella italia.* »In deine Heimat, Baby!«, sagt er zu seinem Wagen. »Zwei Wochen!« Wann hat er zum letzten Mal so lange Urlaub gemacht? Nie. Überfällig. Er braucht dringend eine Auszeit. Dass sich sein Nebenjob so prächtig entwickelt, war nicht abzusehen. Kostet aber auch Zeit und Nerven. Doch der Einsatz lohnt sich. Spitzenrendite!

Er sieht in den Rückspiegel. Was ist das denn?! Ein schwarzer BMW. Bisschen nah dran, die Proletenschleuder. Er tippt aufs Gas und gibt Gummi. Die Kiste bleibt an ihm dran. Am Ende überholt der ihn! Jetzt ist der BMW ganz nah dran. »Echt nicht!«, denkt Hanke. Er schaltet einen Gang runter und gibt Stoff. *BROAAAARRRR …*

Auf der kurvenreichen Strecke entscheiden allerdings nicht die PS darüber, wer die Hosen anhat, sondern das Fahrkönnen. Das weiß Hanke. Und er hat keine Zweifel, wer der Bessere ist. Er natürlich. Er schneidet die nächste Kurve scharf an, schaltet einen Gang runter und beschleunigt kraftvoll aus der Kurve heraus. Von 90 auf 140. Weg ist er. Hanke entspannt sich auf der Geraden und legt den nächsten Gang ein.

Nein, verdammt, jetzt taucht der BMW schon wieder auf. Hanke spürt, dass seine Hände feucht werden, trotz Lederhandschuhen. »Hey, der Typ will's wissen«, denkt er – »Komm schon, du Arsch!« – und tritt noch mehr aufs Gas. Maserati geht ab wie Rakete. Rein in die nächste Kurve, in den dritten Gang runter, nur Motorbremse, Maserati brüllt – Verdi auch –, und raus aus der Kurve, vierter Gang, lange S-Kombination, die gerade noch 130 aushält, dann wieder Gang runter, Drehzahl auf 7000. Kehre. Weiter den Berg hoch. Der verdammte BMW ist immer noch da. Klebt geduckt auf der Straße. Wie eine Raubkatze vor dem Sprung. »Was will der von mir?!«

Hankes Hände krallen sich ins Lenkrad, beinahe kommt er von der Strecke ab, Steine spritzen an den Wagenboden. »Cool bleiben, Alter, lass dich von dem Bauern nicht provozieren!« Hanke bleibt nicht cool, er starrt in den Rückspiegel. Jetzt ist der BMW fast an seiner Stoßstange. Hinter der tiefgetönten Scheibe kann er keinen Fahrer erkennen. »Du Arsch machst mir keine Kratzer in den Lack!«, zischt Hanke und tritt aufs Gas. Der BMW bleibt dran. Panik verschleiert jetzt Hankes Blick. Der Typ meint es ernst! Er schaltet einen Gang hoch und gibt auf der langen Geraden Gas. Doch der BMW klebt wie Pech an seinem Heck. Hanke tippt aufs Bremspedal, Bremslicht flammt auf. Sofort steigt der BMW-Fahrer in die Eisen, das pumpende ABS drückt die Wagenfront auf die Straße, der BMW kommt ins Schlingern. »Siehst du wohl!«, sagt Hanke und konzentriert sich wieder auf die Strecke vor ihm. Doch da sieht er im Rückspiegel den BMW schon wieder näher kommen. Hanke schneidet in die nächste Kurve, erwischt die Ideallinie, nein, zu schnell, er bremst … *sssssssssssssssssssssssssssssshhhhh!!!!!!!!!!!!* Der Wagen rutscht über nasses Laub, schießt geradeaus, Hanke reißt das Lenkrad nach links, der Wagen gleitet unbeirrt weiter. Der Tacho zeigt 110. Leitplanke? Fehlanzeige. Ungebremst passiert der Maserati das Bankett, ein gewaltiges Panorama öffnet sich. Hanke sieht schneebedeckte Gipfel, Bäume in schillernden Herbstfarben, den weiten Himmel.

Hankes Gedanken sind ganz klar. Er genießt die Aussicht. »So schön ist die Welt«, denkt er, »die ich gleich verlasse.

Aber ich hab dort viel Spaß gehabt, sehr viel Geld verdient. In letzter Zeit liefen die Geschäfte richtig gut. Diese Ersatzteil-Connection, großartig!« Doch wo Licht ist, ist auch Schatten, denn jetzt blitzt der Gedanke in seinem Kopf auf, dass der schwarze BMW etwas mit diesen Geschäften zu tun haben könnte. Kaum ist der Gedanke da, ist er schon hinfällig, denn der Maserati setzt zur Landung an. Der Verdi-Chor dröhnt … *Pooootschhhhhhhh…* Airbags knallen raus. Aber kein Splittern, Bersten von Glas, keine brutalen kinetischen Energien, die den Motorblock nach hinten rammen und seine Beine zerquetschen, kein Dach, das abgerissen wird wie ein Blatt von einem Zeichenblock. Nichts dergleichen. Hanke lacht, als er merkt, was passiert ist. Der Maserati ist genau in einen Moorsee geplumpst. Das Schicksal meint es gut mit ihm. Der zähe Schlick hat den Aufprall auf ein erträgliches Maß gemindert, der Vierpunktgurt und die Airbags haben Hanke wohl behütet, ihm das Leben gerettet. Mit ein bisschen Glück ist der Wagen noch zu gebrauchen.

Jetzt schnell das Gurtschloss öffnen. Doch seine Hände sind vor der Brust eingeklemmt. Die Airbags haben ihn fest im Griff. Verdi dröhnt immer noch. Das Gluckern des schwarzen Wassers hört Hanke nicht, aber er spürt es. Das Wasser steht ihm bereits bis zum Hals. Schreien wäre jetzt angebracht. Aber uncool. Er weiß, dass es sinnlos ist. Wenn er wenigstens an die Anlage käme, um sie abzustellen. Keine Chance. Orchester und Chor schwellen noch einmal machtvoll an, als er das schwarze Wasser schluckt. So schmeckt also der Tod. Dann verstummt auch Verdi.

HERBST

Oben an der Straße steht der schwarze BMW. Hanke hat sich geirrt. Kein Typ. Zwei Typen. Beide Jeans, Lederjacke, grobe Stiefel, dunkle Haare. Rest anders. Einer sieht aus wie ein Zuhälter: zurückgegelte halblange schwarze Haare, Koteletten, Schnauzbart, Ohrring. Unter der Bomberjacke antrainierte Muskeln. Der andere deutlich kleiner, spitz-bübisch-bleiches Gesicht, irgendwie verschoben, und die Mundpartie zeichnet sich durch eine leichte Hasenscharte aus, nur vage verdeckt von einem flunsigen dunklen Ober-lippenbart. Keine California-Dreamboys. Aber nicht auf den Mund gefallen: »El Condor pasa«, sagt der mit der Hasen-scharte.

»Loki, du bist echt ein Arsch, muss das sein?!«, blafft der andere.

»Nenn mich nicht immer Loki! Ich heiße Ludwig!«

»Aber das musste wirklich nicht sein!«

»Helmut, sei mal nicht so pingelig. Ich hab ihn nicht mal berührt. Fährt wie ein Irrer.« Ludwig kickt einen matschigen Laubflatschen von der Straße. »Es ist Herbst!«

Helmut schüttelt den Kopf. »Scheiße. Wir sollten ihn nur beschatten. Was sagen wir jetzt Grasser?«

»Dass es ein Unfall war.«

Sie sehen nach unten, wo gerade die letzten Zentimeter des roten Wagenhecks in der trüben Soße verschwinden.

»Schönheit ist vergänglich«, sagt Ludwig. »Was machen wir jetzt?«

»Den Umzugswagen bestellen. Hankes Bude ausräumen.«

»Helmut, altes transsilvanisches Schlitzohr. Wenn das deine Mama wüsste …«

»Die freut sich über jeden Euro, den ich ihr heimschicke. Wir sagen es den Jungs, und dann gehen wir essen. Ich hab Hunger.«

»Wann ist die Sendung fällig?«

»Grasser hat die Details. Ich ruf ihn nachher an.«

Loki sieht noch mal nach unten. »Du, wir könnten den Wagen doch wieder rausholen, wenn Gras über die Sache gewachsen ist.«

SPANNWEITE

Hummel durchfurcht mit wütenden Schritten das Laub. Er ist so was von sauer, auf die ganze Welt! Müsste er nicht auf Bajazzo aufpassen, wäre er in seiner dunklen Wohnung geblieben und hätte weitergegrübelt, wäre seinen dunklen Gedanken nachgehangen. Der Grund: Seine geliebte Beate, Wirtin seiner geliebten Stammkneipe Blackbox, heiratet! Nicht ihn! Mehr Tragik ist nicht möglich. Und das, nachdem es in letzter Zeit sich doch so positiv für ihn entwickelt hatte. War das ein Aussetzer? Ihrerseits? Ein Zustand der Verwirrung? Und er soll auch noch mit seiner Band auf ihrer Hochzeit spielen. Hat sie sich tatsächlich von ihm gewünscht. Never! Obwohl, vielleicht erkennt sie im letzten Moment, wer für sie der Richtige ist, wenn er auf der Trauung in der Kirche mit Samtstimme à la Motown singt: Egal, was einen Mann ausmacht, ohne Liebe ist er nichts, wandelt er durch dunkle Nacht … Die Schönheit der herbstlichen Max-Anlagen lässt Hummel kalt. Bajazzo verschwindet mit einer adretten

Collie-Dame im Gebüsch. Die Zweige rascheln. »Sogar der hat mehr Glück bei den Frauen als ich«, denkt Hummel.

Mader sitzt im Zug von Paris nach München. Kurztrip. Leider schon vorbei. Immer wieder zieht es ihn dahin. Die flache Landschaft rast an ihm vorbei. Kaum Ansiedlungen, kaum Bäume. Als würde Frankreich nur aus Paris bestehen. Quatsch natürlich. Aber Paris ist natürlich das Größte. Er blättert in dem Buch mit alten Schwarz-Weiß-Fotos aus den Sechzigern, das er gestern in einem Antiquariat gekauft hat. Wundervolle Bilder, Straßenszenen, schöne Menschen, schöne Häuser, schöne Autos. Ganz so ist es heute nicht mehr. Aber ein paar Ecken sind immer noch toll, zeitlos. Er überlegt, ob er ins Bordbistro auf einen Kaffee gehen soll. Aber der schmeckt bestimmt schauderhaft und verdirbt ihm den süßen Nachgeschmack seiner viel zu kurzen Reise. Er lehnt sich zurück und schließt die Augen.

Dosi wärmt sich die Finger am tickenden Motor von Fränkis *Triumph*. Die schwarzen Helme hängen über den Rückspiegeln. Im blitzenden Kunststoff der Helme der Walchensee, psychedelisch verzerrt wie eine Landschaft von Dalí. In echt natürlich gleichmäßig, still, erhaben. Eine hochglanzpolierte Fläche, in der sich orange die Wolken spiegeln. Vor grandioser Bergkulisse. Klarheit, Größe, Stille.

Zankl hat es eng und heimelig. Mit seiner Frau Jasmin auf dem Sofa. Kompressionsstrümpfe und Fußballbauch. Nicht er. Sie. Er liest ihr aus einem Schwangerschaftsratgeber vor. Er senkt das Buch und fragt: »Jasmin-Schatz, wie sieht es jetzt aus mit einem Teechen?«

»Frank, blas mir den Schuh auf, ich will ein Bier! Und kein *Jever Fun!*«

Er sieht sie entsetzt an. »Bist du wahnsinnig!? Ich hab gelesen, dass in der Frühphase schon ein kleiner Schluck …«

»Pff, Frank! Weißt du, ich mach dir jetzt einen Tee zur Beruhigung. Damit du nachher fit bist für den Infoabend.«

Er lächelt ergeben und denkt: »Wahnsinn, Infoabend bei einer Eltern-Kind-Initiative – an einem Sonntag! Damit sich die ungeborenen Kinder schon mal kennenlernen!« Zankl lächelt seine Frau liebevoll an.

Die ganze Spannweite eines herbstlichen Sonntagnachmittags: Vorfreude – Melancholie, Fernweh – Heimweh, Weite – Nähe. Alles da.

SCHNEEWITTCHEN

»Sonntagabend hab ich mir eigentlich anders vorgestellt«, sagt Mader. Bajazzo nickt, als würde er verstehen. Hummel zuckt mit den Schultern. Er hätte nichts Besseres vorgehabt. Also nichts. Er geht zum Rauchen auf den Balkon. Bajazzo leistet ihm Gesellschaft.

Milbertshofen. Von Maklern gern als »Nord-Schwabing« bezeichnet. Echt nicht seine Ecke. Unten an der Ampel zur Schleißheimer Straße orgeln zwei tiefgelegte Golf ihre Leerlaufdrehzahl hoch, um dann bei Grün die Reifen pfeifen zu lassen. Gespitzte Dackelohren. Ein Motorrad schießt die Straße hoch. Bremst scharf. Der bollernde Motor erstirbt. Eine kompakte Person in schwarzem Leder steigt vom Bike und nimmt den Jethelm ab. Dosi! Sie gibt dem Fahrer ein Bussi aufs Nasi. Hummel muss grinsen. Er flippt die Kippe über die Brüstung und geht zurück in das Appartement, wo sich die Kollegen von der Spurensicherung schon auf den Füßen stehen. Neben dem Couchtisch liegt das Opfer.

Opfer? Ein viel zu kühler Begriff für das, was dort zu sehen ist – ein Engel. Anders kann man es nicht sagen. Eine zauberhafte junge Frau: langes schwarzes Haar, riesige Augen im zarten bleichen Gesicht, aufgerissen vor Erstaunen. Aus einem Nasenloch ein verkrusteter Faden Blut. »Schneewittchen«, murmelt Hummel. »Wunderschön.«

Mader nickt. »Steht hier sogar amtlich.« Er deutet an die Wand, wo die gerahmte Seite einer Ausgabe der *Abendzeitung* hängt. *Die Schöne Münchnerin.* Mit Foto der quicklebendig in die Linse strahlenden Veronika Saller, wie die nun leblose Lady bürgerlich heißt. Irgendwie sieht sie auf dem Foto anders aus. Natürlicher.

Dosi betritt die Wohnung. Dr. Gesine Fleischer, die gerade aus dem Bad kommt, sieht Mader entnervt an. »Na, was meinen Sie, wie viele Leute hier reinpassen?«

»Sieben.«

»Aha?!«

»Schneewittchen und die sieben …« – »Verschonen Sie mich!«

»Hübsch, des Bohnenstangerl«, urteilt Dosi über die liegende Dame.

Mader lächelt und dreht sich zu Gesine: »Nun, Frau Doktor, ich höre …«

»Vermutlich Herzstillstand. Drogen. Koks. Der Couchtisch ist voll davon. Hämatome am Hinterkopf. Ich tippe, da hat sie jemand mit der Nase drauf gestoßen.«

»Wer hat die Polizei gerufen?«, fragt Dosi.

»Ein Spanner von gegenüber«, sagt Mader. »Sah wilde Schattenspiele hinterm Vorhang. Hat aber sonst nichts gesehen. Wenigstens haben wir eine Uhrzeit. Circa 18 Uhr 30.«

»Ist das eine gute Zeit für Spanner?«, fragt Dosi.

»Der frühe Vogel pickt den Wurm«, sagt Hummel.

COOL BLEIBEN

Professor Prodonsky sitzt in seinem Büro im 7. Stock des Klinikums Großhadern. Es ist kurz vor 9 Uhr. Seine Sekretärin ist nicht da. Klar, Sonntag. Er durchforstet die Papiere auf seinem Schreibtisch. Wo ist die Scheißliste? Warum hat er sie hier offen rumliegen lassen? Verdammt, er fängt an, unvorsichtig zu werden. Er denkt an Hanke. Der fühlt sich schon so sicher, dass er einfach einen Sportwagen für 150 000 Euro kauft. Und mit Grasser in den Clinch geht, um das Geschäft auszuweiten. Aber das ist deren Geschichte. Wo ist jetzt die blöde Liste? Der Papierkorb ist leer. Vielleicht hat er sie aus Versehen weggeschmissen? Der Putztrupp ist jedenfalls schon durch. »Cool bleiben. Wird schon nix passieren«, denkt er.

Eine Mail plingt in seinem Computer auf. Absender: Dr. Weiß. »Was will der Heini wieder von mir?«, denkt Prodonsky missmutig und öffnet die Mail. »Hallo Harry, ich hab da was Interessantes gefunden, sieht aus wie eine Bestellliste. Wir sollten mal reden! Bin noch in der Klinik. Dein Hans.«

Prodonsky flucht. »Dein Hans!« Was bildet der sich ein? Geht an seinen Schreibtisch! Fuck! Was soll er jetzt machen? Der kann ihn in den Knast bringen. Er antwortet: »Hallo Hans, ich hab noch ein Stündchen zu tun. Terminsachen. Ich komm dann runter. Okay? Harry.«

Er sinkt in den Stuhl zurück und massiert sich die Nasenwurzel.

Pling! Schon ist die Antwort da. »Bis gleich, Hans.«

VERSTÄNDNISVOLL

Dr. Weiß ist guter Dinge. Es ist Viertel vor zehn. Er hat ein großes Arbeitspensum hinter sich. Der Job hier in der Pathologie ist chronisch unterbezahlt, aber das wird sich ja bald ändern. Gleich wird sein Chef kommen und ihm ein gutes Angebot machen.

Zapp! Licht aus.

Dr. Weiß knipst die Schreibtischlampe an – nichts. Der Raum im zweiten Untergeschoss bleibt stockfinster. »Hallo?«, ruft Weiß.

Stille. In der Pathologie ist niemand. Nur die Notstromaggregate der Kühlschränke brummen. Dr. Weiß greift zum Telefon. Auch tot. Er holt sein Handy aus der Kitteltasche. Kein Empfang. Klar. Hier unten. Er aktiviert die LED-Lampe seine iPhones und leuchtet sich den Weg zwischen den Tischen. Ein leises Klirren, dann zerplatzt ein Reagenzglas auf dem Estrich. »Hallo, ist da wer?!«, ruft er ängstlich. »Harry, bist du das?«

Er starrt in die Dunkelheit, sieht das grüne Schildchen über der Tür für den Fluchtweg, findet den Weg bis zum Gang. Dann hört er Schritte. Er dreht sich um. Eine Taschenlampe blendet ihn. Er rennt los. Zum Lift. Nein, zum Treppenhaus. Hinter ihm Schritte, ganz ruhig. Harte Absätze auf dem Estrich.

»Was, was wollen Sie?!«

Keine Antwort. Er reißt die Tür zum Treppenhaus auf. Als er die Stufen hochlaufen will, blendet ihn eine zweite Lampe. Er dreht um, läuft nach unten, stolpert, schlägt mit dem Kopf auf.

Zwei Lichtkegel wandern über seinen Rücken. »Ist er tot?«, fragt Ludwig.

»Glaub nicht«, meint Helmut. »Mach mal das Licht an, Loki.«
»Nenn mich nicht …« – »Jetzt mach schon!«

Ludwig verschwindet und sorgt für Strom. Das Licht geht an. Die beiden ziehen Dr. Weiß hoch. Der stöhnt. »Na, geht doch«, sagt Helmut. »Dann wollen wir mal sehen, was du Vögelchen uns vorsingst.«

Dr. Weiß hat Glück. Die zwei Herren sind sehr verständnisvoll. Er erzählt ihnen von dem Journalisten, der ihn auf die Idee gebracht hat, sodass er sich einfach mal bei seinem Vorgesetzten umgesehen hätte. Und da hätte er die Liste gefunden, die er ihnen jetzt natürlich gerne aushändigt. Nun ja, man könnte doch gemeinsam sehen, wie man das Geschäft voranbringt. Er hätte hier in der Pathologie schließlich ganz hervorragende Möglichkeiten. Gespannt sieht er in die Gesichter der beiden Herren. Die haben aufmerksam zugehört. Ludwig reicht ihm ein Glas Wasser. Mit gierigen Schlucken trinkt er. Er entspannt sich. Und wird sehr müde. Helmut fängt ihn auf, als er vom Stuhl rutscht. »Loki, du nimmst die Füße.« Sie tragen ihn hinüber zu den Kühlfächern.

REIM DRAUF

Hummel sitzt am Küchentisch und versucht den Abend zu verarbeiten. Sich einen Reim drauf zu machen. Seine Zigarette verglimmt ungeraucht im Aschenbecher. Eine Rauchfahne schlängelt sich zur Decke hoch. Gut, dass hier kein Rauchmelder ist. Hummel liest noch mal den letzten Eintrag in seinem Tagebuch.

Im Norden ist sie aufgetaucht
all die Schönheit – ausgehaucht
einst voll Esprit, voll Eleganz
aus, vorbei – der letzte Tanz

Hingegossen aufs Parkett
jede Hilfe längst zu spät
kalt die Stirn und kalt die Hand
blasse Haut so weiß wie Wand

Fragezeichen schmal und blau
die Lippen dieser jungen Frau
ehedem sehr voll, sehr rot
Habe die Ehre, sagt der Tod

Alles hat so seine Zeit
Herbst heißt auch Vergänglichkeit

LILA

Mitternacht. Ein junger Arzt und eine junge Kranken-
schwester betreten den Raum im zweiten Untergeschoss. Er
löscht das grelle Neonlicht und schaltet einen der alten
Leuchtkasten für die Röntgenbilder an.

»Hey, romantisch«, sagt sie und deutet auf die Hirnquer-
schnitte in der Lichtbox.

»Ich bin so scharf auf dich«, zischelt er.

Sie säuselt: »Die Leichenhalle turnt mich total an.«

»Was hast du unter dem Kittel?«

»Guck doch nach!«

Gierig schiebt er ihren Kittel hoch, unter dem sie nichts trägt außer einem lilafarbenen Bonsaistring. Er drängt sie an den Schrank. Ihre nackten Pobacken berühren das Metall der Schubladen. Heiß und kalt. Er öffnet hastig seine Hose.

»Halt! Hör auf!«

»Was denn?!«

»Hörst du das nicht?!«

»Was, dein Herz?«

»Quatsch! Da ist was!«

Jetzt hört auch er das kratzende Geräusch. Sie sehen sich ängstlich an. »Ein Tier, eine Ratte?«, schlägt er vor. Sie schüttelt den Kopf. »Es kommt von da drinnen.« Sie deutet auf die Kühlfächer. Er zieht eine der Schubladen auf. Leer. Eine weitere. Eine bleiche Leiche sieht sie unverwandt an. Er schließt die Schublade und öffnet die nächste. »Dr. Weiß? Was machen Sie denn hier?«

TIGERMAN

Dosi ist gerädert, als sie um 1 Uhr nach Hause kommt. Heute ist sie mal wieder in ihrer Wohnung. Fränki wäre ihr jetzt zu viel. Sie hat mit Mader Schneewittchens Eltern besucht. In Mittersendling, in einer kleinen Wohnung, die nach Schweiß und Kohl roch. Die Mutter in ihrem geblümten Kittel ist bei der Nachricht vom Tod ihrer Tochter auf dem dunkelbraunen Wohnzimmersofa zusammengesackt. Der Vater hat mit betoniertem Blick die Schnitzkunst der monströsen Schrankwand fokussiert.

Dosi weiß nicht, was ihr mehr zugesetzt hat, die beengten Wohnverhältnisse oder die Gefühlsimplosion, die sämtliches

Leben aus den vier Wänden der Sallers gesaugt hat. Atemnot. Nach solch einer schrecklichen Nachricht Fragen stellen – geht gar nicht. Sie werden noch mal vorbeischauen. Oder Mader solo. Der hat ein Händchen für so was.

Dosi geht zum Kühlschrank und holt sich ein Weißbier und eine Zitronenlimo. Sie gießt den Inhalt der beiden Flaschen in einen Maßkrug und fährt mit dem Zeigefinger durch den Schaum. Was für ein Tag! Erst die große Freiheit auf dem Motorrad in den Bergen, dann die Schattenseiten der Großstadt, das Beton-Appartement in Milbertshofen, die muffige Enge des Mietshauses in Sendling. Ihre eigene Wohnung ist auch nur eine Schuhschachtel, aber mehr Leben ist schon drin. Sie nimmt einen großen Schluck von ihrer Russenmaß und geht auf Spotify: *Tigerman*. Elvis 1968 in Las Vegas. Das Cover zeigt ihn ganz in schwarzem Leder. *Wow!*

DISSONANT

Der Neuperlacher Hochnebel strahlt in grellem Rosa, als Mader aufwacht. Ihn fröstelt. Seine Nase läuft. Die Klimaanlage des TGV fordert jetzt ihren Tribut. Passt stimmungsmäßig. Er sieht aus dem Küchenfenster über den bräunlichen Filz der trostlosen Grünanlagen. Bei den Mülltonnen verwelken zwei Fahrräder und ein Campingstuhl. Vielleicht soll er doch wieder ins Zentrum ziehen? Er öffnet für Bajazzo eine Dose Hundefutter und schaltet die Kaffeemaschine ein. Die Leiche von gestern hat seinen heiteren Urlaubsnachklang gestört, dissonant werden lassen. Im Traum hat er die schöne Frau auf dem Laufsteg einer Pariser

Modenschau gesehen. Klassische Musik, Blitzlichtgewitter, Applaus. Jetzt liegt sie in einer Schublade von Dr. Fleischers Kühlraum.

EISWÜSTE

Nein. Die *Schöne Münchnerin* befindet sich bereits auf dem Obduktionstisch, denn Gesine schätzt die Gunst der frühen Stunde. Wenn die Sinne noch scharf sind. Die Bee Gees fisteln im Radio, Gesine pfeift mit. Mit Kennerblick scannt sie noch einmal den Körper der jungen Frau, die sorgfältig epilierte Scham, die kleinen Narben fast unsichtbar. Ebenso an der Brust. Gesine hat gestern Nacht noch ihr Innerstes gesehen, daher die grobe Naht am Thorax. Die Lungenflügel eine kristalline Eiswüste. »Gibt es eigentlich den Begriff ›Kokserlunge‹?«, überlegt sie. Heute noch Details. Die Nase interessiert sie. Wunderschön. Und ebenfalls operiert, klar – das hat sie auf dem Röntgenbild gesehen. Aber da ist noch was … Gesine entnimmt ein Stückchen Haut von der inneren Nasenscheidewand und ein wenig Knorpel. Mit ihren Latexhandschuhen fährt sie zärtlich über den Nasenrücken der Dame. Perfekt. Sie denkt an das Foto in dem Zeitungsausschnitt zur *Schönen Münchnerin*. Auch sehr schön, aber ganz anders. Mal sehen. Gesines Magen knurrt. Sie bringt das Reagenzglas mit der Gewebeprobe ins Labor und schreibt eine kurze Notiz dazu. Jetzt freut sie sich auf einen starken Kaffee und ein Croissant.

MENSCHLICHE REGUNGEN

»Na servus«, meint Hummel, als Mader und Dosi berichten, wie der Hausbesuch bei den Eltern von Veronika Saller verlaufen ist. Von der Wohnblocknachbarschaft in Milbertshofen kann Hummel nicht viel berichten: »In den Kästen lebt man so anonym, als wäre man allein auf der Welt.«

»Wem sagen Sie das?«, meint Mader nachdenklich.

Die Kollegen sehen ihn erstaunt an. Hey, was ist das denn? Eine menschliche Regung?

Mader kratzt sich am Kopf. »In der Wohnung ist was faul. Kein Festnetztelefon, kein Handy, kein PC, keine Adressen oder Nummern von Freunden. Freund gibt's nicht, sagt ihre Mutter. Aber zumindest eine beste Freundin: Andrea Meyer, ebenfalls Model. Haben Sie das schon überprüft, Doris?«

»Logisch. Wohnt in der Plettstraße, Neuperlach. Bei Ihnen ums Eck. Ich hab mit der Agentur telefoniert.«

»Wir müssen sie sprechen. Sie weiß vermutlich, mit wem ihre Freundin Umgang hatte.«

»Frau Meyer ist bis Donnerstag in New York. Ich hab ihr auf die Mailbox gesprochen.«

»Und was?«, fragt Zankl. »Hallo, Ihre beste Freundin ist tot. Haben Sie eine Idee, wie das passiert sein könnte?«

Dosi sieht ihn genervt an.

»Vielleicht ist sie ebenfalls in Gefahr?!«, meint Hummel. »Vielleicht ist das der Auftakt zu einer Mordserie an schönen Frauen und …« – »Hummel, stopp!«, unterbricht Mader ihn. »Doris, haben wir eine Adresse, ein Hotel?«

Dosi schüttelt den Kopf.

»Wissen die Eltern von Frau Meyer, wo sie ist?«

»Gibt's keine. Also Eltern. Verstorben, haben die in der Agentur gesagt. Ich hab's recherchiert. Autounfall auf der B 12 vor ein paar Jahren. Unschöne Sache.«

»Okay. Vielleicht ruft sie ja zurück. Sonst sehen wir am Donnerstag weiter. Jetzt die Standards: Zankl, Sie überprüfen bitte Sallers Finanzen, Arbeit, privates Umfeld. Doris und Hummel, Sie gucken sich mal bei der Modelagentur um. Um 14 Uhr sehen wir uns bei Dr. Fleischer.«

SUPER GEMACHT

Mit großen Augen betrachten die Kriminaler die Leiche auf Gesines Tisch.

»Holla, die Waldfee«, murmelt Zankl. »Die ist echt schön!«

Gesine schüttelt den Kopf. »Echt ist da fast gar nichts. Hier, seht ihr die kleinen Narben?« Sie deutet unter die Achseln der Frau.

In Zankls Gesicht Enttäuschung, in Dosis Befriedigung. Hätte sie auch sehr gewundert.

Hummel ist ganz versunken in den Anblick der jungen Frau.

»Und, Dr. Fleischer, was Näheres zur Todesart?«, fragt Mader.

»Der Stoff ist hochrein, sagt das Labor. Da hätten die Reste auf dem Couchtisch gereicht, um einen Elefanten fliegen zu lassen. Einen kleinen zumindest.«

»Dumbo«, sagt Zankl und sieht zu Dosi. Ihr Blick ist tödlich.

Gesine fährt fort: »Hämatome im Nackenbereich. Am Hinterkopf fehlt ein ganzes Büschel Haare. Sie hat das Zeug kaum freiwillig zu sich genommen.«

Mader nickt. »Die Spurensicherung hat bisher nichts gefunden: keine Fingerabdrücke, Hautpartikel, Haare einer
weiteren Person. Sonst noch was?«

Gesine schaut in die Runde. In Augen, die eigentlich
nichts mehr erwarten. Das liebt sie an ihrem Beruf – die
Überraschungen. Sie sieht Dinge, die andere nicht sehen,
nicht sehen können. Sie sieht in die Menschen hinein. »Die
Nase … ist nicht echt. Aber anders, als man meinen könnte.«

»Etwas konkreter, Dr. Fleischer«, mahnt Mader. »Dass die
Dame überall operiert ist, wissen wir ja bereits. Was gibt's an
der Nase Besonderes?«

»Ich hab heute Morgen eine Gewebeprobe ins Labor gegeben. Die Kollegen hatten gerade Muße. Das Ergebnis ist
schon da: Die Nase hat eine andere DNA als der Rest der
Dame!«

Jetzt starren alle abwechselnd auf die Nase und zu Gesine.

»Wie sind Sie denn auf *die* Idee gekommen?!«, fragt Mader.

»Immunsuppressiva. In ihrem Badezimmerschrank. Die
braucht man nach Transplantationen. Also, ich hab mir die
Dame noch mal genau angesehen und bin an der Nase hängen geblieben. Auch weil sie auf dem Zeitungsfoto so anders
aussah. Die Narben sind so fein, dass sie mit bloßem Auge
nicht zu erkennen sind. Super gemacht! Und dann hab ich
eine Gewebeprobe entnommen. Resultat: eine andere DNA!
Faszinierend, oder? Also, aus medizinischer Sicht. So was
hatte ich noch nicht auf dem Tisch. Ich hab mir mal die
Fachliteratur angesehen. Also, nach Transplantationen befindet sich im Körper des Empfängers oder der Empfängerin
des Organs tatsächlich auch das Erbgut des Spenders. Und
damit das Immunsystem nicht durchdreht, braucht man
Medikamente, die mögliche Abwehrreaktionen unterdrü-
cken – lebenslang. Na ja, das hat sich bei der Dame ja jetzt

erübrigt. Ich denke, bei einer Nase, das bisschen Haut und Knorpel, da spielen die Medikamente sicher keine allzu große Rolle. Also hinsichtlich der Dosierung. Und wenn man jetzt in Betracht zieht …« – »Versteh ich Sie richtig?«, unterbricht Mader sie, »die Nase gehörte ursprünglich einer anderen Person?«

»Genauso ist es.«

»Eine Nasenspende? Bekommt man so was für Geld?«

»Geld hatte sie jedenfalls«, sagt Zankl. »Das Appartement in der Schleißheimer Straße gehört ihr, und ihr Girokonto hat beachtliche Ausschläge. Mehrfach hohe Bareinzahlungen. Sie lebte auf ziemlich großem Fuß.«

Hummel grübelt. »Getauschte Nasen … Da gab's doch mal einen Film. Mit John Travolta.«

»*Saturday Night Fever*«, sagt Zankl.

»Depp. Ich mein den Film, wo er sein Gesicht mit einem Gangster tauscht. *Im Kopf* … Nein, *Im Körper des Feindes*. Ja, so heißt der Film, in dem er, also, wie heißt der noch mal? Ja, Nicolas Cage, also, der …« – »Sehr schön, Hummel«, unterbricht Mader Hummels cineastische Gedanken, »aber das bringt uns im Moment nicht weiter.«

»Von wegen *Schöne Münchnerin*«, schaltet sich jetzt Dosi ein, »die Dame ist eher Frankensteins Mausi. Was ich mich frage: Hat jetzt eine Frau da draußen die Ex-Nase unserer Leiche im Gesicht? Oder gibt es irgendwo eine Leiche ohne Nase?«

Mader nickt nachdenklich: »Mit Blick auf ein Mordmotiv – vielleicht geht es um Organhandel? Wir sollten uns mal bei den Schönheitschirurgen der Stadt umhören. Boh, ich kann mir nichts Schöneres vorstellen.«

Sie erstellen eine Adressliste der Schönheitschirurgen in München. Was gar nicht so einfach ist, denn mal nennen sie sich ästhetische, mal plastische Chirurgen, mal Anti-Aging-Ärzte, manchmal verbergen sie sich in Kliniken mit Beauty-, Lifestyle- oder Personal-Medicine-Präfixen. Vogelwild. Aber offensichtlich gibt es rege Nachfrage für optische Optimierungen. Schließlich haben sie eine Shortlist mit 15 Ärzten, die sich vor allem mit Gesichtschirurgie befassen.

LETZTE KURVE

Ledererstraße. Gleich ums Eck beim Hofbräuhaus. Auf Dr. Grassers Schreibtisch klingelt das Telefon. Gedankenverloren sieht Grasser in die Schwebteile seiner sonnenbeschienenen Wasserkaraffe. Er lässt es noch ein paarmal klingeln, dann hebt er ab. »Ja, bitte?«

»Hi, Grassi, ich bin's Harry. Warum erreich ich dich erst jetzt?«

»Viel zu tun, Prof. Ich war unterwegs. Aber ich hab die Box abgehört. Wann entsorgst du ihn?«

»Heute Abend.«

»Findet man bei Weiß noch Sachen, die für uns ungünstig wären?«

»Glaub ich nicht, die Jungs haben mir die Liste gegeben und checken seine Bude.«

»Gut. In ein, zwei Tagen meldest du Weiß als vermisst. Sieht ja sonst komisch aus, wenn sich an der Klinik niemand für sein Fernbleiben interessiert.«

»Alles klar. Du, noch eine Frage, ich erreich Hanke nicht. Wo steckt er denn, unser Sonnyboy?«

»Im Reich der Schatten brauchst du keinen Sonnenschirm.«

»Du sprichst in Rätseln, Grassi.«

»Na ja, Hanke hat seinen neuen Maserati ausprobiert und sich ein bisschen überschätzt. Ein tragischer Unfall.«

»Du machst Spaß?«

»Kein Spaß, Funky Hanky ist nicht mehr. Hat die letzte Kurve genommen.«

»Woher weißt du das?«

»Ich hab ihn beschatten lassen. Von unseren beiden Gangster-Boys. Ich wollte sichergehen, dass er keine Extradinger dreht.«

»Du hast doch nicht …« – »Nein, ich hab damit nichts zu tun. Die Jungs auch nicht. Ein Unfall, sonst nichts. Hanke ist abgetaucht, also sein Wagen. In einem Moorsee. Sehen wir's mal ganz pragmatisch. Dann hat sich unser Verdacht ja erledigt.«

»Hat Hanke mit noch irgendjemand Kontakt wegen der Sache?«

»Er hat mal 'ne Andeutung gemacht. Dass ihn Sammer deswegen angesprochen hat.«

»Kenn ich nicht. Wer ist das?«

»So ein Schwätzer mit einer kleinen Praxis in Prien. Aber vergiss es. Der weiß von nix.«

»Das Geschäft läuft also weiter?«

»Logisch, Prodi. Nur ein kleines Problem: Ich war heute Vormittag in Hankes Villa. Wollte sehen, ob man da was verschwinden lassen muss. Aber die Villa war leer geräumt. Komplett. Ich mein, mir persönlich ist das scheißegal.«

»Ich schätze mal, das waren unsere Rumanows. Immer ein kleines Zusatzgeschäft.«

»Gut möglich. Ich weiß allerdings nicht, was Hanke für Dateien auf dem Rechner hat, was für Unterlagen in seinem Schreibtischcontainer sind.«

»Was machen wir?«, fragt Prodonsky.

»Nichts, ich denke, wenn da was Interessantes dabei ist, melden sich die Jungs. Dann gibt's halt 'nen kleinen Zuschuss. Du, ich muss jetzt Schluss machen, die Polizei tanzt gleich bei mir an.«

»Was?!«

»Kein Stress. Die kommen wegen was anderem.«

»Aha?«

»Irgendeine tote Frau.«

»Na dann ist ja alles gut.«

CHARAKTERKOPF

Mader und Hummel sitzen in cremefarbenen Klubsesseln. Auf einem futuristischen Glastisch zwischen ihnen: eine Orchidee in Rosé und zwei Tassen Grüner Tee. Sehr feines Porzellan. Fast durchsichtig. Hummel betrachtet das abstrakte Bild an der Wand. »Sieht aus wie ein Rothko«, sagt er. Mader verzieht keine Miene. Hummel kratzt sich am Kinn. Das Ambiente hier ist zu edel für einen Kunstdruck. Es gibt so vieles in München, wovon er keine Ahnung hat. Wie heute Vormittag, als er mit Dosi bei Winter Models in der Leopoldstraße war. In der Agentur der *Schönen Münchnerin*. Ein todschickes Loft an der Münchner Freiheit. Sichtbeton, Stahl, Glas. Überall Kleider in grellen Farben, Unterwäsche, Bademode, Schuhe, dazwischen Schminkkoffer, Scheinwerfer, Kabeltrommeln. Kreatives Chaos.

Christiane Winter, die Agenturchefin, hatte die schlechte Nachricht schon am Telefon erfahren und war dementsprechend gefasst. Hummels erster Gedanke: »So eine schöne

Frau!« Und nach ein paar Fragen, die sie kühl und sachlich beantwortet hatte, war sein zweiter Gedanke: »Wow, beinharte Geschäftsfrau.« Muss man wohl sein in einem so großen Laden. Viel Hilfreiches zu Veronika Saller haben sie in der Agentur allerdings nicht erfahren.

Nun also ein weiterer Ort weit jenseits ihres täglichen Erfahrungshorizonts: die Praxis eines renommierten Beauty- und Anti-Aging-Arztes. »Meine Herren, Dr. Grasser kann Sie jetzt empfangen«, teilt ihnen die Sprechstundenhilfe endlich mit. Die mittelalterliche Dame mit unverbindlichem Betonlächeln und strengem Kostüm in Dunkelgrün sieht nicht wie eine Arzthelferin aus, eher wie eine Societylady, die ausschließlich in der Maximilianstraße einkauft. Miss Gucci führt sie in Dr. Grassers Büro. Büro? Kirchenschiff! Der weitläufige Raum hat eine sakrale Atmosphäre, die späte Nachmittagssonne fällt in einem scharfen Block auf das glänzende Fischgrätparkett, den Mittelgang zum Altar, einem ausladenden Schreibtisch aus dunklem Wurzelholz. Dahinter: Dr. Jochen Grasser, dessen Haarkranz an gebräunter Glatze in der Sonne leuchtet wie ein Heiligenschein. Er ist bereit, mit ihnen die Kommunion zu feiern, und gießt sich gerade ein Glas Wasser ein.

Er stellt die Karaffe ab und lächelt gütigst: »Guten Tag, die Herren, darf ich Ihnen einen Schluck anbieten?«

»Danke, wir sind versorgt«, sagt Mader und hebt die Teetasse.

Grasser hält sein Wasserglas gegen das Sonnenlicht. »*Isar Aqua*. Grandioser Name, nicht wahr? Ein Bekannter von mir hat sich das ausgedacht. Fantastische Marketingidee. *Alster Aqua* in Hamburg, *Düssel Aqua* in … Na ja, das kann man sich ja denken. Ich bin ja fürs Regionale. Die Quelle für das Wässerchen hier ist bei Wolfratshausen. Bessere Werte als dieses französische Zeug. Ja, was bringt uns vulkansteingefiltertes Wasser, wenn es dann in Plastikflaschen abgefüllt wird? Die Weichmacher verkleben unsere Zellen, machen uns dumm, impotent, alt. Alles Dinge, die wir nicht wollen. Wasser ist das Geheimnis unseres Lebens, unserer Jugend. Aber jetzt setzen Sie sich doch! Sie wollen mit mir sicher nicht übers Wasser gehen, äh, sprechen.« Er lächelt gütig. »Obwohl das eine gute Idee wäre. *In aqua veritas.* Frau Raçak sagt, dass es um eine tote Frau geht?«

»So ist es«, sagt Mader. »Sie machen Schönheitsoperationen?«

»Sie sagen das mit so einem leicht inadäquaten Unterton. Ja, ich mache auch plastische Chirurgie. Ab und zu. Aber viel öfter mache ich es nicht. Ich helfe den Menschen vor allem, von innen jung zu bleiben – oder es wieder zu werden. Gesunde Ernährung, positive Lebenseinstellung, Sport, viel Wasser.« Er hebt das Glas und trinkt einen großen Schluck.

»Was ist denn Ihr häufigster Eingriff?«, fragt Hummel.

»Falten, Gesichtshaut straffen, Ohren anlegen, bei Frauen natürlich oft die Brüste.«

»Nase nicht?«

»Früher einmal. Jetzt fast gar nicht mehr.«

»Warum?«

»Weil ich reifer bin.« Dr. Grasser lächelt breit und legt den rechten Zeigefinger an seine Nasenspitze. »Was sehen Sie?«

»Eine Nase?«, rät Hummel.

»Ja, eine Nase. Und keine kleine. Einen Zinken, wie man in Bayern sagt. Und wegen dieses Zinkens kommen die Frauen zu mir. Weil sie sehen: Das ist ein Charakterkopf! Dem geht es nicht um oberflächliche Schönheit, sondern um innere Schönheit, um Charakter.«

»Na ja, Sie sind ein Mann …«

»Charakter ist keine Frage des Geschlechts!«, erklärt Grasser apodiktisch. »Es geht um die Aura. Wenn Ihr Inneres strahlt, dann sieht man das. Das Innere, der Charakter überstrahlt das Äußere. Da ist eine Nase schnell nebensächlich. Oder sie ist gerade der Anker, das Ausrufezeichen, das auf das Innere verweist! Das dann wieder nach außen strahlt – ein ewiger Kreislauf, ein ästhetisches Referenzsystem. Ausstrahlung und reine Attraktivität – AURA. Das ist ein erheblich komplexeres Betätigungsfeld als eine Nase. Vom kreativen Standpunkt aus betrachtet.«

»Wir kommen wegen eines Todesfalls zu Ihnen«, erinnert ihn Mader. »Haben Sie diese Frau schon mal gesehen?« Er legt das Foto der Leiche aus Milbertshofen auf die Wurzelholzplatte des Schreibtischs. Grasser nimmt es und studiert es eingehend. »Hübsches Mädchen. Als ob sie schläft. Wie Schneewittchen. Nein, ich kenn sie nicht.«

Mader zieht ein zweites Foto heraus. Schneewittchen als *Schöne Münchnerin*, vor dem Nasenumbau. Er reicht Grasser auch dieses Foto. Grasser seziert das Foto mit echtem Interesse. »Nein, die kenn ich auch nicht. Aber eine wunderbare Nase, lang, elegant, griechisch. Sehr apart.«

»Es ist dieselbe Frau«, erklärt Mader.

»So?!«, sagt Grasser erstaunt und legt die beiden Fotos nebeneinander. »Also, wenn Sie mich fragen, in welchem Bild ich mehr Schönheit sehe …«

»Wo könnte sie wegen der Nase hingegangen sein, zu welchem Kollegen?«

»Das weiß ich nicht. Darf ich fragen, woran sie gestorben ist?«

»Drogen«, erklärt Mader.

Grassers Miene verdüstert sich. »Drogen! Lenken die Menschen vom echten Leben ab. Und sie verlieren jedes Mal, wenn sie sich die Nasen pudern, Jahre ihres Lebens. Oder schlimmer noch: das ganze Leben. Eine absolute Fehlinvestition. Aber was hat ihr Tod mit der Nase zu tun?«

»Nichts. Wir versuchen rauszubekommen, mit wem die Dame in letzter Zeit in Kontakt stand. Bei welchen Ärzten sie war.«

»Da kann ich Ihnen leider gar nicht weiterhelfen. War's das?«, fragt er, nun erstaunlich kühl. Welch Temperaturunterschied zu seinem Haarkranz! Der steht jetzt in lodernden Flammen. Im letzten Abendlicht.

Mader und Hummel sind froh, dass sie draußen auf der Straße stehen.

»So ein Zipfel!«, entfährt es Mader.

Vom Hofbräuhaus tönt die Blasmusik herüber.

Hummel runzelt die Stirn. »Wenn die Musik nicht wär.«

»Des is a scho wurscht«, sagt Mader. »Kommen Sie, ich geb a Maß aus.«

ROH

Zankl hat ein schlechtes Gewissen. Bei dem Beauty-Doc in Schwabing hat er zugelassen, dass sich der Typ über Dosis Kartoffelnäschen und ihre Körperfülle lustig macht. Und er, Zankl, hat gekichert. Dosi ist prompt zum nächsten Arzttermin allein gegangen. Kann er ihr nicht verdenken. Aber zumindest zu seiner Frau will Zankl heute Abend nett sein. So ist der Plan. Gewesen. Er hat sie zum Abendessen überrascht mit sündteurem Parmaschinken und einem wunderbaren Büffelmozzarella. Voller Erfolg: Ob er denn nicht wisse, dass sie das nicht essen dürfe?! Keine rohen Wurstwaren, keine

Rohmilchprodukte! Mit einem gefriergetrockneten Lächeln hat er den Vorwurf weggesteckt und sie nichtsdestotrotz angeflötet. Doch Jasmin ist im Moment hypersensibel, sie roch das Billige seiner Charmeoffensive, mit der er nur sein Gewissen beruhigen wollte. Sie ließ seine Fürsorglichkeit eiskalt abblitzen und verzog sich nach dem schwangerschaftsgerechten Abendessen (Vollkorn, probiotischer Joghurt, Rohkost – haha) mit einem Buch ins Schlafzimmer. Jetzt sitzt Zankl in der Küche und fühlt sich allein. Der Abend ist ihm gehörig versalzen. Und das liegt nicht an seinem etwas übermäßigen Konsum von würzigem Parmaschinken. »Ein bisschen Ablenkung wäre jetzt nicht schlecht«, denkt er und probiert es bei Hummel. Doch der geht nicht ans Handy.

SCHÄRFER ALS BARBIE

Dosi ist aufs Äußerste gereizt. »Wie findest du meine Nase?!«, schleudert sie Fränki-Boy entgegen, als er in ihrer Wohnungstür steht. »Wun… Wun… Wunderbar, da-das weißt du doch, Dododosi-Mausi!«, stammelt Fränki.

»Gib's zu, du hättest auch lieber so 'n Bohnenstangerl mit Riesenglocken und einem Bonsaistupsnaserl.«

»Ich bin nicht Ken, ich steh nicht auf Barbie«, entgegnet Fränki.

Dosi ist verdutzt. So schlagfertig kennt sie Fränki gar nicht. Eigentlich ist das ihr Job, das mit dem Reden. Sie muss grinsen. Jetzt zeigt sie auf den großen Topf, den er die ganze Zeit in Händen hält. »Und was ist das?!«

»Fränki-Boy's-damn-hot-Chili – schärfer, als die Polizei erlaubt.«

Dosi strahlt. Sie liebt sein Chili. Ein weiterer Pluspunkt für Fränkis kontinuierlich steigenden Aktienkurs. Sie gibt ihm endlich einen Kuss, lässt ihn herein und schiebt ihn in ihre kleine Küche.

GUTE REISE

Professor Prodonsky ist erst verblüfft, dann verärgert, als er kurz nach 22 Uhr das Kühlfach aufzieht, dessen Nummer ihm Helmut und Loki genannt haben. Es ist leer. Verdammt, wo ist die Leiche?! Sein Plan war eigentlich, Dr. Weiß unauffällig in der Krankenhausmüllanlage verschwinden zu lassen. Und jetzt? Er fährt mit dem Lift zurück in sein Büro und ruft die beiden Jungs an. Die schwören Stein und Bein, dass sie den sedierten Herrn Doktor in besagtem Kühlfach final geparkt hätten. Vielleicht hat man ihn versehentlich schon entsorgt? Prodonsky ist verwirrt. Er probiert es bei Grasser und erreicht nur die Mailbox. Um sich abzulenken, bis Grasser zurückruft, widmet er sich seinem Vortrag, den er an der Uni im Rahmen der Ringvorlesung zu Ästhetik halten soll.

Schon bald ist Prodonsky ganz von seiner geistigen Tätigkeit absorbiert und vergisst die Welt um sich herum. Er will den Studenten ein Verständnis von Ästhetik als Lehre von der sinnlichen Wahrnehmung vermitteln, die sich eben nicht auf eine Ästhetik des schönen Scheins reduzieren lässt. Letztere will er entlarven als Ausdruck materieller und kommerzieller Bedürfnisse und Projektionen, die auch die plastische Chirurgie in Verruf gebracht haben. Sein Ziel als Wissenschaftler, Chirurg und Pathologe und auch als Mensch ist es, die Patienten und Studenten an die grundsätzlichen

Möglichkeiten und die potenzielle Tiefe sinnlichen Erlebens heranzuführen. Macht das Sinn? Nein. Aber es klingt gut. Und darum geht es. Er liebt es, im Audimax der Uni zu sprechen.

Prodonsky wird leichenblass, als plötzlich Dr. Weiß in seinem Büro steht und leise singt: »Ich möchte ein Eisbär sein, im kalten Polar …« Weiß lächelt. »Kennst du das noch, ein Hit aus den 80er-Jahren?«

»Was willst du, Hans?«

»Mitmachen, Harry. Bei deinem kleinen Nebenerwerb.«

Prodonsky mustert ihn. »Du siehst blass aus. Ist dir kalt?«

»Gestern war mir kalt. Heute bin ich heiß – auf das Geld! Keine Spielchen mehr. Sag deinen Gorillas, dass ich jetzt dabei bin. Ich hab eine Kopie der Liste. Ein schönes Geschäft betreibt ihr da. Interessiert mich sehr. Und ich will nichts umsonst. Du hättest mich doch einfach fragen können!«

»Wie bist du drauf gekommen?«

»Ein Journalist. Zufall. Eine Kneipenbekanntschaft. Hat mir eine wüste Story erzählt von einem schwunghaften Organhandel. Und dann hab ich mal die Kühlfächer aufgezogen. Ich muss schon sagen – ihr arbeitet auf Bestellung?«

Prodonsky zögert.

»Ich höre«, sagt Weiß und holt seine Marlboros aus der Tasche seines Kittels.

»Hast du für mich auch eine?« Prodonsky kommt hinter dem Schreibtisch hervor und öffnet das große Fenster. Weiß gibt ihm Zigarette und Feuer und zündet sich selbst eine an.

Ein paar Züge lang nur das leise Rauschen der Garmischer Autobahn, das rote Lichterband der Autos auf dem Weg ins Zentrum, das Blinken und Glimmen der Stadt im nächtlichen Lichterdunst.

»München«, sagt Prodonsky, »schöne Stadt.«

»Und teuer«, fügt Weiß hinzu.

»Na, dagegen können wir ja jetzt was tun.« Er lächelt Weiß an und raucht gedankenverloren. Er sieht hinab, dann nach oben. Sein Blick erstarrt. »Hey, hallo, Sie da?!«

Weiß sieht ebenfalls hinauf. »Was ist da?«

»Da turnt einer an der Fassade herum! He, Sie?!«

»Ich seh nichts. Wo?«

Blitzschnell greift Prodonsky die Beine von Weiß und kippt ihn über den Fenstersims. Judogriff. Weiß fliegt durch die Nacht und landet mit einem harten *Plong!* auf dem Dach eines Containers, der auf einem Sattelschlepper ruht. »So was«, murmelt Prodonsky. Dort unten ist die Anlieferrampe. Es brennt noch Licht. Jetzt kommen zwei Männer im Blaumann nach draußen und sehen sich um. Da war doch ein Geräusch, ziemlich laut? Oder? Nein, nichts. Sie stecken sich Zigaretten an. Sie rauchen, dann gehen sie zurück in die Halle. Prodonsky hört, wie Gabelstapler Holzpaletten über den Betonboden schieben. Er sieht noch einmal runter zu Weiß, um sich zu vergewissern, dass er sich auch wirklich nicht mehr bewegt. Tut er nicht. Prodonsky ist erstaunt, dass er gar nicht geschrien hat. Na ja, der Schock. Blieb nur zu hoffen, dass der Laster noch heute Nacht verschwindet, am besten in Richtung Hamburg, Berlin oder Stuttgart, wo immer die Spedition ihren Firmensitz hat. »Gute Reise!«, wünscht Prodonsky und schließt das Fenster. Als er sich an den Schreibtisch setzt, spürt er wieder das Stechen in der Herzgegend. Die Aufregung bekommt ihm nicht. Er wählt Grassers Nummer.

SCHÖNE AUGEN

Nach drei Maß im Hofbräuhaus hat Mader den Rückzug angetreten. Er muss Bajazzo noch bei Wallicek an der Pforte im Präsidium auslösen. Es ist kurz vor Mitternacht.

Hummel ist noch nicht nach Heimgehen. Das Bier hat ihn mutig gemacht. Oder verzweifelt. Er stolpert in angeregter Stimmung die Treppen der *Edelheiß-Bar* in der Lederer-straße hinab. In der erstaunlich geräumigen Kellerbar mit ihren vielen Separéetischchen ist gut was los. Vor allem Touristen, die den Hofbräuhausbesuch angemessen ausklingen lassen. Die Decke ist mit blauer Lackfolie in Wellenhängung zugetackert und mit weißen Girlanden verziert, was die vage Illusion eines echt bayerischen Himmels erzeugt. Auf der kleinen Bühne geht es sehr naturell zu. Drei Grazien beenden gerade eine Performance mit Baströckchen in Gür-telbreite zu Madonnas *Holiday-y-y*. Hummel setzt sich in eins der Separées. Jetzt kommt eine Dame im schwarzen Regenmantel auf die Bühne, lehnt sich an eine Stange und tut so, als stünde sie unter einer Straßenlaterne im Pariser Regen. Ein trauriger französischer Schlager erklingt, und schon bald hat sie sich des Regenmantels entledigt. Sie re-kelt sich selbstvergessen an der Stange, inklusive einiger toll-kühner Einlagen mit dem Regenschirm. Die Haut der Dame glänzt weiß und ungesund im Scheinwerferlicht.

»Was darf ich dir zu trinken bringen, Süßer?«, fragt eine Dame in einem Paillettenbikini und kniehohen roten Lack-stiefeln. Hummel glotzt sie an und krächzt: »Ein Bier, bitte.« Sie zwinkert und zieht von dannen.

Hummel weiß nicht recht, ob er sich entspannen soll oder nicht. Eher Letzteres. Er ist in Habachtstellung. Egal wo man hinsieht, hier schreit alles nach Sex. Als das Bier kommt, nimmt er einen großen Schluck und sieht den letzten Windungen der Pariserin zu. Jetzt kommen neue Gäste. Er zuckt zusammen. Der Beautyarzt von vorhin! Grasser! Mit drei Herren. Einer wie die Kopie von Grasser mit mehr Haaren, die beiden anderen Herrschaften deutlich unterhalb von Grassers Niveau. Ein Kleiner mit Schnauzbart und ein Großer mit dicken Muckis und 70er-Jahre-Koletten. Hummel drückt sich tief in sein Separée. Will unsichtbar sein. Es hilft nichts. »Na, mein Süßer, spendierst du mir einen Sekt?« Hummel erkennt die Fragestellerin als eine der drei Bastrockdamen und nickt beiläufig. Sogleich steht ein Kübel mit Sekt auf dem Tisch. Der Kellner entkorkt die Flasche schneller, als Hummel Einspruch erheben kann. »Bestellt ist bestellt«, sagt der Kellner mit einem Grinsen und verschwindet.

»Ich bin Simone«, sagt die Dame und gießt zwei Gläser ein.

»Ich bin Klaus«, sagt Hummel und stößt mit ihr an. Dabei sieht er sie das erste Mal richtig an. Große braune Augen unter dem falschen Blond ihres Ponys. »Du hast schöne Augen«, sagt Hummel. Sie sieht ihn irritiert an. Hummel grinst unbeholfen. »Ich wollte dir nicht zu nahe treten.« Er deutet zu Grassers Tisch hinüber. »Kennst du die Typen da?«

»Bist du ein Bulle?!«

»Nein, also echt nicht. Ich, äh, ich bin Sachbearbeiter im KVR.«

»Was ist das?«

»Das Kreisverwaltungsreferat.«

»Ordnungsamt?«

»Nein. Standesamt.«

»Haha.«

»Also, du kennst die Typen?«

»Wieso fragst du?«

»Nur so. Passen irgendwie nicht zusammen.«

»So? Hältst dich wohl für was Besseres?«

»Nein, so hab ich das nicht gemeint. Simone …?«

»Simone, Ramona, Petra, ganz, wie du willst.«

»Simone. Ich bin das erste Mal hier. Ich frag mich nur, was für Leute besuchen … so ein … Nackttanzlokal.«

Sie lacht. »Das ist gut! Du heißt echt Klaus?«

Sie unterhalten sich ein bisschen. Simone oder Ramona oder Petra ist so nett, keine zweite Flasche Sekt mehr zu bestellen, um sein kleines Beamtengehalt nicht komplett zu sprengen. Hummel sieht, wie Grasser und sein Zwilling zahlen und gehen. Die beiden anderen Herren wechseln an die Bar. Als Simone sich einer gerade eingetroffenen Gruppe Japaner widmet, siedelt auch Hummel an die Bar um und macht große Ohren. Aber es ist einfach zu laut in dem Lokal. Als die beiden Herren gehen, will Hummel ihnen folgen, aber der Kellner hält ihn am Arm fest. »190 Euro!« Hummel schluckt. Er zieht sein ganzes Bargeld aus der Börse – vier 50er – und legt es auf den Tresen. »Stimmt so!«

Oben sieht er, wie die beiden Männer das Ende der Lederer-straße erreichen. Er rennt ihnen hinterher, durch die Gasse beim Dürrnbräu bis ins Tal, weiter zum Isartor, dann die Stufen zur S-Bahn-Unterführung hinunter. Beim *Cinemaxx* wieder nach oben. In der Reichenbachstraße verschwinden sie in einem Hinterhof. Er schleicht hinterher. Leise knirscht Kies unter seinen Schuhsohlen.

Der Schlag in den Rücken kommt aus dem Nichts. Hummel geht zu Boden und spürt den Stiefelabsatz im Nacken.

»Du Arsch, was willst du?!«

»Ich, nix …«

Der Druck am Kopf nimmt zu. Die Kieswegsteine drücken im Gesicht. Dann eine Hand an seinem Hintern. Die seinen Geldbeutel aus der Arschtasche zieht.

»Scheiße, ein Bulle!«

Der Fuß lockert sich. »Jungs, ich mach euch ein Angebot«, versucht es Hummel. »Ihr geht jetzt einfach und wir vergessen das Ganze.«

Der Fuß gibt seinen Nacken frei. Seine Geldbörse landet neben seinem Kopf. Er nimmt sie und rappelt sich auf, da trifft ihn ein Tritt mit voller Wucht in die Seite. Er hält sich den Bauch. »Abschiedsgeschenk«, knurrt einer der beiden. Die Schritte der beiden entfernen sich. »Wichser!«, zischt Hummel.

Fehler! Wie er sogleich sieht. Ein Messer blitzt im Mondlicht. »Hast du Wichser gesagt?!«, raunt eine herbe Stimme.

Hummel schluckt. »Ich, ich …« Er kniet noch und schleudert dem Messermann eine Handvoll Kieselsteine ins Gesicht, springt auf. Die Angst beflügelt ihn. Er zieht sich an einer Regenrinne auf ein Garagendach, überquert es und lässt sich in den Nachbarhof plumpsen. Er stürzt in die Mülltonnen, läuft auf das gelbe Viereck der Hofausfahrt zu, raus auf die Aventinstraße. Da kommen die beiden schon angerannt. Hummel hastet die Straße runter, biegt in die Kohlstraße ein und duckt sich ins Gebüsch der Parkanlage des Europäischen Patentamts. Es stinkt nach Urin und Hundekot. Und er selbst scharf nach Schweiß. Langsam beruhigt sich sein Atem. Er späht durch die Zweige, sieht die beiden, wie sie über die Wiese stiefeln, wohl wissend, dass er hier irgendwo stecken muss. Riechen sie seinen Angstschweiß? Er lauscht angestrengt. Die Stahlseile der Fahnenmasten aller Herren

Länder schlagen metallisch an die Stangen. Dünner Verkehr auf der Erhardtstraße. Plötzlich biegt ein Polizeiwagen in die Kohlstraße ein. Die beiden Männer verschwinden in Richtung Museumsinsel.

DIE NUMMER 1

Als Hummel aufwacht, fühlt er sich elend. Der gestrige Abend war kein Traum. Grasser, sein Spezl und die beiden Schläger. Soll er das den anderen erzählen? Dann müsste er das mit dem Stripschuppen zugeben. Aber was ist denn schon dabei? Er hat Grasser auf der Straße gesehen und ist ihm gefolgt. Ganz einfach. Eine Ermittlung. Er war dienstlich dort. Dann könnte er ja eigentlich die 200 Euro für Schampus und Bier als Spesen einreichen. Nein, das geht nie durch. Und ist peinlich. Sekt statt Selters, wie es sich für einen Beamten gehören würde. Er sieht auf die Uhr. Mist, die Teamsitzung, das wird knapp.

Er schafft es halbwegs pünktlich ins Büro und berichtet den anderen von seinem dienstlichen Nachtklubbesuch. Und in dezent untertriebener Form auch von der nächtlichen Verfolgungsjagd. »Sollen wir uns den Laden mal näher anschauen?«, fragt Mader.

Hummel schüttelt den Kopf. »Das bringt nix. Die waren zufällig da. Wahrscheinlich, weil gleich ums Eck Grassers Praxis ist.«

»Wenn Sie das sagen.«

»Aber den Grasser sollten wir im Auge behalten, der ist nicht koscher.«

Mader nickt. »Sehen Sie mal unsere Schönheitengalerie

durch, ob die beiden Burschen dabei sind. Und Sie, Doris und Zankl, haben Sie was?«

»Nicht viel«, meint Dosi, »aber bei meinem letzten Termin hab ich« – sie grinst Zankl triumphierend an – »einen interessanten Namen erfahren.« Sie macht eine Pause und sagt dann mit tiefer Stimme: »Dr. No. Er heißt bürgerlich Dr. Detlef Schwarz und ist einer der führenden Schönheitschirurgen. Dr. No ist die Abkürzung für Dr. Nose. Er ist in München die Nummer 1 für Nasenoperationen. Firmiert nicht offen als plastischer Chirurg. Seine Praxisklinik heißt AURA-Lounge. Klingt nach Eso, ist aber ein Schnippelladen.«

Hummel muss grinsen. »Soso, der Grasser hat keinen Namen für uns. Aber dann heißt der Laden von Nose wie Grassers Konzept von Ausstrahlung und reiner Attraktivität – AURA.«

Mader nickt nachdenklich.

Zankl ist beleidigt. Wegen Dosi. Das mit Nose hat sie ohne ihn rausgekriegt. Na ja, er ist ja selbst schuld.

Dosi ist noch nicht fertig: »Jedenfalls ganz große Nummer. Er hat eine Praxis am Isartor, und dann betreibt er noch eine Klinik bei Prien am Chiemsee. Ich hab's mir im Internet angeschaut. Die Seeklinik ist so ein Luxusteil, wo die Ladys sich nach der OP noch ein bisschen erholen können, bevor sie ihre runderneuerten Bodys in München ausführen. So ein Wellness-Resort.«

»Ob unsere Dame bei ihm Kundin war?«, fragt Mader.

»Das wird er kaum zugeben. Schon gar nicht, wenn da was illegal gelaufen ist. Aber auch wenn er nichts mit dem Tod von Frau Saller zu tun hat, Dr. No weiß doch bestimmt, was bei den Nasen dieser Stadt so geht.«

»Wann sprechen Sie mit ihm, Doris?«

»Morgen. Er ist gerade auf einem Kongress in Rom.«

»Gut, dann klappern Sie solange die restlichen Arztadressen ab. Aber bitte dezent. Ich weiß genau, wer auf der Matte steht, wenn wir irgendwo die falschen Fragen stellen.«

Die anderen wissen es auch – ihr Chef Dr. Günther.

GEHALTSERHÖHUNG

Mittagszeit. Eine Hinterhofwerkstatt in Untergiesing. Der schwarze BMW steht auf der Hebebühne und Ludwig dreht am Kotflügel eine Karosserieschraube rein. Helmut steht an der Werkbank und klimpert auf einem Laptop. »Du, Loki …?«

»Nenn mich nicht Loki!«

»Loki, der Hanke ist so was von blöd. Hat seinen Vornamen als Kennwort.«

»Hat halt nix zu verbergen.«

»Glaubst auch nur du.«

»Und, was ist auf dem Rechner?«

Die Tasten klackern, dann pfeift Helmut leise. »Loki, Geld ist auf dem Rechner.«

»Hä, wie soll das gehen? Bitcoins?«

»Informationen, die wir zu Geld machen können.«

»Das könnten wir auch so. Schließlich arbeiten wir für die Typen.«

»Kurierfahren ist das eine, Wissen ist was anderes. Wir könnten schon eine kleine Gehaltserhöhung vertragen. Dann ist auch mal 'ne bessere Mühle drin.«

»Ein Audi R8!«

»Träum weiter, Loki!«

»Nenn mich nicht immer Loki!«

»Jetzt lass endlich die Karre runter, damit wir die Box holen.«

»Ich denk, du willst mehr Geld? Erst Geld, dann Arbeit.«

»Nein. Ist doch viel besser, wir haben was in der Hand. Ware gibt's erst gegen Geld.«

VOLL IM SAFT

Als Dosi, Zankl und Hummel in die Rathauskantine gehen – ihr Treffpunkt, wenn ihnen der Sinn nach etwas besserer Küche steht –, sind sie ziemlich erschöpft von ihren Terminen.

»Wahnsinn, was für abgefahrene Typen!«, entfährt es Hummel.

Zankl nickt. »Ich hab drei abgeklappert. Der Erste hatte so eine fette goldene Uhr« – er zeigt mit den Fingern den Durchmesser eines Apfels –, »der Zweite ein Gesicht wie ein 17-Jähriger, obwohl er bestimmt 60 war, und der Dritte hatte eine Hautfarbe wie ein Nutellabrot. Das sind alles überreife Beachboys, große Jungs, die einfach nicht in Würde altern können. Widerlich.«

»Ach«, meint Dosi, »vielleicht liegt das nur im Auge des Betrachters. Und was euch betrifft – ich würde mir als mittelalter Mann auch Gedanken machen, wenn ich die Typen seh, so voll im Saft.«

»Mittelalt? Bei dir hackt's wohl«, empört sich Zankl. »Voll im Saft! Du stehst wohl auf alte Knacker!«

»Regensburger, ja!«

Zankl sieht sie verwirrt an und Hummel klopft ihm auf die Schulter. »Knackwürste. Dosi verarscht dich nur.«

Dosi lacht. »Aber mal im Ernst: Dr. No ist unser Mann. Gesine meinte doch, dass jemand schon extrem gut sein muss, um eine Nase so gut hinzukriegen. Damit ist Dr. No ganz oben auf der Liste. Ich bin mir sicher – er ist unser Mann! So, und jetzt brauch ich erst mal einen guten Kaffee zum Verdauen. Sonst kann ich nicht denken. Abmarsch ins Kaffeehaus, Jungs!«

CHEF VON DEM GANZEN

Prodonsky ist panisch am Telefon: »Grasser, wir können unsere Kuriere nicht auch noch erledigen! Wir bieten ihnen Geld an.«

Grasser schenkt sein Wasserglas wieder voll. »Würde ich ja. Aber ich sitz nicht auf dem Geld. Das kommt vom Auftraggeber.«

»Und wer ist das?«

»Selbst wenn ich's wüsste, würde ich es dir nicht sagen.«

»Na, komm.«

»Nein, im Ernst. Prodi, ich hab 'ne Mailadresse, das ist alles.«

»Ach komm! Ich glaub, du bist der Chef von dem Ganzen.«

»Da täuschst du dich.«

»Dann ist es Dietmar Schwarz. Er ist doch der mit den ganzen Chichi-Kontakten.«

»Hab ich auch schon überlegt. Ich weiß es wirklich nicht. Ich schick 'ne Mail wegen der Jungs, dann sehen wir weiter. Du hast ihnen die Box gegeben?«

»Ja, klar, wie vereinbart.«

HOBBYLITERATEN

Als sie im Stadtcafé auf einen der wenigen freien Tische zusteuern, sieht Hummel SIE. Nein, nicht Beate – seine Verlegerin in spe! Uh! Er hat ihr seit Längerem nichts geschickt. Und gemeldet hat er sich bei ihr auch nicht mehr.

»Hey, Hummel, was ist?«, fragt Zankl, der schon sitzt.

»Nix, äh, nix, gar nix«, stammelt Hummel und setzt sich. Verstohlen sieht er zu seiner Verlegerin hinüber. Sie sitzt mit einem nicht mehr ganz jungen Typen am Tisch. Den hat er doch schon mal irgendwo gesehen? Auf ihrem Tisch liegen Blätter. Bestimmt ein Manuskript. Jetzt fällt ihm auch ein, wo er den Typen gesehen hat. In einem dieser Gratisblättchen. Genau: *LiterarischeZeiten* heißt das Teil – ohne Leerraum zwischen den Worten. Die Herausgeber rufen bei ihm im Viertel immer mal wieder zu Lyrikwettbewerben auf offener Bühne auf – »ohne Vorzensur!« Großartig. Und in dem Blättchen hat er die Rezension gelesen. Von einem Krimi. Mit Autorenfoto. Keine Rezension eigentlich, einen Totalverriss. Vielleicht sollte er sich das Buch von dem Typen mal holen. Nein, er kann ja nicht jeden Schmarrn lesen. Und solche Typen betreut seine Verlegerin? Soll er die Verbindung mit ihr nicht lieber ganz kappen, hier, gleich, auf der Stelle? Dann wäre auch mal Schluss mit seinem schlechten Gewissen.

»Hummel! Was kriegst du?!«, fragt Zankl.

Jetzt sieht Hummel den Kellner. »Einen Cappuccino und einen Schokomuffin, wenn ihr habt.«

»Haben wir. Bekommt er«, sagt der Kellner und verschwindet.

»Also«, meint Dosi. »Die Frau hat eine komplett neue Nase. Zwei Fragen: Wer macht so was? Eventuell unser Dr. No. Und eine andere Frage ist noch viel wichtiger: Wo kommt die Nase her?«

»Von einer Leiche?«, schlägt Zankl vor. »Also nicht, dass dafür jemand umgebracht wird, eher wie bei einer Organspende. Dass die Niere von einem knackigen Motorradfahrer nach der letzten Kurve weiterlebt, ist ja inzwischen ganz normal.« Er grinst Dosi an.

»Ich sag das Fränki«, meint Dosi gereizt.

Hummel überlegt: »Wenn die Leiche schon mal da ist und sie bei der Trauerfeier nicht gerade aufgebahrt wird für die Verwandten – vielleicht sollten wir mal die Beerdigungsinstitute checken?«

»Die Freundin von der Saller hat noch nicht zurückgerufen?«, fragt jetzt Zankl.

»Nein«, sagt Dosi. »Ich hab's mehrfach probiert.«

Hummel betrachtet Sallers Foto mit der alten Nase. »Warum hat die da überhaupt was machen lassen? Eigentlich sah sie doch vorher viel besser aus. Natürlich, interessanter, ausdrucksstärker. Wenn du eh schon auf der Sonnenseite bist, woher kommt der Druck, dass du an dir rumdoktern lässt?«

»Ja, gute Frage«, pflichtet Dosi ihm bei. »Das ist es. Die Dame hat sich den Druck doch nicht selbst gemacht. Das gehört zum Modeljob. Wir sollten bei *Winter Models* noch mal nachbohren. Dein Einsatz, Hummel!«

»Wieso mein Einsatz?«

»Hast du nicht gemerkt, wie die Chefin von dem Laden dich gestern angeschaut hat? Als würde sie dich gleich an Ort und Stelle vernaschen wollen.«

»Ach geh!«

»Ich schwöre.«

Hummel grinst. »Dann muss ich wohl.«

»Heute!«, bestimmt Dosi. »Der Tag ist noch jung. Zankl und ich machen nachher noch ein paar Arztbesuche.«

Hummel sieht zu der Verlegerin hinüber. Wo sie gerade noch saß. Der Tisch ist jetzt frei. Gut so. Er zahlt am Tresen und geht. Draußen regnet es jetzt heftig. Er bleibt unschlüssig unter dem Vordach des Cafés stehen und zündet sich eine Zigarette an. »Am schlimmsten sind die Autoren, die nie liefern, diese Hobbyliteraten!«, sagt eine Stimme hinter ihm. Seine Verlegerin! »Aber bei Ihnen ist das ja ganz anders. Ein Traum. Kreativ und pünktlich. Ich werde Sie groß rausbringen, ganz groß. Mit dem zweiten Buch wird alles anders. Ach, dieser kleine Verriss, nehmen Sie das bitte nicht zu ernst. Ich kenn doch die Pappenheimer: verhinderte Lyriker, völlig humorlos. Wie diese ganzen verzweifelten Hobbyliteraten!«

»Ja, diese Hobbyliteraten«, sagt jetzt eine männliche Stimme, »die sprühen vor Esprit – aber wenn's ernst wird, kommt von denen gar nichts.«

Hummel spürt die Hitze im Gesicht. Er geht los. Obwohl es aus Kübeln schüttet.

PACK DIE BADEHOSE EIN

»Wie schaun Sie denn aus?«, fragt Mader im Präsidium, als Hummel dort völlig durchnässt auftaucht.

»Wie ein begossener Dackel«, sagt Hummel.

Bajazzo hebt interessiert den Kopf und mustert ihn. Hummel sucht in den Unterlagen die Nummer der Modelagentur heraus und greift zum Telefon. Kurz darauf hat er eine Verabredung. Er solle doch heute Abend einfach zur Modenschau im *Bayerischen Hof* kommen. 20 Uhr 30. Da wäre sicher kurz Zeit für ein Gespräch.

»Und, wie läuft's?«, fragt Mader.

»Geht so, die anderen machen Hausbesuche bei den Beauty-Docs, ich gehe noch mal zu der Agentur unserer Toten. Die machen heute eine Modenschau. Nach Dienstschluss übrigens.«

»Ein guter Polizist ist immer im Dienst. Wo ist denn die Modenschau?«

»Im *Bayerischen Hof*, im *Blue Spa*.«

»Oh! Dann packen Sie die Badehose ein! Die haben doch dieses tolle Schwimmbad.«

»Sie sind da öfters?«

»Nein, kann ich mir leider nicht leisten. Ich geh ins Müller'sche Volksbad.«

»Dann kommen Sie doch nachher mit.«

»Nein danke, vielleicht ein andermal.«

»Ein andermal! Sehr witzig!«, denkt Hummel, als er jetzt endlich dazu kommt, die Datenbank wegen der zwei Typen zu durchkämmen, die ihn zusammengeschlagen haben. Leider erfolglos. Diese Verbrecher sehen doch alle gleich aus. Unrasierte Gesichter mit bösem Blick im harten Licht. Was hat Grasser mit solchen Typen zu tun? Na ja, er kann ja ausgehen, mit wem er will.

BISSCHEN SCHWITZEN

Trautes Heim, Glück allein. Aber die Stimmung zwischen Helmut und Loki ist angespannt.

»Und, gibt es schon eine Ansage?«, fragt Loki.

»Grasser sagt, dass er sich kümmert. Also, ich trau ihm nicht.«

»Grasser macht das schon. Bisher war alles cool mit ihm. Fahren wir das Zeug jetzt?«

»Nein, wir lassen ihn noch ein bisschen schwitzen.«

»Helmut, das Zeug wird doch schlecht!«

»Quatsch, diese Kühlboxen sind genau dafür gemacht.«

»Ich find's unheimlich, wenn das Zeug hier rumsteht.«

»Wir fahren erst morgen, damit sie sehen, dass es uns ernst ist.«

Loki sieht sorgenvoll zu der Kühlbox, die neben dem Sofa auf dem Boden steht. Das grüne Kontrolllicht des Kühlaggregats beruhigt ihn nicht wirklich. Er holt aus dem Gefrierfach des Kühlschranks zwei große Eiswürfelbehälter.

»Was hast du vor?«, fragt Helmut.

»Ich trau der Technik nicht. Wenn uns die Dinger verschimmeln, kriegen wir richtig Stress.«

DÄR UNTERSCHIED

Hummel geht um 17 Uhr die Neuhauserstraße hinunter in Richtung Marienplatz. Er will zu Herrenmoden Wormland. Er kann ja schlecht in seinen abgewetzten Jeans bei der Modenschau erscheinen. Letzte Woche hat er in dem Modegeschäft einen Anzug im Schaufenster gesehen. Cappucinobraun und am Revers ein feiner hellgrauer Paspelstreifen. Hatte das gewisse Etwas, bisschen Sixties, bisschen italienisch. Er ist eigentlich kein Anzugtyp, aber der hat ihm gefallen. Als er jetzt vor dem Schaufenster steht, ist der Anzug natürlich weg. Missmutig geht er in den gut besuchten Laden und erklimmt die Treppe in den ersten Stock, wo es erheblich ruhiger und gediegener zugeht als im von bunten Kleiderstapeln, geckenhaften Männern im dritten Frühling und scheußlicher Loungemusik verseuchten Casualwear-Erd-und-Untergeschoss.

»Hallöchän«, näselt ein sehr gut aussehender junger Mann in einem noch besser aussehenden Anzug. Der sitzt wie aufgebügelt. Zweite Haut. »Schade, dass ich nicht schwul bin«, denkt Hummel und lächelt unschuldig. »Ich habe letzte Woche einen Anzug im Fenster gesehen, braun mit einem hellen Streifen am Kragen.« Der Jüngling strahlt ihn an. »Där *Amazoni*, Sie Glückspilz, ich hab noch einän lätztän da. Und, da verwätt ich meinä Oma, gänau Ihrä Größä!«

Hummel stellen sich sämtliche Härchen auf. Oberhalb der Gürtellinie. Der Knabe eilt von dannen und kommt kurz darauf mit dem Anzug zurück. »Huschhusch«, frohlockt er und drängt Hummel in eine der Kabinen. »Ich kann's kaum ärwartän.« – »Draußen, gernä!«, sagt Hummel und zieht nachdrücklich den Vorhang zu. Kaum hat er die Hose an, reicht ihm der Verkäufer ungefragt ein schwarzes Hemd herein. »Slimfit, Viskosä, Otto Kärn, fällt wundärbar, ohnä gäht gar nich!«

Hummel schlüpft hinein und zieht das Jackett an. Bisschen knapp, aber nur ein Hauch. Die Hose ebenfalls. Er tritt hinaus und besieht sich im Spiegel. Und ist einen Tick enttäuscht. Nicht schlecht, aber er hat sich das weit besser vorgestellt. Der Härrenausstatter auch. Hummel folgt seinem bekümmerten Blick und sieht zu seinen strumpfsockigen Füßen hinab. Der Verkäufer schießt davon und ist einen Wimpernschlag später zurück. Mit einem Paar schwarzer Stiefeletten. »Anziehn! Das macht dän Untärschied!«

Hummel tut, wie ihm geheißen, und tritt vor den großen Spiegel. *Wow!* Ja, das macht den Unterschied! So kann er sich definitiv auf der Modenschau sehen lassen. »Hallöchän Popöchen«, zirpt der Verkäufer und lässt seine Finger unters Revers gleiten, um das Sakko in Form zu bringen. Hummel schluckt und sieht sich den eleganten Mann im Spiegel genau an. Ist das wirklich er, Hummel? Ja, ohne Zweifel. *Mondän*. Wenn das das richtige Wort ist. »Ja, Kleider machen Leute«, denkt er.

Auf der Straße draußen schüttelt er den Kopf. 900 Euro! Der Anzug hat »bloß« 500 gekostet, runtergesetzt von 750, die Stiefel 250 und das Hemd noch mal stolze 150. Allein für den Preis des Hemds könnte er zehn weiße T-Shirts kaufen. Mindestens! »Schnäppchen schreibt man anders«, murmelt Hummel. Aber er fühlt sich gut. Jeans und Lederjacke hat er in einer Plastiktüte dabei. Ihn fröstelt. Ein Mantel war kohlemäßig nicht mehr drin. Er muss zurück ins Präsidium, um die Tüte loszuwerden.

Die Gehwegplatten der Fußgängerzone glänzen kalt, die Obststände haben vorzeitig die Segel gestrichen, nur noch wenige Menschen streben gesenkten Hauptes dem Marienplatz oder dem Stachus entgegen. Es ist so düster, dass man sich zu dieser frühen Abendstunde nicht über Straßenbeleuchtung wundern würde. Doch die ufoförmigen 70er-Jahre-Lampen sparen sich ihre Energie für später auf. Hummel biegt schneidigen Schrittes in die Ettstraße ein.

»Hey, Klaus, bist du das?!«, fragt eine Frauenstimme hinter ihm im Treppenhaus. Gesine. Er lächelt verlegen. »Wie siehst du denn aus?!«, fragt sie.

»Ich, äh, ja, wie seh ich denn aus?«

»Großartig. Toll. Der Anzug ist ja der Hammer! Und die Stiefel! Und das Hemd!«

Er strahlt. »Ja, äh, gut, was?«

»Kannst du laut sagen. Hast du was vor?«

»Ich muss noch auf eine Modenschau.«

»Du?!«

»Nein, also nicht ich selbst. Dienstlich. Aber, äh, vielleicht hast du Lust, mitzukommen? Oder hast du schon was vor heute Abend?«

»Äh, nein. Eigentlich nicht. Aber ich kann unmöglich in diesen Klamotten …« Sie deutet auf ihre Jeansbeine, die in langen schwarzen Stiefeln stecken.

»Doch, logo. Sieht super aus. Echt. Um 8?«

»Okay, ich bin dabei.«

UNDANKBARES PACK

»Prodi, ich bin's, Grasser. In Salzburg ist nichts angekommen!«

»Die werden doch keinen Unfall gehabt haben?«

»Glaub ich nicht. Wenn die eins können, dann Autofahren. Viel mehr aber auch nicht.«

»Warum rufst du sie nicht an?«

»Was meinst du, was ich die ganze Zeit mach? Undankbares Pack! Wird Zeit, dass wir die Zusammenarbeit beenden.«

»Was hast du vor?«

»Ich fahr jetzt zu denen. Und schau, was mit der Lieferung ist. Dann sehen wir weiter.«

GEILE FETZEN

Hummel betrachtet sein Spiegelbild im getönten Glas der Lifttür. »Bin ich das wirklich?«, fragt er sich. Ja, zweifellos. Seine Frisur verrät ihn. Die ist verbesserungswürdig. Muss er auch mal was investieren. Aber kann schon wieder als Absicht durchgehen. Britpop. Seitenscheitel, leicht zerzaust. Gesines Haare hingegen klassisch, zeitlos: schwarzer Wasserfall. Sie bemerkt seinen Blick und lächelt.

Aus der stillen Intimität des Fahrstuhls geht es hinaus in die brausende Stratosphäre der Upper Class. Sie checken bei einem ziemlich böse aussehenden Muskelpaket in einem sehr knapp sitzenden Anzug ein. Hummel glaubt, die Nähte knirschen zu hören, als der Security-Typ sie mit Röntgenblick mustert.

Als sie das fantastische Schwimmbad des *Blue Spa* betreten, fallen Hummel fast die Augen raus – wie zwei Murmeln, die auf dem edel gefliesten Boden klackern und ins kühle Nass des Pools plumpsen. Nicht wegen des luxuriösen Ambientes, sondern wegen der gazellenschlanken Ladys mit ihren endlosen Beinen und den wenigen Quadratzentimetern Stoff, die kaum verhüllen, was seine Fantasie längst entblößt hat. Die Elfen stolzieren am Rand des türkisen Beckens auf und ab. Der Raum ist erfüllt von zickigen New-Wave-Synthie-Gitarren-Klängen. Als Hummel die Nummer erkennt, muss er grinsen und singt leise mit: »Hit me with your rhythmstick, hit me, hit me, hit me quick ...« Durchaus sein Geschmack. Er sieht Gesine an, die ebenfalls bemüht ist, diese Sinnenflut halbwegs angemessen aufzunehmen.

»Geile Fetzen«, sagt sie.

Hummel nickt eifrig. »Super Bikinis.«

»Hallo Herr Hummel«, begrüßt ihn jetzt die Agenturchefin und scannt zugleich Gesine von unten bis oben. Gesine sieht sie fragend an.

»Wären Sie einen Hauch jünger, ich würde Sie sofort unter Vertrag nehmen«, erklärt die Agenturchefin.

Kompliment oder Unverschämtheit? Gesine ist sich nicht sicher. Na ja, die Hupfdolden hier sind gerade mal 18. Wenn überhaupt. Also Kompliment.

Frau Winter lacht. »Wir sprechen uns nach der Show«, sagt sie und verschwindet.

Hummel grinst Gesine an, die immer noch perplex ist. Sie lassen sich Champagner reichen und sehen dem bunten

Treiben zu. Das Lackaffenpublikum verfolgt die Show von zwei Stuhlreihen am Beckenrand aus. Als drei Elfen in weißen Badeanzügen durchs Wasser gleiten und grazil das Ufer erklimmen, blickt er verschämt zu Boden.

»Entspann dich, Klaus«, flüstert Gesine.

Hummel grinst verkniffen und sieht hoch. Am liebsten würde er losstürmen, um den drei Models Handtücher oder Bademäntel zu reichen. Um sie zu beschützen vor dem rauen Wind der kalten Wirklichkeit. Er kippt den Rest Champagner hinunter.

KLEINE GEHEIMNISSE

»Toller Anzug«, sagt Christiane Winter zu Hummel nach der Show. »Ich hätte nicht gedacht, dass man bei der Kripo so viel Geschmack hat.«

»Wir geben uns Mühe. Darf ich vorstellen: Dr. Fleischer, unsere Rechtsmedizinerin.«

Gesine gibt ihr die Hand. »Umwerfende Show, sehr schöne Models.«

»Danke, das können Sie laut sagen. Meine Mäuse sind wirklich super.«

»Top-Figuren, bekommt man ja Komplexe. Ich frag mich immer, also entschuldigen Sie, aber ist das alles echt, was wir da sehen?«

Frau Winter lächelt. »Ja, was soll ich sagen? Ich weiß nicht alles, aber ja, meine Mädchen haben wohl alle ihre kleinen Geheimnisse, ihre kleinen Korrekturen. Beine und Hüften kriegt man mit Sport hin. Busen nicht, zumindest nicht größer.« Sie lacht.

»Und die Nase?«

»Ja, viele lassen sich auch die Nase machen.«

»Warum eigentlich?«

»Weil das so ist. In jeder Werbung sieht man kleine zierliche Nasen.«

»Sagen Sie, Frau Winter«, meldet sich jetzt Hummel.

»Sagen Sie doch Chris zu mir.«

»Ja, Chris …, äh, ja, ich, ich bin der Klaus. Also, welche Position hat Veronika Saller bei Ihnen, in Ihrem …«

»Stall? Sagen Sie es ruhig, es sind ja meine Schäfchen. Also, Vroni war bereits *Schöne Münchnerin*, bevor sie bei mir anfing. Der Wettbewerb ist ja nur für Amateure. Für uns ist das schon eine gute Werbung, Vroni traf den breiten Geschmack, das normale Publikum. Ein bisschen reifer mit ihren 24 Jahren. Aber sehr mädchenhaft, sehr natürlich.« Sie lacht glockenhell. »Dafür, dass es an ihrem Körper kaum eine Stelle gab, an der kein Chirurg rumgefummelt hat. Ich hab ihr gesagt, sie soll es langsam mal gut sein lassen. Aber sie wollte perfekt sein – und jetzt so was!«

»Hatte sie Feinde?«

»Vroni? Nein, sie war beliebt. Und intelligent. Hat sogar studiert!« Sie grinst. »Also nicht dass Sie denken, ich mach mich über sie lustig. Aber ein Uniabschluss ist keine Schlüsselqualifikation für eine Karriere bei uns.«

»Bei uns auch nicht«, sagt Hummel. Sie lachen. Chris reicht ihnen zwei neue Gläser und beantwortet noch drei oder vier Fragen und verweist sie dann an Sallers momentan im Ausland weilende Freundin Andrea Meyer. Dann widmet sie sich ihren anderen Gästen.

Hummel nippt an seinem zweiten Champagner. Dass ihm Chris beim Abschied mit einem Zwinkern ihre Visitenkarte in die Hand gedrückt hat, macht ihn nervös.

»Die weiß mehr, als sie sagt«, meint Gesine kühl. »Ihre Mäuse … Das ist kein Familienbetrieb, das ist ein knallharter Job.« Sie deutet zur Treppe, die zu den Aufzügen führt. Eines der Mädchen verlässt gerade mit verheulten Augen und verlaufener Schminke den Raum. »Klaus, komm, Tapetenwechsel. Ich brauch jetzt ein Bier.«

GUT GEKÜHLT

Helmut öffnet beim dritten Klingeln. Grasser stürmt herein. »Mann, Jungs, habt ihr den Arsch offen?! Warum geht ihr nicht ans Telefon?!«

»Oh, là, là, äh, da haben wir tatsächlich unsere, äh, Handys nicht an?«, lallt Helmut.

Grasser läuft rot an. »Ihr liefert die Ware nicht aus und sauft euch einen an. Wo ist Ludwig?!«

»Hat sich hingelegt. Zu viel Atü, hehe …«

»Was soll die Scheiße?! Ihr kriegt 'ne Stange Geld für den Job und arbeitet nicht!«

»Stress mal nicht rum. Wir haben hier 'ne neue Lage.«

»Ja, ich weiß, Hankes Laptop. Aus seinem Haus geklaut, nachdem ihr ihn von der Straße gedrängt habt.«

»Haben wir nicht.«

»Seid ihr euch wirklich sicher, dass eure Spezln nicht singen, wenn die Polizei fragt, wer sie beauftragt hat, Hankes Villa auszuräumen? Und was meint ihr, was die Polizei dazu sagt, wenn Hanke dann nicht zu finden ist? Ich glaube, da steht ihr ganz schön blöd da.«

»Du auch. Wir haben den Laptop.«

»Ja, das stimmt. Ich weiß ja nicht so wirklich, was da für

Daten drauf sind, aber ich denke, für Organhandel gibt's ein bisschen weniger als für Mord. Fühlt euch also mal nicht so sicher. Also, ich war jedenfalls am Sonntag beim Golf. Und was habt ihr beiden Schönes gemacht? Seid ihr durchs Voralpenland gegondelt, habt dem BMW mal wieder ein bisschen die Sporen gegeben?«

»Das war ein Unfall!«

»Das glaubt euch keiner.«

»Du bist ein Riesenarsch!«

»Nein, ich bin Geschäftsmann. Und auf mich kann man sich verlassen. Ich kläre, was die Daten auf dem Laptop wert sind, und ihr macht die verdammte Lieferung! Wenn unser Auftraggeber mitkriegt, dass wir unzuverlässig sind, dann ist das Geschäft ganz schnell vorbei. Ihr schlaft jetzt euren Rausch aus, ich ruf die Leute in Salzburg an, dass die Sachen erst morgen früh kommen. Verstanden?!«

Helmut nickt ausdruckslos.

»Die Sachen sind gut gekühlt?«, fragt Grasser.

Helmut deutet zur Box. »Mit Extraeis.«

Grasser sieht auf die Temperaturanzeige und nickt.

VOLLER ÜBERRASCHUNGEN

Hummel sitzt am Küchentisch und betrachtet Chris' Visitenkarte. »Das Leben ist voller Überraschungen«, denkt er. Er zieht die Kappe von seinem neuen Füller ab, den er sich erst kürzlich gekauft aber noch nie benutzt hat. Wichtige Dinge sollte man mit Tinte schreiben. So seine romantische Vorstellung.

Liebes Tagebuch,

ich werde heute in meinem neuen Anzug schlafen. Nein, natürlich nicht. Aber verdient hätte er es. Der bringt mir richtig Glück bei den Frauen. Jetzt hab ich ewig überlegt, ob ich Chris noch eine SMS schreibe und mich für die Einladung zu der Modenschau bedanke. Habe ich mich dann doch nicht getraut, lieber nicht zu aufdringlich sein. So eine schöne Frau. Die langen braunen Haare und diese hellgrauen Augen. Fast silber. Sehr apart.

Und mit Gesine in der Kneipe, das war ebenfalls interessant. Sie hat mit mir geflirtet und irgendwie auch nicht. Normalerweise bekomme ich bei so was ja Schweißausbrüche – bei Gesine nicht. Ist das jetzt ein gutes oder schlechtes Zeichen? Wir haben über alles Mögliche gesprochen, nur über die Arbeit nicht. Eher so Privates. Nicht so buddymäßig wie mit Zankl, eher kulturell und übers Kochen und solche Sachen. Ich glaube, ich mag Frauen lieber als Männer. Das Sensible, das liegt mir.

Komisch, ich hab den ganzen Abend nicht an Beate gedacht. Oh, Beate, warum bist du auch so unnahbar und warum willst du diesen Idioten heiraten? Deine Beziehung mit diesem blöden BMW-Testfahrer ist doch zum Scheitern verurteilt! Er wird dir nicht gerecht werden! Dir und deinen hohen Ansprüchen an die Liebe.

Nach diesen Zeilen schläft er am Küchentisch ein. Mit der Wange auf dem aufgeschlagenen Tagebuch.

Irgendwann klingelt sein Handy. Hummel fischt es mechanisch aus der Hosentasche. »Chja?«

»Hummel, ich bin's, Dosi!«

»Dosi?!«, stöhnt er. »Was ist los? Es ist mitten in der Nacht!«

»Ich brauch deine Hilfe. Wir sind hier bei diesem Dr. No in der Praxis. Fränki und ich.«

»Was macht ihr da!?«

»Frag nicht und hol uns hier raus. Lueg ins Land 4. Direkt am Isartor. Neben dem Hotel. Ich bin oben am Fenster im 4. Stock.« Sie legt auf.

Hummel kratzt sich am Kopf. Die hat doch nicht mehr alle Tassen im Schrank! In eine Arztpraxis einbrechen? Geht's noch? Er steht auf und fühlt sich unsicher. Drei Bier mit Gesine und vorher das Blubberwasser. Nicht gerade perfekt zum Radfahren.

SPIDERMAN

Kurz darauf sitzt er auf dem Rad und friert sich den Arsch ab, als er den Rosenheimer Berg hinunterfährt. Am Isartor biegt er rechts vor dem Altstadthotel in die kleine Gasse ein. Er stellt sein Rad ab und greift mit klammen Fingern zum Handy. Irgendwo hoch oben öffnet sich ein Fenster. Dosis Gesicht taucht im gelben Gassenlicht auf. Sie winkt, und schon klingelt sein Handy. »Die Reinigungsleute sind gerade in der Praxis«, flüstert Dosi. »Du musst uns hier rausholen, Hummel.«

»Und wie soll ich das machen? Mit einem Sprungtuch?«

Sie deutet auf den Sims unter dem Fenster. »Versuch es von nebenan, vom Hotel.«

»Bin ich Spiderman?!«, flucht Hummel und legt auf.

Er betritt das Foyer des Hotels. Gedämpftes Licht, ein paar Leute an der Bar. Der Nachtportier sieht ihn misstrauisch an.

»Krieg ich bei Ihnen noch was zu trinken?«

Der Portier mustert ihn noch mal und grinst. Als ob in Hummels Gesicht ein guter Witz stehen würde. Dann nickt er zur Bar hinüber. Dort bestellt Hummel sich einen Whisky und wartet kurz, bevor er zur Toilette geht. Er biegt zum Lift ab und fährt in den 4. Stock hoch. Langer Flur, am Ende ein Fenster. Er öffnet es. »Dosi!?«, ruft er leise in die Nacht hinaus. Dosis Kopf taucht auf. Hummel will gerade auf den Fenstersims klettern, da fliegt die Zimmertür neben ihm auf. »Du Schuft!!!«, ertönt eine Frauenstimme, und ein Mann stürzt aus dem Zimmer, bekleidet nur mit den Flüchen seiner Angebeteten. Die Hummel auf dem Doppelbett erspäht. Ebenfalls nackt. Kampfbereit. Jeanne d'Arc. Oder eine griechische Göttin beim Diskuswurf. Denn im nächsten Moment donnert eine Obstschale an den Türstock. Inklusive Früchten. Adam zieht die Türe zu. Hummel starrt ihn an.

»Hallo, guten Abend«, begrüßt ihn der Nackte.

»Hummel, was ist jetzt?!«, ruft Dosi von draußen.

Hummel ist etwas überfordert.

»Kann ich helfen?«, fragt der Mann.

»Ja, halten Sie mich fest.« Hummel reicht ihm die Hand und steigt nach draußen auf den Sims. Ihn schaudert, als Dosi zu ihm herübertippelt. Fränki folgt ihr. Der nackte Mann hält Hummel, und Hummel ergreift Dosis Hand.

Kurz darauf sind sie alle im Flur. »Hummel, mein edler Retter in der Not!«, bedankt sich Dosi. Fränki nickt zustimmend.

»Dank ihm«, sagt Hummel und deutet auf seine neue Bekanntschaft. Der Mann hat ein Bild von der Wand genommen und hält es sich vors Gemächt. Das Bild zeigt das Matterhorn in expressionistischer Ausführung.

»Sehr eindrucksvoll«, meint Dosi. »Vielen Dank!«

Fränki funkelt den lächelnden Adonis misstrauisch an.

Sie verabschieden sich von Mr. Matterhorn und fahren mit dem Lift nach unten. Fränki und Dosi verlassen den Lift schon in der Lobby, Hummel fährt zu den Toiletten ins Untergeschoss. Kurz darauf sitzt er wieder an der Bar. Nippt an seinem Whisky. Nur langsam geht sein Puls runter.

»Mensch, so eine Überraschung?!«, erklingt eine wohlbekannte Stimme. Sein Puls schnellt wieder hoch. »Ist bei dir noch Platz?«, fragt Dosi mit Fränki im Schlepptau und winkt dem Barkeeper. »Wir kriegen dasselbe. Mann, Hummel, was machst du denn hier?!«

»Von der Arbeit entspannen.«

»So ein Zufall, wir auch. Und wow, toller Anzug!«

»Nur für dich. Ich hab geahnt, dass ich dich noch treffe.«

Sie musterte sein Gesicht, überlegt und grinst dann.

»Is was?«, fragt er gereizt.

»Nein, was soll sein? Ich freu mich nur, dich zu sehen.«

»Du schaust so komisch.«

»Ja, das Gesicht ist der Spiegel der Seele.«

Er sieht sie irritiert an. »Lenk nicht ab! Was läuft hier für eine Scheißaktion?!«

»Nicht so laut«, sagt sie verschwörerisch und beugt sich zu ihm. »Wir wollten uns nur mal bei Nose umschauen. Ist ja aktuell auf dem Kongress in Rom. Aber plötzlich kommt der Putztrupp.«

»Ihr hättet doch warten können, bis die wieder weg sind.«

»Klar, ein paar Stunden. Und wenn sie uns erwischt hätten?!«

»Ihr habt echt 'nen Knall!« Er nippt an seinem Whisky. »Und, habt ihr was?«

»Die Daten sind erstaunlich gut geschützt«, sagt Fränki. »Und ich kenn mich mit Computern aus.«

Hummel ist fassungslos. »Mann, ihr hab echt nicht alle Tassen im Schrank! Ihr brecht da ein und knackt seinen Computer, Wahnsinn …«

An der Bar erscheint jetzt der nackte Typ von eben. Ohne Dirndldekolleté. Aber mit Morgenmantel. Den er mit einer Grandezza trägt, als würde er in festlicher Landestracht zu einem Staatsbankett erscheinen. In der Hand ein Whiskyglas. Cool. Muss Hummel neidlos anerkennen.

Dosi trinkt aus. »Komm, Fränki, ich muss jetzt ins Bett. Die Jungs wollen bestimmt noch ein bisschen unter sich sein.« Sie zwinkert Hummel zu und steht auf.

»So geht hin in Frieden, der Herr lasse sein Angesicht leuchten über euch und sei euch gnädig«, sagt der Morgenmantel und entlässt eine verdutzte Dosi samt Fränki-Boy.

»Priester?«, fragt Hummel erstaunt.

»Beinahe.« Er setzt sich. »Vor der Priesterweihe noch die Kurve gekriegt. Ich konnt nicht lassen von den Damen.« Er streckt Hummel die Hand hin. »Thomas. Oder Tom.«

»Bruder Tom«, sagt Hummel und grinst. »Hummel. Oder Klaus. Danke wegen eben.«

»Kein Thema.«

»Du fragst gar nicht, was das für eine Aktion war?«

»Nein. Aber sprich nur. Beichtgeheimnis.«

»Ich bin konfessionslos.«

Tom lacht. Dann sieht er Hummel ins Gesicht, hängt einem Gedanken nach und hebt lächelnd sein Glas. »Auf die Liebe!« Sie trinken.

Hummel nimmt den Faden wieder auf: »Du hattest Streit mit …« – »… meiner Freundin. Nichts Ernstes. Haben wir jeden Tag. Sie ist wie eins dieser hochgezüchteten Rennpferde. Extrem empfindlich. Wie das mit Topmodels so ist.«

»Sie ist Model?«

»Zeitschriften, Mode, Werbung, der ganze Klimbim. Heute Abend war sie auf einer Bademodenschau. In diesem protzigen Hotel.«

»Dann ist sie in der Agentur von Chris Winter!«

»Du kennst dich ja gut aus?«

»Und ihr habt gestritten, weil sie sich die Nase machen lassen will?«

Tom starrt ihn an. »Hey, hast du an der Tür gelauscht?«

»Nein, ich bin Polizist. Wir haben ein Auge auf Dr. No, also Dr. Schwarz. Und der hat seine Praxis gleich nebenan.«

Tom will etwas sagen, aber sie werden unterbrochen. Beziehungsweise abgelenkt: Eine Frau von überirdischer Schönheit betritt die Bar. Auch sie ist nur mit einem Morgenmantel bekleidet. Hummel greift zu seinem Whiskyglas und nimmt einen großen Schluck. Und bekommt einen Hustenanfall. Tom klopft ihm auf den Rücken.

»Tommi, jetzt komm endlich wieder ins Bett!«, haucht die Schönheit.

Tom streicht sich die blonden Strubbelhaare aus der Stirn und lächelt Hummel entschuldigend an.

Weg sind sie. »Wenn die eine neue Nase braucht, dann brauch ich einen neuen Kopf«, denkt Hummel und trinkt aus.

Als er zu seinem Rad geht, läuft in seinem Kopf die Diashow mit den Badenixen ab. An die Frau von eben kann er sich nicht erinnern. Na ja, er hat auch nicht gerade auf die Gesichter geachtet. Wahnsinn, was für ein Abend! Und so viele schöne Frauen! Nur Dosi drückt den Schnitt ein bisschen, das verrückte Huhn. Aber Dosi ist Dosi.

Am Rosenheimer Platz wird er unsanft von einer Polizeistreife aus seinen Träumen gerissen und muss blasen. Für seinen Dienstausweis interessieren sich die beiden Cops nicht die Bohne. Warum auch – um halb vier im Anzug mit dem Radl unterwegs. 0,5 Promille. Hummel staunt selbst, dass es nicht mehr ist, und kommt mit einer Ermahnung davon.

Warum haben ihn die Polizisten so merkwürdig angesehen? Machen alle heute. Hat er einen fetten Pickel auf der Nase? Als er zu Hause im Bad in den Spiegel schaut, staunt er. Da steht etwas in seinem Gesicht, in seiner Handschrift: *an die Liebe*. Bestens lesbar, jetzt im Spiegel. Er erinnert sich, dass er auf seinem Tagebuch eingeschlafen ist. »Kommt davon, wenn man mit Füller schreibt«, denkt er und muss grinsen. Das Gesicht ist der Spiegel der Seele. Dosi hat ja so recht.

FINGERSPITZENGEFÜHL

Morgensitzung im Präsidium. Das nächtliche Fensterln behalten Hummel und Dosi natürlich für sich. Zankl hat sich noch ein bisschen schlaugemacht: »Dr. Nose ist tatsächlich die Nummer 1 bei den Münchner Nasen. Nicht unumstritten. Aber klar, die lieben Kollegen wollen alle was vom großen Kuchen abhaben. Ein grauenhaftes Gewerbe!«

»Angebot und Nachfrage«, meint Mader. »Es zwingt die Damen ja niemand, so was zu machen. Unsere *Schöne Münchnerin* hat Touristik studiert. Glänzende Noten. Ich glaube, die Frauen entscheiden ganz bewusst, was sie tun und was nicht. Und solche Leute wie Dr. No. wird es immer geben. Schönheitschirurgie ist nicht illegal.«

»Wenn man gestohlene Nasen verbaut, dann schon«, erwidert Zankl.

»Wenn man ihm das beweisen kann, ja. Aber das wäre nicht unser Job. Wir sind von der Mordkommission.«

»Aber der Typ ist bestimmt der Schlüssel …« – »Langsam! Bitte ermitteln Sie mit Fingerspitzengefühl. Ich will nicht, dass Dr. Günther gleich einen Herzinfarkt kriegt.«

Dosi schnauft auf. »Dr. Günther, klar. Dem seine Frau hat sich bei Dr. No bestimmt auch den Zinken richten lassen.«

Alle sehen sie erstaunt an.

»Das sagt mir mein niederbayerischer Instinkt«, erklärt Dosi.

Mader lacht. »Trotzdem. Gehen Sie bitte subtil an die Sache ran. Sie und Zankl befragen heute Dr. No. Und, Hummel, sind Sie mit dieser Agenturchefin noch weitergekommen?«

»Noch nicht so wirklich. Aber diese Modeszene ist eine ganz eigene Welt. Sehr tough. Ich würde gern noch ein bisschen Frau Sallers Arbeitsumfeld durchleuchten.«

»Mit dem nötigen Fingerspitzengefühl«, witzelt Zankl.

»Aber sicher doch.«

HUNDEFUTTER

Helmut und Ludwig fahren am frühen Vormittag auf der Autobahn in Richtung Salzburg. Föhn. Die Alpenkette klebt in ihrer ganzen Schönheit am Horizont. Zum Greifen nah. Loki sitzt am Steuer. Helmut hat die Kühlbox auf dem Schoß.

»Ich weiß nicht«, sagt Loki, »ob das so gut war mit dem Rechner. Ich mein, der Grasser und der Prof, das lief doch bisher immer fair. Jetzt ist der Grasser enttäuscht.«

»Buh, enttäuscht! Der Arme! Na und, sind wir das nicht auch? Die machen den großen Reibach und wir haben das ganze Risiko. Ich hab ja nicht Wunder was verlangt. Nur ein paar Euro mehr. Ganz einfach.«

Ludwig schüttelt den Kopf. »Ganz einfach? Grasser ist nicht dumm. Der ist ein knallharter Geschäftsmann.«

»Knallhart ist anders. Grasser ist so was von nervös, der scheißt sich wegen dem Auftraggeber voll in die Hose. Würde mich echt interessieren, wer das ist. Jedenfalls darf der nicht erfahren, dass wir erst jetzt liefern. Sonst kriegt Grasser Stress.«

Loki fegt den Irschenberg hoch. »Fahr langsamer!«, sagt Helmut. »Loki!«

»Nenn mich nicht immer Loki!« Er drückt noch mehr aufs Gas. »Hörst du den Motor? Wie ein Uhrwerk.« Der Wagen beschleunigt schwungvoll trotz der Steigung.

»Die haben hier Radarfallen.«

»Bergauf doch nicht.«

Als sie über die Kuppe schießen, zischt Helmut: »Brems gefälligst! Da unten ist Stau!!«

»Alter, cool bleiben! Der BMW hat 1-a-Bremsen.«

»Jetzt brems endlich!«

»Ich brems ja!« Hektisch pumpt Lokis Fuß das Pedal. Wirkung minimal. Er schaltet runter, der Wagen ist viel zu schnell, der Motor jault auf. 200 Meter. Ohne Kupplung knallt Loki den dritten Gang rein. Das Getriebe schreit auf. 100 Meter. »Scheiße, Scheiße, Scheiße!!!«, brüllt Loki. Der Seitenstreifen ist versperrt durch ein Wohnmobil mit Warnblinklicht. 50 Meter. Loki steuert das Wohnmobil an. 20 Meter. Nur nicht der Sattelschlepper daneben! 10 Meter. Weit aufgerissene Augen. *BUMMMMM!!!!* Sie krachen in das Wohnmobil, das sich in einer Wolke aus Plastik, Glas, Blech und Sperrholz dematerialisiert. Fahrzeugteile fliegen durch die Luft, große und kleine.

Stillstand. Loki sagt nichts. Helmut ebenfalls. Der Verkehr auf der Gegenspur rauscht.

Bei dem Aufprall wurde die Kühlbox durch die Windschutzscheibe geschleudert. Zerborsten. Eiswürfel auf Asphalt. Und zwei wohlgeformte Damenohren. Sogleich alles voller Schaulustiger. Die Ohren hat niemand gesehen. Außer einem Mädchen. Und einem Golden Retriever, der sich von seinem Herrchen losreißt und sich die Ohren als Snack einverleibt. Das Mädchen sieht zu, wie der Hund auf den knorpeligen Muscheln kaut. »Papa, Fridolin frisst gerade Ohren …« – »Pst! Benita, schau, die Typen in dem Auto, die sind garantiert tot!«

Nein, Helmut ist noch am Leben. Loki ebenfalls. Das stellen die Sanitäter eine halbe Stunde später fest, nachdem die Feuerwehr das Auto aufgeschnitten hat. Aber es geht den beiden nicht gut. Ihre Gesichter sind vom Platzregen der Metall- und Glassplitter übel zugerichtet worden. Frisch gepflügte Äcker. Die Feuerwehrleute ziehen die beiden aus den Resten des demolierten BMWs. Der Wohnmobilfahrer hat Glück gehabt. Er hatte die Stauzeit genutzt, um hinter der Leitplanke zu pinkeln. Jetzt staunt er über das plötzliche und sehr verfrühte Ableben seines nagelneuen Wohnmobils.

Kurz darauf ist der Krankenwagen unterwegs nach München. Die beiden schwerverletzten Unfallopfer delirieren: »Helmut? – Loki? – Helmut! – Loki! – Helmutlokihelmutloki…«

Die Reise der beiden Freunde endet in der Anfahrtszone der Notaufnahme des Klinikums Großhadern, wo sie gestern die Box mit dem Hundesnack abgeholt haben. Zufall. Eine Frage der Kapazitäten. Bisschen wie Heimkommen.

RUSTIKALDUNKEL

Mader macht es heute ganz spartanisch. Oder authentisch. Was auf dasselbe rauskommt. Er fährt öffentlich. Um ein besseres Gefühl für die Gegend zu bekommen, für die Heimat von Veronika Saller. Am Verkehrskrebsgeschwür Harras entsteigt er der U-Bahn, um dann mit fahlgesichtigen Senioren gemeinsam auf den Bus zu warten. Er selbst senkt den Altersschnitt nur geringfügig. Durch das Busfenster betrachtet er das lange graue Band der Straße, gesäumt von altersschwachen Automobilen und vernarbten Mietskasernen geringer Bauhöhe. Tristesse oblige. Bewohnte Schallschutzwände. Dagegen ist sein Neuperlach eine bunte Zukunftsvision voller Verheißungen von Wohlstand und Glück. Mader steigt an der nächsten Haltestelle aus. Er hat Hunger und kauft in einem Lotto-Kiosk eine Leberkässemmel und einen Kaffee. Nicht nur Bajazzo findet den Leberkäs ausgezeichnet. Aber der Kaffee ist aus der Hölle – ein giftiges, schwarzbitteres Konzentrat. Magengeschwür frei Haus. Mader nippt nur einmal daran und lässt den vollen Pappbecher sogleich in einem Mülleimer verschwinden.

»Eine Gegend der Extreme«, denkt Mader, als er seine Schritte zu dem Eternitsilo lenkt, in dem die Eltern der *Schönen Münchnerin* wohnen. Er hat sich vorhin telefonisch angekündigt. Was mit wenig Begeisterung aufgenommen worden war. Klar, er hat ja keinerlei Ermittlungsergebnisse vorzuweisen.

Als er nun in dem dunklen Hausflur steht und ihm die schneidenden Gerüche der Mittagszeit die Luft zum Atmen

nehmen, beschleichen ihn Zweifel. Die Zeit ist schlecht gewählt. Was, wenn die ihn jetzt nötigen, an ihrem kargen Mit-
tagsmahl teilzunehmen? Zu spät. Er hat schon geklingelt. Die
Tür öffnet sich, und er blickt in das vom Weinen gerötete Gesicht von Frau Saller. »Ich hoffe, ich störe nicht?«, sagt Mader.

Sie ignoriert seine rhetorische Frage und tritt zurück.
»Mein Mann ist in der Küche.«

Beim ersten Besuch mit Dosi waren sie im Wohnzimmer.
Die Küche sieht Mader zum ersten Mal. Und irgendwie
auch nicht. So ähnlich hat es bei seiner Mutter ausgesehen.
Das rustikaldunkle Furnier der Einbauschränke, die plastik-
karierte Tischdecke und die jodelnde Kiefernholzeckbank
mit den Polstern in Hellbraun. Die waren bei seiner Mutter moosgrün. Ähnlich ist vor allem die Enge, in der jeder
Handgriff maximal eine Armlänge entfernt ist. Und auch
das gelbe Licht vom kupfergefassten Riffelglas der altmodischen Deckenlampe kommt ihm vertraut vor. Auf dem
Herd simmert etwas in einem großen Topf. Herr Saller sitzt
mit einer Flasche *Löwenbräu* am Küchentisch und sieht ihn
leer an. Erwartung ist da nicht in seinem Blick. Er nickt fast
unmerklich.

»Setzen Sie sich doch«, sagt Frau Saller und deutet auf
einen Stuhl. »Und geben Sie mir Ihren Mantel.«

Zurück in der Küche öffnet Frau Saller den Kühlschrank.
Ein Wienerle für Bajazzo, ein Bier für Mader. Ablehnen ist
nicht angesagt, und Mader ist froh, den Leberkäs neutralisie-
ren zu können. Denn der kann den ersten positiven Eindruck so gar nicht halten. In seinem Bauch rumort es gefährlich. Saller hält ihm die Flasche hin. Glas klirrt leise. Sie
trinken. Saller sieht ihn direkt an. »Gibt's was Neues?«

»Nein, aber wir gehen davon aus, dass Ihre Tochter die
Drogen nicht freiwillig genommen hat an diesem Abend.

Ich muss mehr über Veronika wissen. Wir haben noch keine Anhaltspunkte für mögliche Tatmotive. Erzählen Sie mir von ihr, von der Schule, vom Studium, ihrer Arbeit, ihren Freunden ...«

KLEINSTE DEFIZITE

Zankl hat sich vorgenommen, mit Dr. No ein ganz sachliches Gespräch zu führen, aber jetzt hat Dosi es in wahrlich sonderbare Bahnen gelenkt. Dosi lässt sich eine detaillierte Beratung geben, welche Körperstellen bei ihr noch Optimierungsbedarf hätten. Noch! Die Worte fliegen hin und her wie die Stahlkugel in einem Flipperautomaten. Zankl taucht ab in ferne Jugenderinnerungen, in die vormittäglichen Spielhallen am Hauptbahnhof beim Schulschwänzen, er denkt an die kleinen Tricks, mit denen er einen Extraball nach dem anderen aus dem Flipper holte. Seine geistige Absenz stört nicht weiter, denn er hat nur eine unbedeutende Nebenrolle in der grotesken Sitcom Schönheit kennt keine Grenzen.

»Und jetzt kommen wir zu meiner Nase«, sagt Dosi, »was raten Sie mir da?«

»Nur kleinste Korrekturen, Verehrteste. Sehen Sie, die Nase ist die Vorhut des Charakters. Sie kommt an, bevor Sie da sind. Es würde keinen Sinn machen, Ihnen eine niedliche kleine Stupsnase zu modellieren, sondern die Botschaft muss lauten: Kraft, Ausdruck und Eleganz. Die ersten beiden Kriterien erfüllt Ihre Nase bereits nachdrücklich, bei der Eleganz haben wir vielleicht noch ein paar kleine Defizite. Kleinste Defizite, würde ich sagen. Maximal. Ich würde ein wenig Knorpel entfernen, also weniger in die Breite gehen, und das wär's auch schon. Wissen Sie, Persönlichkeit ist das Gesetz der Stunde. Viele glauben ja, dass die plastische Chirurgie nur standardisierte Formen kennt. Das Gegenteil ist der Fall! Standard, Uniformität, Konformität gibt es an jeder Ecke. Es geht darum, die Persönlichkeit zu unterstreichen. Persönlichkeit ist immer einzigartig.«

Dosi nickt begeistert, Zankl schwinden die Sinne.

»Was sagen Sie zu dieser Nase?«, fragt Dosi und legt das Agenturfoto von Veronika Saller auf den Tisch. Nose betrachtet es interessiert.

»Sie kennen die Frau?«

»Nein, ich kenne meine Gesichter.«

»Wie finden Sie die Nase?«

»Sehr hübsch. Aber irgendwas stimmt nicht. Sie passt nicht. Der Übergang zur Stirn ist zu harmonisch. Ich weiß, das sehen Sie jetzt nicht, aber da fehlt etwas. Der Übergang ist zu glatt. Die Nase passt nicht ganz zum Rest des Gesichts.«

Dosi legt ihm ein zweites Bild hin. Das Zeitungsfoto als *Schöne Münchnerin* mit der alten Nase.

»Sehr schön. Perfekt«, urteilt Dr. No. »Fast perfekt. Aber das macht sie gerade perfekt. Verstehen Sie? Ägyptisch, so wie Kleopatra, lang, schmal, elegant. Sehen Sie, wie wunderbar der Übergang zur Stirn ist, die kleine Wölbung hier zwischen den Augen.« Seine Finger streichen über das Fotogesicht. »Das ist dieselbe Frau?«

Dosi nickt. »Aber es sind unterschiedliche Nasen. Auf dem neuen Foto sehen Sie die Nase einer anderen Frau. Wir haben die DNA untersucht.« Zankl legt das Foto der toten Veronika daneben. »Die Frau ist tot. Wir ermitteln in einem Mordfall!«

»Das sagten Sie eingangs schon. Wenn auch noch nicht so konkret. Wie kann ich Ihnen da helfen?«

»Wir glauben, dass die neue Nase etwas mit dem Tod der Frau zu tun hat.«

»Ich verstehe nicht …?«

»Wer macht solche Operationen, also mit anderen Nasen?« Nose schüttelt angewidert den Kopf. »Ich jedenfalls nicht.«

»Aber? Können Sie uns einen Tipp geben?«

»Vielleicht bekommt man so was in Fernost, USA, Osteuropa. Da kenn ich mich leider nicht aus. Hier in München gibt's so was nicht. Also, ich gehe davon aus.«

»Wo waren Sie am Sonntagabend?«, fragt Zankl.

Nose lächelt, als wäre das eine völlig absurde Frage. »Im Golfclub, wie fast jeden Sonntag.«

EIN SCHRITT ZU WEIT

Mader ist gründlich bedient. Er hat den besten Eintopf seines Lebens gegessen – sich sogar das Rezept aufschreiben lassen! –, nach dem ersten noch zwei Bier getrunken und viel über Veronika Saller erfahren. Nichts Sachdienliches für den Fall, aber er hat jetzt ein viel genaueres Bild von ihr vor Augen. Sie war kein dummes Mädchen, das aus kleinen Verhältnissen in die Modelszene hineingerutscht ist, sondern eine zielstrebige junge Frau, die genau wusste, was sie tat und was sie wollte. Schon früh hat sie als Messehostess eigenes Geld verdient und ihr Studium selbst finanziert. Dass das Appartement in Milbertshofen ihr gehört, hat er ihren Eltern nicht gesagt. Das würden sie schon noch erfahren. Die vierhunderttausend Euro, die man selbst im Münchner

Norden für 40 Quadratmeter hinblättert, sind mit ihrem Modelgehalt schwer zu erklären. Und die Wohnung ist bezahlt. Vielleicht hat Veronika Saller ihre Kenntnisse über illegale Schönheitsoperationen zu Geld gemacht und ist beim letzten Mal einen Schritt zu weit gegangen, hat zu viel verlangt? Quittung prompt. So lautet eine von Maders Mutmaßungen. Die er natürlich auch für sich behalten hat.

Jetzt steht Mader, vom Bierdunst zart umflort, an der Bushaltestelle und spürt, wie der Herbst seinen schweren, feuchten, dunklen Mantel über das Viertel und seine Schultern legt. »Was soll der Geiz?«, sagt er zu Bajazzo und geht zum Taxistand. Es ist nicht einmal 17 Uhr, aber für ihn ist der Tag gelaufen. Er will nach Hause.

NICHT ALLE TAGE

Für Hummel ist der Tag noch nicht vorbei. Er durchkämmt die Datenbanken nach vermissten jungen Frauen. Irgendwo muss die Nase der *Schönen Münchnerin* ja her sein. Sein Handy klingelt. Keine Nummer. »Ja, Hummel?«

»Hallo Klaus, ich bin's, Chris Winter von Winter-Models.«

»Oh, Frau Winter, äh, Chris, hallo …«

»Ich wollte mich nur entschuldigen, dass ich gestern so kurz angebunden war. Aber wissen Sie, so große Modenschauen fordern ihren Tribut. Hat es Ihnen und Ihrer Partnerin denn gefallen?«

»Dr. Fleischer ist meine Kollegin!«

»Ah, ja, prima. Schön.«

»Ja, es war sehr schön. Sehr schöne Frauen. Das, äh … Das sieht man nicht alle Tage.«

Sie lacht. »Das können Sie laut sagen. Jedenfalls ist gestern und heute ist heute. Falls Sie noch Fragen haben?«

»Ich, äh, nein …«

»Sagen Sie, Klaus, was halten Sie davon, wenn wir zusammen was essen gehen? Heute Abend vielleicht, ganz spontan?«

Hummel schluckt.

»Hallo, sind Sie noch dran?«

»Ja, ich, äh …«

»Außer Sie haben keine Zeit …«

»Doch, natürlich, ich, äh …«

»Ihre Frau fände das nicht so gut?«

»Ich hab keine Frau.«

»Prima. Sehr schön. Um 20 Uhr im *Fraunhofer*?«

»Ja, gerne.«

»Dann bis nachher.«

Es klickt. Stille. Hummel hat das Handy immer noch ungläubig am Ohr. Prima? Was war das denn?! Hat er Halluzinationen? Akustische? Seit wann erfüllt das Universum Wünsche? Hat er sich denn was gewünscht? Ein Date mit Chris Winter! Nachher gleich! Aber was soll er anziehen? Ach, er wird so hingehen, wie er gerade ist – Jeans, Pulli, Lederjacke. Das reicht fürs *Fraunhofer*. »Was hat eine so schöne Frau in so einem rustikalen Lokal verloren?«, denkt er jetzt. »Die geht doch eher in so Sterneschuppen. Aber wer weiß, vielleicht ist sie privat ganz anders?« Beate würden die Augen rausfallen, wenn sie sähe, mit was für einer tollen Frau er ausgeht. Vielleicht sollte er später noch mit Chris in der *Blackbox* auf einen Absacker aufkreuzen? Nein! Das kann er nicht bringen. Aber je nachdem, wie lange sein Abendtermin dauern würde, könnte er ja später noch auf ein Bier zu Beate gehen. Um zu sehen, wie sich das anfühlt, nicht immer nur in der Defensive zu sein. Auf seine Recherche nach vermissten Frauen kann sich Hummel jetzt nicht mehr konzentrieren.

GROSSES GLÜCK

»Hallo, Herr Tisano, können Sie mich hören, Herr Tisano?«

Helmut blinzelt. So sieht also die Hölle aus. Wie ein billiges karges Pensionszimmer. Alles weiß. Öha. Spricht da Gott mit ihm? Ist der Besuch auf Erden vorüber? Er dreht sich zur Seite und sieht einen alten Mann. Gott?

»Können Sie mich hören?«, fragt Gott.

»Ja, ich kann. Wo bin ich?«

»Im Krankenhaus. Sie hatten einen Unfall.«

»Wo ist Loki?«

»Welcher Loki?«

»Mein Partner.«

»Liegt ein Zimmer weiter. Sie haben großes Glück gehabt. Alle beide. Ich bin Professor Prodonsky, Sie sind hier im Klinikum Großhadern, auf der Intensivstation.«

Prodonsky? Der Professor. Ausgerechnet! »Was ist mit meinem Gesicht?«, fragt Helmut und betastet vorsichtig den Verband.

»Sie beide haben schwere Schnittverletzungen im Gesicht. Aber wir kümmern uns. Herr Tisano, wo sind die Ohren?«

Helmut greift sich an die Seite des Kopfes.

»Nicht Ihre Ohren! Die Ware.«

»Ich weiß es nicht.«

KÜHLER HAUCH

Maders Wohnzimmercouch in Neuperlach. Darauf der Besitzer – horizontal. Der Eintopf liegt Mader jetzt doch recht schwer im Magen. Das Löwenbräu blubbert dort ebenfalls ungut. Nicht nur dort. In seinem Kopf rauscht es. Und immer wieder meldet sich der Leberkäse. Fährt Fahrstuhl. Puh! Bajazzo winselt. Mader reibt sich die Augen. Auf dem Couchtisch sieht er die Abendzeitung. Hat er vorhin mitgenommen. Ein kurzer Artikel über den Abgang der *Schönen Münchnerin*. Standardnachruf. Die offizielle Version der Polizei lautet auf Herzversagen. Sonst hätten sie jetzt die Journalisten am Hals. Er schließt wieder die Augen. Doch Bajazzo ignoriert Maders Ruhebedürfnis. Er muss raus. Time for Gassi!

»Ist ja gut«, sagt Mader und wälzt sich vom Sofa. Er schlüpft in Mantel und Stiefel und geht mit Bajazzo hinaus in den kühlen Herbstabend. Es ist Viertel vor acht und stockfinster. Im Park keine Menschenseele. Maders Schritte schlurpsen auf dem feuchten Laub, das die geteerten Wege bedeckt. Bajazzo verschwindet geschäftlich in den Untiefen des Parks. Mader saugt die schneidige Luft ein. Langsam werden seine Gedanken klarer. »Da kämpft sich eine junge Frau aus kleinen Verhältnissen hoch, kommt auf den Geschmack des Geldes und hat kein Gefühl für die Grenzen. Und schon ist das Spiel vorbei. Aber würde man denjenigen erpressen, der einem eine neue Nase beschert hat? Oder war sie ein Versuchskaninchen, um die Möglichkeiten der plastischen Chirurgie auszuloten? Hat sie Geld dafür bekommen?« Morgen erfahren sie vielleicht mehr, denn da wird Veronika Sallers Freundin aus den USA heimkehren. In die Plettstraße 4. Nur ein paar Minuten von hier. Heimspiel. Er sieht in den Nachthimmel. Ein glitzerndes Sternenzelt über Neuperlach. Er spürt die Energie. Konzentration. Er schließt die Augen und empfängt kosmische Strahlen. Erleuchtung. Seit Langem mal wieder. Der kühle Hauch der Finsternis – eine schwarze Ahnung, eine Berührung mit dem Jenseits, ein Atemzug des Schicksals. Oder bloß ein frisches Abendlüftchen? Mader dreht sich um. Wo bleibt Bajazzo?

IMMER IM DIENST

Hummel läuft wie auf Schienen. Er ist eine Trambahnstation zu weit gefahren. Bis zum Reichenbachplatz. Hatte zu viele Gedanken im Kopf. Jetzt muss er die halbe Müllerstraße zurück bis zur Fraunhoferstraße. Eine Frage bohrt nachhaltig in ihm: »Warum will diese Klassefrau mit mir essen gehen? Ausgerechnet mit mir?« Eine kalte Windbö fegt ihm ins Genick. Er schlägt den Kragen seiner Lederjacke hoch und biegt in die Fraunhoferstraße ein.

Die großen Fenster des *Fraunhofer* leuchten. Wohlige Wärme schlägt ihm entgegen, als er den Gastraum betritt, ein Gewirr von Stimmen. Die Luft ist geschwängert von Bratensoße und Bier. »Fehlt nur noch der Zigarettenrauch«, denkt Hummel wehmütig. Chris ist schon da, winkt ihm. Er tritt an den Tisch und gibt artig die Hand. »Hallo Chris, schön, Sie zu sehen.«

»Ganz meinerseits. Aber sagen wir doch ruhig ›Du‹ zueinander.«

»Gerne, Chris, äh, hallo, du …«

Sie lacht. Und deutet auf ihr Weißbier. »Ich war schon mal so frei. Auf diesen Fashion-Shows gibt es immer nur das klebrige Zeugs.«

»Ach, ab und an Champagner ist nicht ganz verkehrt«, meint Hummel und winkt dem Kellner. »Ein Helles, bitte.«

Sie lächeln sich an. Sagen nichts. Hummel steigt die Hitze ins Gesicht. Als sein Bier kommt, stoßen sie an. Er nimmt einen großen Schluck und stöhnt erleichtert.

»Harten Tag gehabt?«, fragt Chris.

Er nickt. »Der Fall Veronika Saller nimmt uns ziemlich mit. Klar, in München passiert viel, aber bei so jungen Menschen fällt man dann doch vom Glauben ab. Die haben noch alles vor sich, und dann zieht jemand den Stecker.«

»Ihr glaubt nicht an eine Überdosis?«

»Wir ermitteln in alle Richtungen.«

»Vroni wäre gestern bei der Show dabei gewesen. Sie ist perfekt für … Sie war …« Chris' Blick trübt sich, sie nimmt schnell einen Schluck von ihrem Bier. Als sie sich gefangen hat, sagt sie: »Eigentlich wollte ich gestern alles abblasen, aber das geht bei so großen Kunden nicht. Die interessieren sich nicht für die menschliche Seite des Geschäfts. Der Job der Mädels ist es, die Sachen zu zeigen und die Einkäufer scharfzumachen. Emotionen sind da nicht gefragt. Alles nur eine große Show.«

Hummel denkt an das verheulte Model von gestern. »Hast du eine Ahnung, ob jemand Veronika schaden wollte?«

»Kann ich mir nicht vorstellen.«

»Wie ist denn die Stimmung in deiner Agentur unter den Mädchen? Also abgesehen von der Sache mit Veronika?«

»Bisschen Zickenalarm. Also immer. Wer ist die Schönste? Wer kriegt die attraktivsten Werbeaufträge? Aber keine

Feindschaft. Da hab ich als Agenturchefin schon den Finger drauf.«

»Und Veronika war mit Andrea Meyer eng befreundet?«

»Ja. Blacky und Blondy. Vroni schwarz, Andy blond.«

»Vielleicht erfahren wir von ihr ja was. Bislang haben wir sie nicht erreicht. Sie kommt morgen aus den USA zurück. Was macht sie da?«

»Urlaub? Ich weiß nicht alles über meine Mädels. Privat ist privat.«

»Und Veronika hatte wirklich keinen Freund?«

»Soviel ich weiß, nicht. Das ist nicht ungewöhnlich. Weißt du, Models können ziemlich anstrengend sein.«

Hummel denkt an den Typen vom Altstadthotel und seine Freundin und nickt. »Das mit dem Koksen hast du nicht gewusst?«

»Was denkst du? Aber wie gesagt – was die Mädels privat machen, weiß ich nicht. Der Job ist sehr anstrengend. Diese Werbekampagnen kosten irre viel Geld. Studio, Fotografen, Assistenten. Da musst du voll präsent sein. Vroni war immer hellwach, hatte viel Ausdauer. Klar könnte sie Aufputschmittel genommen haben. So hab ich das noch nie gesehen. Drogen? Wenn das so war, hat sie es gut verheimlicht.«

»Verdient man als Model denn so viel, dass man sich das leisten kann?«

»Hey, ist das jetzt ein Verhör?!«

»Nein, entschuldige. Ich bin nicht bei der Drogenfahndung.«

»Aber noch im Dienst.«

»Nein, ja, äh … Tut mir leid. Ja, Polizisten sind immer irgendwie im Dienst. Entschuldige. Wollen wir was essen?«

»Ja, Schweinsbraten.« Sie strahlt.

Hummels Handy klingelt. Er ignoriert es. »Geh ruhig dran«, sagt Chris.

Hummel nickt. Er sieht auf die Nummer und runzelt die Stirn. Er nimmt den Anruf an. »Ja, Mader, was gibt's?«

Chris lässt ihre Augen nicht von ihm. Hummel weicht ihrem Blick aus. Denn er weiß bereits, dass der Abend gelaufen ist. »Ja, bis gleich«, sagt er und beendet das Gespräch. Er sieht Chris ernst an. »Sorry, dienstlich, ein Notfall. Es tut mir leid, aber ich, äh, ich muss weg. Ein Todesfall.«

»Oh Gott!«

»Wir holen das nach. Also den Abend.«

»Wirklich?«

»Aber klar doch.«

»Ja, das wäre schön.«

Er steht auf, streckt ihr die Hand hin. Sie ignoriert die Hand und umarmt ihn. Er spürt ihre Lippen an seiner Wange. Ein Stromstoß schießt durch seinen Körper. »Ruf mich an, sobald du Zeit hast«, haucht sie. Hummel schluckt, nickt und geht.

»Scheiße!«, flucht er und widersteht der Versuchung, noch mal durchs Fenster ins Lokal zu schauen. Nicht mal gezahlt hat er.

FRANZ KLAMMER

Ostpark im Mondschein. Mystisch. Abgezirkelte Flächen in Schwarzgrautönen, dampfende Laubberge und glänzende Teerwege im nassen Filz des Parks. Der Nachthimmel spiegelt sich im betongerahmten Zierteichspiegel bei dem trostlosen Biergarten, wo sich Regenwasser in vergessenen Maßkrügen sammelt.

Auf einem der Parkwege eine kleine Fahrzeugkolonne, scharfe Lichtkanten, Männer und Frauen in weißen Overalls, matt glänzende Aluminiumkoffer, Absperrbänder. Keine Presse, keine Schaulustigen. Aber Mader mit Zankl und Dosi. Und Bajazzo. Der sie gefunden hat. Mit seinem feinen Näschen. Unter einem der runden Gullydeckel, die über den ganzen Park verteilt sind. Auf den Gehwegen oder – wie hier – mitten auf der grünen Wiese, nahe dem Kinderspielplatz. Der Inhalt des Kanalschachts ist nichts für Kinderaugen: eine blonde Frau in einem schwarzen Trainingsanzug, zusammengefaltet. Nur mit großer Mühe können die Polizisten die steife Leiche aus der engen Betonröhre bergen. Gesine dirigiert die Arbeiten.

Hummel atmet tief durch. Wahrlich eine Achterbahn der Gefühle heute. Von heiß zu kalt. Seine amouröse Hochstimmung vom *Fraunhofer* ist verpufft.

»Franz-Klammer-Abfahrtshocke«, sagt Zankl und deutet auf die starre Leiche.

»Franz-was?«, fragt Hummel verwirrt.

»Früher gab's mal so eine TV-Sendung mit Skigymnastik. Da haben wir Kinder uns vor dem Fernseher auch so zusammengefaltet. Wie Franz Klammer. Du weißt schon, der österreichische Skirennfahrer anno domini.«

Hummel geht zu Mader rüber, der mit einem Kollegen spricht: »Huber, am Gullydeckel ist nichts?«

»Prüft die Spusi. Auch den Laubfangkorb. Liegt drüben im Gebüsch.«

»Bitte durchsuchen Sie das Gebüsch genau. Abfall, Kippen, das Übliche. Ach, Hummel, auch schon hier?«

»So schnell es ging zu später Stund. Es gibt auch ein Leben nach der Arbeit. Angeblich. Wer hat denn die Leiche gefunden?«

»Bajazzo. Reiner Zufall. Und wir kennen sie.«

Hummel sieht ihn irritiert an.

»Die Frau ist auf einem Foto in Veronika Sallers Wohnzimmer«, erklärt Mader. »Sie wohnt hier ums Eck. Plettstraße 4. Es handelt sich bei der Toten um Andrea Meyer.«

»Aber die ist doch in USA?«

»Leider nicht oder nicht mehr. Kommen Sie, wir hören mal, was Frau Doktor meint.«

»Erwürgt«, sagt Gesine und deutet auf die Blutergüsse am Hals. »Keine offensichtlichen Fingerkratzspuren, wahrscheinlich Handschuhe.«

»Wie lange schon tot?«, fragt Mader.

»Etwa zwei Tage. So über den Daumen.«

»Ein Sexualdelikt? Jemand, der ihr beim Joggen aufgelauert hat?«

»Ich weiß es nicht. Noch nicht.«

»Warum der Kanalschacht als Versteck?«, fragt Hummel.

»Klaus, woher soll ich das wissen?«

Dosi kratzt sich am Damenbart. »Wenn das die Freundin der *Schönen Münchnerin* ist, dann frag ich mich, ob sie aus demselben Grund sterben musste.«

»Okay Leute«, sagt Mader nach einer kurzen Denkpause, »sehen wir uns mal in ihrer Wohnung um. Sind ja nur ein paar Minuten zu Fuß.« Mader fährt mit seinen Gummihandschuhhänden geschickt in die Taschen des Trainingsanzugs der Leiche. Vergebens. Kein Schlüssel.

MEISTER LAMPE

Ein riesiger Betonquader mit erleuchteten Fenstern. »Kenn ich«, denkt Hummel und meint damit Maders Wohnbunker, der ebenso gesichtslos ist. Nein, der hier ist noch ein gutes Stück größer. Monumental und Furcht einflößend. Eine Drohung in der Nacht. Vor der Trutzburg jedoch kein Heckenwildwuchs, keine gesprungenen Gehsteigplatten, kein Graffiti am Waschbetonmüllhäuschen oder ausrangierter Hausrat wie bei Mader. Alles quadratisch, praktisch, gut, sauber. Die Klingelplatte mit gut 100 Knöpfen und Namen ist hochglanzpoliert.

»Halten sich wohl für was Besseres«, murmelt Mader und sucht die Klingel des Hausmeisters. Swobodnik ist dessen Name, wie eine Tafel mit Anweisungen zur korrekten Verhaltensweise hinsichtlich der Grünanlagennichtnutzung und der gefälligst zu unterlassenden Dezibelabsonderung im und rund ums Haus verkündet.

»Was is?«, kommt es genervt und blechern aus der Sprechanlage, nachdem Mader nur einmal, aber nachdrücklich geklingelt hat.

»Kriminalpolizei, lassen Sie uns bitte rein.«

»Des kann jeder sagen ...« – »Machen Sie gefälligst auf, sonst werd ich ungemütlich«, raunzt Mader. Der Türöffner summt. »Welcher Stock?!«, bellt Mader. Keine Antwort. Mader zählt die Stockwerke am Klingelbrett ab.

Als sie im 2. Stock aus dem Lift steigen, fällt ihnen zuerst der Geruch auf.

»Was ist das? Noch eine Leiche?«, fragt Zankl.

»Meister Lampe«, sagt Hummel. »Das ist Kaninchenkacke. Erst denkt man: stinkt gar nicht so schlimm. Aber dann schält sich der wahre Kern heraus: hinterhältig, mufflig.«

»Hummel, du altes Mufflon«, lacht Dosi. »Woher weißt du das so genau?«

»Ich hatte als Kind ein Kaninchen, ein Albinohäschen – Gino.«

»Gino Ginelli …«, trällert Zankl eine alte Eiswerbung.

Mader geht voraus und studiert die Klingelschilder an den Türen in der langen Gangflucht. Aber es ist ganz einfach. Immer der Nase nach. Am Gangende steht eine Tür einen Spalt offen. Zwei Augenpaare. Eins oben. Eins unten. »Ausweis«, kommt es von unten.

Mader zieht seinen Dienstausweis, zögert kurz, dann präsentiert er ihn dem unteren Augenpaar. Die Tür schließt sich, die Kette wird zurückgezogen, die Tür geöffnet. Zwei Männer. Dieselben Gesichter. Aber in unterschiedlichen Höhen. Einmal 1,50, einmal 2 Meter. Irritierte Blicke der Polizisten. »Swobodnik«, sagt der Kleine, »Heinz Swobodnik. Der da« – er deutet nach oben – »ist mein Bruder Dieter Swobodnik.«

»Ihr kleiner Bruder, nehm ich an«, sagt Mader.

»Mein jüngerer Bruder, so ist es«, sagt der Kleine mit einem gefährlichen Funkeln in den Augen. Der Große sagt nichts. Sein Blick ist matt.

»Wie geht's den Kaninchen?«, fragt Mader und lächelt.

Die Miene des Großen hellt sich auf. »Sehr gut, Gertrud wird in den nächsten Tagen werfen, und wir haben …« – »Dieter!«, zischt Heinz und sieht Mader an. »Sie wollen wohl kaum über Kaninchen mit uns sprechen.«

»Kennen Sie Andrea Meyer, hier aus dem Haus?«

»Das Haus hat 112 Mietparteien«, schnarrt Heinz.

»Ist was mit der Schnepfe?«, fragt der Große.

»Sie hatten Ärger mit ihr?«

Heinz' Augen funkeln. »Des Flitscherl. Hält sich für was Besseres. Hat sich über den Geruch beschwert. Welcher Geruch? Das ist ein sauberes Haus. Riechen Sie vielleicht was?«

Mader sieht ihn erstaunt an. »Äh, was denn?«

»Sehen Sie. Die magersüchtige Henne ...« – »Ich darf Sie beruhigen. Die Quell des Ärgers ist versiegt. Frau Meyer ist einem Gewaltverbrechen zum Opfer gefallen. Sie ist tot.«

Heinz' Gesichtsausdruck sagt gar nichts. Dieter hingegen grinst breit. Als Dosi ihn irritiert ansieht, fällt sein Grinsen in sich zusammen.

»Und jetzt verdächtigen wir Sie«, sagt Mader. »Wegen des Streits.«

Morgenröte knallt Heinz und Dieter ins Gesicht.

»Kleiner Scherz«, meint Mader. »Wir müssen in Frau Meyers Wohnung. Sie haben sicher einen Generalschlüssel.«

Mit starrer Miene geht Heinz ans Schlüsselbrett und reicht ihm den Schlüssel.

Mader winkt ab. »Danke, wir folgen Ihnen unauffällig.«

Heinz tritt in Filzpantoffeln ins Treppenhaus. Dieter zieht sich eine Strickjacke über. »Du bleibst hier!«, sagt Heinz scharf und lässt einen enttäuschten Dieter zurück.

Im Lift mustert Dosi Heinz eingehend. Endlich mal ein Mann, der kleiner ist als sie. Aber das macht ihn auch nicht attraktiver. Das glatzköpfige Männchen mit Schmerbauch unter dem grauen Polyesterpulli ist alterslos. Positiv ausgedrückt. Kann 30 oder 60 sein. Ein bisschen die Unterschichtversion von Louis de Funès. Aber nicht lustig.

Sie fahren nur ein Stockwerk höher. Meyers Wohnung liegt ebenfalls am Ende des Gangs. Heinz öffnet und will eintreten. Mader hält ihn zurück. »Danke, das war's für Sie. Einen schönen Abend noch.«

Beleidigt zieht Heinz ab.

Mader verteilt die Rollen: »Doris und Zankl, Sie klingeln bei den Nachbarn. Das Übliche. Hummel und ich sehen uns schon mal die Wohnung an.«

Mader macht das Licht an. Vom Schnitt her erinnert ihn das an seine eigene Wohnung. Aber erstaunlich, was man aus so einer Wohnung machen kann. Edles italienisches Design, teure, schlichte Stoffe auf Polstermöbeln und Stühlen, eine verchromte Bogenlampe, ein cremefarbener Teppich mit irisierender Struktur. »Nicht schlecht«, murmelt Mader. »Sehr geschmackvoll.«

»Mein Stil ist das nicht«, befindet Hummel, »zu kühl.«

»Wir sehen uns ein bisschen um, die Feinarbeit macht die Spurensicherung«, erklärt Mader und zieht sich die Einweghandschuhe an. Hummel tut es ihm gleich. Sie öffnen Schränke, Schubladen, Kühlschrank und Nachtkästchen, werfen einen Blick in den Mülleimer und unters Bett. Mader betrachtet eingehend ein Foto an der Wand, auf dem Andrea Meyer und Veronika Saller zu sehen sind. »Blacky und Blondy«, erklärt Hummel. Daneben hängt ein Bild mit lauter Bikiniladys. Hummel deutet auf die Dame in der Mitte: »Das ist die Chefin, Chris Winter. Die ohne Bikini. Also, die mit der Buse, äh, Bluse, mit dem Hemd.«

Mader nickt nachdenklich. »Ob die Meyer die Letzte ist?«

»Meinen Sie?!«, fragt Hummel erschrocken.

»Ich weiß es nicht.«

Sie setzen die Suche fort. Hummel inspiziert schließlich den Balkon. Na ja, eigentlich will er nur eine rauchen. Er denkt nach. Ist das tatsächlich der Beginn einer Mordserie? Ist Chris ebenfalls in Gefahr? Zankl tritt zu ihm raus. »Die Nachbarn haben nichts gesehen, nichts gehört. Klar, in so 'nem Schuppen. Und, Hummel, was denkst du?«

Hummel nimmt einen letzten Zug aus seiner Zigarette. Wie eine Sternschnuppe entschwindet sie ins Gebüsch der Grünanlage. »Hier stinkt was«, sagt er halblaut zu sich selbst. Er beugt sich über die Brüstung und sieht hinab auf den Balkon der Brüder, wo sich mehrere Kaninchenställe befinden. »Die beiden da unten sind höchst verdächtig. Die züchten Killerkaninchen. Wie das bei Monty Python. Die Häschen lauern ihren Opfern im Park auf und gehen ihnen an die Gurgel! Erwürgen ist ihre Spezialität. Nur für den Kanaldeckel brauchen sie Hilfe.«

Mader steckt den Kopf durch die Balkontür, Dosi im Schlepptau. »Die Spusi ist gleich da. Hier war vor uns jemand in der Wohnung. Keine Geldbörse, kein Handy, kein Computer. Wie schon bei Veronika Saller. Für uns war's das heute erst mal. Ab ins Bett und morgen früh pünktlich um 9 im Präsidium. Hummel, Sie schauen bitte auf dem Heimweg noch mal bei den Kollegen im Park vorbei. Ob die noch irgendwas gefunden haben.«

»Aber sehr gerne doch.«

KALTES LICHT

Hummel ist hundemüde, als er die Plettstraße entlangtrabt. Zum ersten Mal beneidet er Mader darum, hier draußen zu wohnen. Der ist in zwei Minuten daheim. Und er muss noch mal in den Scheißpark. Was für ein verrückter Tag! Das wunderschöne Gesicht von Chris Winter im goldgelben Kneipenlicht hat sich in sein Gehirn eingebrannt. Soll er sie anrufen? Ihr erklären, warum er vorhin so übereilt wegmusste? Die Meyer ist ja eine ihrer Angestellten. Nein, das geht nicht. Das muss er mit Mader absprechen. Aber Chris wird es gleich morgen erfahren. Auch eine der unangenehmen Seiten seines Jobs: schlechte Nachrichten überbringen. Ob das tatsächlich der Beginn einer Mordserie ist? An schönen Frauen? Er wird Chris beschützen! Plötzlich taucht Beate hinter einer scharfen Kurve seiner Gehirnwindungen auf. Beate – die Blackbox wäre noch eine Option für heute Abend. Oder? Er sieht auf die Uhr. Kurz vor zwölf. Wenn er jetzt ganz schnell ist, dann … Unsinn!

Es hat aufgeklart. Der Mond ist fast voll und wirft sein kaltes Licht auf den Park. Hummel sieht, dass die Kollegen gerade ihr Besteck einpacken und der erste Wagen im Schritttempo davonrollt. »Und«, fragt Hummel, »habt ihr noch was gefunden?«

»Alles Mögliche«, sagt Huber. »Flaschen, Scherben, Kondome, verglühte Silvesterraketen, Plastiktüten, eine Spritze. Was man in einem Park so alles findet. Aber keine verwertbaren Fußspuren. Wegen dem starken Regen gestern.«

Hummel nickt zum Gruß und geht in Richtung U-Bahn. Er kürzt quer über die Wiese ab.

SENSIBLER BEREICH

Sie zerren ihn ins Gebüsch. »Du kleiner Scheißer, dir polieren wir jetzt richtig die Fresse!« Erbarmungslos schlagen die beiden auf ihn ein, treten ihm in den Magen, in den Rücken, ins Gesicht. Hummels Nasenbein knackt. »Aufhören!«, fleht er, doch sie hören nicht auf. Schläge und Tritte prasseln auf ihn nieder. Plötzlich stoppt es. Er hebt den Kopf und sieht die beiden mit verschwollenen Augen an. »Seid ihr fertig?«, stöhnt er.

Der Kleine schüttelt den Kopf. Beide greifen in Zeitlupe in ihre Jacken und fördern silberglänzende Schusswaffen zutage. Zwei Pistolenläufe starren ihn an wie schwarze Pupillen. Der Mond lässt die Waffen in voller Pracht erstrahlen. Sie laden durch. Hummel schreit. Und dann gibt es einen Knall.

Hummel ist aus dem Bett gefallen und hat sich am Nachtkasten den Kopf angehauen. »Oh, Scheiße!«, flucht er, zugleich unendlich erleichtert, dass alles nur ein Traum war. Im Bad besieht er sich das Veilchen. Sonnenbrillentag. Sein Blick fällt auf die Uhr. Verdammt, schon halb neun! Er schlingt in der Küche eine Schale Cornflakes runter und schwingt sich aufs Fahrrad.

Punkt 9 stürmt er ins Präsidium. Er wirft die Jacke über seinen Stuhl und geht zu Mader hinüber, wo sich die anderen schon um den Besprechungstisch versammelt haben. Als Hummel die Brille abnimmt, stößt Dosi einen Pfiff aus.

»Häusliche Gewalt«, erklärt Hummel.

Zankl lacht. Dosi nicht. »Du lebst allein.«

»Willst du mich provozieren?« Er grinst. »Ich bin aus dem Bett gefallen. Ohne Scheiß. Schlecht geträumt. Sehr schlecht.«

Dr. Günther betritt den Raum. »Guten Morgen, die Dame, die Herren. Ich will mir ein Bild von unserem neuen Fall machen. Wenn das Opfer die Freundin von Frau Saller ist, würden mich vor allem zwei Dinge interessieren: Hängen die beiden Todesfälle zusammen? Und: Spielt dabei die Spur mit der falschen Nase eine Rolle?«

»Die Nase ist nicht falsch«, bemerkt Dosi.

»Sie wissen, was ich meine. Mir ist zu Ohren gekommen, dass Sie bei einigen Ärzten waren und Fragen gestellt haben.«

»Das ist unser Job«, sagt Mader.

»Da haben Sie nicht unrecht. Aber haben die Fragen darauf abgezielt, dass einer der Ärzte möglicherweise etwas mit dem Tod des ersten Mädchens zu tun hat?«

»Wir fragen immer ergebnisoffen.«

»Ergebnisoffen!? Mader, diese Leute haben Patientinnen aus der obersten Liga, das ist ein hochsensibler Bereich!«

»Die Nase des ersten Opfers wurde von einem Profi gemacht. Und da sollen wir nicht die Profis fragen?«

»Fragen Sie. Aber mit der größtmöglichen Sensibilität!«

»Sensibilität ist nicht gerade die Stärke unserer Mörder.«

»Seien Sie nicht zynisch, Mader! Glauben Sie denn wirklich, dass einer dieser Ärzte etwas damit zu tun hat?«

»Ich glaube gar nichts. Ich weiß es nicht. Und solange ich es nicht besser weiß, fragen wir. Wir müssen alle Möglichkeiten in Betracht ziehen.«

»Und? Gibt es noch andere Möglichkeiten, andere potenzielle Täter?«, fragt Günther spitz und sieht in die Runde. Die Gesichter sind bestenfalls ergebnisoffen. Günther nickt. »Ermitteln Sie bitte nicht nur in diese eine Richtung! Und wirbeln Sie dabei nicht zu viel Staub auf! Wie gesagt – diese Ärzte haben Patientinnen aus der obersten Liga! Jetzt aber zu dem neuen Fall, bitte in Kurzform: Wie wurde die Frau ermordet, welche Spuren gibt es, wer kommt für die Tat infrage?«

Mader gibt ihm einen kurzen Abriss ihrer bisherigen Erkenntnisse und schließt: »Das Opfer war eng mit Veronika Saller befreundet und arbeitete in derselben Agentur. Die zwei Fälle könnten miteinander zu tun haben.«

Günther nickt gehaltvoll. »Wir werden sehen. Schriftlichen Bericht bis 14 Uhr an mich. Und kein Wort an die Presse! Einen schönen Tag noch.« Er steht auf und geht.

»Immer nimmt er diese Hochglanzdeppen in Schutz«, zischt Dosi.

»Trotzdem. In einem Punkt hat Günther recht. Wir sollten uns nicht allein auf die Ärzte konzentrieren. Hat die Spusi denn noch was gefunden?«, fragt Mader.

»Nein«, sagt Hummel. »Zumindest gestern Nacht nicht.«

»Ich hab schon einen ersten Finanzcheck gemacht«, sagt Zankl. »Andrea Meyer hat die Wohnung nur gemietet. Aber ihre Kontostände sind durchaus beeindruckend. Ein Festgeldkonto mit über 200 000 Euro. Ich glaube kaum, dass man als Model in dem Alter so viel auf die Seite legen kann. Und in der Tiefgarage steht laut Kollegen ein 911er Cabrio. So ein Teil kostet um die 100 000. Wie schon bei der Saller gibt es auf dem Girokonto hohe Bareinzahlungen. Die letzte am Montag, 14 Uhr, 12. 5000 Euro bei einem Automaten in der Sparkassenfiliale im Tal. Eventuell ihr Todestag.«

»Die weiß irgendwas über die Organmafia«, sagt Hummel, »Erpressung, mit schlimmen Folgen.«

Mader kratzt sich am Kopf. »Hummel, das sind nur Vermutungen. Bisher haben wir gar nichts in der Hand. Was sagt denn Dr. Fleischer? Gibt es bei Andrea Meyer auch etwas Besonderes, also ein auffälliges Körperteil?«

»Gesine kommt um halb zehn zu uns«, erklärt Dosi.

Mader sieht auf die Uhr und nickt. »Irgendwelche Verwandten?«

»Keine näheren. Die Eltern sind ja tot. Autounfall. Hatten wir ja bereits recherchiert.«

Hummel nickt. »Wenigstens müssen wir dann keine schlechten Nachrichten überbringen«, murmelt Hummel.

ROBERT DE NIRO

»So, die Herren, dann sehen wir uns das mal an.« Vorsichtig entfernt Dr. Nose die Verbände von den Gesichtern. Die assistierende Schwester kann ihren Schock nicht verbergen, als sie Helmuts zerfurchtes Gesicht sieht. Eine Kraterlandschaft mit tiefen Schnitten, unguten Eitereinlagerungen und blauschwarzen Flecken. Loki sagt nichts, er betrachtet mit starrem Blick das ehemalige Gesicht seines Kumpels.

»Warum machen das Prodonsky oder Grasser nicht selbst?«, fragt Helmut.

»Die sind im Moment sehr beschäftigt«, sagt Dr. No.

»Können Sie das überhaupt?«

»Ich liebe die Herausforderung«, sagt Nose, der mit seinem Gesicht sehr nahe an Helmuts ist. »Nun, da müssen wir uns wenigstens nicht mit Details aufhalten. Was haben Sie sich denn vorgestellt?«

»Wie meinen Sie das?«, fragt Helmut.

»Wie es aussehen soll, Ihr Gesicht?«

»Wie das von Robert de Niro. Mann, Doc, wie soll es schon aussehen?! Verdammte Scheiße! Wie früher! Ist das klar?!«

Nose lächelt. »Ich kann nur schön, aber ich werde mein Bestes tun.«

Helmut will noch etwas fauchen, aber Nose hebt warnend den Finger. »Ein Wort, und Sie behalten genau diesen Gesichtsausdruck. Für immer, ist das klar?! Sie lassen sich jetzt bitte von Schwester Annika das Gesicht desinfizieren, und dann kommt der Anästhesist. Machen Sie einfach, was man Ihnen sagt.«

Helmut nickt und sinkt ins Bett zurück.

»Schwester Annika, sagen Sie dem OP-Team, wir arbeiten in OP I und II parallel. Die Studenten können in 20 Minuten dazukommen.«

Nose wendet sich an Loki. »Bei Ihnen alles gut? Probleme mit Zuschauern? Schüchtern?«

Loki schüttelt den Kopf. »Nein, alles gut. Entschuldigung, mein Kumpel ist manchmal etwas aufbrausend. Danke für Ihre Hilfe.«

»Wir nehmen auch Ihnen schon mal den Verband ab. Die Schwester macht Sie ein bisschen frisch, und dann ruhen Sie sich noch ein wenig aus. Wenn wir Glück haben, kriegen wir auch die Lippenspalte hin.«

»Meinen Sie echt?«

»Ich geb mir Mühe.«

Loki lächelt dankbar.

BAUSTELLENVERKEHR

»So, die Dame, die Herren«, sagt Gesine fröhlich, als sie den Raum betritt. »Ist Dr. Günther schon entfleucht?«

»Nur schnell für kleine Jungs«, sagt Mader und freut sich über Gesines erschrockenes Gesicht. »Nein, kommen Sie, setzen Sie sich. Der böse Geist ist fort. Haben Sie was für uns? Todeszeit?«

Gesine fächert einen Stapel großformatiger Fotos auf den Tisch. »Sie wissen ja, wie wir die Zeit messen. Rektaltemperatur im Vergleich zur Umgebungstemperatur. Bei Regen nicht ganz einfach. Dann die Totenflecken. Was wir hier an blauroten Stellen an Rumpf und Beinen sehen, sind großteils keine Hämatome. Das sind Anzeichen für postmortalen Sauerstoffverbrauch. Meine Einschätzung: Todeszeitpunkt etwa 48 Stunden vor Leichenfund. Interessant sind die Blessuren.« Sie deutet auf einige ausgeprägte Blutergüsse am Oberkörper und im Gesicht. »Spuren eines Kampfes. Präzise Schläge. Dahin, wo's wehtut. Vielleicht eine Kampfsportart. Dann die Würgemale. Deutliche Hämatome, aber keine Fingerkratzspuren, keine Fasern, vermutlich Lederhandschuhe. Ansonsten die typischen Unterblutungen der Halsweichteile, starke Einblutungen in der Kehlkopfschleimhaut und eine massive Quetschung des Kehlkopfes sowie eine Fraktur des Zungenbeins. Sie wurde mit großer Kraft gewürgt.«

»Von einem Mann oder einer Frau?«, fragt Zankl.

»Die Würgemale sind nicht so, dass man sicher sagen könnte, wie groß die Hände waren. Eher nicht so groß. Täter oder Täterin – wer weiß? Weitere Auffälligkeiten: die Operationen. Auch diese Frau ist eine einzige Baustelle. Ebenfalls hervorragend gemacht, wie bei unserer *Schönen Münchnerin*. Kleine Kissen, sehr dezent, sehr natürlich.« Sie deutet auf das Foto mit den perfekt geformten Brüsten und legt das Röntgenbild daneben. »An der Nase nur eine minimale Korrektur. Ein bisschen Knorpel abgeschält. Sieht man auf dem Röntgenbild. Hier hat ein Minimalist gearbeitet.«

Mader nickt. »Noch etwas?«

»Ja. Der Genitalbereich. Die Frau hatte ein Vaginallifting. Kein Scherz, so was gibt's. Ich hab das mal gegoogelt und mir die Zahlen angeschaut. Liegt voll im Trend, sagt zumindest die Deutsche Gesellschaft für Gynäkologie und Geburtshilfe.« Sie liest von einem Ausdruck ab: »Die Zahlen der Schönheitsoperationen am weiblichen Genital ohne medizinische Notwendigkeit haben sich in den letzten Jahren dramatisch erhöht. Gründe für diese OPs sind überwiegend ästhetischer Art. Mögliche Folgen sind Entzündungen, Narbenbildungen, Nervenstörungen mit verringerter sexueller Sensibilität ...«

»Warum macht man denn so was?«, fragt Mader. »Die Frau war doch kein Pornostar.«

»Na ja, bei Penisvergrößerungen denken Sie ja auch nicht automatisch an Pornostars. Es werden halt sehr persönliche ästhetische Gründe sein. Die nicht zwingend etwas mit dem Modelberuf zu tun haben. Außer dass man in dem Job offenbar ein recht unverkrampftes Verhältnis zu Schönheits-OPs hat und die richtigen Ärzte kennt. Was aber für uns viel interessanter ist, und da bleiben wir im Thema: Die Dame hatte kurz vor ihrem Ableben noch Verkehr.«

»Lässt sich sagen, wie lange vorher?«, fragt Mader.

»Nein. Das Sperma ist mausetot. Aber zahlreiche feine Risse in der Vagina.«

»Gewalt?«

»Eher nein.«

»Wie lange her?«

»Also nicht lange vorher.«

Mader überlegt kurz, dann gibt er klare Anweisungen: »Die Spusi soll prüfen, ob der Verkehr bei ihr in der Wohnung stattgefunden hat«, sagt Mader. »Zankl, Sie hören sich noch mal bei den Nachbarn und den beiden Karnickelzüchtern um. Ob es in der maßgeblichen Mordnacht etwas Auffälliges gab. Hummel, Sie gehen zu der Agentur von der Meyer. Und prüfen Sie Meyers Rückflugdaten. Sie sollte ja eigentlich erst heute wieder in München sein. Doris, Sie befragen bitte ein weiteres Mal diesen Dr. No. Wenn die Nase ein minimalistisches Meisterwerk ist, könnte er ihr Schöpfer sein. Aber bitte ...« – »Dezent. Ich weiß schon.«

Alle machen sich auf den Weg: Zankl in die Plettstraße, Hummel zu *Winter-Models*, Dosi zu Dr. No. Gesine bleibt in ihrem kühlen Reich.

Und Mader? Geht in die Kantine. Frühes Mittagessen. Dann würde man sehen. Dr. Günther hat ihn auf eine Idee gebracht. *Oberste Liga* – Dr. No, Dr. Grasser und so weiter. Gibt es da eine geschäftliche Schnittmenge jenseits des ärztlichen Engagements? Haben die Models ihre operierten Nasen in Dinge gesteckt, die eine Körbchengröße zu groß für sie waren? Geht es tatsächlich um Organhandel? Sind schöne Nasen das Hauptgeschäft oder nur ein Nebenprodukt im Handel mit anderen lebenswichtigen Ersatzteilen, den Klassikern der Organspende? Wenn irgendwo ein Herz oder eine Niere organisiert wird, gibt es da doch bestimmt noch andere verwertbare Kleinteile. Sind die beiden Models die einzigen, die davon gewusst haben, oder ist jetzt mit weiteren Morden zu rechnen? Mader schwirrt der Kopf derart, dass ihm nicht mal die Lammkoteletts mit Rosmarinkartoffeln in der Kantine – eigentlich hervorragend – schmecken und er sie kurzerhand und unauffällig Bajazzo überlässt.

STEILE THESE

Zankl fühlt sich alles andere als wohl, als er nach erfolgloser Nachbarschaftsbefragung in dem mit Erzgebirgsschnitzereien, Kuckucksuhren und Häkeldeckchen vollgestopften Wohnzimmer der beiden brüderlichen Junggesellen Swobodnik bei Filterkaffee mit Sprühsahne und kleinen Leckereien auf dem Sofa sitzt. Ihre Freundlichkeit irritiert ihn. Ohne jeden Zweifel – sein Besuch ist hochwillkommen.

Der hartnäckige Karnickelgestank bringt ihn auf dumme Gedanken. Vielleicht haben die beiden mit ihm genau das vor, was Karnickel am liebsten tun? Unsinn! Aber in Dosis oder Hummels Begleitung wäre ihm schon wohler. Und mit der Etikette haut es auch nicht so ganz hin. Mit einem Poff! hat sich gerade eine Bröselexplosion ereignet, die Käse und Blätterteig weiträumig auf dem goldbortengefassten Couchtischdeckchen verteilt hat. Dabei hat er nur versucht, eine der ihm dargebotenen Käsestangen halbwegs auf das Format des rustikalen kleinen Edelstahluntersetzers zu bringen, den man ihm zwecks Krümelvermeidung anvertraut hat. Auf das Poff! echote er mit einem quietschigen »Huch!«, das wunderbar mit der Stimmungslage der beiden Brüder korrespondierte, die wie zwei Schulmädchen losgackerten. Stimmung prima.

Mit professioneller Gelassenheit versucht Zankl seine Unsicherheit zu überspielen und legt jetzt endlich los: »Sagen Sie, hatte Andrea Meyer einen Partner, Heinz-Dieter?«, fragt er den Kleineren der beiden. Ja, er hat sich für das verbindliche Sie samt Vornamen entschieden, um Vertrauen zu schaffen. Doch leider verschwindet seine Frage im gurgelnden Lachen von Heinz und Dieter, die offenbar voll auf ihre Kosten kommen.

»Entschuldigen Sie, Herr Swobodnik«, sagt er zu dem Kleinen, um die Vornamenshürde zu umschiffen, »ich bin heute ein wenig konfus.«

Aber dann wird es doch noch ein reizender Nachmittag. Nachdem das Eis ge- und eine Flasche *Eckes Edelkirsch* angebrochen sind, landet man beim Du, und Zankl kann sich merken, dass Heinz der Kleinere und Ältere ist und Dieter der Größere und Jüngere. Schließlich wird zur Feier des Tages die erste von zwei Flaschen *Oppenheimer Krötenbrunnen*, *zimmerwarm* geköpft, und Zankls Blutzuckerspiegel schnellt in ungeahnte Höhen.

Als er um 16 Uhr reichlich benebelt vor das Hochhaus tritt, weiß er tatsächlich etwas mehr über Andrea Meyer. Die beiden Jungs haben das Haus im Griff. Oder besser: im Blick. Zum Mordabend fiel den beiden leider nichts Besonderes ein. Kein Wunder. Ist ja immer viel los in dem großen Haus. Ein ständiges Kommen und Gehen. Aber die Beschreibung des Mannes, der wiederholt zu Gast bei der Meyer war und zu später Stunde für rhythmische Geräusche und Vibrationen in der Wohnung darunter sorgte, passt ziemlich gut auf Dr. No. Von dem muss er sich ein Foto besorgen und es den Jungs mailen. »Ein Herr mit dem gewissen Etwas«, haben die Brüder gesagt. Könnte passen. Dass sie ihm anschließend – offenbar thematisch stimuliert – einen Vortrag über den »Zwergwidder« und sein Paarungsverhalten hielten und ihm im »Kinderzimmer« auch ein Prachtexemplar dieser Gattung (»Zwerg« traf es bei diesem Monsterkaninchen nicht ganz) zeigten, hat ihn nicht mehr in Panik versetzt, sondern eher erheitert.

Ja, das gehört zu den guten Seiten seines Jobs. Dass man in ferne Welten eintauchen und nach getaner Arbeit einfach die Tür wieder hinter sich zumachen kann. »Kann man das wirklich?«, fragt er sich auf dem Weg zur U-Bahn. Hat er nicht zugesagt, dass er zu Dieters Geburtstagsparty am Samstag kommen werde? Und haben sie nicht Telefonnummern ausgetauscht?! Verdammt! Der süße Wein und die Kaninchenabgase müssen seinen Verstand böse angegriffen haben! Heilige Scheiße! Aber zumindest hat er jetzt eine steile These: Dr. No ist Andrea Meyers Lover. Ja, Nose ist der Mann, auf den sich ihre Ermittlungen konzentrieren sollten! Zankl ist gespannt, was Dosi aus Nose herausgekriegt hat.

Sicher nichts, so aalglatt, wie Nose beim letzten Besuch war. Und dann wird er mit seiner These auftrumpfen! Aber das muss bis morgen warten. In seinem angeschossenen Zustand kann er unmöglich noch im Büro aufkreuzen. Und auf Jasmins Standardfrage »Schatz, wie war dein Tag?« hat er jetzt ebenfalls noch keinen Bock. Der süßliche Kaninchenstinkolettigeschmack des Nachmittags verlangt nach Vergeltung. Er wird mit der U-Bahn zur Fraunhoferstraße fahren und in den *Bergwolf* gehen. Eine Currywurst superscharf mit Pommes-Schranke und Extrazwiebeln. Dazu ein, zwei, drei Bier. Ärger mit Jasmin ist dann allerdings vorprogrammiert. Aber egal. Nähe hat er heute schon genug gehabt. Ob der *Bergwolf* überhaupt schon offen hat? Auch egal. Dann wird er vorher noch was im *Fraunhofer* trinken.

LOCKER, ABER INTIM

So steil ist Zankls These mit Dr. No nicht, denn Dosi hat nachmittags ein kurzes, aber anregendes Gespräch mit Dr. No, der sehr schockiert ist, als er von Andrea Meyers Ableben erfährt. Denn sie war nicht nur seine Patientin, sondern auch seine »Teilzeitpartnerin« – wie er sie nennt. »Intellektuell nicht meine Wellenlänge«, sagt er, »aber ein himmlischer Körper. Wir waren geistig ganz anders aufgestellt, aber wenn wir uns liebten, harmonierten wir wunderbar.«

Dosi, die eine Freundin des offenen Wortes ist, nickt verständnisvoll. »Sagen Sie, die Operationen gehen alle auf Ihr Konto?«

»Durchaus, sie war meine Muse. Sie war sehr ehrgeizig, was ihren Körper betraf. Von manchen Dingen habe ich ihr abgeraten, aber am Ende bekam sie immer, was sie wollte. Sie konnte da sehr rigoros werden.«

»Auch das Vaginallifting?«

Nose sieht sie erstaunt an und atmet tief durch. »Ich muss sagen, Sie haben gutes Personal in der Rechtsmedizin. Es war nur ein ganz kleiner kosmetischer Eingriff. Minimal. Ich hätte nicht gedacht, dass man das bemerkt.«

»Wir sehen alles. Wann haben Sie sich denn das letzte Mal getroffen?«

»Vor etwa zwei Wochen. Vor ihrer USA-Reise. In ihrer Wohnung. Ich habe ihr gesagt, dass wir uns nicht mehr treffen können.«

»Warum, wenn ich fragen darf?«

»Ich suche jetzt mehr die geistige Befriedigung. Ich entferne mich ein wenig von den körperlichen Verlockungen, suche meine Inspiration im Denken, in der Literatur, in Dingen, die bleiben. Da lenkt alles andere ab. Ich meine das ganz ernst.« Er lächelt, zum ersten Mal einen Tick unsicher. Nur eine ausgebuffte Geste? Dosi traut ihm alles zu.

»Wenn man seine Mitte neu bestimmt, dann ist das wie in einer neuen Beziehung: Man fängt bei null an. Andrea fand das nicht so gut.«

»Verständlich. Sie wissen nicht, ob Frau Meyer Feinde hat?«

»Nein. Aber jetzt, wo wir über sie sprechen, merke ich, dass ich erstaunlich wenig über sie weiß. Meine Kenntnisse sind recht einseitig. Physisch.«

»Können Sie morgen zu uns in die Rechtsmedizin kommen? Letztlich muss sie ja jemand identifizieren. Es gibt offenbar keine näheren Verwandten.«

»Ja, ihre Eltern sind tot. Zumindest das weiß ich über sie. Natürlich komme ich.«

»Sagen Sie, wissen Sie eigentlich, dass Andrea Meyer mit Veronika Saller eng befreundet war?«

»Nein, wer ist das?«

»Auch Model. Die Dame mit der falschen Nase, wegen der wir bei Ihnen waren.«

»Ja, ich erinnere mich. Erstaunliche Nase.«

ISARLUST

Mader muss nachdenken. Nicht im stickigen Büro. Er steigt mit Bajazzo in die Tram und fährt an die Isar. Haltestelle Max-II-Denkmal. Ein wunderbarer herbstlicher Spätnachmittag. Bäume teils entblättert, teils in flammenden Farben. Nur wenige Menschen. Die kalte schneidende Sonne steht tief am lichtblauen Himmel, die frische Luft schmeckt schon fast nach Schnee. Mader grübelt. All das Hässliche seines Berufsalltags und auf der anderen Seite all das Schöne: der wilde Fluss mitten in der Stadt, das Jugendstilschwimmbad, die weißblaue Tram, die soeben über die Ludwigsbrücke zischt. Vielleicht hätte er lieber einen Beruf ergreifen sollen, der auf der schönen Seite spielt? Aber irgendjemand muss sich ja auch um den Schmutz und die Toten kümmern. Die pikante Abluft aus der Sauna des Müller'schen Volksbads reißt ihn aus seinen Gedanken. Wo ist Bajazzo? Der verschwindet gerade in der dunkelspeckigen Unterführung am Rosenheimer Berg. Mader folgt ihm und bleibt nach der Unterführung an der Plastik von Martin Mayer stehen. Hat er mal nachgeschlagen: die Bukolika. Er betrachtet sie genau: eine bäuerliche Frau, sitzend, die Ellenbogen aufgestützt, das Gesicht in den Händen. Die grobe und doch elegante

Bronzeplastik hat er immer schon gemocht. Die Dame hat ihren Rock aufgespannt wie eine Obstschale. Und man kann ihr unter den Rock sehen. Auf den glatten Bronzeguss hat jemand mit leuchtend roter Farbe ein Schamdreieck gesprüht, das sie gelassen zur Schau trägt. Jetzt fallen ihm Dr. Fleischers Bemerkungen zu den Vaginaloperationen ein. Ja, es gibt Dinge jenseits seines Horizonts.

Bajazzo beendet auf dem Grünstreifen gerade sein Geschäft, und Mader sieht sich um, ob es Zeugen für diese Machenschaften gibt. Nein. Also lässt er den knisternden schwarzen Plastikbeutel in der Manteltasche. Halt! Was ist das? Wer ist das? Sein Blick hat gerade jemanden gestreift. Eine Frau. Im Unterbewusstsein hat er sie registriert. Er kennt sie. Und auf der anderen Straßenseite sieht er sie: Catherine! Im Schaukasten der *Museumslichtspiele*. Inmitten anderer schöner Frauen. Aber sie sticht heraus. Wie immer. Mader klickt Bajazzos Leine an, überquert mit ihm die Straße und betrachtet das Plakat: *8 Frauen* von François Ozon. Sein Herz schlägt höher. Catherine Deneuve, Isabelle Huppert, Emmanuelle Béart, Fanny Ardant … *Heute 17.30 Uhr. Französisches Original.* Ein Lächeln huscht über Maders Gesicht. All die wirren Gedanken sind wie weggeblasen. Er sieht auf die Uhr. Eine knappe Stunde. »Ich werde hier sein.«

VISAGEN

»Dietmar, wie geht's den Burschen?«, fragt Grasser am Telefon.

»Wunderbar, frisch operiert, sind ganz gut geworden«, sagt Dr. No. »ich würde mal sagen: fast besser als vor dem Unfall. Die Studenten haben gestaunt.«

»Wie meinst du das?«

»Ich hab doch einen Lehrauftrag an der Uni. Die beiden mit ihren entstellten Gesichtern sind perfekt zu Demonstrationszwecken.«

»Bist du wahnsinnig, so öffentlich, die beiden …«

»Grasser, wie stellst du dir das vor? Das Zimmer, die OPs, alles ohne Krankenkasse und ohne Rechnung. Da kannst du bis drei zählen und hast schon Ämter und Behörden an den Hacken. So ist es doch wunderbar. Soziales Engagement für mittellose Unfallopfer, ich tu dir einen Gefallen und der Wissenschaft auch noch.«

»Wo sind die beiden jetzt?«

»Bei mir in der Tagesklinik.«

»Dietmar, ich bin dir zu großem Dank verpflichtet.«

»Warum hast du sie eigentlich nicht selbst operiert?«

»Ach, mit einer Sehnenscheidenentzündung fasst man besser kein Skalpell an.«

»Soso. Du, wenn ich mal deine Hilfe brauche …«

»Kannst du auf mich zählen. 100 Prozent.«

»Sehr gut. Ich hätte da was.«

»Worum geht's? Um Geld?«

»Nein. Nur ein Gefallen. Passt es dir morgen Mittag? Dann sprechen wir.«

»Aber gerne. Beim Italiener wie immer?«

»Ja, bestens. Und lass bitte die Jungs morgen früh abholen. Ich kann sie nicht länger hierbehalten. Meine Kundinnen flippen aus, wenn sie die Visagen sehen. Die Nachsorge mach ich ambulant.«

SUPERGAU

Hummel ist erschöpft. Das Schöne und das Unangenehme liegen in seinem Leben oft nah beieinander. Wobei in seinem Job eindeutig das Zweite dominiert. Vor ihm liegt sein Tagebuch.

Boah, dieser Tag war das pure Grauen. Anders kann man das nicht nennen. Der Besuch bei Chris war der Supergau. Sie war schon am Telefon so komisch. Als hätte sie geahnt, dass ich schlechte Nachrichten habe. Und dann hat sie mir in ihrem Büro eine Riesenszene gemacht. Warum ich gestern nicht mehr angerufen hätte? Wo ich doch wüsste, dass Andrea bei ihr unter Vertrag steht. Das hätte ich ihr doch sagen müssen! Hätte ich das? Und als ich sie gefragt habe, warum die Meyer schon vorzeitig aus den USA zurückgekehrt ist, ist sie komplett ausgeflippt. »Woher soll ich denn das wissen?!«, hat sie mich angeschrien. Und ob das jetzt ein Verhör ist?! Nein, natürlich nicht. Als sie sich endlich beruhigt hat, hat sie mir ihren Outlook-Kalender mit allen ihren Terminen und denen ihrer Models gezeigt. Bei der Meyer ist bis heute Urlaub eingetragen. Passt doch. Woher soll Chris auch wissen, dass die Meyer ihren Flug umgebucht hat und schon seit Sonntag wieder in München ist? Chris war jedenfalls ziemlich sauer. Wahrscheinlich ist sie so empfindlich, weil sie sich Vorwürfe macht. Ich hätte sie gern getröstet. Aber Berufliches und Privates sollte man ja scharf trennen. Na ja, jedenfalls war die Aktion kein Hit. All die Leichtigkeit

*von gestern Abend – futsch. Hoffentlich wird das wieder!
Ist halt blöd als Polizist. Bist du der Depp, der die
schlechten Nachrichten überbringt.*

HÖHERE WESEN

Mader steht am Wohnzimmerfenster, sieht in die Nacht
hinaus und lutscht nachdenklich einen Brühwürfel. Nach
so viel schönen Frauen ein erdiger Geschmack. Was für ein
wunderbarer Film, was für wunderbare Frauen! Aber Catherine – da können die anderen sieben glatt einpacken! Klar,
Emmanuelle Béart ist auch toll, aber hat die sich nicht die
Lippen aufspritzen lassen? Warum? Ach, was weiß er schon
über Frauen? Das sind höhere Wesen! Seine Ex-Frau Leonore hat er auch nie verstanden. Er denkt an das Energische,
Herbe, den wunderbar ironischen Zug um ihre Mundwinkel.
Intellektuell war Leo ihm weit überlegen, aber das Feinge-
fühl fehlte ihr, das Gespür für die Menschen. Ohne das er
seinen Job nicht machen könnte. Er muss lachen. Leonore –
wie kommt er jetzt auf sie? Klar, sie war auch extrem auf
ihr Äußeres bedacht. Wenn sie ausgingen, dauerte es immer
ewig, bis sie ihr Make-up aufgelegt und die richtige Garderobe gewählt hatte. Für ihre grauenvollen gesellschaftlichen
Verpflichtungen: Society-Partys, Vernissagen, Dichterlesun-
gen, Vorträge. Ob sie jetzt endlich einen adäquaten Partner
hat, der sie bei solchen kunstsinnigen und intellektuellen
Geselligkeiten nicht blamiert? Er wird es nicht überprüfen,
denn Telefonate mit ihr enden in der Regel im Streit.

Geschichten aus einer anderen Zeit. Mader spült die sal-
zigen Reste des Würfels mit lauwarmem Bier runter und zieht

die Vorhänge zu. Ach, vielleicht sollte er Leonore doch mal anrufen. So ein bisschen dienstlich ist es ja. Ja, das wäre ein Gedanke. Sie kennt schließlich Hinz und Kunz. Die Idee, ihre gesellschaftlichen Kontakte wegen dieser Ärztegeschichte anzuzapfen, geht ihm nicht aus dem Kopf.

EINE ART GESCHÄFTSBEZIEHUNG

Gesine macht das Licht an. Die Neonröhren flackern ein paarmal, dann tauchen sie ihr Reich in gleichmäßig kaltes weißes Licht. Die Kollegen sind noch nicht da. Sie befüllt die Kaffeemaschine, raucht an der offenen Feuertür eine Zigarette und beginnt mit der Arbeit. Sie holt Andrea Meyer aus dem Kühlfach und begutachtet den schlanken Körper. Trotz der Leichenblässe ist die Haut erstaunlich braun. Strandurlaub. Oder Solarium. Winzige Bikiniflecken. »Toller Körper!«, denkt Gesine. »Kann man sich hier in der Rechtsmedizin langsam dran gewöhnen.« Sie fährt mit ihrem Latexfinger sanft vom blonden Haupt über die rechte Schulter bis zum Oberschenkel. Wer stopft eine tote Frau in einen Gully? Sie schüttelt den Kopf.

»Darf ich stören?«, ertönt eine sonore Stimme hinter ihr. Sie dreht sich um, kneift die Augen zusammen. Er steht im Gegenlicht. »Schwarz, Dr. Dietmar Schwarz. Einer Ihrer Kollegen hat mich reingelassen.«

Sie sieht auf die Uhr. 7.30 Uhr. »Sie sind sehr pünktlich, Dr. Schwarz. Auf die Minute.«

»Ich muss um 8 Uhr in meiner Praxis sein.«

Sie reicht ihm die Hand. »Gesine Fleischer.«

Er tritt an den Tisch. »Wunderschön, nicht?«

Gesine nickt. Sie deutet auf den Hals, wo die Blutergüsse in bunten Farben schillern.

»Letal, nehme ich an«, sagt er.

»Ja, nach einem Kampf.« Gesine deutet auf die anderen blauen Flecken und Abschürfungen.

Dr. No nickt traurig. »So ein Ende. So jung.«

»Wer tut so was? Haben Sie eine Idee, Dr. Schwarz?«

»Sie fragen mich als Arzt?«

»Nein. Frau Roßmeier sagte mir, dass Sie sich nahestanden.«

»In physischer Hinsicht, ja. Sonst nicht. Aber das ist mehr als bei vielen Menschen.«

Fleischer sieht ihn erwartungsvoll an.

Er fährt fort: »Wir hatten eine rein erotische Beziehung. Sehr fordernd, sehr befriedigend, eine Art Geschäftsbeziehung. Auch wenn das jetzt kalt klingt. Ein Deal unter Erwachsenen.«

»Die Eingriffe haben Sie durchgeführt?«

»Ja. Denke ich zumindest.«

»Auch das?« Sie zeigt auf die Scham der Toten.

»Auch das. Andrea überließ kein Detail dem Zufall der Natur.«

»Wann haben Sie sich das letzte Mal gesehen?«

Nose sieht sie belustigt an. »Sie sind Ärztin!«

»Äh?« Mehr fällt Gesine nicht ein.

Nose lacht. »Vor etwa zwei Wochen. Das habe ich Ihrer Kollegin schon gesagt. Ein trauriger Anlass. Na ja, nicht wirklich. Denn: Auseinandergehen heißt nicht gleich untergehen.«

Gesine sieht ihn überrascht an. »Ein Zitat?«

»Ein Original.«

»Umso besser.« Sie breitet wieder das Tuch über die Leiche. »Sie rauchen?«

»Sieht man mir das an?«

Sie lächelt und öffnet die Feuertür, holt ihre *Gauloises* heraus. Er tastet nach seinen Zigaretten, findet sie aber nicht. Sie bietet ihm eine an.

»Mögen Sie Ihren Job?«, fragt Nose, nachdem er den Rauch des ersten Zugs genussvoll ausgestoßen hat.

»Ja. Man lernt so viel. Über den Tod, das Leben, über das Hässliche, die Schönheit.«

Er lächelt versonnen. »Ja, deshalb wird man Arzt. Was sagt Ihr Mann dazu?«

»Nichts. Da ist kein Mann.«

Er lächelt. Ihre Blicke treffen sich. Er drückt die Zigarette an der Betonwand des Lichtschachts aus, sie bietet ihm einen Aschenbecher an. Doch er hat die Kippe bereits auf den Gitterrost geschnippt.

FRÜHJAHRSPUTZ

»Hey, Gesine, was machst du da?«, fragt Dosi, als sie kurz nach 8 Uhr in die Rechtsmedizin kommt. Gesine müht sich mit dem Bodengitter bei der Feuertür. »Dosi, komm mal her, halt das Gitter.« Dosi tut, wie ihr geheißen, und Gesine steigt mit einer Kehrschaufel und einer Tüte nach unten in den Lichtschacht. »Frühjahrsputz«, erklärt sie und schaufelt Kippen in den Plastikbeutel.

Kurz darauf sind sie an Gesines Schreibtisch. Gesine fährt den Rechner hoch und öffnet ein Dokument. Der Drucker surrt. Sie nimmt die Blätter heraus, sieht sie flüchtig durch, unterzeichnet sie und legt sie in eine Klemmmappe. »Da habt ihr den Abschlussbericht. Sind aber keine Überraschungen drin.«

»Und, war Nose hier?«

»Ja. Interessanter Mann.«

»Meinst du, er hat was damit zu tun?«

»Ich weiß es nicht. Noch nicht.« Sie hebt den Beutel mit den Kippen hoch.

SCHOKORÖLLCHEN

In Dr. Günthers Vorzimmer blickt Hermine Kesselbach von der Tastatur auf. »Mader, na servus. Vorsicht, beim Chef ist dicke Luft. Ich hoffe, nicht wegen Ihnen. Kaffee?«

»Nein danke. Ich bring's gleich hinter mich.«

»Er telefoniert noch.« Sie gießt ihm eine Tasse Kaffee ein und legt zwei Schokowaffelröllchen auf die Untertasse. Die Schokolade zerfließt sogleich an der heißen Tassenwand. Mader trinkt im Stehen. »Jetzt setzen Sie sich halt!«, fordert ihn Frau Kesselbach auf.

»Das lohnt nicht mehr, Hermine«, ruft Günther durch den Spalt seiner Bürotür. »Mader, nehmen Sie Ihren Kaffee mit.«

Mader setzt sich in Bewegung. Der Kaffee schwappt auf die Untertasse. Mader stöhnt leise. Ist das ein Test? Wenn ja, dann wird er ihn nicht bestehen. Er stellt den Kaffee auf Günthers Schreibtisch. Eines der Schokoröllchen rollt von der Untertasse und hinterlässt einen Rallyestreifen auf einem Untersuchungsbericht.

»Sie sind mir eine Erklärung schuldig, Mader«, sagt Günther und starrt aus dem Fenster zum Parkplatz hinunter. »Wieso war Dr. Schwarz im Präsidium? Oder Dr. No oder Dr. Nose, wie Sie und Ihre respektlosen Kollegen zu sagen pflegen. Ich hab ihn auf dem Parkplatz getroffen. Er sagte mir, er hätte einen Termin bei Dr. Fleischer?«

»Dann wissen Sie ja Bescheid.«

»Dr. Schwarz hat mit dem Fall nichts zu tun!«

»Mit welchem Fall?«

»Die zwei toten Models.«

»Ist das *ein* Fall?«

»Sie wissen schon, was ich meine. Mader, ich habe Sie explizit gebeten, subtil vorzugehen. Also, warum war er hier?!«

»Dr. Fleischer hatte eine Fachfrage an ihn«, sagt Mader. »Wegen eines Vaginalliftings.«

Günther sieht Mader müde an. »Vaginallifting, alles klar. Sicher hilft er gerne, wenn es Fachfragen gibt. Aber Sie wissen ja, wie schnell sich das rumspricht, Kontakt mit der Polizei. Gestern war die Roßmeier bei ihm, heute ist er hier, Dr. Schwarz steht im Licht der Öffentlichkeit. Ich will Ihnen nicht reinreden, tun Sie, was Sie tun müssen, aber bitte so diskret wie möglich.«

»Ach, ich mag's gern …« – »… rustikal, ich weiß. Und jetzt raus!«

»Konkret« war das Wort, das Mader sagen wollte. Sei's drum. »Günther ist einfach ein aufgeblasener Depp«, denkt Mader. »Hab ich das auch mal wieder amtlich.«

»Doris, wissen Sie, warum Nose bei Fleischer war?«, fragt er, als er wieder in seinem Büro ist.

»Er hat die Leiche identifiziert.«

Mader sieht sie erstaunt an. »Äh, warum?«

»Er hatte eine intime Beziehung mit Andrea Meyer. Und er hat auch die ganzen Schönheits-OPs an ihr durchgeführt.«

»Warum erfahr ich das erst jetzt?«

»Weil ich es erst seit gestern Nachmittag weiß. Ich hab mit ihm gesprochen. Und Sie waren abends schon weg, als ich zurückkam.«

»Ich hatte einen Termin«, murmelt Mader, der ja schlecht zugeben kann, dass er wegen eines französischen Films nicht mehr ins Büro gekommen ist. »Haben Sie ihn nach seinem Alibi gefragt?«

»Noch nicht, ich will erst Gesines Abschlussbericht abwarten. Vielleicht gibt's da ja noch was Neues.« Dosi reicht Mader den Schnellhefter.

ZU VIEL DRUCK

Nachdem Zankl morgens gleich das Bild von Nose an seine neuen Neuperlacher Freunde gemailt hat und diese ihn tatsächlich als Andrea Meyers Lover erkannt haben und er nun schrecklich stolz auf seinen Ermittlungserfolg ist, begeistert ihn Dosis Information nicht wirklich, dass Nose mit Dosi ganz offen über seine Beziehung mit dem Model gesprochen hat. Punkt für Dosi.

»Glaubt ihr, dass das Sperma in Frau Meyers Vagina von Dr. No ist?«, fragt Mader, als er mit den Kollegen die Eckpunkte von Gesines Obduktionsbericht durchgegangen ist.

»Na ja«, sagt Dosi, »laut Nose ist da seit zwei Wochen Ruhe im Karton. Nix mehr Amore. Er hat Schluss gemacht. Aber ich hab so ein Gefühl, dass er sie doch noch kurz vor ihrem Ableben getroffen und mit ihr geschlafen hat.«

»Warum verschweigt er es uns dann?«

»Vermutlich weil er nicht mit ihrem Tod in Zusammenhang gebracht werden will.«

Mader wendet sich an Zankl: »Was sagen denn unsere Kaninchenzüchter?«

»Sie haben Nose öfters im Haus gesehen. Aber seit ein paar Wochen nicht mehr.«

»Der Beischlaf könnte woanders stattgefunden haben. Vielleicht im Hotel, vielleicht in seiner Praxis.«

Hummel denkt laut: »Die Meyer kommt zu ihm. Überraschend. Früher als geplant aus den USA zurück. Sie will, dass der Doc die Beziehung mit ihr wieder aufnimmt. Aber er lässt sie abblitzen. Sie sagt, dass sie ihn wegen seiner Organgeschäfte hochgehen lässt, er wird nervös, will sie in Sicherheit wiegen, schläft mit ihr. Vielleicht in seiner Praxis. Sie glaubt, ihr Plan geht auf. Sie fahren zu ihr, um sich einen gemütlichen Abend machen. Er schlägt vor, schon beim Michaeli-Bad aus der U-Bahn zu steigen, um noch ein bisschen die Herbstluft im Park zu genießen. Da tut er es.«

»So ein Typ fährt doch nicht U-Bahn«, wirft Zankl ein.

Auch Dosi hat Einwände: »Das kann nicht sein. Die Meyer hatte einen Jogginganzug an! In Laufklamotten war sie sicher nicht in der Stadt. Die war noch mal allein zu Hause.«

»Abgesehen davon klingt Hummels Theorie nicht schlecht«, fand Mader. »Kann ja sein, dass sie nach ihrem Treffen heimgefahren ist und er wusste, dass sie abends immer noch ihre Runden im Park dreht.«

»Hat die Meyer vom Tod ihrer Freundin gewusst?«, fragt Hummel.

»Wir haben versucht, sie zu erreichen, und ihr auf die Box gesprochen. Aber wir haben natürlich nicht gesagt, worum es geht«, erklärt Zankl.

»Warum hat sie sich nicht bei uns gemeldet?«

»Na ja, nicht alle reden gern mit der Polizei, besonders,

wenn sie über illegale Machenschaften des Organhandels Bescheid wissen.«

Mader runzelt die Stirn. »Das ist jetzt aber nur eine Hypothese, Zankl. Also: Der Todeszeitpunkt ist laut Gesine Montag circa 19 bis 21 Uhr. Doris, fragen Sie den Doc, was er am Montagabend gemacht hat. Aber bauen Sie nicht zu viel Druck auf!«

BISSCHEN BLÖD

Dr. No hat ein Alibi für die Todeszeit von Andrea Meyer. Alles andere hätte Dosi auch verwundert. Sein Alibi klingt ein bisschen blöd, findet Dosi, aber er ist offenbar tatsächlich ein Feingeist. Dr. No hat den Montagabend, an dem Andrea Meyer laut Gesine zu Tode gekommen ist, auf einem Lyrikabend seines Literaturzirkels verbracht. Absolut wasserdicht. Und für den Nachmittag hat er ebenfalls eine wunderbare Ausrede. Er war mit seinem Kollegen Dr. Grasser beim Mittagessen, und dann haben die beiden gemeinsam in Grassers Praxis an Dr. No's Vortrag über neue Richtlinien zur Qualitätssicherung in der plastischen Chirurgie gearbeitet, den er tags drauf auf dem Kongress in Rom halten sollte. Grasser und seine Vorzimmerdame bezeugen das. Bis um 17 Uhr, denn dann hatte Grasser ja einen Termin mit zwei Herren von der Münchner Mordkommission. Nach dieser kleinen Unterbrechung hat Dr. Grasser seinen Kollegen Dr. Schwarz von dessen Praxis abgeholt, um mit ihm gemeinsam zum Lyrikabend in der Seidl-Villa aufzubrechen. Dort befanden sich viele andere Lyrikfans beziehungsweise Zeugen, die hochgeistigen Gedichten lauschten, während

Andrea Meyer offenbar im Ostpark ihre letzten Meter joggte.

Gesines Zigarettenaktion hat leider nichts ergeben. Etliche Überstunden umsonst. Warum rauchten hier noch andere *Gauloises*!? Warum hat Nose nicht den Aschenbecher benutzt?! Jedenfalls wies keine der vielen *Gauloises*-Kippen die gleiche DNA auf wie das Sperma in Meyers Körper. Die Spur von Dr. No ist kalt. Zumindest im Moment. Wie unprofessionell, sich auf eine einzige Theorie festzulegen – um Dr. Günther zu zitieren. Jetzt stehen sie mit nichts da. So Gesines Resümee. Aber *nichts* ist immer noch mehr als *gar nichts* – wie Hummel sagen würde.

MAMA

Die Wohnung von Helmut und Loki in Untergiesing sieht aus wie eine Schutthalde. Überall Chipstüten, Pizzakartons und Bierflaschen. Helmut ist schlecht gelaunt. Was kein Wunder ist, sind sie doch ans Haus gefesselt mit ihren mumifizierten Gesichtern.

»Jetzt sitzen wir hier blöd rum«, murrt Helmut.

»Na und, wir werden doch gut versorgt. Die vom Supermarkt stellen uns die Sachen vor die Tür, wir können fernglotzen und Bier trinken. Ist doch astrein.« Loki raucht durch die kleine Lücke im Verband. Helmut steckt sich auch eine an.

»Ich muss mit den *Rabbits* reden«, sagt Loki plötzlich.

»Was willst du denn von denen?«

»Die Bremse, hast du das vergessen? Die hat jemand manipuliert. Seit die Honks das letzte Rennen verloren haben, sind die echt ekelhaft.«

»Ach komm, Loki, du siehst Gespenster.«

»Glaubst du, die Bremsen gehen einfach mal so nicht?! Ich hab den Wagen am Vorabend noch auf der Hebebühne gehabt.«

»Eben, Loki!«

»Nenn mich nicht Loki!«

»Ludwig, hör zu. Das war ein Scheißunfall. Ich mach dir nicht mal 'nen Vorwurf. Die Bremsen gingen halt nicht. Ist ja auch kein Wunder, wenn du ständig an der Karre rumschraubst.«

»Die Bremsen waren 1 a. Weißt du noch, als wir am Walchensee waren ...« – »... hast du diesen Hanke ins Jenseits gedrängt. Was willst du mir erzählen?!«

»Die Bremsen waren 1 a.«

»Sie waren es. Jetzt ist das Auto Schrott, wir sind Schrott. Wir machen jetzt mal ein bisschen langsam und konzentrieren uns auf die Dateien auf dem Laptop. Grasser hat gesagt, da geht was. Er spricht noch mal mit dem Auftraggeber. Und das mit den verschwundenen Ohren regelt er auch. Wenn wir wissen, um wie viel es geht, verlangen wir unseren gerechten Anteil an dem Geschäft, und dann sind wir raus aus der Nummer.«

»Oh, der Herr will aufhören mit den dunklen Geschäften?«

»Ja, Loki, ich will aufhören. Was ist das für ein Job, bei dem ich froh sein muss, wenn nur meine Fresse zerstört wird. Wir machen Kasse und dann geht's heimwärts.«

»Zu Mama, nach Transsylvanien?«

»Ja, nach Alba Iulia. Du kannst mit deinem Teil der Kohle machen, was du willst.«

»Ich kauf mir einen Audi R8 oder einen Porsche.«

VENEDIG, PARIS, LONDON, PASSAU

Mader freut sich aufs Wochenende. Mit Bajazzo raus in die Natur. Und vielleicht würde er mal seine Ex-Frau anrufen, ein kurzes Treffen vorschlagen. Natürlich nicht ohne Hintergedanken.

Hummel hat den Freitagabend in Trance verbracht. Kein dem Bierkonsum geschuldeter Bewusstseinszustand, sondern pures Glück. Er hat sich mal was getraut. Er hat Chris Winter angerufen. Einfach so. Nach seinem Waterloo in der Agentur. Er hat sie gefragt, ob sie am Samstag das Essen im *Fraunhofer* mit ihm nachholen will. Er würde auch sein Handy zu Hause lassen. Irgendwann müsse ja mal Dienstschluss sein. Und sie hat zugesagt. Aus lauter Übermut geht er abends endlich mal wieder in die *Blackbox*. Beate ist nicht da. »Wahrscheinlich ein Romantik-Weekend mit ihrem Zukünftigen«, ist sein erster Gedanke. Beim zweiten Bier fragt er die Bedienung, eine rothaarige Studentin. Und, oh Wunder: nix Venedig, Paris, London, kein Romantikurlaub mit ihrem Zukünftigen. Beate ist bei ihren Eltern in Pfaffenhofen, weil ihre Mutter mit Oberschenkelhalsbruch im Krankenhaus liegt. Was für eine gute Nachricht! Noch gibt es in Beates Leben wichtigere Dinge als diesen Lackaffen, der niemals ihr Mann werden wird! Beate ist noch nicht verloren! Und morgen würde er mit Chris ausgehen! Schon der Wahnsinn. Ja, vielleicht kann er doch noch was bewegen in der Welt der Frauen.

Dosi ist unterwegs zu einem Familienfest in Passau. Ihre Vorfreude hält sich in Grenzen. Die Hochzeit einer Cousine in Hauzenberg. Dirndlzwang. Als sie sich bei *LODENFREY* in das dritte Dirndl reingezwängt hat, das ihr ein fulminantes Dekolleté zauberte, aber kaum Luft zum Atmen ließ, hatte die Verkäuferin endlich ein Erbarmen und wies sie darauf hin, dass sie es einfach mal mit zwei Nummern größer probieren sollte. Tja, Größe 38, das war einmal. Dank fachkundiger Beratung fand sie aber doch noch was Schönes. Ganz klassisch in Dunkelblau mit hellblauer Schürze und weißer Bluse. »Wie der bairische Himmi«, hat die Verkäuferin gescherzt. Fränki war ganz hin und weg, als er sie im Dirndl sah. »Aber der findet mich auch noch in einem Kartoffelsack schön«, denkt Dosi jetzt und ist sich nicht sicher, ob das gut oder schlecht ist. Manchmal ist ihr das mit Fränki einen Tick zu kuschelig. Zum Glück hat er am Wochenende keine Zeit, um mitzukommen. Jetzt freut sie sich erst mal auf ein paar gescheite Rosswürste aus der Metzgerei ihres Vaters.

LODENTIME

Samstagabend. Mader hat einen herrlichen Tag mit Bajazzo verbracht. Mit dem Zug bis Iffeldorf und dann ein langer Spaziergang rund um die Osterseen, wo jetzt im Herbst eine wahrlich zauberhafte Stimmung herrscht. Knorrige Baumwurzeln am Ufer, die ihre gichtigen Finger ins dunkle Wasser krümmen. »Wenn man lange genug auf den schwarzen Spiegel sieht, tauchen bestimmt Elfen und Wassermänner auf«, hat Mader gedacht. Jetzt sind sie wieder im quadratischen Neuperlach. Und der Tag ist noch nicht vorüber. Mader zieht sich um. Stoffhose und Sakko. Wann hat er das letzte Mal Anzug getragen?

»Zieh dir bitte was Ordentliches an!«, hat Leonore am Telefon gesagt, »keine Cordhose, keine Lederjacke!«

Er betrachtet sein Spiegelbild. Sieht einen Totengräber. Er setzt eine demütig-betroffene Miene auf und muss grinsen. Nein. Geht gar nicht. Er holt den Trachtenanzug aus dem Schrank. Und staunt kurz darauf. Passt immer noch wie angegossen. Der Spiegel im Flur überrascht ihn ebenfalls: kein Faschingskaschperl, kein Oktoberfestdimpfl, sondern ein stattlicher Mann mit bayerischen Wurzeln. Dazu die guten Schuhe aus Italien – espressoschwarz statt haferlbraun. Er nickt zufrieden, als er den Lodenmantel anzieht. Bajazzo ist die perfekte Ergänzung. Zeitlose Münchner Eleganz. Bajazzo – verdammt! Den hat er ganz vergessen. Er greift zum Telefon. Bei Hummel springt nur die Mailbox an. Er legt auf und wählt Hummels Festnetznummer. Beim zweiten Klingeln hebt jemand ab. »Hallo, Hummel, ich bin's, Mader.«

»Oh nein!«

»Oh ja! Warum ist Ihr Handy aus?«

»Weil Wochenende ist. Weil ich auch mal Pause mache.«

»Hummel, ich brauch dringend Ihre Hilfe. Ich hab heute Abend einen wichtigen Termin.«

»Ich auch.«

»Dienstlich?«

»Äh, ich, also, nein, privat.«

»Ich schon. Tun Sie mir bitte einen Gefallen: Übernehmen Sie Bajazzo heute Abend. Wo ich hingeh, kann er unmöglich mitkommen.«

»Ich …« – »… komm in einer halben Stunde bei Ihnen vorbei. Danke!« Mader legt auf. Durchaus mit schlechtem Gewissen. Nicht wegen Hummel. Wegen Bajazzo. Der sieht ihn nämlich erwartungsvoll an. »Jaja, Bajazzo, wir gehen gleich. Du darfst deinen Freund Hummel besuchen.«

OH VANITAS!

Eine knappe Stunde später steht Mader auf dem Salvatorplatz vor dem Literaturhaus. Fünf Minuten zu früh. Er will Leonore nicht gleich Anlass zu einem unkontrollierten Anstieg ihres Blutdrucks geben. Punkt Viertel vor acht entsteigt sie einem Taxi – logisch, Neuhausen liegt ja fernab jeglicher Nahverkehrsanbindung. Ihr beim Aussteigen freigelegtes Feinstrumpfbein wirkt irritierend attraktiv auf ihn. Öha.

»Charly, grüß dich«, haucht sie nach dem Begrüßungsbussi.

»Sag lieber Karl«, meint er.

»San ma jetzt spießig, oder was?« Sie hakt sich bei ihm unter und dirigiert ihn zum Seiteneingang des Literaturhauses. Sie nehmen den Lift und fahren hoch zur Bibliothek. An der Garderobe bricht Leonore in herzhaftes Lachen aus. »Charly! Der Trachtenanzug vom Tegernsee!«

»Tja, Leo, Qualität kommt nie aus der Mode.«

Sie mustert ihn von oben bis unten. Er ist auf alles gefasst. Nur darauf nicht: »Ich könnte dich küssen! Wie originell! Großartig!«, sagt sie und streicht über die Schultern der Jacke. »Ich weiß noch genau, wie wir ihn gekauft haben. Ein verregneter Tag. Du hattest überhaupt keine Lust, in den Laden zu gehen. Aber mir zuliebe hast du es getan.«

Er lächelt unsicher. In lebhafter Erinnerung an diesen Horrortrip. Er inmitten eines Trachteninfernos in grellem Neonlicht. Und die Verkäuferin im gackerlgelben Dirndl gluckste immer wieder: »Mei, schaut des fesch aus …«

Als sie die Bibliothek des Literaturhauses betreten, sieht er, was Leonore mit *originell* meint. Er hat mit einer gewissen Münchner Standardtrachtenquote gerechnet, aber hier tragen alle Männer dunkle Anzüge, im frivolsten Fall mit einer exzentrisch gemusterten Krawatte. Die Damen hingegen trumpfen auf mit papageienhafter Glitzerbuntheit, endlosen Schlitzen und ausladenden Dekolletés in Lederbraun. Mader schluckt. Das sind die Beauty-Kundinnen, über die er sich von Leonore ein paar nähere Auskünfte erhofft.

Trotz seines ungewöhnlichen Looks fällt Mader nicht auf, aber kein Wunder, denn die Aufmerksamkeit ruht bereits auf dem Künstler, einem sehr androgynen, sehr blassen, sehr jungen Mann mit sehr furchterregender Akne. Er hat sich bereits auf der Bühne eingefunden und sortiert nervös seine Blätter. Das Publikum hängt schon jetzt vorfreudig an seinen Herpeslippen. Kaum haben Leonore und Mader in der letzten Reihe Platz genommen, erlischt die Saalbeleuchtung. Nur ein Punktstrahler auf den Dichter und seine blühenden Pickel. Schweißglanz an Mondlandschaft. Streuselkuchen in Öl. Mader streckt den Rücken durch und hofft nur eins: dass es möglichst schnell vorbei ist.

Nach nochmaligem Blättersortieren beginnt der Jüngling seinen Vortrag:

Bricht herein die Dunkelheit
Sirenenklang aus ferner Zeit
Hinter all den Fenstern
Geschichten von Gespenstern
Zombies sind wir, leere Hüllen
Können keinen Traum erfüllen
Schwarze Leere ohne Unterlass
Oh Vanitas, oh Vanitas …

Der Wunsch nach »möglichst schnell« erfüllt sich für Mader tatsächlich. Er nickt sofort ein. Kein Wunder, bei der schläfrigen Trübnis, die die vakuumisierten Worte bei ihm auslösen. Mader erwacht schließlich vom donnernden Applaus, in den er sogleich lebhaft mit einstimmt. Leonore hat nicht gemerkt, dass er geschlafen hat, so sehr hat sie der lyrische Erguss des blassen Pickelknaben in den Bann gezogen. »Großartig, großartig!«, stellt sie immer wieder fest.

»Ja, wirklich großartig«, stimmt Mader in die Jubelarien ein. »Das musste endlich mal gesagt werden.«

Leonore nickt heftig. »Ja, keiner sagt es so wie Geronimo, bringt sie so treffend zum Ausdruck, die triste Melancholie des modernen Menschen, gefangen in seiner unerfüllten Sehnsucht, in seiner ganzen Verzweiflung, jemals wirklich das Sonnenlicht zu erblicken.«

»Braucht er nur mal morgens aufzustehen und aus dem Fenster zu schauen«, denkt Mader. Sagt er natürlich nicht. Stattdessen: »Ein profunder Blick auf die Nachtseite des Lebens.«

Leonore sieht ihn erstaunt an. »Charly, seit wann hast du so viel Einfühlungsvermögen? Komm, jetzt trinken wir ein Gläschen.« Sie steht auf und steuert auf die Menge zu, die sich in kleinen Grüppchen zuprostet. Mader folgt Leonore und schluckt. Günther auch.

»Mader, Sie hier?!«

»Grüß Gott, Dr. Günther. Ja, ich muss mal, äh, unter Leute. Und Lyrik, das ist meine heimliche Leidenschaft.«

Günther legt die Stirn in Falten. Dann lächelt er. »Ja, Geronimo ist eins der ganz großen Talente dieser Stadt.«

»Ein profunder Blick auf die Nachtseite des Lebens«, wiederholt Mader mit Kennermiene. Und setzt noch eins drauf: »Eine Ausweglosigkeit, wie man sie seit Beckett in solch schwarzen Tönen nicht mehr gehört hat – Entropie.«

Günther nickt irritiert. »Sauber, Mader. Entropie, ja, Entropie …«

»Entschuldigung, ich muss mich jetzt um meinen Flüssigkeitshaushalt kümmern«, sagt Mader und lässt einen verdutzten Günther zurück. Mader schnappt sich ein Glas Sekt und stürzt es hinunter. Er nimmt ein zweites und lässt den Blick schweifen. Seine Ex-Frau tänzelt von einem Grüppchen zum anderen – *bussibussi* –, tauscht hier ein paar Wörtchen aus, lacht dort glockenhell und ist ganz in ihrem Element. Jetzt sieht er auch Dr. Grasser, den Beauty-Doc mit dem glühenden Haarkranz. Und dann erklimmt ein weiterer Mann das Podium. Mader sieht einen Hauch Michel Piccoli, aber mit mehr Haaren auf dem Kopf. Bekleidet mit einem hellbraunen Leinenanzug und schwarzem Hemd, das einen großzügigen Blick freigibt auf loderndes Brusthaar an sonnengebräunter Haut.

»Das ist unser Vorsitzender, Dietmar«, erklärt Leonore, die wieder bei ihm angebrandet ist. »Dietmar Schwarz.«

»Oh, das ist Dr. No?!«

Leonore lacht auf und hält sich den Zeigefinger vor die Lippen. Mader will sie noch etwas fragen, aber Leonore flattert schon wieder davon. »Gibt der jetzt auch ein paar gereimte Zeilen zum Besten?«, überlegt Mader. »Verse aus dem Kamasutra?« Er lächelt zufrieden. »Volltreffer. Der Besuch hat sich schon jetzt gelohnt. Hier sind die richtigen Leute versammelt. Hoffentlich muss ich dafür keinen zu hohen Einsatz zahlen. Der Pickelknabe war schon eine außergewöhnliche Belastung.«

Dr. No's kräftiges Organ ertönt: »Liebe Freunde des gesprochenen und geschriebenen Wortes, ich danke euch allen noch mal herzlich für euer Kommen und für die großzügige Unterstützung – ideell und materiell. Und wie ich sehe, haben wir heute unter uns auch einige Neuanwärter auf die Klubmitgliedschaft. Daher ein paar erläuternde Worte. Wir verstehen uns als gemeinnütziger Verein zur Förderung der Schönen Literatur in München. Wer sich auf den Schwingen der Literatur über die Profanität des Alltags erhebt, um uns, die wir verstrickt sind in irdische Belange, den Spiegel vorzuhalten und in die dunklen Kammern unserer Persönlichkeiten zu entführen, der muss unabhängig bleiben von der harten Realität des Broterwerbs. Ihr alle seid Mäzene solch großer Künstler wie Geronimo. Meine Botschaft lautet: Öffnet Euro, Herz und Geldbeutel. Die Aufnahmeanträge zu unserem illustren Kreis finden sich an der Garderobe. Für Rückfragen stehe ich gerne zur Verfügung. Und nun wünsche ich uns allen noch gute Gespräche.«

Als Dr. No's sonore Stimme verhallt und der Applaus verebbt ist, kippt Mader den Rest seines zweiten Glases in sich hinein.

»Und, was sagst du?«, fragt Leonore, die wieder zu ihm zurückgeflattert ist.

»Beeindruckend für einen Schönheitschirurgen. Kennst du ihn näher?«

»Dietmar. Durchaus.« Sie lächelt vielsagend.

»Du hast doch nicht …?«

»Wohl kaum!«

»Entschuldige. Sag mal, duzt ihr euch hier alle?«

»Klar. Der *Münchner Literaturzirkel* ist ein exklusiver Klub.«

»Mein Chef ist auch da.« Er deutet zu Günther.

»Wenn du Mitglied wirst, darfst du Gisbert auch duzen.«

»Ich sag eh schon Günther.«

Leonore lacht herzhaft. »Deinen Humor hab ich echt vermisst. Was machen wir jetzt mit dem angerissenen Abend?«

»Hast du hier keine gesellschaftlichen Verpflichtungen mehr?«

»Ich bin eine freie Frau. Sag an, ich folge dir. Solange es nicht an einen dieser Gruselorte ist.«

»Zum Beispiel?«

»*Paulaner an der Oper.*«

Tja, das wäre tatsächlich Maders erster Vorschlag gewesen. Sie kennt ihn gut. Der *Andechser am Dom* oder die *Pfälzer Weinstube* am Odeonsplatz wären ihm auch noch eingefallen. Einem Gedankenblitz folgend sagt er: »*Trader's Vic.*«

Mit der Wahl der antiquierten Südsee-Bar im Bayerischen Hof überrascht er seine Ex-Frau ein weiteres Mal. »Toll, da war ich seit Ewigkeiten nicht mehr!«

NUR DAS BESTE

Zankl räumt sein Bettzeug im Wohnzimmer auf die Couch. Er hat den Streit nicht vom Zaun gebrochen. Nein, er war heute eigentlich der große Held. Er hat sich morgens schon auf die Strategie festgelegt, seiner Frau ohne Murren jeden Wunsch zu erfüllen, den sie bei der Auswahl der Babyausstattung hat. So war es dann auch. Er wollte gelegentlich beratend eine Empfehlung aus der Zeitschrift Eltern oder eines Internetforums einfließen lassen, mehr aber auch nicht. So weit die Theorie.

Die Praxis sah anders aus. Als sie schließlich am frühen Samstagabend nach ausgeführtem Manöver vor *Rasselfisch Babyausstattung* im Werksviertel hinterm Ostbahnhof standen, hat er still gelächelt. Nein, es war kein Lächeln, es war ein gemeißeltes Grinsen, während Jasmin immer noch die

Stirn in Sorgenfalten legte und sich nicht sicher war, ob sie wirklich alles richtig entschieden hatten. Nein, er hatte die Stunden zuvor nicht mit der Wimper gezuckt, als seine Frau sich in dem hoffnungslos überfüllten Geschäft das gesamte Programm an Kinderwagen, Kinderbetten, Wickelkommoden, Stillkissen und Babytragesystemen hatte vorführen lassen. Er weiß nun alles über *Hesba*, *Boogaboo* oder *Urban Jungle*, alles über Schadstoffwerte und Härtegrade von Matratzen. Worte wie *Glückskäfer* und *Didymoss* gellten noch immer in seinen Ohren. Nein, er hatte nicht gemurrt, als Jasmin nach endlosen Debatten mit der verständnisvollsten Verkäuferin der Welt sich stets für das teuerste Produkt entschieden hat. Natürlich! Nur das Beste für das Kind! Und: nur das Beste für die Mama! Denn er hat Jasmin hinterher auch noch zum Essen ausgeführt. Zu einem der besten Italiener der Stadt, ins *Centrale* in der Schellingstraße, weil Geld ja gerade sowieso keine Rolle spielt. Jasmin hat die halbe Speisekarte verschlungen. Um diese dann nach der Panna Cotta in einem plötzlichen Anfall von Übelkeit in das italienische Klo zu erbrechen. Auch das hat er mit einem verständnisvollen Lächeln ritterlich ertragen.

Und was war der Dank für den ganzen Aufwand? Dass Jasmin ihm abends zu Hause vorwarf, er hätte sich bei der Auswahl der Babyausstattung nicht genug eingebracht. Ja, er sei merkwürdig gleichgültig gewesen. Ob sie und das gemeinsame Kind ihm denn gar nichts bedeuten? Das ist doch der Gipfel! Klar, die Hormone, die für schlechte Laune und Übelkeit sorgen. Aber das war einfach zu viel! Also hat er im Schlafzimmer dann doch noch zusammengefasst, wie der Tag für ihn war: »Nerv mich nicht!« Nur in sich hineingebrummelt. Lautlos eigentlich. Aber Jasmins Sensoren sind fein. Sie hat jedes Wort verstanden. Mit dieser aus seiner

Sicht völlig korrekten Lagebewertung hat er es sich bei ihr komplett verschissen. Verdammt, auf dem letzten Meter!

Nicht, dass sie ihn aus dem Schlafzimmer rausgeschmissen hätte. Er ist selbst gegangen. Jaja, nicht einmal streiten kann man mit ihm. Er hat sich ein Bier aus dem Kühlschrank geholt und sitzt jetzt mit seinem Bettzeug auf dem Sofa. Den Fernseher anzumachen, wagt er nicht. Jasmins empfindliche Ohren würde das sofort vernehmen, und sie würde das nur als weiteren Beleg für seinen Mangel an Sensibilität angesichts ihrer speziellen Situation verbuchen. Scheißtag! Er nimmt einen tiefen Schluck Bier. 22 Uhr. Samstagabend war früher mal Spaß und Alkohol und Sex. Früher. Aber warum sollte der Samstagabend auch besser aussehen als der Freitagabend? Tote Hose. Zankl fällt ein, dass er eigentlich Heinz und Dieter für heute Abend zugesagt hatte. Die Geburtstagsparty. Jetzt erscheint ihm das als eine vergleichsweise attraktive Option für den Restabend. Er schüttelt den Kopf. Nein, undenkbar.

GLÜCKSBRINGER

Wenn Zankl schon die Arschkarte gezogen hat, ist es nur gerecht, dass Hummel mal das Glück hold ist. Ausgleichende Gerechtigkeit. Er teilt seinem Tagebuch seine Begeisterung mit:

Was für ein Abend, was für eine Nacht! Erst dachte ich ja, den Abend versaut mir Mader auch noch, als er Bajazzo vorbeibrachte. Ich habe Bajazzo dann einfach mitgenommen zu meinem Date im Fraunhofer. Und was für eine Überraschung – es ist wie im Park: Hunde öffnen dir die Herzen der Frauen! Ich hätte nie gedacht, dass Chris auf Dackel steht. Wie reizend sie sich um Bajazzo gekümmert hat! Sie hat ihm gleich eine Schüssel Wasser organisiert. Bajazzo war ja zuerst nicht so angetan von ihr und hat immer wieder misstrauisch geknurrt. Aber das war bestimmt die Eifersucht. Außerdem ist er von Mader wohl kaum den Umgang mit Frauen gewohnt. Als Chris ihm die Schwarte von ihrem Schweinsbraten überlassen hat, hat er sich erst noch ein bisschen geziert, aber dann war das Eis gebrochen. Den Rest des Abends hat Bajazzo an der Heizung unterm Fenster verdöst. Und wir haben uns unterhalten. Chris wollte so viel von mir wissen. Wie ich lebe, was meine Hobbys sind, warum ich Polizist bin, wie ich in den Model-Fällen vorankomme. Normalerweise bin ich ja derjenige, der die Fragen stellt. Die Zeit verging wie im Flug. Wir waren fast die letzten Gäste, als wir aufbrachen. Und an der U-Bahn haben wir uns dann geküsst. Also nicht so richtig, so Abschieds-bussi rechts und links. Aber ich habe gespürt, dass da mehr dahintersteckt.

Mann, was ich alles erzählt habe – sogar, dass ich schreibe und dass es damit nicht so recht klappen will. Dass ich zu meiner Verlegerin nicht mehr den allerbesten Draht habe. Aber Chris hat auch ein bisschen von sich erzählt. Was sie gerne macht. Mann, die ist wirklich handfest – sie mag Oldtimer und schraubt auch selbst an ihrem alten Porsche. Wenn sie Zeit hat. Hat sie aber kaum. Die Agentur ist schon sehr zeitaufwendig. Sie hat mir auch erklärt, wie Agenturen so arbeiten. Was eine gute Agentur von einer schlechten unterscheidet. Das hat mich dann doch sehr nachdenklich gemacht. Ich glaube,

es liegt nicht nur an mir, dass bei meiner Schriftstellerkarriere nichts vorangeht, sondern auch an meiner Verlegerin. Die forciert einfach nix. »Versuch es doch mal mit einer Literaturagentur«, hat Chris gesagt. »Die unterstützen dich auch beim Schreiben. Und überhaupt in den ganzen geschäftlichen Dingen.«
Ja, das wäre gut. Zumal ich ja noch nicht einmal einen Vertrag habe. Klar, die Verlegerin hat es mir mündlich zugesagt. Aber so ein bisschen Beratung in Branchendingen wäre schon gut. Gleich morgen werde ich googeln, welche Agentur für mich infrage kommt. Und wenn ich das eingetütet habe, werde ich mit dem Schreiben noch mal ganz von vorn beginnen. Chris wird Augen machen! Sehen, dass ich nicht nur ein engagierter Polizist bin, sondern auch ein sensibler Künstler. Habe ich eigentlich zu viel geredet heute Abend? Ist sie jetzt irritiert, weil ich sie so zugetextet habe? Soll ich ihr schnell noch eine SMS schicken und mich entschuldigen? Quatsch! Aber mich für den schönen Abend bedanken, das könnte ich doch machen! Nein, es ist ja schon fast zwei Uhr. Ich werde jetzt noch eine gute Platte auflegen, was Gefühlvolles, vielleicht von den Impressions. Was fürs Herz. Und mir ein Bier aufmachen. Meinen wohlwollenden Blick auf Bajazzo ruhen lassen, der unter dem Couchtisch liegt und friedlich schnarcht. Ja, wenn Bajazzo dabei ist, dann klappt das mit den Frauen. Bin ich jetzt Beate untreu? Ach quatsch, sie wird ja bald heiraten. Nicht mich. Leider.

AUS DER ÜBUNG

Mader reibt sich die Augen. Sein Schädel dröhnt. Irgendwas ist komisch, sieht komisch aus, ist anders. Verdammt, er ist nicht zu Hause! Er schließt die Augen. Kann es ein, dass ...?! Er dreht sich zur Seite. Die andere Hälfte des Doppelbetts ist leer. Aber nicht unbenutzt. Nervös hebt er die Bettdecke. Er trägt seine Schiesser-Unterwäsche. Noch. Oder wieder. Er hört Geschirrklappern aus der Küche. Kaffee und Schinkenspeck wetteifern beim Angriff auf seine hypersensiblen Geschmacksnerven. Die heute sehr leicht erregbar sind. Er weiß, dass Leonore immer Kopfschmerztabletten in ihrem Nachtkasten hat, und wälzt sich hinüber.

Zehn Minuten später geht es ihm etwas besser, und er zieht sich an. Der Trachtenanzug! Er muss lachen. Welcher Teufel hat ihn da geritten? Was ist gestern nach dem Lyrikabend geschehen? Er erinnert sich nur noch, dass der Barkeeper im *Trader's Vic* irgendwelche Schnäpse vor ihren Nasen angezündet hat.

Als er – reichlich wacklig – die Küche betritt, grinst Leonore ihn breit an.

»Das ist nicht komisch«, sagt er.

»Du bist ein bisschen aus der Übung, scheint mir.«

»Meinst du Alkohol oder Sex?«

»Beides. Komm, setz dich.«

Er gehorcht und trinkt seinen Kaffee. Langsam kehrt Leben in seinen geschundenen Körper zurück. »War ich schlimm gestern?«

»Ssssehr schlimm. Ich hab seit Ewigkeiten nicht mehr so

viel gelacht. Wie du dem Japaner auf Englisch von Ludwig II. erzählt hast, dass der wegen seiner schlechten Zähne nur noch weiche Semmeln und Brei gegessen hat …«

»Mein Englisch ist grausam. Und sonst? Da drüben?« Er nickt in Richtung Schlafzimmer.

»Ach das. Nicht der Rede wert.«

Er will nicht genauer wissen, was sie damit meint, und widmet sich Speck und Eiern.

LE FUCHS

»Die wollen nix zahlen!?«, faucht Loki.

Helmut schlägt mit der Faust auf den Küchentisch. »Dann verscheuern wir die Infos an den Journalisten, von dem uns der Krankenhausheini erzählt hat, bevor wir ihn in der Pathologie kaltgestellt haben. Was, meinst du, zahlt so ein Journalist?«

»Keine Ahnung. 50 Mille?«

»Im Leben nicht.«

»Dann eben 20. Ist doch besser als nichts.«

»Jetzt brauchen wir noch Namen und Telefonnummer von dem Schreiberling. Irgendwas mit Wein… Weinmeier, oder was hat er gesagt?«

»Weinzierl heißt der Typ.«

Helmut zieht die Schublade der Kommode auf und zeigt Loki ein Notizbuch. »Von Dr. Weiß.«

»Wo hast du das denn mitgehen lassen?«

»Lag auf dem Schreibtisch. Infos sind immer gut. Da schaun wir doch mal nach wegen dem Pressefuzzi.«

Loki lacht. »Du bist echt ein Fuchs!«

»Bin gespannt, was so ein Journalist lockermacht. Und dann fragen wir Grasser noch mal, ob er nicht doch lieber was zahlt, damit das alles unter uns bleibt.«

AUF SPARFLAMME

Montag. Mader macht Bestandsaufnahme. Seine Impressionen vom Münchner Literaturzirkel mit Dr. No haben nicht viel gebracht, außer dass er jetzt ein bisschen mehr darüber weiß, mit welcher Sensibilität Nose und seine Kundinnen tatsächlich zu behandeln sind. Leonore hat ihm bei dem Sonntagsfrühstück ausführlich dargelegt, wie weitverbreitet Schönheitsoperationen in diesen Kreisen sind. Und dass Leute wie Dr. No echte Geheimnisträger der Hautevolee sind und er sich mit Blick auf die ärztliche Schweigepflicht keine allzu großen Hoffnungen machen sollte, tatsächlich etwas Substanzielles über Arbeit, Klientinnen oder Geschäftsbeziehungen dieser Ärzte zu erfahren. Aber sie würde mal Augen und Ohren offenhalten. Ausnahmsweise. Für ihn.

Als Mader von Günther zum Stand der Ermittlungen bei den zwei toten Models gefragt wird und berichtet, dass es dort nichts Neues zu vermelden gebe, reagiert Günther ganz entspannt und empfiehlt lediglich, sich noch mal das persönliche Umfeld der Damen anzusehen, auch die Party- und Discoszene, zu der die zwei ja bestimmt gehörten. »Logisch, machen wir«, sagt Mader und denkt: »Leb du nur in deiner *Bunte*- und *Gala*-Welt und lies Gedichte über die Nachtseiten des Lebens.« Aber insgeheim ist er froh, dass Günther keinen Druck macht. Mader muss sich eingestehen, dass sie im Moment nicht wirklich weiterkommen, und will etwas Tempo aus dem Fall nehmen. Sparflamme. Ergebnisse kann man nicht erzwingen.

GESCHRAUBT

Hummel nutzt die Abendstunden der folgenden Tage, um sich auf sein Krimiexposé zu konzentrieren. Das Gespräch mit Chris hat seiner Kreativität ordentlich Aufwind verliehen. Die von ihm ausgewählte Agentur *Paperweight* reagierte fast postwendend, nachdem er sein Exposé eingereicht hatte. »Ja, man könne sich vorstellen, ihn zu vertreten«, hat die Agenturchefin am Telefon gesagt. Hummel ist fast ausgeflippt vor Glück. Yes!!! Jetzt muss er allerdings seine Verlegerin über die neuen Geschäftsbedingungen informieren. Sein Gefühl sagt ihm, dass Frau König darüber nicht begeistert sein wird. Schließlich hat sie ihn ja damals angesprochen. Tja. Er wird das schriftlich machen. Von Angesicht zu Angesicht bringt er das nicht fertig, zumal sie ja auch ein bisschen befreundet sind. Hummel nimmt sich Donnerstag und Freitag frei, um sich ganz seinen persönlichen Angelegenheiten zu widmen. Den Brief schreibt er aber gleich.

Liebe Frau König,
jetzt haben Sie lange nichts gehört von mir. Das tut
mir leid. Vor lauter Arbeit komme ich zu gar nichts.
Zumindest zu nichts Neuem. Sie haben ja bisher meine
Texte – aus Ihrer Sicht sicher zurecht – als noch nicht
gut genug beurteilt und meinten, ich könne das besser.
Nach reichlicher Überlegung bin ich zum Entschluss

gekommen, dass wir beide noch nicht die perfekte
Kombination sind, um gemeinsam Erfolg zu haben,
zumindest nicht in dieser Konstellation. Sie haben
Ihre Vorstellungen und ich habe meine.
Weitere Verhandlungen führen Sie dann bitte mit
meiner Agentin Gerlinde von Kaltern von der
Agentur Paperweight.
Mit den besten Grüßen
Klaus Hummel

Als Hummel den Brief noch mal in Ruhe durchliest, gruselt ihm gehörig – nicht nur wegen der geschraubten Sätze. Aber schließlich faltet er das Blatt zusammen und steckt es in einen Umschlag. Er schreibt die Adresse auf den Umschlag, klebt eine Marke drauf und geht zum Briefkasten. Bereits heute Nachmittag hat er seinen Termin bei *Paperweight* am Rotkreuzplatz. Und wenn sie ihn dann doch nicht annehmen? Ach quatsch, das Telefonat lief sehr gut. Das war eindeutig. Oder? Zur Sicherheit schmeißt er den Brief nicht gleich ein.

TAPETEN, DIE RUNTERKOMMEN

Hummel trabt den Rosenheimer Berg hinunter. Er will zum Kaufhaus Beck, um ein bisschen in der Musikabteilung zu stöbern. Als er am Altstadthotel vorbeigeht, sieht er durch das Fenster zur Bar. Da sitzt der Typ von neulich Nacht! Der Nackte, jetzt allerdings in einem eleganten grauen Anzug. Vor sich ein bernsteinfarbenes Getränk. Whisky. So früh schon?! Ihre Blicke treffen sich. Der Mann springt auf und tritt an die Scheibe. Winkt Hummel herein. Hummel zögert. Und gibt sich einen Ruck.

»Hey, Klaus, was machst du hier?«, begrüßt ihn der Mann, als wären sie beste Freunde. Hummel will dessen Name partout nicht einfallen. Erledigt sich aber von selbst: »Hey, gerade denk ich mir, Tom, vertreib dir die Langeweile mit einem schönen Glas Whisky, und da kommt der Klaus am Fenster vorbei. Wenn das kein Zufall ist!«

Hummel ist ganz verlegen, weil Tom sich so selbstverständlich an seinen Namen erinnert. »Für einen Schriftsteller ist mein Gedächtnis nicht besonders gut«, denkt er. »Ach, Tom«, sagt er, »ich stromer nur ein bisschen durch die Stadt.«

»Na komm, Alter, setz dich. War 'ne abgefahrene Nacht neulich mit dir und Pummelchen auf dem Sims da draußen.«

Hummel muss unwillkürlich lachen. Tom winkt dem Barmann. »Dasselbe für meinen Freund.« Und schon rollt der Whisky an.

Tom ist in Plauderlaune. »Und, was macht die Verbrecherjagd?«

»Pause. Ich hab heute frei. Und du, musst du nicht arbeiten?«

»Gott bewahre, Giselle verdient genug für zwei. Jetzt wart ich mal wieder auf sie. Sie hat einen Termin beim Doc nebenan.«

»Im Club der schönen Nasen.«

Tom lacht. »So ist es.«

»Und du hältst hier die Stellung – als Anstandswauwau?«

»Weißte, zu Hause in Düsseldorf muss ich bei so was nicht mitgehn. Da kenn ich meinen Kiez. Aber wenn die Agentur einen Job in München hat, dann komm ich lieber mit. Besonders, wenn Giselle ein Date mit dem Doc hat. Ich trau dem Typen keinen Zentimeter über den Weg. Was glaubst du, warum der seine Praxis direkt neben einem Hotel hat? Der poppt hier seine Kundinnen. Also, wenn sie jung und hübsch sind. Und das sind einige. Ich sag dir, als wir das letzte Mal hier waren, gab es nachmittags nebenan einen tierischen Lärm – Ochsenfrosch und Hyäne. Und Giselle meinte: ›Der Ochsenfrosch klingt ja wie Dr. Schwarz!‹ Ich hab sie natürlich gefragt, woher sie das denn wissen will. Aber egal – jedenfalls hat es sich angehört, als ob die Tapeten runterkommen. Und dann hab ich sie später auf dem Flur gesehen.«

»Wen, Dr. No?«

»Nein, eine bildhübsche junge Frau. Kam gerade aus dem Zimmer raus. Braun gebrannt, lange blonde Haare. Top!«

Hummel sieht ihn ungläubig an. Könnte das Andrea Meyer gewesen sein? Verdammt, warum hat er kein Foto von ihr dabei? Er greift zu seinem Handy und wählt Dosis Nummer. Er bittet sie, ihm ein Foto von Andrea Meyer aufs Handy zu schicken.

»War das die Frau?«, fragt Hummel, als er das Bild hat.

Tom studiert das Bild. »Klar, das war sie.«

»Sie ist tot, ermordet.«

Tom schluckt. »Du meinst, der Doc …?«

»Nein, er hat für die Tatzeit ein Alibi. Weißt du noch den genauen Tag, als die Tapete runterkam?«

»Als wir das letzte Mal in München waren. Wegen dieser Bademodenschau im *Bayerischen Hof.* Am Dienstag. Das mit dem Ochsenfrosch war am Vortag, also Montagnachmittag.«

Hummel nickt nachdenklich. Montag. Der Nachmittag vor der mutmaßlichen Mordnacht. Nun ja, Tom ist sicher nicht der glaubwürdigste Zeuge, aber das ist doch schon mal was. Nose hat definitiv gelogen, als er gesagt hat, er hätte seit längerer Zeit keinen Kontakt mehr mit Andrea Meyer. Und sein schönes Alibi mit Grasser, dass sie an dem Vortrag gearbeitet haben, löst sich gerade in heiße Luft auf.

»Was hatte die Frau an?«, fragt Hummel.

»Pff, sportlich …«

»Trainingsanzug?!«

»Nein, so Jeans, T-Shirt, Windjacke.«

»Kommst du mit für eine Aussage aufs Präsidium?«

»Du, das ist jetzt ganz schlecht. Ich kann hier nicht weg. Stell dir vor, der Typ will wieder einen Quickie abziehen und ich bin nicht da.«

Versteht Hummel. Sie tauschen Handynummern und Hummel eilt schnurstracks ins Präsidium. An seinem freien Tag! Aber ein guter Polizist ist immer im Dienst. Er trommelt alle zusammen. Inklusive Gesine. Mader und die anderen finden seinen Bericht ausgesprochen interessant. Hummel gibt Tom als Zufallsbekanntschaft aus, dessen Freundin auch bei *Winter-Models* arbeitet. Bisschen dünn, aber Mader hat nicht nachgehakt. Hummel fragt Gesine: »Lässt sich denn jetzt noch nachweisen, ob die beiden in einem Hotelzimmer das Bett geteilt haben? Also, wenn wir die DNA von Nose hätten.«

»Schwierig. In so einem Hotelzimmer findest du ein Universum von DNA-Spuren. Und dann wird ständig die Bettwäsche gewechselt, gesaugt. Ganz schwierig. Aber die Kollegen von der KTU finden viel. Vor allem, wenn sie genau wissen, wo und nach was sie suchen sollen.«

Mader schüttelt den Kopf. Hummels These ist ihm zu vage für den Aufwand.

»Ich dachte ja, ich hätte bereits einen Nachweis«, meint Gesine, »also zumindest eine DNA-Probe von Nose, die wir mit dem Sperma vergleichen könnten. Ich hatte mit ihm eine Zigarette geraucht. Er hat seine Kippe bei uns in den Lichtschacht geworfen. Ich hab alle Kippen aus dem Schacht untersucht, also alle Gauloises. Aber leider keine DNA-Spur, die sich mit dem Sperma deckt. Schade.«

»Jetzt muss er doch einer Probe zustimmen, es gibt ja einen Zeugen!«, sagt Hummel mit Nachdruck.

»Hat Ihr Zeuge denn Nose gesehen?«

»Nein, aber seine Freundin. Also, sie hat ihn gehört.«

»Ein Ohrenzeugin also?«

Hummel zuckt mit den Achseln. Ja, das ist dünn.

Mader ist sich nicht sicher, ob sie Dr. No wirklich mit dem Stelldichein im Hotel konfrontieren sollten. »Selbst wenn das mit dem Schäferstündchen stimmt und er es uns nicht gesagt hat, kann der Grund dafür ganz einfach sein. Für einen Arzt ist es nicht vorteilhaft, wenn jeder weiß, dass er mit seinen Patientinnen ins Bett geht.«

»Wir sind nicht jeder«, meint Dosi. »Er hat uns schlichtweg angelogen.«

»Und Grasser dann ebenfalls«, fügt Hummel hinzu.

Mader nickt. »Okay, Hummel, bringen Sie diesen Tom für eine Aussage hierher. Dann sehen wir weiter.«

OMAS VANILLEKIPFERL

Hummel hat ein schlechtes Gewissen. Jetzt hat er im Präsidium wegen Tom so viel Wind gemacht und kann das nicht gleich erledigen. Er muss zur Agentur *Paperweight*. Den ersten Termin kann er nicht verschieben. »Ich hab noch schnell einen dringenden Arzttermin«, hat er zu Mader gesagt. »Ist ja mein freier Tag. Dauert nur ein Stündchen, dann kümmere ich mich um die Zeugenaussage.« Und ist losgehastet zur U-Bahn.

Rotkreuzplatz. Gründerzeithaus. Vierter Stock. Riesige Altbauwohnung. Sehr repräsentativ. Auf dem langen Gang zum Büro der Agenturchefin durchschreitet er ein Defilee von Assistentinnen, sechs an der Zahl, die mit Headsets vor Computerbildschirmen zwitschern wie Vögelchen auf der Stange. Seine Reise endet in dem mit Bücherregalen zugewachsenen Büro von Dr. Gerlinde von Kaltern, einer fünfschrötigen Frau von großer Distinguiertheit und mit gefährlich scharfer Habichtnase, die den Marktwert ihrer Autoren beziehungsweise die Belastbarkeit der Portemonnaies ihrer Verlagskunden genauestens taxieren kann. Die Dame mag wohl erst Ende 40 sein, hat aber eine vom ausdauernden Zigarettenkonsum eindrucksvoll gegerbte Reibeisenstimme, die erheblich älter klingt. Süßholzraspeln ist ihre Tonart jedenfalls nicht.

Sie geht gleich in die Vollen: »Ich will ganz ehrlich mit Ihnen sein, Herr Hummel, ein großes Talent sind Sie nicht. Aber da sind Sie nicht alleine. Ihr Pluspunkt – und das ist nicht unwichtig: Sie haben einen eigenen Stil: eine Art selbstverliebte Exzentrik mit einem juvenilen Unterton. Sie sind ein Träumer. Und – das wäre Ihr zweiter Pluspunkt – Sie haben einen interessanten Job. Ein romantischer Bulle mit Humor. Entschuldigen Sie meine nachlässige Ausdrucksweise, aber Ihr Text hat mich wirklich zum Lachen gebracht.«

Hummel bebt innerlich. Wofür hält sich die Tante?! In seinem Text ist nichts Lustiges. Wahrlich nicht! Aber er hält den Mund, er will es nicht gleich vermasseln. Außerdem: Vielleicht braucht er gerade jemanden, der oder die ihn mal ein bisschen härter anfasst, ihm die rosige Wange ans raue Sandpapier der Wirklichkeit hält. Er nickt stumm.

»Ich werde Sie vertreten«, sagt Gerlinde von Kaltern, »auch wenn ich mir noch genau überlegen muss, wie ich Sie vermarkten kann.«

»Was, äh, meinen Sie damit?«

»Nun ja, wir werden sehen, wohin der Trend Sie weht. Vergessen Sie bitte das Originalitätsgefasel, das man allerorten noch vernimmt. Ein schales Echo der fernen Vergangenheit. Meine Spezialität sind *early follower*.«

Hummel sieht sie groß an. Von Kaltern lächelt scharf und erklärt. »Ich schaue, womit andere auf dem Buchmarkt Erfolg haben, und mache es besser.«

Hummel schluckt. Sie schenkt von dem sehr starken Kaffee nach und schiebt ihm die Schale mit den Keksen hin. »Greifen Sie zu. Wunderbares Gebäck. Und ich hab die Kekse nicht nach meinem oder Omas Geheimrezept gebacken. Ich hab sie in einem Laden hier um die Ecke gekauft. Verstehen Sie, was ich meine?«

Hummel versteht es nicht, nickt aber – bereit, weitere Demütigungen über sich ergehen zu lassen.

Sie lächelt. »Den einsamen Dichter in seiner Dachstube, den gibt es nicht. Nicht mehr. Genauso wenig wie Omas Vanillekipferl. Und wenn, dann interessiert sich niemand mehr dafür. Die Masse macht's. Sie gibt den Ton an, bestimmt den Geschmack. Und Sie, Herr Hummel, Sie wollen schreiben und unterhalten. Wenn ich Sie richtig verstehe. Das ist löblich. Sie kennen doch die Schlagerzeile: *Flieg nicht zu hoch, mein kleiner Freund* … Immer auf dem Boden der Realitäten bleiben. Um zu wissen, was die Leute wollen, dafür brauchen Sie mich. Und Sie schreiben dann, was die Verlage verkaufen können. Sicher keinen sozialkritischen Krimiquatsch! Herr Hummel, wir haben bereits zahlreiche Bestsellerautoren unter Vertrag. Und trotzdem gebe ich

Ihnen eine Chance. Gemeinsam die Lücke finden – darum geht es. Eine Win-Win-Win-Situation: die Agentur, der Verlag, der Autor. Sie verstehen?«

Hummel nickt wieder betreten. Klare Reihenfolge.

Frau von Kaltern stößt auf frivole Art den Rauch aus – putzige Kringel steigen zur Decke hoch – und zerdrückt den Zigarettenstummel in ihrem tablettgroßen Porzellanaschenbecher. »Nehmen Sie es nicht tragisch. Auch ich hatte einmal romantische Vorstellungen vom Buchgeschäft, von der Einzigartigkeit einer literarischen Stimme. Ein großer Schmarrn. Wenn Sie schreiben wollen, um davon zu leben – langfristig –, dann sind Sie bei mir richtig. Wenn Sie nur eine Frau mit Ihrer Fantasie beeindrucken wollen, sind Sie bei mir falsch.« Sie drückt ihm einen Schnellhefter in die Hand. »Lesen Sie unseren Agenturvertrag in Ruhe durch, und geben Sie mir bald Bescheid! Ich freu mich auf unsere Zusammenarbeit. Sie sind ein guter Typ.«

Als Hummel auf der Straße steht, ist er ganz benommen. Der Plastikhefter in seiner Hand ist schweißnass. Was war das?! Ein Blick in die Zukunft? Er kommt sich vor, als hätte Gesine ihn auf dem OP-Tisch seziert und entdeckt, dass er innen hohl ist. Ja, wo sind sie denn, die Inhalte? Seine ganzen Träume, Ideale – alles Firlefanz, naive Wahnvorstellungen? *Bestseller! Early Follower! Win-Win-Win!* Aber er spürt es: Die Frau weiß, wovon sie spricht. Hummel beschließt, sich den Agenturvertrag in Ruhe durchzulesen und dann zuzusagen. Einen künstlerischen Anspruch hat er allerdings schon. Denn seinen Lebensunterhalt muss er ja nicht mit Schreiben verdienen. Zum Glück. Auch wenn das natürlich toll wäre. Aber er ist Polizist. Und jetzt muss er arbeiten. Obwohl er eigentlich frei hat. Ach ja, die Kekse der Agentin waren so lecker nicht.

WENIGER SCHLIMM

Vorsichtig wickelt Nose den Verband ab. »Na, das ist doch schon mal was«, sagt er, als er Helmuts vernarbtes Gesicht freigelegt hat. »Der Schorf fällt irgendwann von selbst ab, bitte nicht kratzen, und dann haben Sie bald ein neues Gesicht. Sie werden staunen.«

Helmut besieht sich seine Visage im Spiegel und ist den Umständen entsprechend zufrieden.

Loki ist sogar richtig glücklich. Der Doc hat seine Lippenspalte fast gänzlich unsichtbar gemacht. »Fie verftehen echt waf von Ihrem Fob«, sagt er ehrfurchtsvoll und achtet darauf, den Mund nicht zu weit zu öffnen.

AUS DER RESERVE

»Und, was sagt der Arzt?«, fragt Mader mitfühlend, als Hummel ins Büro kommt.

Hummel sieht ihn erstaunt an.

»Ich denke, Sie waren beim Arzt? Wie lautet die Diagnose?«

»Ach ja. Tödlich. Mittelfristig«, sagt Hummel. »Ich soll mit dem Rauchen aufhören.«

»Tun Sie das. Ich war vorhin bei Dr. Günther. Und hab ihm erzählt, dass Dr. No entgegen seiner Aussage am Nachmittag vor dem Mord noch mit der Meyer zusammen war.«

»Und, was sagt er?«

»Er war alles andere als begeistert. Aber wenn die Aussage hieb- und stichfest ist, wird er einer DNA-Probe zustimmen. Das Ganze hat natürlich nur Sinn, wenn das Ableben der Frau in einem Zusammenhang mit dem Geschlechtsakt steht.«

»Sie meinen«, fragt Hummel entsetzt, »dass er sie da so hart rangenommen hat, dass …?«

»Was denken Sie!? Sie war danach doch noch zu Hause. Sie sagten doch selbst, dass Ihr Zeuge Andrea Meyer in Jeans und Jacke gesehen hat. Das stimmt auch mit dem Video von der Sparkasse im Tal überein.«

»Ich versteh nur Bahnhof«, sagt Hummel.

Zankl erklärt es ihm: »Ich hab ja die Kontobewegungen von der Meyer gecheckt. Sie hat am Montag um 15 Uhr 12 einen Betrag von 5.000 Euro bar am Automaten eingezahlt. Wenn man an einem Bankomaten Geld abhebt oder einzahlt, wird man gefilmt. Auf dem Video trägt die Meyer Jeans und Jacke. Als wir sie gefunden haben, hatte sie einen Trainingsanzug an. Also ist sie nach dem Schäferstündchen mit Nose noch zu Hause gewesen.«

»Aber wie meinen Sie das dann mit dem Geschlechtsakt? Also der Zusammenhang mit ihrem Tod, wie soll der aussehen?«, fragt Hummel seinen Chef.

Mader stöhnt. »Ganz einfach nur, dass es eine Beziehungstat sein könnte. Genau so, wie Sie es das letzte Mal gesagt haben. Sie erpresst ihn mit seinen Geschäften, weil sie wieder mit ihm zusammen sein will. Er schläft noch mal mit ihr, gibt ihr fünf Mille als Schweigegeld, als Anzahlung. Sie will nicht so viel Bargeld rumschleppen und zahlt es am Automaten ein. Fährt nach Hause. Nose überlegt. Und kommt zu dem Schluss, dass sie nicht aufhören wird, ihn zu erpressen. Er weiß, dass sie abends im Park joggen geht.«

»Aber wie geht das mit dem Timing zusammen, mit dem Todeszeitpunkt?«, fragt Hummel. »Er war doch auf dem Lyrikabend.«

»Na ja, für das Praktische kann er ja jemanden engagiert haben. Merkwürdig ist nur die Sache mit dem Gully. Das macht kein Auftragskiller, da ist auch etwas Persönliches im Spiel. Als ginge es um eine Demütigung. Schwierig. Vielleicht können wir Dr. No aus der Reserve locken, wenn wir ihn mit dem Schäferstündchen konfrontieren. Aber zuerst muss die Aussage von Ihrem Zeugen her.«

LIKE A SEXMACHINE

Kurz darauf ist Hummel mit Dosi unterwegs, um Toms Aussage aufzunehmen. Eigentlich wollte Zankl mitkommen, aber Dosi ist ihm reingrätscht. Klar, sie hat kein Interesse daran, dass Zankl von Tom über ihre nächtliche Aktion am Fenstersims erfährt.

Als sie in der Hotelbar ankommen, hat Tom inzwischen noch ein paar Whisky getankt. Aber er ist ansprechbar. Allerdings ist seine Aussage nicht ganz das, was sie sich erhofft haben: »Nein, ich habdennich persönlich gesehn. Aber, hey, dietussiwarnestunde vorher inderpraxis, hing amempfangrum. Unddann sehichdie Lady ins Zimmernebenunsermgehn undhörspäter …« – »… wie die Tapeten runterkommen«, ergänzt Hummel.

»*Like a sexmachine* … Duweissschon. Und, mitwem hattse vorher nen Termingehabt?«

»Mit der Empfangsdame von Nose?«, schlägt Dosi schnippisch vor.

Tom sieht sie verwirrt an.

»Du hast sie also weder in der Praxis noch hier zusammen gesehen?«, fragt Hummel. »Du hast Nose also gar nicht gesehn?!«

»Abergehört! *Like a sexmachine* ... kurz vorm Durchdrehn. Gigiselle hat gesagt, dasisser, da Doc. Ich mein, wer solltendassonsdsein?! Nakommschon!«

»Wir haben also nichts, gar nichts«, stellt Hummel frustriert fest. Er geht zum Portier und fragt ihn ganz konkret, ob Dr. Schwarz an diesem Tag hier im Hotel war, ob er ein Zimmer reserviert hat. Ob er mit Andrea Meyer hier war? Nach Vorlage seines Polizeiausweises und dem Hinweis auf Frau Meyers tragisches Ableben erhält er auch eine Antwort: »Ja, die Dame war hier. Allein.«

»Und warum soll sich ein Münchner Model überhaupt ein Zimmer in einem Münchner Hotel nehmen?!«, fragt Hummel gereizt.

»Wenn mich das was anginge, wäre ich die längste Zeit an der Rezeption«, lautet die korrekte Auskunft.

Auf dem Weg zurück ins Präsidium sagt Dosi: »Ach, was soll's. Ich mein, ist doch eigentlich wurscht, ob wir es beweisen können oder nicht. Ich glaube auch, dass Nose mit ihr im Hotel war. Müssen wir uns halt ein paar Haare oder sonst was von ihm besorgen und die DNA mit dem Sperma abgleichen. Wir könnten ja noch mal bei ihm in der Praxis einbrechen. Was meinst du?«

»Haha, sehr lustig, Dosi! So ein Scheißtag!«

»Wenigstens kann's nicht mehr schlechter werden.«

Hummel ist sich da nicht so sicher.

GRACE KELLY & CO.

»Kennen Sie Über den Dächern von Nizza?«, fragt Mader, bevor sie im Präsidium von Tom berichten können.

Hummel nickt. »Grace Kelly und Cary Grant in den Hauptrollen. Toller Film.«

»Ja«, sagt Mader. »Toller Film. Hier, schaun Sie mal.« Er deutet auf seinen Monitor.

Einen Mausklick später sehen Hummel und Dosi, wie sie beide mit Fränki und Tom auf dem Gebäudesims des *Altstadthotels* herumturnen.

»Grace Kelly, Cary Grant«, sagt Mader, »und Elvis. Ist das richtig, Doris?«

»Ja, das ist Fränki, mein Freund.«

»Und der Nackte?«

»Mein Freund«, sagt Hummel.

Mader schlägt mit der Hand auf den Tisch. »Hummel, keine Witze! Verdammt! Ihr beiden habt keine Ahnung, wie ernst das ist! Das ist die Praxis von Dr. No!«

Dosi nickt schuldbewusst. »Es ist meine Schuld. Ich bin mit Fränki da eingestiegen, weil wir uns mal umschauen wollten. Als er in Rom auf dem Kongress war.«

»Haben Sie noch alle Tassen im Schrank?! Bei einem Arzt einbrechen!? Nose hatten wir zu dem Zeitpunkt noch nicht mal in der engeren Auswahl!«

»Ich schon.«

Mader schüttelt den Kopf. »Doris, wenn das rauskommt, sind Sie Ihren Job los! Oder verteilen Strafzettel! Und Sie, Hummel, was ist Ihre Rolle in dem Film?!«

»Hummel hatte nur eine Gastrolle«, sagt Dosi. »Er wusste nix von der Aktion. Als wir drin waren, kam der Putztrupp, und wir konnten nicht mehr raus, ohne dass die uns gesehen hätten. Ich hab Hummel angerufen, damit er uns hilft.«

»Hummel, dass Sie Ihrer Kollegin so zur Seite stehen, ist schön. Oder einfach dumm. In dem Fall tendiere ich zu Letzterem. Zefix, haben Sie denn gar kein Rechtsbewusstsein?! Wir sind die Guten!«

Dosi und Hummel sehen bedröppelt zu Boden.

Mader schnauft durch. »Und wer ist jetzt der Herr in des Kaisers neuen Kleidern?«

»Das ist Tom, unser Zeuge«, sagt Hummel tonlos, »von dem wir gerade kommen.«

»Na, großartig …«

»Woher stammt das Video?«, fragt Dosi.

»Vom Parkplatz nebenan, Überwachungskamera. Nimmt auch einen Teil der Hotelfassade auf.«

»Auch Dr. No's Praxis? Ich mein die Fenster? Das wär doch wirklich interessant.«

Mader haut auf den Tisch. »Roßmeier, es gibt Grenzen! Und Momente, in denen etwas Demut angebracht ist. Das geht mir so was von auf den Zeiger, dass hier jeder macht, was er oder sie will. Ihr könnt froh sein, dass die Kollegen vom Einbruch mir das Video so diskret überlassen haben. Wenn Günther es sieht, gibt es richtig Stress!« Er atmet tief durch. »Also, was ist jetzt mit dem Zeugen?«

Hummel schüttelt den Kopf. »Tut mir leid, Chef, den können wir vergessen. Er hat Andrea Meyer gesehen, aber Nose nicht. Nur gehört. Aber er ist sich sicher, also seine Freundin Giselle meint, dass er es war, also sie hat seine Stimme erkannt.«

»Und was hat er gesagt?«

»Nix, nur gestöhnt. Also beim Sex.«

»Verdammt!« Mader reibt sich die Stirn. »Sie lassen die Finger von Nose und drehen keine illegalen Dinger mehr! Ich bin der Chef, ich halte den Kopf für Sie hin, aber ich kann nicht akzeptieren, dass Sie Gesetze übertreten. Ist das klar?!«

»Ja, ist klar«, sagen beide einmütig.

Mader ist immer noch nicht ganz fertig: »Und wissen Sie, was mich besonders aufregt? Dass ich jetzt bei Günther andackeln muss, um die Sache mit der DNA-Überprüfung mit irgendeiner windigen Ausrede wieder abzublasen! Denn dafür gibt es keinen hinreichenden Tatverdacht.«

FÜR DEN ARSCH

Zankl ist schon weg, als Dosi und Hummel ihre Jacken holen und Leine ziehen. Die Turmuhren der Stadt schlagen acht, als sie auf die Straße treten. »Der Tag war komplett für den Arsch«, stellt Hummel fest und marschiert in Richtung Marienplatz. »Und eigentlich hab ich heut frei.«

Dosi weicht nicht von seiner Seite. »Tut mir leid, dass ich dich in die Sache mit der Praxis reingezogen hab«, sagt sie auf Höhe des Doms.

»Geschenkt«, antwortet Hummel.

»Gehen wir noch was trinken? Ich lad dich ein.«

»Nein danke. Dosi, nimm's nicht persönlich, aber mir langt's für heut.« Er hebt die Hand zum Gruß und biegt in die Dienerstraße ab. Er will zu Fuß gehen, die Flut seiner Gedanken kanalisieren. Er läuft die Ludwigstraße hoch, Leopoldstraße, biegt in die Franz-Joseph-Straße, läuft durch

Schwabing und erreicht irgendwann den Kurfürstenplatz. Er sieht auf die Uhr. Kurz vor neun. Vielleicht hat Beates Kneipe schon auf? Als er nach oben blickt, flammt gerade das Neonschild auf. *Blackbox*.

LEISES LIED

Hummel ist es nach dieser ebenso spontanen wie bescheuerten Aktion mit Tom ganz recht, dass er am Freitag nicht arbeiten muss. Zumal er gestern ein, zwei Bier zu viel in der Blackbox getrunken hat, um seinen Ärger runterzuspülen. Den Agenturvertrag hat er gerade eben nach seinem späten Frühstück unterschrieben, auch wenn ihm die Provision von 30 Prozent sehr hoch erscheint. Aber man kann nicht jedes Blatt so lange wenden, bis sein Verfallsdatum erreicht ist. »A bird in the hand is worth two in the bush«, wie es in irgendeinem Motown-Song heißt. Genau. Obwohl – der Text geht weiter: »So hold on to what you got.« Vielleicht hätte er doch einfach noch mal mit seiner Verlegerin sprechen sollen? Er denkt an Gerlinde von Kalterns Worte. So geschäftsmäßig, ohne jede Emotion. Da ist seine Verlegerin doch viel netter. Aber er braucht jetzt auch niemanden mit Gefühl, sondern eine Person mit Geschäftssinn. Sonst wird das nie was. Er wird ganz von vorne anfangen, einen Neustart hinlegen. Hummel nimmt sich vor, gelassen und uneitel zu bleiben, wenn die Agentur ihm ein geeignetes Thema vorschlägt. Selbst wenn es ein Liebesroman ist. Mit Sehnsucht hat er ja durchaus Erfahrung. Vielleicht sogar was historisch Angehauchtes: Die Perle von der Au. Oder: Des Knaben Wunderhorn. Nein, nichts Erotisches. Was Liebliches, Romantisches, Gefühlvolles. Einen Heimatliebesoman? Sehnsucht nach der Kaiseralm. Ah ja, was mit Bergen, Sonnenuntergängen und dem Geruch von frischem Heu. Das bringt ihn auf eine Idee. Er hat ja frei, kann tun und lassen, was er will. Er geht zum Ostbahnhof, wirft den Vertrag in den Briefkasten und kauft sich ein Bayernticket – ein Singleticket. Boh, das klingt ein wenig traurig. Oder klingt das nach Freiheit? Er ist sich nicht sicher. Er hat ganz kurz überlegt, ein Partnerticket zu kaufen. Um sich nicht so allein zu fühlen. Um gewappnet zu sein, wenn ganz plötzlich Chris anruft – oder Beate. »Hey, Klaus, hast du ganz spontan Lust ...« Hallo, Tagtraum?! Nein, den Preisvorteil des Singledaseins investiert er dann doch lieber in eine Brotzeit.

Der Zug um 11.32 Uhr am Hauptbahnhof ist fast leer. Sonne fahl und senkrecht am Himmel. Gesichtslose Bauten ziehen vorbei, Beton der Brücken und Unterführungen schmutzig grau, Stromleitungen wiegen träg von Mast zu Mast, Schienen tackern dumpf. Aussicht nicht attraktiv. Aber bald anders. Auf freier Strecke. Der milchige Dunst löst sich auf und die Natur präsentiert sich in sonnensatten Farben. Hummels Laune steigt. Tutzing, Weilheim. Er lässt den Blick und die Gedanken in die Ferne schweifen und singt leise ein Lied: *Werd mich heute ganz ausklinken / lass mich in die Polster sinken / tausche Lärm und Großstadtgrau / für 'ne Ladung Himmelblau / weiß die Gipfel, grün die Bäume / herbstsonnengelbe Träume / Felder, Wiesen, Wälder, Bauernhof / bis Italien wär jetzt nicht so doof.* Nein, nicht Italien. Nur nach Murnau, Oberbayern. Aber auch schön. Weite Wiesen, sattgrün ausgerollt, abgeerntete Felder mit blassgoldenen Stoppeln, Bäume, deren Laub in kräftigen Farben leuchtet. Der glitzernde Staffelsee liegt wie ein zerlaufenes Spiegelei zwischen moosigen Polstern.

In Murnau steigt er aus. Schon vom Bahnhof aus sieht er die Zacken von Ester- und Ammergebirge. Plötzlich kommen ihm Zweifel. Warum ist er gerade nach Murnau gefahren? Was hat ihn hierhergezogen? Das lange Gummiband der Vergangenheit? Als Bub ist er mit seinen Eltern öfter hier gewesen. Vor der Scheidung. Sein Vater lebt jetzt mit seiner zweiten Frau irgendwo in Norddeutschland. Ihr Verhältnis war und ist schwierig. Seine Mutter wohnt hier in der Nähe, in Garmisch. Auch schwierig. Sie hat nach der Scheidung, als er noch auf der Polizeischule war, einen reichen Deppen geheiratet. Landmaschinenvertrieb und CSUler. Der Typ hat ihn einmal »Weichei« genannt. Der Lederhosendepp! Und seine Mutter vergötterte den Typen. Ob das immer noch so ist? Seitdem bestand jedenfalls weitgehend Funkstille. Das ist jetzt bald zehn Jahre her. Die Sendepause war natürlich völlig übertrieben. Aber das hat er schon als Kind bis zum Exzess kultiviert: ewiges Beleidigtsein und wochenlanges Schweigen. Oft lag er abends im Bett und malte sich aus, wie das wäre, wenn er einen tödlichen Unfall hätte, wenn dann seine Eltern, Verwandten und Schulfreunde am Sarg stehen und bittere Tränen vergießen. Mit schlechtem Gewissen, weil sie ihn nicht für voll genommen hatten und sich die Uhr jetzt nicht mehr zurückdrehen lässt. Und er schaut sich das alles von oben an und denkt: »Tja, hättet ihr euch das mal alles eher überlegt!«

Hummel ist ganz in Gedanken versunken, als er die Kottmüllerallee erreichte, die ins Murnauer Moos hinabführt. Er schreitet zwischen den alten Eichen hindurch und genießt die Aussicht auf die Moorlandschaft und Berggipfel. Er steuert das Gasthaus Ähndl an. Ein paar Senioren strecken dort ihre sonnengegerbten Gesichter der brennenden Kugel entgegen. Sehnsucht nach Wärme. Gibt es ja im Alltag oft zu wenig. Findet er zumindest. Trotzdem setzt er sich auf eine Bank im Schatten, denn es ist fast noch sommerlich heiß. Er bestellt Hirschgulasch und Weißbier. Sieht man mal von seiner kurzen mentalen Zeitreise in die familiäre Vergangenheit ab – einer Schublade voll loser Enden und verwirrter Gefühle –, beginnen sich seine Gedanken zu ordnen. Der Fehlschlag mit Tom gestern, Dosis Kletterpartie, die Sache mit seiner Verlegerin und mit der Agentin. Alles keine Glanzlichter. Aber so ist das Leben nun mal. Seins zumindest. Eine Abfolge zufälliger Ereignisse, die er nicht kontrollieren kann. Doch manchmal scheint auch die Sonne – so wie jetzt, in dieser wunderbaren Landschaft. Oder gestern Abend in der Kneipe: Beate war wirklich nett gewesen und hat ihm von ihrer Mutter erzählt. Und sie hat ihm ein paar besondere Songwünsche erfüllt und sogar was von Percy Sledge gespielt, obwohl sie kein großer Fan von ihm ist. Er brauchte gestern so was, ein paar schmalzig tröstliche Balladen, nach diesem chaotischen Tag. Und Chris – auch ein toller Abend. Bei Bier und Schweinsbraten im *Fraunhofer.* So ein gutes Gespräch. Sie hing an seinen Lippen, er an ihren. Und das mit der Agentur war ja ihr Rat. Und siehe da, schon hat er einen Vertrag mit *Paperweight*, einer der führenden Münchner Literaturagenturen! Von wegen: alles negativ! Schon ein paar lichte Momente. Er trinkt einen großen Schluck Bier und sieht in die Berge, deren Gipfel sich blass hintereinander schichten. Endlos.

Als sein Hirschgulasch kommt, klingelt sein Handy. Er ignoriert es. Das Reh zergeht auf der Zunge, die dunkle Soße ist schwer und würzig, klebt an den Knödeln wie Erdöl. Als eine SMS hereinkommt, will er das Handy schon ausschalten, dann liest er die Nachricht aber doch: »Ich hab was! Ruf an. Gesine.«

Sie geht sofort dran, als er auf Rückruf drückt: »Klaus, ich hab jetzt eine DNA-Probe von Nose.«

»Wie hast du das denn hingekriegt?«

»Die Kippe. Als er bei mir war, haben wir eine geraucht. Aber alle Kippen waren negativ. Jetzt hab ich sie gefunden. Klemmte im Bodengitter. Die Speichelspuren haben dieselbe DNA wie das Sperma!«

Hummel schlägt mit der Faust auf den Tisch. Glas, Teller und Besteck machen klirrend einen Satz. Die Senioren sehen erschrocken zu ihm.

»Wo bist du?«, fragt Gesine.

»Unterwegs.« Er sieht auf die Uhr. »Ich bin so um fünf bei euch.«

Hummel legt das Handy weg und widmet sich wieder seinem Gulasch. Ist nicht mehr ganz so wohltemperiert, aber noch besser als zuvor – gewürzt mit dem Geschmack des Erfolgs. Yes! Sie sind auf der richtigen Spur! Jetzt können sie Nose in die Mangel nehmen! Wenn er mit der Meyer kurz vor ihrem Tod zusammen war, was bedeutet das? Egal. Das ist erst mal ein Anfang. Es war genau so, wie Tom gesagt hat.

Das Gulasch ist jetzt endgültig kalt. Er schiebt den Teller weg.

»War's nicht recht?«, fragt der Wirt.

»Doch, ausgezeichnet. Ich, äh …«

»Soll ich's Ihnen einpacken?«

»Ja, wenn das geht?«

Der Wirt räumt ab und bringt ihm beim Bezahlen das Gulasch in einer Aluschale samt Tütchen. Hummel macht sich auf den Weg zurück zum Bahnhof. Für die Natur hat er kein Auge mehr, sein Ermittlerinstinkt ist wieder auferstanden aus Ruinen.

AN DER QUELLE

Gesine hebt den Beutel mit der Kippe hoch. »Dieselbe DNA wie das Sperma im Körper der Toten. Das passt zusammen.«

»Und die Kippe ist definitiv von Dr. No?«, fragt Mader und deutet auf den Beutel. »Mit wem haben Sie noch eine zusammen geraucht? Mit Hummel zum Beispiel, mit Ihren Assistenten?«

»Aber es sind *Gauloises*«, sagt Gesine, »meine Marke. Ich hatte ihm eine von meinen Zigaretten gegeben.«

»Die sonst keiner raucht?«

»Doch, Balmer aus dem Labor und …«

Maders Miene verdunkelt sich. »Dr. Fleischer, ich schätze das sehr, dass Sie sich so für uns reinhängen. Aber jetzt mal ganz blöd: Braucht Balmer ein Alibi, muss er zum Speicheltest antanzen, um auszuschließen, dass es nicht sein Sperma ist? Haben Sie vielleicht noch anderen Besuchern oder Kollegen eine Zigarette ausgegeben? Ich weiß, das klingt jetzt blöd, aber jeder Anwalt wird uns das zerpflücken. Sind Sie definitiv sicher, dass diese Kippe von Nose ist?«

»Aber, Mader, das ist doch …«, beginnt Gesine, doch Mader winkt ab. »Dr. Fleischer, natürlich ist das seine DNA auf der Kippe, aber verwertbar ist das nicht. Was nichts dran ändert, dass er jetzt unser Hauptverdächtiger ist. Er hat kein Alibi beziehungsweise sein Spezl Grasser deckt ihn. Warum? Weil sie gemeinsam Geschäfte machen? Und wenn Hummel Grasser mit ein paar zwielichtigen Gestalten in dem Nachtklub gesehen hat, dann können die Jungs ja auch für die schmutzigen Jobs zuständig sein.«

Dosi ist damit nicht zufrieden: »Ich hab jetzt zweimal mit Nose gesprochen. Das mit der Meyer hat ihn echt getroffen. Und auch sonst – so cool auftreten, wenn man zwei Frauen auf dem Gewissen hat? Das glaub ich einfach nicht.«

»Hat ja ziemlich Eindruck auf Sie gemacht«, meint Mader.

»Durchaus. Ist aber nicht mein Typ.«

Mader überlegt: »Also, wenn wir mit unserer Theorie richtigliegen sollten und Nose nichts mit dem Organhandel zu tun hat, dann hat er auch kein Motiv für die Morde, richtig?«

Alle nicken.

»Aber wie kriegen wir raus, ob solche Organgeschäfte tatsächlich zu seinem Portfolio gehören?«

»Wir könnten ja Dosi zu ihm schicken«, schlägt Zankl vor.

»Von wegen, sie hätte gern eine neue Nase.«

»Wer sagt denn, dass Nose nur Frauen nimmt?«, kontert Dosi, »dein Zinken könnte auch eine kleine Optimierung vertragen.«

»A Ruah is!«, faucht Mader.

»Ich gehöre nicht zu eurer Abteilung«, meldet sich Gesine, »und ich sitze an der Quelle.«

Mader sieht sie irritiert an.

»Na ja, ich hab hier auch öfters schöne junge Menschen auf dem Tisch, und da könnte ich doch auf die Idee kommen, da was zu versilbern.«

Dosi strahlt. »Gesine, was für eine geniale Idee!«

Zankl sieht die beiden Frauen unsicher an. Hummel kratzt sich am Kopf. Mader mustert Gesine. »Nicht schlecht, Frau Doktor«, sagt er schließlich. »In Ihnen schlummern kriminelle Energien. Und weil Sie nicht in meiner Abteilung arbeiten, hat Günther Sie nicht auf dem Schirm.«

»Fällt das nicht unter Anbahnung einer Straftat?«, fragt Hummel.

»Es wird keine Straftat stattfinden«, sagt Gesine. »Wir locken ihn nur aus der Reserve, damit wir rauskriegen, ob er solchen Geschäften aufgeschlossen gegenübersteht. Und vielleicht krieg ich ganz nebenbei noch eine DNA-Probe von ihm, die auch definitiv von ihm ist.«

Mader hebt sorgenvoll die Augenbrauen.

Gesine stöhnt auf. »Nicht, was Sie denken.«

BOTSCHAFTEN

»Hummel, geh ma noch auf ein Bier?«, fragt Zankl.

»Wartet Jasmin nicht auf dich?«

»Ach, Jasmin«, lautet Zankls dreisilbige Antwort.

»*Augustiner Bierhalle*«, schlägt Hummel vor. Sieben Silben.

Kurz darauf sitzen sie im erstaunlich leeren *Augustiner* mit Blick auf die Kaufinger Straße. Die letzten grellbunten Einkaufstüten hasten an ihnen vorbei zur S-Bahn. Heim ins Pendlerglück des Speckgürtels. Germering, Gräfelfing, Planegg, Gröbenzell, Maisach, Vaterstetten, Heimstetten. Hummel sieht nachdenklich durch die große Scheibe. Heute Mittag hat er noch schneegepuderte Berggipfel gesehen, Weißbier getrunken, Gulasch gegessen. Kommt ihm vor, als wäre das Jahre her. Das Gulasch! Mist! Hat er auf Gesines Schreibtisch vergessen. Wenn sie das mal nicht mit einer Gewebeprobe oder sonst was Garstigem verwechselt. Er muss grinsen.

»Was ist so lustig?«, fragt Zankl, der gerade vom Klo kommt und sich ächzend auf die Bank fallen lässt.

»Nichts. Das Leben im Allgemeinen.«

»Das Leben? Echt jetzt?«

»Raus mit der Sprache, Zankl, was ist los?«

»Nichts ist los, das ist das Problem. Sozusagen. Für Jasmin bin ich Luft. Also nicht physisch. Doch, das auch. Aber psychisch vor allem. Meine Meinung interessiert sie nicht. Und wenn, dann mach ich alles falsch, bin unaufmerksam, gehe nicht auf sie ein. Sie nörgelt die ganze Zeit an mir rum. Nichts passt.«

»Das sind die Hormone.«

»Und wer denkt an meine Hormone? Ich hab ebenfalls Gefühle. Auch ganz profane. Weißt du, ich hab seit Monaten keinen Sex mehr.«

Hummel kratzt sich am Kopf. Das kann er lässig überbieten. Und er jammert deswegen ja auch nicht rum.

»Weißt du«, sagt Zankl, »ich werd schon ein bisschen paranoid, inzwischen seh ich Sex, wo gar keiner ist. Also nicht bei Frauen, ich bin ja glücklich verheiratet, meistens zumindest, aber so andere Sachen – ich sehe Botschaften.«

»Was für Botschaften?«

»Gestern zum Beispiel, da war ich bei dir im Viertel, Rosenheimer Straße …«

»Hey, du warst bei deiner Freundin Gaby von *Domina's Heaven*?«

»Eher im Gegenteil. Da gibt es so einen Kinder-Secondhand. Ich sollte wegen einem Babybett vorbeischauen, Jasmin hat da so ein antikes Teil gesehen. Also, es ging los beim Italiener am Rosenheimer Platz. Da lese ich über dem Fenster neben der Tür *Strapsenverkauf*. Klar, da steht *Straßenverkauf*, aber ich muss dreimal hinsehen. Hat bei mir eine ganze Flut von Bildern ausgelöst.«

Hummel nickt leicht irritiert und Zankl fährt unbeirrt fort: »Dann, an der Ecke Pariser-Rosenheimer-Straße, bei dem Inder, da hab ich die Botschaft über dem Eingang klar und deutlich gesehen: *Herzl ich will kommen.*«

Hummel prustet los.

»Nein, im Ernst, da sind so Abstände in den Worten. Ganz sicher. Und das war nicht die letzte Botschaft. Als ich dann endlich bei dem Kinderladen ankomm, parkt da so ein Grillhendl-Auto. Auf dem Dach ein riesiges verrußtes Plastikhendl als Werbung. Und von hinten glotzt du genau zwischen die Hendlschenkel.«

Hummel sieht ihn besorgt an.

»Und weißt du, was auf der Karre steht? In Riesenbuchstaben? *NIMM MICH!*«

Hummels Gesichtszüge entgleisen, er verschluckt sich vor Lachen.

Zankl sieht ihn betrübt an. »Na, du bist ein echter Freund. Top-Einfühlungsvermögen.«

Hummel atmet tief durch und sagt dann ernst: »Und du denkst, hey, ich ruf mal die Jungs von der Sitte an. Dass sie den Autohalter in die Mangel nehmen. Wegen Anstiftung zur Sodomie.« Das letzte Wort geht in seinem Lachanfall unter.

Zankl macht ein säuerliches Gesicht. »Ja, ich weiß, das klingt lustig. Haha. Ist es aber nicht. Ich mach mir Sorgen. Ich denk andauernd an Sex, und das stresst mich total.«

Hummel sieht ihn ernst an und sagt: »Junge, da musst du dir selber helfen.« Und wieder platzt er vor Lachen.

Als das zweite Bier vor ihnen steht, sagt Zankl: »Na, hab ich dich drangekriegt?«

Hummel sieht ihn verdutzt an, dann grinst er. »Zankl, nicht schlecht, deinen Humor hast du jedenfalls noch nicht verloren.«

»Zum Glück. Ich sag dir, mit Jasmin ist das momentan kein Zuckerschlecken.«

»Und sie stellt dich nicht in den Senkel, wenn du heute Überstunden machst?«

Zankl winkt ab. »Schwangerschaftsyoga bis um zehn. Da geht sich noch ein Bier aus. Mindestens.«

WUNDERBAUM

Loki fährt den Audi A 6 mit der Hebebühne hoch und verschwindet unter dem Auto. »Na, Baby, das sieht doch gar nicht so schlecht aus. Neuer Endtopf, andere Stoßdämpfer, hhmm, was ist das …?« Er besieht sich die Radaufhängung hinten rechts. Da ist noch ein bisschen was zu machen. Er hört, wie die Werkstatttür ins Schloss fällt. »Helmut, gibst du mir mal den Franzosen?«, fragt er und streckt die rechte Hand aus. Er nimmt den Schraubenschlüssel entgegen und macht sich an der Radaufhängung zu schaffen. »Weißt du, Helmut, die Kiste kostet nur 20 Mille. Ich hab Manu gesagt, dass wir nächste Woche zahlen. Wenn Grasser die Kohle rüberschiebt, bleiben immer noch 30 Mille übrig. Du hast echt recht: Da ist 'ne Menge Kies drin, in dem Geschäft. Die Karre ist jedenfalls ein echtes Schnäppchen. Hat sich einer drin erschossen. Manu hat andere Sitze reingemacht und 'ne neue Seitenscheibe, aber keiner will die Karre. Der Geruch geht nicht weg. Dass man da einfach 'nen Wunderbaum reinhängt, auf die Idee kommt natürlich keiner. Die Vollhonks. Die Karre ist echt geil. Keine 50 000 Kilometer. Viereinhalb Liter, 400 PS. Ein Tick mehr Gasdruck in die Stoßdämpfer und ab geht die Maus. Gibst du mir mal die Lampe?« Er streckt wieder die Hand hinaus. Ein heftiger Stromstoß durchfährt ihn. Er geht zu Boden.

Als Helmut eine halbe Stunde später in die Garage kommt, um nachzusehen, wo Loki bleibt, findet er ihn im Wagen sitzend. »Hey, Loki, was pennst du hier rum?!«, sagt er und öffnet die Wagentür. Im selben Moment durchzuckt auch ihn ein Stromstoß.

DUNSTKREIS

Mader liegt auf dem Sofa und denkt nach. Dieser Fall hat viele Facetten. Eigentlich sind es mehrere Fälle. Und sie haben sich nur auf diese eine Möglichkeit versteift – mit Dr. No als Täter. Was, wenn Dr. No unschuldig ist, wenn er weder was mit Andrea Meyers Tod noch mit Veronika Sallers Ableben und mit irgendwelchen Organschiebereien zu tun hat? Wenn man irgendwie feststellen könnte, ob es eine Verbindung zu Veronika Saller gibt, etwa wenn er ihr die Nase gemacht hat. Aber an Patientendaten kommt man nicht dran. Datenschutz. Wie sollen sie es angehen? Sich von außen an das Konkrete annähern, den Dunstkreis checken, den Münchner Literaturzirkel, Münchens Hautevolee, die sich an einem anämischen Jüngling aufgeilt, dessen dünne Worte mit Gold aufwiegt. Ob seine Ex-Frau schon was rausgekriegt hat? Mader ist versucht, zum Telefonhörer zu greifen. Verdammte Ungeduld! Er wird sie morgen sowieso sehen, bei einem weiteren Event des Literaturzirkels. Davor graust es ihm schon jetzt. Das Anmeldeformular für die Mitgliedschaft liegt auf dem Couchtisch. Nein, unterschreiben wird er nichts. Was ist eigentlich mit diesem Dr. Grasser? Den müssen sie sich auch noch genauer anschauen. Zumal er ein enger Spezl von Nose ist. Bajazzo knurrt leise, weil Mader ihm so gar keine Aufmerksamkeit widmet. »Na, mein Guter«, sagt Mader und holt einen Brühwürfel aus der Brusttasche.

OBST & GEMÜSE

Hummel wacht sehr früh auf. Und friert. Er sieht aus dem Fenster. Es ist noch dunkel. Und auch wieder nicht: Häuser, Autos, Straßen, alles überzuckert mit weißen Eiskristallen. Die gelben Straßenlampen, aufgespannt zwischen den Häusern, schwanken wild. Die Flocken wirbeln durch die Nacht, kleben sich an Fenster, Schilder, Ampeln, Autos. Hummel ist sich sicher, dass er träumt, und schläft weiter.

Als er um 10 Uhr wieder aufwacht, ist der Schnee Geschichte. Aber kalt ist es trotzdem. Und er hat einen formidablen Kater. Er nimmt es persönlich: ein Signal für neue Zeiten. Schluss mit Schluffi! Er muss mehr auf seine Gesundheit achten, weniger Alkohol trinken, weniger Zigaretten rauchen! Er geht nach dem Frühstück zu seinem Obst- und Gemüsehändler in der Pariser Straße und kehrt mit zwei riesigen Tüten voller gesunder Sachen wieder heim. Normalerweise kauft er dort nur Pide, Schafskäse und Oliven. Heute mal Gemüse und Obst. Und das nicht zu knapp. »Da könnte ich die Kollegen alle zu einem Riesenobstsalat einladen und Beate und Chris noch dazu«, denkt er. »Obstsalat! Hunde, wollt ihr ewig schnippeln?« Er lacht. Was hat ihn da geritten – den Jahresbedarf an Vitaminen auf einen Schlag zu kaufen? Allerdings staunt er schon, wie viel man in München noch für sein Geld bekommt. Die zwei Tüten haben gerade mal so viel gekostet wie vier Halbe Bier und eine Schachtel

Zigaretten. Wo der Genussfaktor höher ist – daran besteht für ihn allerdings kein Zweifel. Doch genau diese Haltung will er ja jetzt überdenken. Sein Handy klingelt. Unterdrückte Nummer. Zumindest nicht Mader. Er geht dran. »Ja, bitte?«

»Hey, Klaus, ich bin's, Chris. Ich dachte, ich ruf mal an. Wie geht's dir, hast du viel zu tun?«

»Nein, ich hab heut frei. Samstag.«

»Du Glückspilz, ich ertrink in Arbeit. Geht's dir gut?«

»Ja klar, und dir?«

»Ach, weißt du, ich mach mir immer noch 'nen Kopf wegen meiner Mädels. Wer tut so was? Was, wenn er sich an die Nächste ranmacht?«

»Er?«

»Na ja, es ist doch ein Er, oder?«

»Ich hab keine Ahnung.«

»Frauen tun so was nicht.«

»Na, wenn du wüsstest. Aber mach dir keine Sorgen. Ich glaube, die beiden haben irgendwelche Geschäfte gestört. Das hat nix mit deiner Agentur zu tun.«

»Na, hoffentlich. Weißt du, ich mach mir Vorwürfe. Ich hätte besser auf die Mädels aufpassen müssen, schauen, mit wem sie Umgang haben.«

»Ach, Unsinn, das sind erwachsene Frauen. Du, sag mal, magst du vielleicht heut zum Abendessen zu mir kommen? Ich hab ein bisschen viel eingekauft und dachte …«

»Oh ja, das wäre schön. Aber ich muss erst noch sehen, wie das hier läuft. Wir haben Montag eine große Show für Farrini.«

»Ferrari?«

»So ähnlich. Ausgeflipptes Zeug. Kleider aus Papier. Farrini kommt heute am späten Nachmittag noch in der Agentur vorbei.«

»Mit Schere und Prittstift.«

»So ungefähr. Wenn nichts dazwischenkommt, krieg ich das hin mit dem Abendessen. Aber nicht vor neun.«

»Super. Orleansstraße 4.«

»Ich freu mich. Ich meld mich dann noch mal.«

Als Hummel aufgelegt hat, macht er einen Sprung in die Luft. Ach, er wird eine wunderbare Ratatouille kreieren und dazu einen erlesenen Rotwein reichen. Nichts Aufgemaschteltes. Als Nachspeise vielleicht eine Mousse au Chocolat. Oder Eis. Ja, Eis, das ist gewagt und originell! In der kalten Jahreszeit! Er muss noch mal los. Erst den Wein kaufen beim Spanier am Bordeauxplatz, dann zu seiner kleinen Eisdiele neben dem Kaufhaus am Ostbahnhof. Hat die eigentlich Mitte Oktober noch offen? Und seine Bude muss er auch noch aufräumen.

Sein Handy klingelt wieder. Diesmal kennt er die Nummer. Er geht trotzdem dran.

»Ja, Chef?«

»Sie wissen, warum ich anrufe?«

»Ein neuer Fall?«

»Das auch.«

»Was ist passiert?«

»Sieht aus wie Raubmord.«

»Aha. Wo soll ich hinkommen?«

»Nirgends. Zankl und Doris machen das schon. Sie sehen sich die Sache am Montag an. Aber ich brauche heute Abend wieder Ihre Hilfe.«

»Bajazzo?«

»Ja. Haben Sie schon was vor?«

»Ich habe Gäste.«

»Oh.«

»Aber das macht nichts. Sie ist sehr tierlieb.«

»Sie?«

»Meine Gästin.«

»Wunderbar. Ich komm um halb acht.«

Hummel grinst. Bajazzo. Sein Glücksbringer! Wenn der heute Abend dabei ist, kann nix schiefgehen.

HERKULES

Hummel geht los, seine Einkäufe erledigen. Der Wein ist teurer, als er denkt. Doch Chris ist ihm das wert. Und seine Eisdiele hat tatsächlich noch offen. Letzter Tag. Ein Zeichen! Stolz schleppt er die Sachen nach Hause und beginnt, seine Bude aufzuräumen. Herkulesaufgabe. Er dreht die Anlage auf und singt die Motown-Nummern mit, untermalt vom Schnorcheln des Staubsaugers, der Chipskrümel, Steinchen und Kronkorken scheppernd durch das lange Chromrohr jagt.

Als sich das Chaos gelichtet hat, beginnt er Gemüse zu schnippeln und bei niedriger Temperatur in einem großen Topf zu schmoren. Dann bereitet er einen gewaltigen Obstsalat zu. Dazu schmachtet jetzt Solomon Burke aus den Boxen der Stereoanlage. »Auch schon tot«, denkt Hummel. »Was der wohl oben im Himmel macht? Predigen?«

Hummel öffnet eine der Weinflaschen, um auf König Solomon anzustoßen. »Don't give up on me«, presst dieser hervor, und Hummel presst Wein in sich rein. Nein, auch übertrieben. Aber kein zartes Nippen, sondern beherztes Schlucken treibt ihm die Röte ins Gesicht.

Es klingelt an der Tür. Auftritt Bajazzo, gefolgt von Mader. »Hallo Hummel, geht's gut? Ich bin etwas zu früh. Oh, das riecht aber gut! Knoblauch!« Bajazzo verschwindet in der Küche. Mader lächelt. »Und es ist wirklich kein Problem? Wegen Ihrer Gäste? Ich könnte so um elf wieder hier sein und ihn abholen.«

»Nein, kein Problem. Bajazzo kann gerne über Nacht bleiben. Lassen Sie uns morgen telefonieren.«

KLASSE STATT MASSE

Mader steigt am Odeonsplatz aus der U-Bahn. Die Lesung der »Jungen Autoren« findet im oberen Stock des Foyers des Residenztheaters statt. Warum eigentlich nicht im Theater? »Um das Unangepasste zu unterstreichen«, erklärt ihm Leonore, »die Transgression, das Unfertige, Unkonventionelle.«

Ganz konventionell gab Mader seinen Mantel an der Garderobe ab und setzt sich mit Leonore in die letzte Reihe. Leonore lässt den Blick über die versammelten Lyrikfans schweifen, nickt hie und da.

Mader sieht aus dem Fenster auf den dunklen Opernplatz hinaus, zu den erleuchteten Fassaden der Häuser mit ihren exklusiven Boutiquen.

Leonore hat ihren Societycheck beendet.

»Und, hast du was gehört, was mir weiterhilft?«, fragt Mader. »Irgendwas Besonderes?«

»Nein, nichts Besonderes. Außer dass viele der anwesenden Damen bereits verschönert wurden. Das Übliche: Brüste straffen, vergrößern, Zornesfalte raus, Schlupflider, Nase kleiner, gerader, schmaler. Fettabsaugen ist out.«

»Fettabsaugen ist out?«

»Ja, absolut. Macht hässliche Löcher, wenn's schiefgeht. Und die Damen wollen sich quälen. Denn Zeit haben sie in Hülle und Fülle. Für sich. Kämpfen jeden Tag stundenlang im Fitnessstudio gegen ihre Cellulitis.«

»Das ist nicht zufällig ein bisschen frauenfeindlich, was du sagst?«

»Doch, natürlich. Aber was die Herren der Schöpfung treiben, um gut auszusehen, das ist ein Staatsgeheimnis. Du kannst ja deinen Chef mal fragen.«

»Mach ich das nächste Mal im Kraftraum oder in der Sauna.«

»Deine Witze waren das letzte Mal besser.«

»Da hatte ich auch schon was getrunken.«

Maders Aufmerksamkeit ist jetzt nach vorne gerichtet. Dr. No nimmt gerade seinen Platz in der ersten Reihe ein. An seiner Seite ein blonder Engel. Eine ausgesprochen schöne Frau. Höchstens 18. »Seine Tochter?«, fragt Mader. Rhetorisch. Leonore grinst.

Jetzt trifft Grasser ein. Mader sieht sich um, ob Dr. Günther auch da ist. Wie auf Kommando taucht er auf, geht linkisch grüßend an Nose und Grasser vorbei und setzt sich mit seiner Gattin auf zwei freie Stühle in der ersten Reihe.

»Hat sich Günthers Frau auch unters Messer gelegt?«, fragt Mader.

»Von mir erfährst du nichts«, sagt Leonore.

»Das ist kein klares Nein.«

»Nein.«

»Und sonst? Wer bietet besondere Leistungen im Schönheitsbereich an?«

»Es gibt Gerüchte. Pauschalangebote, Komplettsanierung, Paketpreise. All inclusive.«

»Aha. Eine Beauty-Flat. Wer? Dr. No?«

»Wohl kaum. Dietmar ist ein Ästhet, ein Minimalist. Klasse statt Masse.«

»If you can't beat them, join them.«

»Charly, you speak English?«

»Ist so ein Wirtschaftsspruch. Kriegst du raus, ob Nose vielleicht sein Angebot gemäß der Marktlage erweitert hat?«

»Ich sage kein Wort mehr, wenn du mir nicht endlich erzählst, warum du das wissen willst!?«

»Wir haben zwei weibliche Leichen. Beide mit sehr schönen Nasen. Offenbar nicht ganz natürlich. Und eine Nase gehört nicht zu der betreffenden Person. Andere DNA.«

Leonore sieht ihn schockiert an. »Und du glaubst, dass Dietmar …?«

»Ich glaub gar nichts. Aber Dr. No ist die Nummer 1 bei Nasen. Also schauen wir ihn uns genauer an.«

Leonore sieht ihn direkt an. »Du hast mit mir nur Kontakt aufgenommen, weil du dich an Dietmar ranrobben willst. Sag jetzt nichts, du warst schon immer ein schlechter Lügner. Also?«

Mader grinst. »Es läuft doch gar nicht schlecht mit uns.«

»Ist das ein Angebot?«

»Durchaus.«

»Und dein Hund? Wann musst du wieder zu Hause sein?«

»Bajazzo ist versorgt.«

Das Licht im Foyer geht aus, der Spot auf der Bühne an.

FAST PERFEKT

Bajazzo ist versorgt. Hummel auch. Er ist beim dritten Glas Wein, um seine wachsende Nervosität zu betäuben. Es ist jetzt zwanzig nach acht. Vor 9 Uhr würde Chris nicht kommen. Er lugt unter den Topfdeckel. Die Ratatouille ist in einer guten halben Stunde perfekt. Spitzentiming. Er öffnet eine zweite Flasche. Muss ja atmen, das Zeug.

FERKELIG

Dosi liegt in Fränkis Badewanne. Denkt nach. Fränki hat eine Gene-Vincent-Platte aufgelegt und die Anlage aufgedreht. Durch die offene Badtür schallt die Musik herein. Dosi trommelt den Rhythmus mit den Fingernägeln an die beschlagene Bierflasche. Dann nimmt sie einen großen Schluck. Köstlich. Sie sieht auf das Etikett: Giesinger Erhellung. Ja, bei den wichtigen Dingen beweist Fränki Geschmack und Heimatverbundenheit.

Ihre Gedanken wandern zu dem neuen Fall heute. Die verwüstete Wohnung in der Mauerkircher Straße. Eine Riesenwohnung. So würde sie auch gerne wohnen. Also nicht so chaotisch. Aber die 200 Quadratmeter Altbau waren schon der Hammer. Das Opfer wurde erstickt. Ihr erster Eindruck war: ferkelig, so nackt mit Handschellen an das Bettgestell gefesselt. Die Haut des Opfers teigig mit einem scharfen Duft – Alkohol und Schweiß. Der Penis ein traurigschlaffes Fragezeichen. Jemand hat dem Mann in seiner hilflosen Stellung das Kissen aufs Gesicht gedrückt. Angeblich ist der Moment kurz vor dem Tod besonders erregend. Hat sie mal gelesen. Na ja, falls das der Grund war, dann hat es offenbar nicht hingehauen – Exitus statt Ekstase. Aber fraglich, ob Sex hier wirklich das Thema war. Die Wohnung wurde komplett auf den Kopf gestellt. Überall Papier, Bücher, Fotos. Wertvolle Einrichtungsgegenstände waren noch da. Computer allerdings nicht. Also kein Gelegenheitsraub. Da hat jemand etwas ganz Bestimmtes gesucht. Die Kollegen von der Spurensicherung werden sich morgen durch die Wohnung wühlen. 200 Quadratmeter macht man nicht mal eben so. Also Sonntagsarbeit. Das Opfer heißt Dr. Kurt Weinzierl, Journalist und Buchautor. So viel wissen sie schon. Die Nachbarn haben nichts mitgekriegt. Wie auch? In dem herrschaftlichen Haus gibt es sonst nur Rechtsanwälte und Wirtschaftskanzleien. Die einzige normale Wohnung ist jetzt frei. »Das wär doch mal was!«, denkt Dosi, nimmt einen Schluck Bier und taucht im Schaum unter.

WIRKLICH ERSTAUNLICH

Zankl sitzt auf dem Sofa und studiert einen Babyratgeber. Er liest nicht, sondern grübelt und will nur den Eindruck erwecken, das Thema interessiere ihn. Brennend. Seine Frau Jasmin beobachtet ihn mit Argusaugen. Sie war gar nicht begeistert gewesen, als er gestern um halb zwei angetrunken in die Wohnung gestolpert und über den Couchtisch gestürzt war. Morgens hatte er prompt verschlafen und war erst mit einer Stunde Verspätung am neuen Tatort eingetroffen. Na ja, an einem Samstag. Aber das Verbrechen macht ja leider keine Pause am Wochenende. Das Opfer ist ein Journalist. Bedauernswerter Mann. Offenbar in Erwartung einer heißen Nummer. »Wozu Frauen fähig sind!«, denkt Zankl.

»Schläfst du?«, fragt Jasmin. »Jetzt starrst du schon zehn Minuten auf dieselbe Seite.«

»Eine Tabelle. Wirklich faszinierend, wie viele Inhaltsstoffe in der Muttermilch sind. Macht die Babys immun gegen Krankheiten.«

Jasmin strahlt.

»Wenn alles so einfach wäre«, denkt Zankl.

TICK ZU WEICH

Viertel vor zehn. Das Handydisplay verschwimmt vor Hummels Augen. Die zweite Weinflasche ist halb leer, die Ratatouille schon einen Tick zu weich. Noch hat er die Hoffnung nicht aufgegeben. Noch nicht!

Halb elf. Hummel ist blau. »Scheißßßaufdieweiber!«, zischelt er und stürzt den Rest der zweiten Flasche runter. Ohne Glas. Er rülpst laut und lädt sich matschige Ratatouille auf den Teller. Zum Essen entkorkt er die dritte und letzte Flasche. Bajazzo liegt an der Heizung und bedenkt ihn mit einem mitfühlenden Blick.

Um elf Uhr lümmelt Hummel besoffen auf dem Sofa im Wohnzimmer und raucht. Im Dunkeln. Die Stereoanlage faucht. *I put a spell on you* von Screamin' Jay Hawkins. Auf Repeat. All das Krächzen, Rülpsen, Schorseln – der ganze Voodookram, immer wieder die Zeile: »I can't stand it cause you put me down ...« Im Augenwinkel sieht er das Display seines Handys aufglimmen. Eine WhatsApp: »Lieber Klaus, ich schaff es leider nicht, Probleme mit der Show. Ein andermal gern. lgc.«

»Lgc – Liebe geht caputt!«, denkt Hummel. »Chris, du dumme Kuh! Hätte ich gleich Beate einladen können. Wäre genauso wahrscheinlich gewesen.«

TAKTGEFÜHL

Der Abend war für Mader das kalte Grauen. Hochtrabende Worte, die im luftleeren Raum verzweifelt zu funkeln versuchten und dort abstruse Gedankengebäude errichteten, in denen niemand außer ihren anämischen Urhebern wohnen wollte. Verwirrte Gebete in Kathedralen des Nichts. Muss Literatur so inhaltsleer sein, um Anerkennung zu finden? Wobei Publikum und Machart der Texte perfekt harmonierten. Das Image, der Schein, die Fassade. Ohne Kern, ohne Wurzeln. Mader überlegt: Wie passt da seine Ex-Frau rein? Na ja, Leonore hat immer schon ein Faible für dieses artifizielle Tralala. Ist das eine Reaktion auf ihren trockenen Beamtenberuf als Richterin? Vielleicht. Jedenfalls ist sie jetzt sauer. Weil er »mal wieder« zynisch war. Als sie ihn gefragt hat, wie er das Dargebotene fand, hat er von einer »Implosion des Denkens« gesprochen. War ihm so zugeflogen. Fand sie natürlich nicht so toll. Ja, sein Taktgefühl lässt manchmal zu wünschen übrig. Der Abend war jedenfalls gelaufen.

Aber zumindest hat ihn Leonore auf einen interessanten Gedanken gebracht: Pauschalangebote, Konkurrenz. Wenn hinter den Morden eine größere Organisation steckt? Eine

Organmafia? Vielleicht aus dem Ausland? Das zweite Opfer ist ja in den USA unterwegs gewesen. Und war Veronika Saller mit der neuen Nase ein Versuchskaninchen? Für einen Marktcheck im Modelmilieu? Wurde sie vielleicht wegen zu großem Redebedürfnis einfach entsorgt? Und ihre Freundin? Noch ist alles pure Spekulation. Bei den beiden Fällen fischen sie noch völlig im Trüben.

Eigentlich ist Mader ganz froh, dass sie gerade einen neuen Fall reinbekommen haben. Was Klassisches: Raubmord. Wahrscheinlich hat das Opfer sich eine Prostituierte bestellt, sie hat ihn gefesselt und ihre Spezln reingelassen. Aber warum musste er sterben? Die Fesseln und ein Knebel hätten doch genügt, um die Wohnung in Seelenruhe auszuräumen. Der neue Fall wird ihre Aufmerksamkeit in der nächsten Woche sehr beanspruchen. Kann Günther ja froh sein, dass seine Lyrik-Spezln gerade nicht so im Fokus stehen.

FRISTLOS

Sonntag. Tag des Herrn. Oder des Herrchens. Um mit Bajazzo zu sprechen. Den hat es enorme Mühe gekostet, Hummel aufzuwecken. Der war in grotesker Stellung – Beine auf der Rücklehne des Sofas, Kopf nach unten – eingeschlafen und hat geschnarcht wie ein Sägewerk. Als Hummel aufwacht, ist sein Zustand desolat. Schlimmes Kopfweh, allerdings weit weniger schlimm, als nach drei Flaschen Wein zu erwarten wäre. »Das kommt davon, wenn man sich mal einen ordentlichen Tropfen leistet«, denkt er. »Vielleicht soll ich jetzt richtig mit dem Saufen anfangen?!« Emotional geht es ihm katastrophal. Er schnaubt auf. Eine windige Whats-

App, nicht mal ein Anruf! Er beschließt, Chris aus seinem Gefühlshaushalt zu entlassen. Fristlos!

Draußen ist ein wunderbarer Sonntag, in herrlich herbstlichen Farben. Was Hummel wurscht ist. Doch irgendwann muss er raus an die frische Luft. Gassi-Time. Gut für den Hund, gut für den Kater.

FLEISCH

»Mein Retter in der Not«, begrüßt Gesine Hummel, als er am Montagmorgen in die Rechtsmedizin kommt, um den Bericht zu dem neuen Mordopfer zu holen.

»Was kann ich für dich tun?«, fragt Hummel erstaunt.

»Frage nicht, was du tun kannst, du hast es bereits getan. Weißt du, ich komm Samstag spät aus den Bergen zurück und merke, dass ich meinen Rucksack bei meinen Freunden aus Stuttgart im Auto gelassen hab. Alles drin. Geld, Hausschlüssel, Handy. Alles. Also bin ich hierher und Wally hat mich an der Pforte reingelassen. Ich hab mir hier mein Bett gemacht.«

»Auf einem der OP-Tische?«

»Nein, in meinem Büro auf der Liege.«

»Und wann komm ich ins Spiel?«

»Jetzt. Ich hatte einen Wahnsinnshunger. Und du hattest am Freitag dein Essen hier vergessen. Ich hatte es zu den Gewebeproben in den Kühlschrank gestellt.« Sie kichert. »Ich hab's mir über dem Bunsenbrenner warm gemacht. Was für ein super Gulasch! Das hast du nicht selbst gekocht, oder?«

Hummel schüttelt den Kopf und grinst. »Na, hättest du mal mich angerufen. Ich kenn da jemanden, der hatte

Samstagabend ein fantastisches Essen daheim, wunderbaren Wein, Eis, Obstsalat. Aber keine Gäste.«

»Oh, das tut mir leid.«

»Passt schon. Du, ich soll den Bericht holen, von der Leiche am Samstag. Du warst am Tatort?«

»Nein, ich war ja unterwegs. Den haben die Kollegen verarztet. Aber ich hab ihn mir gerade angesehen.« Sie reicht ihm die Mappe. »Schau's dir an. Fotos sind drin. Tolles Gulasch. Also deins, Hummel. Wenn du das noch mal kochst, dann sag doch Bescheid. Ich steh auf Fleisch!« Sie entblößt ihre spitzen Zähne und lacht.

Im Lift betrachtet Hummel die Tatortfotos. Die gespreizten Beine des nackten Opfers. Ihm fällt Zankls Hendlwagen ein. »Ich steh auf Fleisch«, dröhnen Gesines Worte in seinen Ohren.

KEIN SPIEL

Die Münchner Ermittler sitzen um den Besprechungstisch bei Mader, der noch ein paar Details zu dem neuen Mordopfer erzählt: »Der Typ war früher Journalist beim Spiegel und beim Stern. In letzter Zeit Sachbuchautor. Ziemlich krawallig. Von ihm sind die Bücher Alles Minijob, oder was? oder Deutschland schafft an.«

»Von dem Zweiten hab ich gehört«, sagt Hummel. »Interessantes Thema. Prostitution im Nebenerwerb. Frauen wie Männer. Fragwürdige Begleiterscheinungen überteuerter Großstädte. Auch München.«

Sie gehen den rechtsmedizinischen Bericht durch. Zankl liest vor: »Tod durch Ersticken. Keine Kampfspuren. Aber erhebliche Hautabschürfungen an Hand- und Fußgelenken durch die Handschellen. Klar, als er merkt, dass das kein erotisches Spiel ist, wird er nervös und wehrt sich. Der Erstickungstod trat etwa um zwei Uhr in der Nacht von Donnerstag auf Freitag ein.«

»Wer hat die Leiche eigentlich gefunden?«, fragt Hummel.

»Die Putzfrau«, sagt Dosi. »Sie kam am Samstag um neun Uhr.«

MANN DER WORTE

Mauerkirchner Straße. Hummel will sich einen eigenen Eindruck vom Tatort verschaffen und staunt erst mal über die Ausmaße der Wohnung. So zu wohnen, könnte er sich auch vorstellen. Nicht mit diesem Look, mit den altmodischen Stofftapeten und den Antiquitäten. Aber die offene Küche und das riesige Wohnzimmer mit Blick auf die Isar sind schon grandios. Er sieht sich das gewaltige Doppelbett an, in dem die Leiche gefunden wurde. Allein das Bett reicht für eine ganze Kleinfamilie. Längs und quer. Bettwäsche ist abgezogen. In der KTU. Wie kann sich ein Journalist so eine Wohnung leisten? Für welches Blatt muss man schreiben, um so viel zu verdienen? Wie hoch sind die Auflagen von Weinzierls Büchern? Hummel scannt die Wohnung, die Möbel, die Bilder, die Bücher und die vielen Papierpacken in den Regalen – zusammengehalten von Gummibändern. Viele Blätter lose auf dem Boden. Er hebt eins auf und liest: »Gerda S. bot spezielle Dienste an. Hausarbeiten, Hemdendienst, heiße Spiele mit dem Dampfbügeleisen. Der Leistungsumfang von Gerdas Angebotspalette ist bestens dokumentiert durch die zahlreichen Fotos, die sie im Auftrag ihrer Kunden geschossen hat.«

Keine Fotos leider – oder zum Glück –, sondern eine Viertelseite Leerzeilen. Zumindest im Manuskript ist noch Platz für Fantasie. Hummel atmet tief durch. Das ist unterste Schublade. Aber auch spannend. Offenbar handelt es sich hierbei um das Manuskript des Bestsellers *Deutschland schafft an*. Den Titel findet Hummel immer noch genial. Vielleicht sollte er sich mal genau ansehen, was für Bücher Weinzierl so verfasst hat. Ob er sich durch seine Publikationen Feinde gemacht hat. Er denkt an diesen Italiener, der ein Buch über die Mafia geschrieben und dann Morddrohungen erhalten hat. Polizeischutz – lebenslang. Großes Ausrufezeichen für diesen neuen Fall: möglicherweise ein literarisches Motiv! Na ja, hier geht es um ein Sachbuch, aber trotzdem: Das ist ein Mord an einem Mann der Worte und ein Job für einen ebensolchen. Für ihn.

Sachbücher – ganz neuer Gedanke. Vielleicht sollte er statt eines Krimis lieber ein Enthüllungsbuch über die Arbeit in der Mordkommission schreiben. Aber was gibt es da schon zu enthüllen? Dass sich Kriminalkommissar Hummel letzten Samstagabend hoffnungslos besoffen und eine Ratatouille zu gefährlichem Biosprengstoff verkocht hat? Das Klingeln seines Handys unterbricht seine grüblerischen Gedanken.

»Grüß Gott, Herr Hummel, hier ist Gerlinde von Kaltern.«

»Hallo, Frau von Kaltern, ich hab den Vertrag schon zurückgeschickt.«

»Aha, ja, schön. Sagen Sie, können Sie bei mir vorbeikommen? In der Agentur.«

»Das ist im Moment ganz schlecht.«

»Es ist sehr dringend! Ich erwarte Sie!« Sie legt auf.

Erstaunt sieht er den Hörer an. Widerspruch ist die gute Frau nicht gewohnt. Hat er was falsch gemacht? Er hat doch unterschrieben. Oder hat sie jetzt ihren Trend gefunden und er muss ihn ganz schnell bedienen? Wenn's denn sein muss.

GESTOHLENE SCHÖNHEIT

»Herr Hummel, schön, dass Sie so schnell kommen konnten«, begrüßt ihn Gerlinde von Kaltern, nachdem er wieder das Defilee ihrer Assistentinnen abgeschritten hat und vor ihrem Schreibtisch steht. Sie hält ihm ihr silbernes Zigarettenetui hin. Er nimmt sich eine Zigarette, sie gibt ihm Feuer. »Setzen Sie sich, ich habe eine ganz große Bitte.« Sie hebt einen Schnellhefter hoch, den er sofort als den seinen erkennt. Sein Exposé und sein Lebenslauf. »Sie sind doch Kriminalbeamter?«, sagt sie.

»Ja. Mordkommission.«

»Genau. Ich brauche Ihre Hilfe. Ein Mord ist geschehen. Einer unserer Autoren …« – »… hat jemanden umgebracht«, versucht Hummel zu scherzen.

Sie schüttelt den Kopf. »Nein, er ist ermordet worden. Dr. Kurt Weinzierl.«

Hummel sieht sie erstaunt an und nickt dann.

»Ihre Kollegen waren vorhin da. Ein Herr Mader und eine rotblonde Dame, etwas untersetzt. Aber sehr forciert. Sind Sie ebenfalls mit dem Fall befasst, Herr Hummel?«

»Ich komme gerade vom Tatort.«

»Sehr gut. Das nenne ich Einsatz! Ich möchte, dass der Fall so schnell wie möglich aufgeklärt wird.«

»Das möchten wir alle.«

»Und dass die Agentur außen vor bleibt. Wissen Sie, in unserem Geschäft ist das wie bei einem börsennotierten Unternehmen. Gerüchte, negative Stimmung, und schon gehen die Preise in den Keller. Das wollen doch auch Sie nicht.«

»Wir von der Kripo sind immer diskret. Und je mehr wir wissen, desto besser können wir arbeiten. Erzählen Sie mir bitte, was Sie zu Weinzierl wissen.«

»Ich sag Ihnen alles, was Sie zu Weinzierl wissen wollen. Wenn Sie bei Ihren Ermittlungen, ja, wie soll ich sagen, auf etwas achten könnten? Kurt ist, äh, war immer spät dran mit seinen Manuskripten. Hervorragend recherchierte Texte, stets aufrüttelnde, kontroverse Themen. Jedenfalls steht jetzt die Abgabe seines neuen Manuskripts unmittelbar bevor. Wenn das nicht geliefert wird, dann wird das für uns sehr teuer. Es geht um 100 000 Euro. Das Garantiehonorar von Weinzierl. 50 000 sind bereits bei Vertragsabschluss gezahlt worden. 50 000 werden fällig, wenn das Buch erscheint. Die erste Rate müssen wir zurückgeben, wenn das Manuskript nicht geliefert wird und das Buch nicht erscheinen kann. Die zweite Rate kriegen wir dann natürlich auch nicht. Das kann uns das Genick brechen.«

Hummel denkt: »Na ja, wenn so eine Summe die Agentur schon in existenzielle Nöte stürzt? Obwohl – das ist schon viel Geld.«

»Wir haben noch kein Manuskript«, sagt Gerlinde von Kaltern und stößt dabei ruckartig den Rauch ihrer Zigarette aus. Ihre Lippen erinnern Hummel an das Ventil eines Schnellkochtopfs, das auch Worte entlässt: »Und jetzt ist er tot. Wenn Sie also etwas finden …« – »… gebe ich Ihnen umgehend Bescheid. Woran schreibt er denn?«

»Ein Beauty-Thema. Über Schönheitsoperationen.«

Hummel schluckt. »Ach ja? Haben Sie es auch ein bisschen präziser?«

»Der Arbeitstitel ist *Gestohlene Schönheit*. Es geht um illegale Geschäfte in der plastischen Chirurgie.«

»Wissen Sie mehr zum Inhalt?!«

»Nicht viel. Kurt ließ sich nie in die Karten schauen.«

»Und Sie haben auch keinen Entwurf hier, eine Rohfassung?!«

»Nein, das war nicht Kurts Art.« Ihre Augen wandern zu einem Regal, dessen Bretter sich unter Papierstapeln biegen. »Das Exposé kann ich Ihnen raussuchen lassen. Eine meiner Assistentinnen hat das sicher auf dem Rechner. Wir mailen es Ihnen.«

»Ja, bitte«, sagt Hummel, »das wäre sehr hilfreich. Hatte er eine Frau, Verwandte, Freunde?«

»Nein, er war ein einsamer Wolf.«

Von Kaltern nimmt einen letzten tiefen Zug aus ihrer Zigarette. Verschwindet hinter einer Wand aus Rauch.

Hummel steht auf, kann seine Erregung kaum verbergen. Sagt aber ganz lapidar: »Ich werde sehen, was ich tun kann.«

»Das ist sehr entgegenkommend«, kommt es aus dem Nebel. »Ich weiß das sehr zu schätzen.«

Als Hummel auf der Straße steht, ist er verwirrt. So vieles geht ihm durch den Kopf. Weinzierls Thema ist auch ihr Thema! Warum gehört das aktuelle Mordopfer ausgerechnet zu der Agentur, bei der er jetzt unterschrieben hat? Ist das ein schlechtes Omen? Hat er irgendwelche Verpflichtungen der Agentur gegenüber? Muss er Mader in seine nebenberuflichen Geschäftsbeziehungen einweihen? Besser ist das.

AUF GROSSEM FUSS

Mader ist nicht begeistert über Hummels Eröffnungen. Hummel hat es aber auch ungeschickt angefangen und zuerst verschwurbelt von seinen eigenen Schriftstellerambitionen und seiner Agentin berichtet. »Sind Sie nicht ausgelastet, Hummel?«, fragt Mader gereizt.

»Es ist ja nur ein Freizeitspaß.«

»Für den Sie eine Agentur brauchen?«

»Das hat heute jeder. Sonst kriegt man nie was bei einem Verlag unter. Wissen Sie, was in einem Verlag mit unverlangt eingesandten Manuskripten passiert?«

»Ablage P?«, rät Mader.

»So ist es. Und die Lektoren reißen sich auch noch das Rückporto unter den Nagel. Es ist doch nicht schlecht, dass ich diesen Kontakt habe. Jetzt wissen wir, woran Weinzierl gearbeitet hat. Ein Buch über illegale Geschäfte im Beauty-Bereich!«

»Warum hat uns das die Agenturtante heute Vormittag nicht erzählt?«

»Das ist ein äußerst sensibles Geschäft.«

»Das ist eine Mordermittlung auch!«

»Lassen Sie mich mal machen. Frau von Kaltern frisst mir aus der Hand. Von ihr erfahr ich im Detail, woran Weinzierl arbeitete, mit wem er zu tun hatte, wo er recherchiert hat. Weinzierl hatte sicher Feinde. Ich sag Ihnen eins: Da hat einer mächtig Angst gehabt, dass sein lukratives Geschäft auffliegt. Bestimmt hängt das mit unseren beiden anderen Morden zusammen!«

»Hummel, jetzt mal ganz langsam! Es kann tausend andere Gründe für den Mord an Weinzierl geben. Privater Streit, Immobilien, Spielschulden, sonst was.« Er wendet sich an Zankl und Dosi. »Und, haben Sie schon was rausgekriegt? Was ist mit Weinzierls Nachbarn?«

Dosi schüttelt den Kopf. »Leider gar nichts. In den Kanzleien im Haus ist nur tagsüber und unter der Woche jemand da. Und das Lokal an der Ecke hat erst ab Mittag geöffnet. Das prüfen wir noch. Vielleicht erfahren wir da was. Kann ja sein, dass er da Stammgast war.«

»Ich hab mir seine Finanzen angeschaut«, sagt Zankl. »Hohe Umsätze. Der lebte auf großem Fuß. In letzter Zeit etwas am Limit. Keine regelmäßigen Eingänge mehr. Aber Anfang des Jahres ein großer Batzen. 45 000 Euro. Angewiesen von der Agentur *Paperweight*.«

Hummel zuckt zusammen. »Die erste Rate vom Vorschuss. Aber wieso 45 000? Wenn der Typ bei seiner Agentur ist, muss er doch auch 30 Prozent abdrücken? Das wären ja nur 10 Prozent! Hah, was für eine Ungerechtigkeit! Gleiche Arbeit, gleiches Geld! Sagen doch die Gewerkschaften immer! Allerdings setzen die ihre Forderungen auch nie durch.«

Mader ist wieder am Drücker: »Okay, Hummel, Sie klemmen sich hinter dieses Buchprojekt. Zankl, Sie klären, wie sich der Typ eine solch große Wohnung leisten konnte. Ob dafür Bücherschreiben reicht oder ob es bei Weinzierl noch andere Einnahmequellen gab. Doris, Sie sprechen mit ein paar von Weinzierls Kollegen. War ja früher bei großen Zeitschriften. Machen Sie sich ein Bild von ihm.«

»Ui, eine Dienstreise nach Hamburg. *Stern, Spiegel* …«

»München ist auch ganz schön. Reisen Sie mit dem Telefon.«

PRIORITÄTEN

Als Mader mit Bajazzo seine Mittagsrunde an der Isar dreht, ist das Wetter bescheiden. Es nieselt. Aber er mag das. Weil es viele nicht mögen. So ist fast niemand unterwegs. Er denkt nach – nicht konkret, eher strukturell: dass Neues immer Altes in den Hintergrund drängt, dass sich Prioritäten so leicht verschieben. Ihre gesamte Aufmerksamkeit ist nun auf den neuen Fall gerichtet. Bei den zwei Frauenleichen sind sie bislang zu keinen Ergebnissen gekommen. Die Damen liegen auf Eis. Die Hauptverdächtigen Dr. No und Dr. Grasser haben beide wasserdichte Alibis. Die sie sich gegenseitig geben – großartig! Ein gemeinsamer Golf-Sonntag und die Vorbereitung von Dr. No's Vortrag für den Kongress in Rom. Und jetzt der neue Fall. Ein Wald von Fragezeichen. Dann Hummel mit seiner These, dass der Journalist etwas mit den Modelmorden zu tun haben könnte, mit illegalem Organhandel. Ein bisschen weit hergeholt. Aber Hummel kommt manchmal auf interessante Zusammenhänge.

HARTE ZAHLEN

»Chef, ich hab da was«, begrüßt Zankl Mader aufgeregt im Präsidium.

Mader hängt seinen nassen Mantel an die Garderobe und kommt zu ihm herüber. Dosi spricht angeregt mit jemandem am Telefon. »Sehen Sie mal hier«, sagt Zankl und deutet auf ein Blatt Papier mit Zahlenkolonnen. »Diese letzte Bareinzahlung von der Meyer hat mich auf die Idee gebracht. Hier, das ist Weinzierls Konto. 5000 Euro, ausbezahlt am 17.1.« Dann schiebt er Mader ein zweites Blatt mit Zahlen hin. »Hier ein anderes Konto. Bareinzahlung, 5000 Euro am 18.1.«

»Das zweite Konto gehört der Meyer?«, fragt Mader.

Zankl antwortet nicht, sondern streicht mit Leuchtstift zwei weitere Datenpaare an. »Jeweils 5000 Euro minus am 18.3. und plus am 19.3. Und dann noch mal 23.6. und Einzahlung am selben Tag. Die drei Eingänge sind auf dem Konto von Veronika Saller. Die hat mehrfach hohe Bargeldbeträge eingezahlt. Möglicherweise hat sie das Geld von Weinzierl bekommen. Bei der Meyer gibt es nur die eine Einzahlung, die wir bereits kennen. Die 5000 am Tag ihres Todes.«

»Gibt's da auch eine passende Auszahlung bei Weinzierl?«

»Nein. Leider nicht. Aber vielleicht hat er den Betrag ja diesmal cash aus seiner Privatschatulle genommen.«

Mader nickt. »Zumindest scheint es eine Verbindung zwischen Saller und Weinzierl zu geben. Cash gegen Informationen. Zankl, sehr gute Arbeit. Nicht wasserdicht, aber hochwahrscheinlich.«

»Weinzierls Arbeitsstil war offenbar nicht zimperlich«, meldet sich jetzt Dosi. »Er war ausgesprochen unbeliebt bei seinen Kollegen. Und seine Methoden waren umstritten: Scheckheftjournalismus war noch das netteste Wort.«

BLÜHENDE FANTASIE

Hummel hat das Exposé von Weinzierls Buch für alle kopiert. Gestohlene Schönheit. Die kriminellen Machenschaften der Schönheitschirurgie. Sie lesen sich ein. Und sehen schnell – Hummel hat recht. Glasklar liegt sie vor ihnen: ihre eigene Theorie, dass ein paar Schönheitschirurgen mit illegalen Machenschaften das große Geld verdienten – fragwürdige Operationen, gefährliche Hormonpräparate bis hin zu Transplantationen. Leider fallen in dem Exposé keine Namen.

»Ohne die Nase der *Schönen Münchnerin* würden wir das für blühende Fantasie halten«, urteilt Mader nach der Lektüre. »Wir brauchen das ganze Manuskript.«

»Die Agentur hat nur das Exposé«, sagt Hummel.

»In Weinzierls Wohnung war kein Rechner«, sagt Dosi.

»Zankl, kriegen Sie raus, wo Weinzierl seinen Mailaccount hat oder ob er seine Daten irgendwo auf einen externen Server geparkt hat, in der Cloud.«

»Das wird schwierig. Die Anbieter sind da nicht besonders kooperativ.«

»Trotzdem. Er ist tot. Versuchen Sie es. Aber sehen Sie sich zuerst noch mal die Papiere in der Wohnung an. Hummel, wissen Sie, mit welchem Verlag Weinzierl seinen Buchvertrag geschlossen hat?«

»Ja, mit dem Faktum Verlag.«

»Haben die schon das Manuskript?«

»Laut Agentur nicht. Aber vielleicht hat der Verlag schon eine Rohfassung.«

»Okay, Hummel, machen Sie dort einen Termin für uns aus.«

MEDITERRANE LINIE

Theatercafé Kulisse bei den Kammerspielen. 16 Uhr. Nur wenige Gäste. Gesine sitzt an einem Fensterplatz. Schicke Autos draußen. Viele Porsche. Wenn sie richtig viel Geld hätte, würde sie sich keinen Porsche kaufen. Fährt hier wirklich jeder Depp. Vielleicht einen Maserati. Wegen der schönen Uhr am Armaturenbrett. Nein, wegen der fließenden Formen natürlich. Die mediterrane Linie.

Ein Röhren wie von der Schubumkehr eines Düsenflugzeugs reißt sie aus den Gedanken. Ein zitronengelber Lamborghini kriecht die Maximilianstraße entlang in Richtung Oper.

»Da fällt einem doch der Milchschaum im Cappuccino zusammen«, sagt eine Stimme hinter ihr.

Sie dreht sich um. »Hallo, Dr. Schwarz, schön, Sie zu sehen«, sagt Gesine und steht auf, um ihm die Hand zu geben.

Er deutet einen Handkuss an. »Verzeihen Sie«, sagt er mit einem Nicken zum Fenster, »dass ich keinen ruhigeren Ort vorgeschlagen habe. Meine Praxis ist gleich hier ums Eck. Aber interessantes Viertel. Diese Gegend hat viele Facetten. Hier Tempel für Kunst, Musik und Literatur, dort das Hofbräuhaus und grelle Angeberkarren. Sehr eklektizistisch das alles. Kein Stil.«

»Lassen Sie mich raten. Sie fahren Maserati.«

Er sieht sie erstaunt an. »Ja, tatsächlich, einen *Ghibli*. Ein Oldtimer von 1972, aber erstaunlich zuverlässig. Und das Design – zeitlos. Und Sie?«

»*Alfa Spider.* Mehr ist bei einem Beamtengehalt nicht drin.«

»Ich hatte auch mal einen. Als junger Assistenzarzt. Wunderbares Auto. Ein Klassiker.« Er winkt dem Kellner. »Einen doppelten Espresso macchiato, bitte.«

Sie sehen sich an. »Interessant«, denkt sie. »Interessant«, denkt er.

Der Kaffee kommt. Er nimmt einen Löffel braunen Zucker und rührt sorgsam. Sie betrachtet seine Hände. Sehr gepflegt. »Und?«, fragt er, »Sie wollten mich sprechen?«

»Ja. Nun, hm, wo fang ich an?«

»Am besten von vorne.« Er sieht sie vertrauensvoll an. Profiblick.

Profiblick zurück: »Ich möchte meinen Horizont erweitern.«

»In welche Richtung? Beruflich?«

»Auch.«

»Was machen Sie genau, wie ist Ihr Werdegang?«

»Ich bin Chirurgin. Ich hatte irgendwann das Angebot bekommen, eine Vertretung in der Pathologie zu machen. Im Klinikum *Rechts der Isar*. Der Job gefiel mir. Ich wollte verlängern, doch das hat nicht geklappt. Dann war eine Stelle in der Rechtsmedizin frei. Die hab ich angenommen, eher aus Neugier. Jetzt bin ich noch immer da. Ich habe zwei Assistenzärzte, sechs Hilfskräfte und Laborassistenten.«

»Das klingt nach einer sehr verantwortungsvollen Tätigkeit.«

»Ist es auch. Sehr fordernd. Perspektivisch etwas einseitig. Sehen Sie, ich bin jetzt 36, ich will noch etwas mehr sehen als nur Leichen in unterschiedlichen Aggregatzuständen. Ich kenn sie alle: aufgeschwemmt, verkohlt, verstümmelt. Ich möchte mich auch mal mit der schönen Seite des Lebens befassen. Verstehen Sie, was ich meine?«

»Nein, nicht ganz.«

»Wie würden Sie Ihren Job beschreiben? Was ist der Kern Ihrer Arbeit?«

»Na ja, ich helfe Leuten, vornehmlich Frauen, ihren Wunschvorstellungen näherzukommen.«

»Welches Feedback bekommen Sie?«

»Dankbarkeit. Nichts als Dankbarkeit.«

Gesine nickt. »Meine Klienten sind tot. Die geben kein Feedback. Meine Arbeit an ihnen ist eine Einbahnstraße, nein, eine Sackgasse. Und ich habe oft junge, schöne Menschen. Und denke dann: All die Schönheit – verschwendet. Niemand kann sich mehr daran erfreuen.«

Dr. No sieht sie ernst an. Nickt langsam.

»Können wir offen sprechen?«, fragt Gesine.

»Nur zu.« Er kratzt den Zucker aus der Tasse und leckt den Löffel genüsslich ab.

Gesine fährt fort. »Ich mache meinen Job gerne. Aber ich möchte auch noch eine andere Perspektive als nur Gewalt und Tod. Ich möchte mehr als nur ein niedriges Beamtengehalt. Ein *Alfa Spider* ist in Ordnung, aber nicht ganz das, wovon ich träume.«

Er sieht sie ernst an. Langer Blick. Sie hält ihm stand. Er studiert ihre Gesichtszüge. Nichts würde er verändern an ihr. Die scharfe Nase, der fordernde Blick – das gefällt ihm sehr gut.

»Haben Sie verstanden, was ich meine?«, fragt sie.

»Ich muss darüber nachdenken. Entschuldigen Sie, ich muss jetzt wieder in meine Praxis. Aber« – er schiebt ihr seine Visitenkarte hin – »ich werde mir Gedanken machen.«

INSIDE OSCAR WILDE

Hummel, Mader und Bajazzo sitzen im Foyer des Faktum Verlags. Am St.-Anna-Platz im Lehel. Vom Feinsten. Erlesenes Skandinavien-Design. Mader ist genervt, dass man sie in der atmosphärisch sehr unterkühlten Eingangshalle mit ihren blauen Eierschalensesseln so lange warten lässt. Die Dame hinter dem langen filigranen Tresen aus meergrünem Fiberglas telefoniert in einer Tortur. *Gnagnagna*. Mader ist drauf und dran, aufzustehen und ihr den Hörer wegzunehmen, als sie ein zahniges Lächeln aufsetzt, das das Make-up in ihren Augenwinkeln bröseln lässt. »Meine Herren, kommen Sie, Dr. Lerchenthaler hat jetzt Zeit für Sie.« Sie geleitet Mader, Hummel und Bajazzo zum Lift, drückt den Knopf für den 5. Stock und flötet: »Sie werden oben abgeholt.«

»Zum Kotzen«, urteilt Mader, als sich die Aufzugtür geschlossen hat. Hummel nickt.

Oben nimmt sie ein schlaksiger Jüngling in Empfang. Er reicht ihnen die schlaffe Hand. »Hubertus Mayerbrink, Assistenz der Geschäftsleitung. Kommen Sie. Wir treffen uns in *Oscar Wilde*.« Hummel sieht ihn verwirrt an. Hubertus errät seine Gedanken. »So heißen unsere Tagungsräume. Wichtig ist, dass der Namensgeber oder die Namensgeberin tot ist. Es gibt auch noch *Charles Dickens, Ernest Hemingway, Daphne du Maurier* und *Billie Holiday*.«

»Aber Billie Holiday ist doch keine Autorin?«, sagt Hummel.

»Ich dachte immer, das ist eine Figur aus der *Sesamstraße*, als ich hier anfing. Oder ein Pseudonym von Madonna. Aber

die lebt ja noch, oder? Haha. Der Chef mag Jazz und Blues.«
Hubertus gluckst und lotst sie in *Oscar Wilde*. »Der Herr
Doktor wird gleich mit Ihnen sein. Kaffee, Wasser?«

»Und Kekse«, sagt Mader und sinkt auf einen der Desig-
nerstühle an dem langen Konferenztisch.

Hummel beäugt die vielen Bücherregale. »So sieht es also
in einem Verlag aus«, denkt er. Ist ja eine Premiere für ihn.
Wenn er erfolgreich ist, werden seine Bücher auch in einem
Raum wie diesem stehen. Die vielen Bücher – stille Zeugen
kreativer Programmkonferenzen, wo um Titelformulierun-
gen und Marketingstrategien gerungen wird. Wo man gelegentlich einen seiner Bestseller ehrfurchtsvoll aus dem Regal
nimmt und sich dessen Erfolgsgeschichte noch einmal vor
Augen führt. Als Beweis dafür, dass sich intellektueller Anspruch und Verkaufserfolg nicht ausschließen müssen.
Hummel sieht verträumt aus dem Fenster. Direkt auf den
Turm der St.-Anna-Kirche und die Dächer Münchens. Er ist
beeindruckt.

Dr. Lerchenthaler betritt den Raum. Eine stattliche Er-
scheinung, wohlgenährt und in einem für die Jahreszeit viel
zu leichten hellen Leinenanzug. Sehr lässig. Und mit braun
gebrannter Glatze. Im Schlepptau Hubertus. Mit Keksen
und Getränken. »Guten Tag, die Herren«, sagt Lerchenthaler.
»Schön hier, nicht wahr? Schöner ist's nur in *Billie Holiday*.«
Er grinst anzüglich. »Was kann ich für Sie tun?«

Mader unterrichtet ihn vom Tod seines Autors. Lerchenthaler nimmt die Nachricht von Weinzierls Tod gefasst
auf. Er schüttelt nachdenklich den Kopf.

»Was war Weinzierl für ein Typ?«, fragt Mader.

»Ein Hasardeur, Provokateur, Egoist – mit einem sicheren
Instinkt dafür, wo es wehtut. Ein waschechtes Arschloch.
Aber eben auch ein Bestsellerautor. Sicher, er war schon

etwas auf dem absteigenden Ast, aber mit *Deutschland schafft an* ist er noch mal zur Höchstform aufgelaufen. 1,5 Millionen verkaufte Exemplare! Im Hardcover!«

Mader nickt. »Woran arbeitete er gerade?«

»An einem Buch über das Geschäft mit der Schönheit. Ich hätte mir noch mal was mit Sex gewünscht. So in Richtung: *Wie die Deutschen ficken.*« Er lacht dreckig. »Entschuldigen Sie, aber den Titel hat er mir an den Kopf geworfen, als ich ihn fragte, ob er nicht lieber eine Fortsetzung seines Erfolgstitels schreiben will. Weinzierl war ein wirklich grober Knochen. Wie kann ich Ihnen helfen?«

»Wir brauchen das Manuskript von dem neuen Buch.«

Lerchenthaler lacht auf. »Kein Autor gibt pünktlich ab. Weinzierl schon gar nicht. Ein Großmeister im Hinauszögern der Abgabe. Aber wer weiß, vielleicht haben wir schon was im Haus. Was wollen Sie denn mit dem Manuskript?«

»Überprüfen, ob wir darin ein Tatmotiv finden«, erklärt Mader.

»Wie ist er denn zu Tode gekommen?«

»Erstickt«, sagt Mader. »Und nicht, weil er sich selbst das Kissen aufs Gesicht gepresst hätte. Also, können wir das Manuskript haben?«

Lerchenthaler räuspert sich. »Wissen Sie, das geistige Eigentum unserer Autoren ist uns heilig.«

Hummel nickt verständnisvoll. Mader sieht ihn missbilligend an, dann sagt er zu Lerchenthaler: »Der oder die Täter haben die Wohnung von Weinzierl auf den Kopf gestellt, so viel zu ›heilig‹. Vielleicht bekommen Sie ja auch noch Besuch.«

Lerchenthaler nickt und greift zum Hörer des Zimmerapparates. Er wählt eine Nummer und wird nach mehrmaligem Läuten weiterverbunden. »Hubertus!«, bellt er in den

Hörer, »wo ist die Möller?! ... Was? Schon?! Die hat sie doch nicht alle! Wir haben Vertretertagung! ... Ja? Stimmt, Sachbuch war gestern ... Haben Sie die Handynummer von der Möller? ... Ja, bitte. Aber pronto!« Er legt auf.

»Haben Sie den Titel bereits angekündigt? Kommt das Buch im Frühjahr raus? Gibt es schon Pressefahnen?«, entfaltet Hummel sein bei seiner Agentin neu erworbenes Fachwissen. Lerchenthaler achtet nicht auf ihn. In seinem Gehirn spielen die Gedanken Fußball. Sein Torinstinkt ist erwacht: Das Buch eines toten Autors, eine postume Veröffentlichung, das ist presse- und marketingtechnisch eine Supersache.

»Was überlegen Sie?«, fragt Mader.

»Was zu tun ist. Wer die Trauerfeier organisiert. Und diese Sachen.«

»Also, wann soll das Buch erscheinen?«, fragt Mader.

»Erst im nächsten Winterprogramm.«

»Ach, Sie haben drei Programme«, klugscheißert Hummel. Wieder beachtet ihn keiner.

»Eigentlich wäre das Herbstprogramm stärker, zur Messe«, überlegt Lerchenthaler laut. Dann schüttelt er den Kopf. »Aber Weinzierl gab nie pünktlich ab. Würde mich wundern, wenn wir das Manuskript schon im Haus hätten. Den aktuellen Stand der Dinge hat Sandy Möller, die Lektorin.« Das Telefon klingelt. Lerchenthaler hebt ab und schreibt eine Nummer auf. Er schiebt Mader den Zettel hin. »Mein Assistent sagt, die Möller geht grade nicht dran.«

Mader nickt müde. »Und bei Ihnen stehen die wichtigen Daten nicht zufällig auf einem Server?«

»Doch, im Prinzip schon. Aber die Möller ist da etwas eigen.«

»Schicken die Autoren ihre Manuskripte eigentlich direkt an die Lektoren oder läuft das über die Agentur?«, fragt Hummel.

»Eigentlich immer über die Agentur. Aber Möller und Weinzierl kannten sich gut. Da geht so was durchaus direkt.« Er lacht. »Auch wenn die Möller ihn nicht riechen kann. Also konnte. Weinzierl war ein echtes Ekelpaket. Aber der Autor ist immer König. Der Leser natürlich auch. Erst der Autor, dann der Leser, dann der Verlag – unsere Devise. Für alle das Beste.«

»Eine Win-Win-Win-Situation«, murmelt Hummel.

Auch diese Worte verperlen im Off.

»Ich schlage vor, Sie sprechen Frau Möller aufs Band und warten, bis sie sich meldet. Vielleicht ist sie gerade im Kino.«

»Im Kino«, schnaubt Mader. »Am Nachmittag!«

»Französische Filmtage im Gasteig«, sagt Lerchenthaler und blickt Mader direkt an. »Ein paar echte Raritäten. Dafür verzichtet man schon mal auf Sonnenschein.«

KEINE HEMMUNGEN

Dosi und Zankl haben noch mal die Wohnung von Weinzierl durchkämmt. Schmuddelparadies. Jede Menge Herrenmagazine, DVDs und private Gerätschaften, die man nicht wirklich näher begutachten will. »Eine ziemliche Drecksau«, urteilt sogar Zankl.

»Leck mich fett«, stimmt Dosi zu. »Und von dem Manuskript keine Spur.«

»Komm, wir gehen jetzt in das Café runter. Ich hab uns angekündigt. Außerdem brauch ich dringend Koffein.«

Sie gehen in die Cafébar an der Ecke und bestellen einen Cappuccino und einen doppelten Espresso. Dosi ordert dazu einen der Monsterschokomuffins aus der Vitrine. »Muss ich«, erklärt sie. »Sonst grüble ich nachher die ganze Zeit, warum ich mir keinen bestellt habe.«

»Nur keine Hemmungen«, sagt Zankl. »Wir sind nicht verheiratet.«

Sie grinst. »Das wär aber auch was.«

»So, jetzt hab ich kurz Zeit«, sagt der Barkeeper. »Sie kommen wegen Weinzierls Tod?«

Dosi nickt schmatzend. »Kannten Sie Weinzierl?«

»Wer kannte ihn nicht? Spezl vom Chef. Wie ist er denn gestorben?«

»Erstickt.«

»An was?«

»Offenbar mit einem Kissen.«

»Oh. Äh, wer zahlt jetzt seinen Deckel?«

»Tippe mal, Ihr Chef. Sagen Sie, ist der auch zu sprechen?«

»Im Moment nicht. Honeymoon in Las Vegas.«

»Geil«, sagt Dosi mit vollem Mund. Sie spült den Muffin mit Kaffee herunter. »Hatte Weinzierl Feinde?«

»Sicher mehr als Freunde.«

»War er schwul?«, fragt Zankl.

Dosi sieht ihn erstaunt an. »Wieso das denn?«

»Wär doch interessant, ob er Damen- oder Herrenbesuch hatte.« Zankl sieht den Barkeeper an. »Und?«

»Glaub ich nicht. Der hatte immer junge Frauen im Schlepptau. Mir war nie klar, ob das Professionelle waren oder Volontärinnen.«

»Die von seinem reichen Erfahrungsschatz profitiert haben«, sagt Dosi. »Ganz toll. Meinen Sie, Ihr Chef kann uns da weiterhelfen?«

»Ich weiß nicht. So eng waren die beiden auch nicht. Kneipiers ziehen oft schräge Vögel an.«

»Wie Scheiße die Fliegen«, will Dosi schon sagen. Stattdessen sagt sie nur: »Zankl, das bringt uns nicht weiter.
Komm, wir packen's.« Sie legt einen Zehner auf den Tresen.
»Passt so. Und wenn Ihnen sonst noch was einfällt: Bitte rufen Sie uns an!« Sie schiebt dem Barkeeper ihre Visitenkarte
hin. »Halt!«, sagt Dosi, »eine letzte Frage hätte ich noch, eine
sehr wichtige.«

Der Barkeeper sieht sie verunsichert an. »Ja?«

»Wer macht so super Muffins?«

»Bofrost.«

Dosi lacht. Zankl schüttelt den Kopf.

SCHÖNER MANN

Gesine nimmt den Espressolöffel mit spitzen Latexfingern
aus dem Plastiktütchen und betrachtet ihn nachdenklich.
Geklaut hat sie noch nie etwas. Na ja, »geklaut« stimmt
nicht ganz. Sie hat 10 Euro unter die Untertasse gelegt, bevor sie gegangen ist. Das sollte reichen. Für einen Kaffee
samt Löffel. Selbst in der Maximilianstraße. Sie steckt den
Löffel wieder ins Tütchen und ruft die Leute vom Labor an.
Eilig. DNA-Abgleich. Und die Fingerabdrücke zur Sicherheit auch. Dann steckt sie sich eine Zigarette an und stellt
sich an den Lichtschacht. Dr. No – attraktiver Mann, schöne
Hände, tolle Stimme. Tja.

GURKENSTANDARD

Nose raucht auch. Am offenen Fenster. Gerade hat er einen kleinen Eingriff hinter sich. Kinderspiel. Ohren anlegen. Eigentlich nichts, was seiner Qualifikation entspricht. Aber die Dame wollte unbedingt zu ihm. Ist er schon Standard für diese vertrockneten Gurken aus Grünwald? Standard. So wie ein Porsche? Nein. Er fährt Maserati! Wenn schon, denn schon. Jetzt fällt ihm Hanke ein. Auch Maserati. Wollte ja gleich damit in den Urlaub fahren. Was für ein Quatsch, ein Maserati muss eingefahren werden! Gefühlvoll! Vielleicht sollte er Hanke mal anrufen. Ach, der wird sich schon selbst melden, der alte Angeber. Er denkt an die Rechtsmedizinerin vorhin. Was führt sie im Schilde? Dass so eine Klassefrau nichts bei der Polizei verloren hat, ist ihm sonnenklar. Tolle Nase. Die Frau ist eine Herausforderung. Nicht als Chirurg. Als Mann. Nose drückt die Zigarette am Fensterbrett aus und betrachtet verwundert die Schuhabdrücke auf dem Blech. Er sieht zu den Oberlichtern. Sind die Fenster kürzlich gereinigt worden?

»Dr. Schwarz«, schnorrt es aus der Gegensprechanlage, »Frau Geheimrat Nonnenmeier aus Salzburg ist jetzt da.«

Er geht an seinen Schreibtisch. »Soll reinkommen«, sagt er und fügt hinzu: »Die alte Silikondeponie.« Freilich erst, nachdem er den Sprechknopf losgelassen hat.

Die Tür öffnet sich und Pamela Anderson im Dirndl tritt ein, allerdings mit zweieinhalb Zentnern Lebendgewicht und knapp 60 Jahren. »Grüß Sie Gott, mein lieber Herr Doktor! Geh, schaun 'S, was ich für Sie dabeihab.« Sie reicht ihm eine Maxi-Dose Mozartkugeln. Die echten von Fürst, nicht das Touristenzeug.

Er küsst ihre Hand. »Frau Geheimrat, solch Glanz in meiner bescheidenen Hütte. Und wunderbar, wie originell – Mozartkugeln. Ich liebe Mozartkugeln.«

»Des is recht, lieber Herr Doktor, aber jetzt schaun 'S amal, was mit meinen Mozartkugeln passiert ist.« Mit einer flinken Handbewegung greift sie sich ins Dekolleté und holt ihre rechte Brust heraus. »Des is nix, nur a laare Hülln. Des Silikon hängt irgendwo da unt'n.« Sie deutet mit der freien Hand auf die Höhe ihres Magens.

Schweißperlen glitzern auf Dr. No's Stirn. »Wenn Sie sich bitte freimachen.«

ERDIGE NOTE

Hummel ist gut in Schwung. Kein Wunder, hat er doch heute schon Einblick in seinen zukünftigen Wirkungsbereich bekommen. In die Hall of Fame. Da will er auch hin.

Liebes Tagebuch,
was für ein ereignisreicher Tag. Ich bin ins Zentrum der
Macht vorgedrungen. Wo entschieden wird, ob ein Buch
verlegt wird oder nicht. Ich war in einem Verlag. Also, der
Verleger war ja nicht gerade sympathisch, aber der
überdrehte Assistent hat schon was Schräges, Künstleri-
sches. Schreibt bestimmt heimlich Lyrik. Wie kann man
nur Hubertus heißen? Dazu fällt mir nur Rinderlende
Hubertus ein. Ich bin schon sehr neugierig auf die Lektorin.
Wie die so arbeitet, was sie an einem Text verändert, wie

die im Verlag eine Marketingstrategie entwickeln. Ich werde sie in die Mangel nehmen. Also so informationstechnisch. Ich muss möglichst viel über das Verlagsgeschäft lernen. Auch über die finanzielle Seite. Das mit Weinzierls 10 Prozent gibt mir schon zu denken.

Ansonsten habe ich heute die matschige Ratatouille entsorgt. Der Topf stand immer noch auf dem Herd, als ich heimkam. Ein Monument des Scheiterns. Roch sehr streng, als ich den Deckel abhob. Und beim Obstsalat wölbte sich schon die Frischhaltefolie über der Schüssel. Explosionsgefahr! Chris – werde ich je wieder von ihr hören? Aber vielleicht ist das alles nur die gerechte Strafe dafür, dass ich vom Pfad der Tugend abgekommen bin. BEATE, oh du meine Einzige! Perle Schwabings, Soulqueen of Munich! Es war nur eine kurzfristige Verwirrung meiner Gefühle. Ich werde dir ein Liebesgedicht schreiben, jetzt sofort:

Beate, deine Augen strahlen wie
ein Paar schnelle Wasserski,
die durchs blaue Wasser pflügen –
sie könnten niemals mich belügen.
Den rechten Weg mir deine Nase weist
Granatapfelrot, oh ja, so heißt
die Farbe deiner Lippen Schwung.
Gegen dich riecht alles nur wie Dung,
du bist viel schöner als ein Regenbogen,
ich werd dich immer lieben – ungelogen!

Hey, aus dem Ärmel geschüttelt. Einfach so. Klar, zweimal lügen ist nicht so super, aber das mit dem Dung, das bringt noch so eine ganz erdige Note rein. Ja, vielleicht sollte ich

lieber Lyrik produzieren? Da ist der Markt bestimmt nicht
so eng wie bei Krimis. Aber wer weiß? Da tummeln sich
dann so Typen wie Hubertus. Am liebsten würde ich Beate
die Zeilen persönlich vortragen. In ihrer Kneipe. Wenn die
letzten Gäste gegangen sind, sie zärtlich den Tresen wischt
und die Jukebox pietätvoll schweigt. Und dann ertönt mein
samtenes Organ. Ah, das wäre so romantisch!

MINIMALINVASIV

Dr. No ist nichts anderes übrig geblieben, als Pamela-Geheimrat-Anderson in den OP zu verfrachten. Vollnarkose.
Nun versucht er mit einem seiner Assistenzärzte durch einen kleinen Schnitt unter der Achsel das tennisballgroße
Silikonkissen mittels minimalinvasiver Technik wieder nach
oben zu holen und zu fixieren. Eine elende Fummelei. Am
saubersten wäre ein klarer Schnitt im Unterbrustbereich,
um das Ding herauszuholen. Aber sichtbare Narben wollen die Damen ja auf alle Fälle vermeiden. Als ob das hier
noch eine Rolle spielt. Warum muss er der Ausputzer ir-
gendeines ausländischen Kurpfuschers sein? Ganz einfach –
weil Pamela-Geheimrat-Anderson mit einem der reichsten
Baustoffhändler Österreichs verheiratet ist und dieser zu
50 Prozent Miteigner seiner Praxisklinik am Chiemsee ist.
»Tja, beim Geld hört der Spaß auf!«, denkt Nose.

EIN DEAL IST EIN DEAL

10 Uhr. Faktum Verlag. Büro Dr. Lerchenthaler. Sandy Möller, eine ehedem attraktive, jetzt etwas verhärmte, nicht mehr ganz junge Frau mit modischem Façonschnitt in Halblang, blondiert und Designerbrille aus hellgrünem Horn nimmt vor Lerchenthalers Schreibtisch Platz. Hubertus bringt den beiden Kaffee. Der Verleger macht mit der Rechten eine flüchtige Handbewegung, als würde er eine Fliege verscheuchen. »Hubsitürevonaußenzumachen!« Hubertus flattert davon. »Haben Sie sich an meine Anweisungen gehalten?«, fragt Lerchenthaler.

»Wie Sie es mir auf die Box gesprochen haben.«

»Und, wie sieht es aus? Haben wir das Manuskript? Auf dem Server habe ich nichts gefunden. Warum eigentlich? Es gibt diesbezüglich klare Hausvorgaben!«

»Wollen Sie, dass sich da jemand Dateien runterzieht und sie an die Konkurrenz gibt?«

Lerchenthaler runzelt die Stirn. »Haben Sie jemanden konkret im Verdacht?«

»Ach, hier neiden mir die Kolleginnen doch jeden Erfolg.«

»Jeden Erfolg, du Zicke, du hast sie doch nicht alle!«, denkt Lerchenthaler und nickt verständnisvoll. »Also, haben Sie was?«

»Haben *Sie* denn was?«

»Wieso ich? Was soll ich haben?« Jetzt klingelt es bei Lerchenthaler. Die Lady pokert. Er sieht ihr in die Augen. »Sagen Sie doch ganz konkret, was Sie wollen!«

»Ich will die vakante Programmleitungsstelle.«

»Aha, und wie wollen Sie das Ihren Kolleginnen und Kollegen erklären?«

»Das ist Ihr Job, Ihre Entscheidung. Und wenn ich deren Chefin bin, reißt da keine mehr die Klappe so weit auf.«

»Na, servus«, sagt der Verleger, »Sie erpressen mich!«

»Nein, wir machen ein Geschäft, einen Deal.«

»Einen Deal, soso, einen Deal. Wer hat denn den Vorschuss bezahlt? Wem gehört das Manuskript!?«

»Ihnen natürlich, ich stelle nur sicher, dass das Buch auch tatsächlich erscheint. Das Marketingpotenzial ist riesig. Das Buch eines Autors, der wegen seiner engagierten Recherchen sterben musste. Wie genial ist das denn?! Und wir könnten angesichts der angespannten finanziellen Lage des Verlags einen Bestseller durchaus brauchen.«

Lerchenthaler nickt. »Gut. Sie kriegen die Stelle. Aber nur, wenn das Buch noch vor Weihnachten rauskommt.«

»Vor Weihnachten!?«

»Ja, was glauben Sie denn?! Dass sich im nächsten Jahr noch irgendeiner für Weinzierl interessiert?! Der Typ ist tot, mausetot! Nächstes Jahr auch pressemäßig. Wir machen einen Schnellschuss! Wir bieten der *Bild* den Vorabdruck an, mit der ganzen Story drum herum. Besorgen Sie sich Informationen zu dem Mordfall. Wickeln Sie diesen Kriminaler ein, diesen Hummel. Der schreibt wahrscheinlich selbst, so nassforsch, wie der auftritt.«

Möller ist ganz still.

»Was ist jetzt?«, fragt Lerchenthaler. »Erst dicke Hose und dann schüchtern? Sie haben doch den Text, oder?!«

»Eine, äh, Rohversion.«

»Na, bestens. Dann frisch ans Werk! Und keine Extrakosten! Ich muss bereits 100 000 Euro Garantie zahlen!« Er macht dieselbe Handbewegung wie vorhin bei Hubsi.

LÖFFELWEISE

»Ich frag jetzt nicht, woher Sie das haben«, sagt Mader, nachdem ihm Gesine nicht ohne Stolz das Ergebnis des DNA-Tests gezeigt hat.

»Zu demjenigen, der den Kaffeelöffel abgeschleckt hat, gehört auch das Sperma in Andrea Meyer«, fasst Gesine zusammen. »Zur Sicherheit hab ich noch Dr. No's Fingerabdrücke am Löffel. Falls jemand Zweifel hat.«

»Damit haben wir ihn«, sagt Dosi, auch wenn sie weiß, dass es nicht so einfach ist. Denn als Beweismittel wird auch das nicht zählen. Gesine hat den Löffel im Alleingang organisiert. Aber vielleicht würde es reichen, um den Staatsanwalt so weit zu bringen, einen offiziellen Speicheltest zu veranlassen. Doch da muss erst Dr. Günther zustimmen.

Mader sieht in die Runde. »Vielleicht brauchen wir das gar nicht offiziell. Hauptsache wir wissen, dass Nose an diesem Tag mit der Meyer geschlafen hat. Warum bestreitet er das Treffen? Und organisiert sich ein Alibi. Weil er glaubt, dass wir einen Zusammenhang von seiner Beziehung und dem Mord sehen? Es könnte doch aber auch ganz anders sein: Meyer und Saller haben jemand anderen erpresst. Der dann die Saller umgebracht hat. Und dieser Jemand ist kein Freund von Dr. No, also will er ihm schaden. Er weiß, dass sich dieser gelegentlich mit Patientinnen im *Altstadthotel* auf ein Schäferstündchen trifft. Und bringt Andrea Meyer ausgerechnet an dem Abend um, nachdem die beiden miteinander geschlafen haben. Zwei Fliegen mit einer Klappe. Die zweite Erpresserin ist tot und der Verdacht fällt auf Nose.«

Zankl ist skeptisch. »Und dieser Jemand stopft dann die Tante in einen Kanalschacht. Warum lässt er sie nicht an der Stelle liegen, wo es passiert ist, im Park, auf der Wiese oder auf dem Weg oder aber in ihrer Wohnung?«

Mader zuckt mit den Achseln. »Keine Ahnung. Manchmal sind Mörder einfach kranke Typen.«

Sie diskutieren kontrovers. Mader bleibt dabei, dass es nicht zwingend Nose sein muss, der hinter der Sache steckt. Gesine ist zuerst enttäuscht. Doch langsam gefällt ihr Maders These, denn dann wäre Nose ja unschuldig! So ein fescher Mann! Und schließlich ein Kollege.

DIE STÜHLE

Dosi blickt in der Kantine von ihrem Schweinsbraten auf. »Ich glaub, Mader macht es unnötig kompliziert. Ich würde Nose einfach unter Druck setzen und schauen, was passiert.«

»Wie willst du denn bei dem Druck machen?«, fragt Hummel.

»Ans Bett fesseln und mit einem Kissen vor seinem Gesicht rumwedeln.«

Sie lachen.

»Ist das eigentlich publik mit Weinzierl?«, fragt Dosi.

»Jetzt, wo der Verleger es weiß, wird es bald die ganze Buchbranche wissen«, sagt Hummel und sieht auf die Uhr. »Apropos, ich muss los, ich bin mit der Lektorin von Weinzierl verabredet.«

»Voller Energie, unser Hummel«, sagt Zankl, als Hummel weg ist.

Dosi nickt. »Ganz sein Metier. Ich geh noch mal zu Nose. Ich werde ihn einfach fragen, ob er Weinzierl kennt. Und dann, wo er in der Nacht von Donnerstag auf Freitag war.«

»Und du meinst, du kriegst eine ehrliche Antwort?«

»Ach, er mag mich. Zumindest meine Nase.«

Dosi erhält tatsächlich eine präzise Auskunft von Nose – gar kein Problem. Er war zu Weinzierls Todeszeit über Nacht in Salzburg. Bei einer Theateraufführung: »Ionesco. *Die Stühle*. Wunderbar. So abstrakt.« Dann auf einem Empfang mit Salzburger Geschäftsleuten. Viele Zeugen. Bis spät. Genächtigt hat er im Hotel *Mozartruh*. Dafür gibt es eine Zeugin. Blond und haarscharf über 18.

IMMER OFFEN

Die Lektorin ist wirklich nicht Hummels Typ. Er mag nette Leute, vor allem nette Frauen. Die hier ist eher eckig. Da hilft auch kein einstudiert-jugendliches Lächeln hinter der grünen Designerbrille. Und die neugierigen Augen der Ganghuscherinnen aus den offenen Büros verheißen auch nichts Gutes.

»Bei uns sind die Türen immer offen«, erklärt ihm Möller, bevor sie ihre Tür schließt, »wegen der Kommunikation.«

Hummel nickt ergeben.

Dann hält ihm die Möller einen langen Vortrag über den Weg vom Manuskript zum Buch, über die Rolle des Marketings und der Pressearbeit.

Er hört brav zu, bis er seine Frage stellt: »Haben Sie jetzt das Manuskript – oder haben Sie es nicht?«

»Nun ja … Eigentlich – nicht. Nur das Exposé.«

»Dann wird das Buch also nicht erscheinen?«

»Doch, natürlich! Ich glaube, angesichts der Begleitumstände wird das ein großer Erfolg.«

»Wie soll das gehen, ohne Manuskript?«

»Das wird ein Ghost erledigen. Er schreibt, aber Weinzierls Namen steht drauf. Wir verkaufen Namen, Autoren.«

»Ich dachte Inhalte?«

»Eher selten. Aber behalten Sie das mit dem Ghost bitte für sich. Vor den Kolleginnen und dem Chef. Das ist meine große Chance. Bei uns ist die Programmleitung vakant. Wenn ich den Bestseller hinkriege, bekomme ich die Stelle. Sie können sich vorstellen, wie meine Kolleginnen reagieren werden, wenn sie das erfahren.«

Hummel nickt verständnisvoll. Ja, das hier gefällt ihm ganz und gar nicht. Ob alle Verlage so ticken? »Sie haben also nix!?«, fragt er noch mal sehr deutlich.

»Nein, nur das Exposé.«

»Ich wäre an Ihrer Stelle vorsichtig. Weinzierl wurde vermutlich wegen des Manuskripts ermordet. Der Täter wird überlegen, wo es noch sein könnte.«

»Ich hab doch nur das Exposé.«

»Aber das weiß der Täter nicht«, sagt Hummel und lächelt.

LATTE UND SO

Zankls Telefon klingelt. Zankl ist in ein Blatt mit Tabellen vertieft und geht nicht dran. Der Apparat verstummt. Jetzt klingelt es bei Dosi. Die rollt mit den Augen und geht dran. »Vorzimmer Zankl, Roßmeier am Apparat, ja bitte?«

»Servus Dosi, Wally von der Pforte. Du, sag mal, ist der Zankl nicht da?«

»Doch, sitzt mir gegenüber.«

»Und warum geht er nicht dran?«

»Er denkt. Zankl kann nicht zwei Sachen auf einmal. Warte, Wally, ich geb ihn dir.« Sie stellt ihn durch, Zankl hebt ab. »Sorry, Wally, ich hab gerade was Kompliziertes auf dem Tisch. Was gibt's?«

»Hier ist Besuch für dich.«

»Sag meiner Mama, ich hab jetzt echt keine Zeit.«

»Woher denn, es sind zwei fesche Burschen. Sagen dir die Herren Swobodnik was?«

»Oh, ich, äh, ja. Nein! Sag: Ich bin nicht da!«

»Also hör mal, wie schaut denn des aus? Ich lass die jetzt rein. Wenn du so gütig wärst!«

Zankl schnauft und legt auf.

»Probleme?«, fragt Dosi.

»Ach! Nur meine neuen Freunde aus Neuperlach. Der Kaninchenzüchterverein.«

Vor dem Lift atmet Zankl tief durch. Ihm bleibt auch nichts erspart. »Oh, Heinz, oh, Dieter!, was für eine wunderbare Überraschung!« Er macht eine affektierte Handbewegung und einen tuntigen Knicks. Hinter ihm lacht jemand. Heinz und Dieter. Sie haben die Treppe genommen. Zankl sieht sie dämlich an. Dann grinst er und dreht eine halbe Pirouette, in die er die devote Verbeugung von eben integriert. Die Lifttür hat sich inzwischen lautlos hinter ihm geöffnet. Dr. Günther starrt auf Zankls bejeansten Hintern. Zankl spürt den stechenden Blick am Gesäß und dreht sich um. Lächelt mit rotem Kopf. Erklärt: »Eine Szene aus *Lohengrin*.«

»Mir san hier ned in der Oper!«, faucht Günther. »Ist Mader da?«

Zankl deutet in Richtung von Maders Büro.

»Huh, da ist aber einer schlecht gelaunt«, meint Heinz.

Dieter nickt. »Ein Gutti kriegt der von uns nicht!« Er hält Zankl einen Beutel Haribo-Schnuller hin. Zankl nimmt einen und schiebt die beiden ins Büro. »Kommt's rein, Burschen. Dosi, darf ich vorstellen, nein, ihr kennt euch ja schon aus der Plettstraße. Heinz und Dieter. Kann ich euch 'nen Kaffee anbieten? Wir haben jetzt so ein richtig scharfes Espressoteil.«

»Oh, ja«, sagt Heinz. »Ich nehm 'ne Latte Macarena. Mit ganz viel Schaum.«

Dieter kichert und sieht Heinz an. »Weißt du noch, diese Werbung: *Latte? Mach ich mir selber!*«

Beide prusten los.

Zankl macht sich an der Kaffeemaschine zu schaffen. Jetzt hören sie Günthers schrille Stimme durch Maders geschlossene Bürotür: »Ich dachte, wir haben uns verstanden! Und schon wieder belästigen Sie Dr. Schwarz?! Ein Alibi für den Journalistenmord, ja geht's denn noch?!«

Irgendwas knallt sehr laut. Vielleicht hat Günther seinen lederbesohlten Schuh ausgezogen und damit auf Maders Tischplatte gehauen? Als Ausdruck seiner Empörung. Jedenfalls fliegt jetzt die Tür auf. Falscher Abgang. Günther sieht in die erstaunten Gesichter, zur röchelnden Espressomaschine, dann schreit er: »Sind wir hier in einem Scheißcaféhaus, oder was?!«

»Nein«, sagt Dosi resolut, »in einem Caféhaus wird nicht rumgeschrien, und wenn Sie's genau wissen wollen: Das hier ist eine polizeiliche Vernehmung. Die beiden Herren sind die Nachbarn der toten Frau vom Ostpark. Wir wollten gerade noch mal die Tatnacht durchsprechen.«

Günther sieht sie irritiert an. Die Espressomaschine faucht böse. Und weg ist er.

Mader schließt leise die Zwischentür zu seinem Büro.

Zankl widmet sich wieder dem Milchaufschäumen und Dosi nickt den beiden Gästen zu. »Lustig ist's bei der Polizei, gell? Setzt's euch doch endlich.«

Heinz und Dieter nehmen Platz. Ein bisschen eingeschüchtert. Was sich aber legt, als Zankl zwei wunderbare Latte Macchiato vor ihre Nasen zaubert. Beide strahlen.

»Sag mal, warum bist du denn ned zu unserer Geburtstagsparty gekommen?«, fragt Heinz.

»Sorry, ich hab's einfach nicht geschafft. Meine Frau ist hochschwanger, da ist viel zu tun.«

»Jetzt haben wir so bei unseren Freunden angegeben: Uhh, ein echter Kriminaler! Du hast jedenfalls eine wilde Party verpasst. Aber na ja, wenn du nicht zu uns kommst, dann kommen wir eben zu dir. Wir stören doch nicht?«

»Überhaupt nicht. Vielleicht könnt ihr uns sogar ganz aktuell helfen.« Zankl sieht auf seine Papiere, dann legt er Heinz und Dieter das Foto von Weinzierl vor. »Habt ihr den Typen schon mal gesehen?«

Interessiert betrachten beide das Bild. Sie sehen sich an. Dann nicken beide. »Der Typ war kürzlich bei uns im Haus«, sagt Dieter.

»Vor dem Haus«, verbessert Heinz. »Er stand unten und kam nicht rein. Wir sind auf dem Balkon, und der Typ hat sich mit jemandem durch die Sprechanlage angeschrien.«

»Mit wem?!«, fragt Zankl.

»Das weiß ich nicht«, sagt Heinz. »Das war nicht zu verstehen.«

»Wie, ich denke, die haben sich angeschrien?«

»Ja, aber die Frau Dinter vom Erdgeschoss hat Bayern 1 immer auf Volldampf, auf dem Balkon. Da verstehst du dein eigenes Wort nimmer.«

»Welcher Abend ist das?«, fragt jetzt Dosi.

»Das war in der Woche, als wir euch kennengelernt haben. Am … Montag. Ja, Montag.«

Zankl macht große Augen. »Der Abend, als das mit der Meyer passiert ist! Und das sagt ihr mir erst jetzt?! Ich hab euch doch gefragt, ob euch am Montag was Besonderes aufgefallen ist!«

»Das war doch nix Besonderes«, sagt Heinz. »Bei uns stehen immer wieder Leute vor der Tür und führen sich auf: Vertreter, irgendwelche Inkasso-Heinis oder die Zeugen Jehovas. Die lässt doch auch niemand rein.«

»Aber gerade an diesem Abend? Mensch, Heinz!«

Heinz ist jetzt beleidigt. »Komm du mal einen Tag zu uns und schau, was in so einem Wohnblock so alles passiert, wer da alles kommt und geht und wer da vor der Tür oder im Treppenhaus rumbrüllt oder einfach in den Lift bieselt. Das letzte Mal hat sogar irgendwer auf die Kellertreppe geschissen. Du wohnst wahrscheinlich in einem Reihenhaus in Harlaching, da gibt's so was ned …« – »Ruhe!«, ruft Dosi. »Wir machen hier keine Sozialstudien! Eure Aussage ist wichtig, und besser spät als nie. Vermutlich wollte Weinzierl zu Meyer. Und sie hat ihn nicht reingelassen. Was ist dann passiert?«

»Nichts. Er hat Leine gezogen«, sagt Heinz.

»Wann?«

»Genau um sechs Uhr.«

»Woher wisst ihr das so genau?«

»Da san die Nachrichten bei der Dinter im Radio gekommen.«

Dosi nickt zufrieden. »Das ist doch was! Dann war der Weinzierl vielleicht der Letzte, der mit der Meyer gesprochen hat.«

»Wenn er der Täter ist, dann war er der Letzte«, sagt Zankl düster. »Und jetzt ist er selber tot.«

Heinz und Dieter sehen ihn neugierig an.

»Meine Herren, das war sehr hilfreich«, beendet Dosi die Kaffeerunde. »Trinkt's euch zam, wir müssen euch leider rausschmeißen. Wir haben jede Menge Arbeit.«

»Schad, grad wo's interessant wird«, meint Heinz.

MIT ALLEN MITTELN

Zankl denkt laut: »Vielleicht hat Weinzierl sich ja schon vorher mit der *Schönen Münchnerin* verkracht, weil sie vor der Veröffentlichung des Buchs einen Rückzieher als Quelle machen wollte. Handfester Streit, zur Versöhnung dann ein Näschen hochreiner Stoff, den dieser Enthüllungs- journalist bei einem seiner Unterweltkontakte organisiert hat … Komm, Mausi, nimm eine ordentliche Nase voll! Muss ich nachhelfen?! Und dann kommt ihre Freundin An- drea Meyer aus dem Urlaub zurück. Warum früher? Hat die Saller sie verständigt, dass sie sich von Weinzierl bedroht fühlt? Wollte sie ihr zu Hilfe kommen? Jedenfalls ist die *Schöne Münchnerin* schon tot, als die Meyer in München ankommt. Sie erfährt es vielleicht von Sallers Nachbarn und weiß haargenau, dass da Weinzierl seine Finger im Spiel hatte. Sie erpresst ihn. Er zahlt sofort. Aber nur ein einziges Mal. Die 5000, die sie am Automaten eingezahlt hat. Mehr hat Weinzierl im Moment nicht auf der hohen Kante. Er kommt zu ihr in der Plettstraße, will mit ihr reden. Die Szene vor der Haustür. Sie hat Angst und lässt ihn nicht rein. Er bleibt in der Nähe, lauert ihr beim Joggen im Park auf. Die Sache eskaliert. In seiner Panik versteckt er sie in dem Gully.«

Mader nickt nachdenklich. »Aber die große Frage ist doch dann vor allem: Wer hat Weinzierl umgebracht? Die Organmafia? Oder einer der Ärzte, die das Enthüllungsbuch mit allen Mitteln verhindern wollen? Nose oder Grasser? Aber das ist dann der nächste Schritt. Jetzt müssen wir erst mal wissen, ob Weinzierl für den Tod der zwei Frauen verantwortlich ist. Die Wohnung in Milbertshofen muss auf Spuren von Weinzierl untersucht werden, ebenso die beiden Leichen. Wir müssen rausfinden, was Weinzierl in der letzten Zeit bis zu seinem eigenen Ableben so getrieben hat. Wenn er der Täter ist, dann können wir zwei Fälle abhaken und brauchen nur noch seinen Mörder zu suchen. Wenn nicht, dann fahnden wir nach unterschiedlichen Tätern oder sogar nach jemandem, der drei Menschen auf dem Gewissen hat.«

VIELSCHICHTIGER MANN

Hummel ist nach seinem Verlagstermin zur Agentur *Paperweight* weitergezogen. Nicht um Rapport zu erstatten, sondern weil ihm Frau von Kaltern aufgelöst auf die Box gesprochen hat. Er findet die sonst so coole Agenturchefin in reichlich derangiertem Zustand. Hummel erfasst mit einem Blick, dass in der Agentur eine gewisse Unordnung noch nicht ganz beseitigt ist und dass das Personal in einem sehr nervösen Gemütszustand ist.

Frau von Kaltern bugsiert Hummel in ihr Büro. Sie schließt die Tür und zündet sich hektisch eine Zigarette an. Sie zieht

daran, als hänge ihr Leben davon ab. »Bei mir wurde eingebrochen!«, stößt sie hervor.

»Jemand sucht nach dem Manuskript von Weinzierl. Warum rufen Sie mich erst jetzt am Nachmittag an? Das muss
doch schon gestern Nacht passiert sein?«

»Ich wollte mir erst einen Überblick verschaffen. Eigentlich wollte ich das mit der Polizei vermeiden. Aber jetzt
habe ich doch Angst.«

»Das sollten Sie auch. Der oder die Täter schrecken vor
Mord nicht zurück!«

»Ich kann mir keine schlechte Publicity leisten. Die Sachen, die wir hier haben, auf Papier, als Daten, das ist alles
hochsensibel. Stellen Sie sich vor, wenn die Branche Einblick
in unsere Verträge bekommt!«

»Ja, das wär doch mal interessant. Auch für die Autoren«,
denkt Hummel. »Fehlt denn was?«

»Kann ich nicht sagen.«

»Ihre Computer sind gut gesichert, nehme ich an?«

»Was meinen Sie damit?«, fragt Frau von Kaltern erschrocken.

»Frau von Kaltern! Sie haben von Weinzierl wirklich
nicht mehr als das Exposé? Irgendwelche Rechercheunter-
lagen?«

Sie schüttelt den Kopf.

»Sagen Sie mir noch eins: Wie eng war Weinzierl mit dieser Möller vom Verlag? Ist es denkbar, dass er Material direkt
an sie geschickt hat?«

»Ja, das kann sein. Die beiden haben sehr eng zusammengearbeitet.«

»Gut, ich kümmere mich.«

Sie nickt dankbar. »Das weiß ich sehr zu schätzen. Vielen
Dank!«

Hummel ist zufrieden. Endlich behandelt sie ihn mal mit Respekt. Auf die Sache mit den Prozenten wird er sie bei Gelegenheit noch ansprechen. Dann erzählt er seiner Agentin noch von seinem Besuch im Verlag. Dass der Verleger einen Ghostwriter einschalten will, findet Frau von Kaltern wunderbar. Sie ist ausgesprochen erleichtert, dass das Buch tatsächlich erscheinen wird. Auf welche Weise, ist ihr egal. Hummel ärgert sich. Ist er denn der Einzige, der denkt, ein Buch müsse auch tatsächlich geschrieben werden und – in diesem Fall – auch eine verlässlich recherchierte Geschichte erzählen?

»Herr Hummel, jetzt gucken Sie doch nicht wie ein begossener Pudel«, sagt Frau von Kaltern, nun wieder ganz Grande Dame. »Das Verlagsgeschäft gehorcht vor allem betriebswirtschaftlichen Prämissen.«

Hummel schluckt und Frau von Kaltern schenkt ihm einen treuherzigen Blick. »Sie werden sehen, wie es funktioniert – wenn wir uns dann um Sie kümmern.«

KLEINKRIMINELL

Maders Team hat schon wieder einen neuen Fall: zwei Männer, Vergiftung mit Kohlenmonoxid in einer Werkstatt in Untergiesing.

»Sieht auf den ersten Blick wie Selbstmord aus«, sagt Mader am Besprechungstisch. »Dagegen spricht allerdings, dass ihre Wohnung durchsucht wurde, es fehlen Handys und Computer, Papiere. Offenbar Raubmord, also unser Bereich. Was auffällt: Die beiden haben zahlreiche Verletzungen, die gerade erst ansatzweise verheilt sind: Schnitte, Blutergüsse und vor allem stark vernarbte Gesichter. Die beiden Herren heißen laut Vermieter Helmut Tisano und Ludwig Majakowski. Kleinkriminelle. Sind in unserer Datenbank. Und jetzt etwas Sonderbares: Die Burschen sehen auf unseren Fotos ein bisschen anders aus als jetzt.«

Hummel fallen die Augen raus, als er die Bilder aus der Datenbank sieht: »Das, das sind die beiden aus dem Nachtklub! Die mit Grasser! Die mich zusammengeschlagen haben!«

Zankl sieht ihn skeptisch an. »Ich denke, du hast unsere Schönheitengalerie durchgesehen?«

»Hey, hör mal, da sind ein paar Tausend Visagen drin. Das sind jedenfalls die Typen aus dem Nachtklub beim Hofbräuhaus! Jetzt knöpfe ich mir Grasser vor!«

PURE NEUGIER

Grasser leugnet natürlich, die beiden Herren zu kennen. Doch dann besinnt er sich: »*Edelheiß-Bar*, sagen Sie? Halt, warten Sie, doch, das kann sein. Da haben mich vor einiger Zeit drei Männer angesprochen. Spätabends auf der Straße vor meiner Praxis, als ich vom Lyrikabend kam. Die wollten wissen, ob es hier einen Nachtklub gibt. Ein sehr merkwürdiges Gespann, ein eher distinguierter Herr und diese beiden Verbrechervisagen. Und bei mir ums Eck ist ja dieser Stripschuppen. Ich hab ihnen den Weg gezeigt und bin spontan mitgegangen. Ich mag ja das Exotische, ich wollte schon immer mal sehen, was das für ein Laden ist. Pure Neugier. So als Kontrastprogramm nach dem Lyrikabend. Aber es war dann doch sehr enttäuschend – sehr billig, außer bei den Getränkepreisen. Für einen Ästheten das nackte Grauen.«

Zu den Operationen der beiden Herren kann er natürlich nichts sagen, als sie ihm die aktuellen Bilder zeigen.

»Aber erstaunlich«, meint er, »wenn die Herren noch das Abheilen der Narben erlebt hätten, wären sie in den Genuss schönerer Gesichter als zuvor gekommen. Gute Arbeit, das muss man schon sagen.«

Hummel ist sehr enttäuscht, heimlich bewundert er aber auch die Coolness, mit der Grasser spricht – schon der Hammer.

»Den kriegen wir noch am Arsch«, meint Mader. »Gesine soll sich die Verletzungen der beiden mal näher ansehen. Vielleicht bekommen wir ja heraus, woher diese stammen.«

MIT GESCHMACK

Gesine ist ganz aufgeregt, als sie mit ihren hochhackigen Stiefeln über das Kopfsteinpflaster klackert. Dr. No hat angerufen, ob sie sich zum Abendessen treffen wollen. In einem kleinen Sternelokal in der Lothringerstraße in Haidhausen. Wunderbare Gastrokritiken, wie sie gegoogelt hat. Vielleicht liegt Mader ja richtig und jemand will Dr. No den Tod von Andrea Meyer in die Stiefel schieben. So ein Mord und die Sache mit dem Gully passen doch gar nicht zu ihm. Ein langweiliger Abend würde das jedenfalls nicht werden.

Es war ein erfolgreicher Arbeitstag. Nach ein paar Anrufen bei den Notaufnahmen der Krankenhäuser weiß sie, woher die Verletzungen der beiden bösen Buben mit der Kohlenmonoxidvergiftung rühren. Von einem furchtbaren

Unfall auf der Salzburger Autobahn. Die beiden sind mit hohem Tempo auf ein Stauende aufgefahren. »Können froh sein, dass sie überhaupt noch leben«, hat der verantwortliche Notarzt von Großhadern gesagt. Über ihre spontane Selbstentlassung konnte er nicht viel sagen, außer dass ihn so viel Verantwortungslosigkeit gehörig verärgert hatte. Noch wissen sie nicht, wer sich um die plastische Chirurgie gekümmert hat. Aber das wird sie auch noch herausbekommen. Gesine ist gespannt, was Mader & Co. mit diesen Informationen anfangen. Doch jetzt ist für sie definitiv Feierabend.

Ihre Füße schmerzen. Sie hat aus Gewohnheit die S-Bahn genommen. Für den Heimweg wird sie auf alle Fälle ein Taxi nehmen. Von wegen *These Boots are made for walking*. Mit denen kommt man nicht weit. Sie erreicht das Restaurant, späht durchs Fenster, kann Nose aber nicht entdecken. Sie sieht auf die Uhr. Sie ist zehn Minuten zu früh. Ein eiskalter Windstoß treibt sie ins Lokal. Wärme, Kerzenschein und würziger Essensduft empfangen sie. »Haben Sie reserviert?«, fragt der junge Kellner und lächelt sie an.

Sie nickt. »Zwei Personen, Dr. No … Äh, Dr. Schwarz.«

»Folgen Sie mir.« Er bringt sie zu einem kleinen Tisch in einer Wandnische.

»Darf ich Ihnen schon einen Aperitif bringen?«

»Nein danke, nur ein Wasser.«

Sie setzt sich, sieht sich um. Alle Tische sind besetzt. Nun ja, es sind ja auch nur zehn Tische. Interessant: keine Tischdecken, kein Dekoschmarrn. Und ein eher unkonventionelles Publikum in ihrem Alter. Kein Anzugabendkleidunsinn. Nose hat Geschmack – keine Frage.

MARMOLADA

»Na, Mader, ist das nach Ihrem Geschmack?«, fragt Dr. Günther und macht eine ausladende Armbewegung, als gehöre ihm der ganze Laden. Die *Meraner Stub'n* beim Hofbräuhaus, ein auf südtirolerisch gebeiztes Edellokal, das sich vordergründig bodenständig gibt.

»Wunderbar, so authentisch«, lautet Maders fachkundiges Urteil.

»Warten Sie, ich seh mal nach, ob der Chef da ist.« Günther geht zielstrebig zur Küche.

»Bitte nicht«, murmelt Mader, der nur eins nicht will: dass jetzt auch noch ein Promikoch an ihren Tisch kommt und ein joviales Schwätzchen mit ihnen hält: »Mei, die g'rötzten Breznknödl im Trüffeljus, die müsst's unbedingt probiern. Da kommt a Spritzerl Cointreau dran. Und Strohrum. Und des wird flambiert. Da haut's euch die Eier aus der Hosn – so guad is des!« Mader sieht zum Ausgang. Nächster Fluchtpunkt: Odeonsplatz. Knapp zehn Minuten zu Fuß. U5 – ohne Umsteigen bis Neuperlach. In zwanzig Minuten daheim.

Wenigstens blieb Bajazzo das erspart. Der ist bei Hummel.

Günther kommt unverrichteter Dinge, aber bestens gelaunt zurück. »Der Adi ist leider nicht da. Aber ich hab gefragt, was sie heute empfehlen.«

Mader setzt eine erwartungsfrohe Miene auf.

»Schlutzkrapfen in Salbeibutter, dann als Hauptgang ein Milchzicklein mit Graupenfladen an einer Sauce Bormio. Die wird mit Arganöl gemacht – kennen Sie das?«

Mader nickt. »Was Ziegen schmeckt, kann für Menschen nicht ganz verkehrt sein.«

»Mader, ich staune, Sie kennen sich ja aus in der gehobenen Küche?«

Mader lächelt. »Arganöl eignet sich übrigens auch zur Behandlung von Magen- und Darmproblemen oder bei Akne, Windpocken, Neurodermitis oder Hämorrhoiden. Hab ich mal gelesen.«

»Äh, ja … Sehr interessant. Und zum Nachtisch gibt's eine Cassata Marmolada. Na, wie klingt das?«

»*La Montanara-oehhh*«, singt Mader.

Günther konzentriert sich auf die Weinkarte und wählt einen Grauburgunder.

Als der Wein vor ihnen steht und die Gläser von der wohltemperierten Kühle des bernsteinfarbenen Getränks sanft ermatten, ergreift Günther das Wort. »Mader, jetzt arbeiten wir seit fast fünf Jahren zusammen, und ich muss sagen, es verlief nicht immer reibungslos. Aber – ich habe Sie als einen ungewöhnlichen Polizisten mit ausgeprägter Spürnase kennengelernt. Ihre Statistik kann sich wahrlich sehen lassen.«

»Verdammt, was redet der?!«, fragt sich Mader. »Was will der? Bitte nicht das Du anbieten!«

»Nun, Mader, vielleicht haben Sie schon einmal gehört, was ein Bewertungsausschuss ist? Da setzt sich die Leitung mit den Bereichsverantwortlichen zusammen, und sogar dem Personalrat, um zu diskutieren, welche Mitarbeiter im nächsten Jahr besonders entwickelt werden sollen. Und jetzt raten Sie mal, für wen ich mich diesmal eingesetzt habe?«

»Für Hummel?«

»Ach, Hummel!« Günther lacht auf. »Aber nein. Für Sie natürlich! Sie brauchen mehr Verantwortung, um sich besser entfalten zu können, mehr Gehalt, eine andere Position. Ich denke da durchaus in großen Dimensionen – meine Position.«

»Sie verlassen uns?!«

»Nein. So weit ist es noch nicht. Bei uns gibt es eine solche Position aktuell nicht. Aber in Regensburg wird in einem halben Jahr die Stelle eines Dezernatsleiters frei.«

»Und warum wollen Sie dahin wechseln?«

»Nicht ich. Sie.«

»Ich?! Regensburg?!«

»Eine wunderbare mittelalterliche Stadt. Kennen Sie Regensburg?«

»Ich bin dort aufgewachsen.«

»Na, sehen Sie, da schließt sich ja der Kreis.«

Mader starrt ihn an.

Der Kellner bringt die Schlutzkrapfen.

»I brauch an Schnaps!«, krächzt Mader.

NOCKERLALARM

Gesine und Nose unterhalten sich blendend. Über Bücher, Filme, Kochrezepte. Gerade räumt der Kellner die Suppenteller ab, als Noses Handy klingelt. »Verzeihen Sie, ich muss kurz drangehen. Ich hab sozusagen Bereitschaft.« Er sieht auf das Display und Gesine sieht die Panik in seinen Augen.

»Frau Geheimrat?«, meldet er sich. »Ja, äh … Aber wie konnte das passieren?! Nein, ich hab Ihnen doch gesagt, nicht zu viel Bewegung … Ja, das schließt Sex mit ein! … Natürlich!« Er sieht entschuldigend zu Gesine. »Nein, machen Sie sich keine Sorgen. Das kriegen wir morgen wieder hin … Ja, morgen … Schmerzen? … Ja, ich … Natürlich … In einer halben Stunde bin ich bei Ihnen.« Er legt auf. »Tut mir leid, Gesine, das war es wohl mit unserem Abend.«

»Große Probleme?«

»Eine Patientin, die …« Er schüttelt den Kopf. »Entschuldigen Sie.« Er ruft einen Kontakt in seinem Telefonverzeichnis auf, lauscht, probiert eine andere Nummer. Auch vergeblich. »Meine Assistenzärzte. Beide nicht zu erreichen.«

Gesine lächelt. »Warum in die Ferne schweifen? Ich komme mit und assistiere.«

Er sieht sie erstaunt an, dann lacht er. »Aber wehe, Sie sagen der Frau Geheimrat, was Sie sonst so machen.«

SO VIEL KOHLE

Hummel sitzt am Küchentisch. Zahlen, Zahlen, Zahlen. 100 000 Euro für ein einziges Buch. Minus 10 Prozent an die Agentur. 10 Prozent! Pah! Bei ihm sind es 30 Prozent. Nein, es wären 30 Prozent. Er hat ja noch gar nichts am Start. Und wenn es so weit ist, dann sind 30 Prozent von wenig auch nicht so viel wie 10 Prozent von 100 000. Er sieht Bajazzo an. »Na, was meinst du, Bajazzo? Wenn ich 100 000 Euro für ein Buch bekommen würde, dann bräuchte ich mich nicht mehr mit einem Bürojob rumschlagen, oder?« Bajazzo hebt träge den Kopf und schüttelt ihn. Dann lässt er ihn wieder auf die Pfoten sinken. Ein klares Statement ist das nicht.

Hummel denkt an die Jungs, die er mit Grasser und dem anderen Typen in der *Edelheiß-Bar* gesehen hat und die ihn dann in dem Hinterhof zusammengeschlagen haben. Jetzt sind sie tot und sehen komplett anders aus. Neue Gesichter.

Dass Grasser sie nicht kennt, war eine freche Ausrede. Was hat er mit denen zu tun? Und wer ist der vierte Mann in der *Edelheiß-Bar*? Wie hängt das alles zusammen?

GEFÄHRLICHE SCHWINGUNGEN

Mader sitzt in der U-Bahn. »Was für ein beschissener Abend in diesem aufgeplusterten Rustikalambiente!« Die rüde Wortwahl seiner Gedanken ist mehr als angemessen. »Darf ich die Herren noch zu einem Marillenlikör verführen?«, hat der gelackte Ober mit einem schmierigen Grinsen zum Abschluss gefragt. »Gieß dir deinen Marillenlikör sonst wohin!«, hat Mader geflucht. Innerlich. Bevor er einen doppelten Obstler verlangt hat.

Mader ist stinksauer. Günther versucht ganz offen, ihn loszuwerden. Mit einer schleimigen Freundlichkeit, die die öligen Schlutzkrapfen in seinem Magen posthum noch in gefährliche Schwingungen versetzt. Zum Kotzen! Regensburg! Also, nichts gegen Regensburg, eine wirklich schöne Stadt. Aber eben nicht München. Die Donau ist nicht die Isar und der Dom nicht die Frauenkirche und das Ostentor nicht das Isartor und so weiter. Immerhin könnte man in Königswiesen ähnlich schmucklos in einem Wohnturm unterkommen wie hier in Neuperlach. Regensburg – er hat seine Kindheit und Jugend dort verbracht. Und dann seine ersten Dienstjahre als Polizist in der Ausbildung. Eine schöne Zeit, wenn man die Einsätze in Wackersdorf abzieht. Franz Josef Strauß! Was für Zeiten! Wahnsinn, als wäre es Jahrhunderte her. Aber die zwei Jahre waren wirklich genug. Er war froh, als er endlich in München landete. Und jetzt? Beförderung heißt Veränderung! Will er sich verändern? Eigentlich nicht. Oder? Wobei ihn eine Dezernatsleitung schon reizen würde. Mal ganz weg von der Straße.

EIN FALSCHES WORT?

Beate wischt den Tresen. Die letzten Gäste sind gerade gegangen. War nicht viel los. Aus den Boxen schmeichelt Curtis Mayfield: »People get ready …« Sie muss an Hummel denken. Dass er ihr im Sommer im Biergarten erzählt hat, wie seine Version des Titels lautete: »D'Leit essen Radi, zum Bier dazu-u-u …« Schon witzig. Hummel hat sich schon länger nicht mehr bei ihr blicken lassen. Kommt doch sonst so oft. Schade. Hat sie was Falsches gesagt? Nein, eigentlich nicht. Das letzte Mal war es doch ganz nett. Sie hat sogar Percy Sledge für ihn aufgelegt, obwohl ihr der viel zu schmalzig ist. Hummel hat doch sonst so einen guten Geschmack? Hat er Liebeskummer? Der Arme. Vielleicht soll sie ihn mal anrufen, fragen, ob er nicht mal wieder vorbeikommen will. Wäre doch nett.

I JUST CALLED TO SAY ...

Hummel ist beim vierten Bier auf dem Sofa eingedöst. Bajazzo hat sich unter dem Couchtisch eingerollt. Der Krimi auf Hummels Brustkorb hebt und senkt sich. Er träumt von Beate. Dass sie gerade den Tresen wischt, Curtis Mayfield hört und sich wundert, warum er so lange nicht mehr in der

Blackbox war. Sein Handy auf dem Couchtisch klingelt. Bajazzo springt auf und haut sich den Kopf an der Tischplatte an, jault auf. Hummel schreckt hoch und greift zum Telefon, säbelt dabei das halb volle Bier um, das sich gluckernd über den Tisch ergießt. »Beate?«

»Ich, äh, nein, hier ist Chris. Wer ist Beate?«

»Meine Schwester.«

»Du hast eine Schwester?«

»Ja, warum nicht?«

»Störe ich?«

»Nein, äh, gar nicht.«

»Du, ich hab gerade erst Schluss mit der Arbeit gemacht, ich weiß, es ist spät, aber ich wollte einfach nur deine Stimme hören.«

Hummel ist jetzt hellwach, die Hitze steigt ihm ins Gesicht.

»Klaus, bist du noch dran?«

»Ja klar, ich …«

»Wegen neulich, das tut mir echt leid, dass ich es zu der Essenseinladung nicht geschafft habe. Mein Job frisst mich auf. Das passiert mir immer wieder, dass ich Verabredungen nicht einhalten kann.«

»Mit wem?«, fragt Hummel.

Sie lacht glockenhell. »Nein, nicht so. Aber morgen hab ich den ganzen Tag frei.«

»Ich muss arbeiten.«

»Ja, aber doch nicht abends, oder?«

»Ich hoffe nicht, also, äh, das weiß man bei uns vorher nie so genau.«

»Ich ruf dich am frühen Abend an. Passt das?«

»Ja, äh …«

»Ich freu mich. Gute Nacht, Klaus.«

Weg ist sie. Das war kein Traum. Chris will ihn sehen! Das Ratatouille-Desaster wiedergutmachen! Er sieht zum Couchtisch, wo nur noch ein flacher Bierspiegel zu sehen ist. Der Rest befindet sich innerhalb scharf umgrenzter Ränder in seinem roten IKEA-Teppich. Bajazzo hat sich einen trockenen Platz vor dem Gasofen gesucht. Hummel geht pfeifend in die Küche und holt einen Lappen. Und ein neues Bier.

ZUCKERSCHLECKEN

Mader ist fahrig am nächsten Tag wegen Günthers Angebot, Zankl schlecht gelaunt wegen seiner Frau, Hummel leicht verkatert wegen spontaner Feierlaune und Dosi übernächtigt vom Kickern mit Fränki in der Kneipe.

Gesine ist ebenfalls hundemüde. Aus gutem Grund: Jetzt hat sie einen nachhaltigen Eindruck von Dr. Nos Business. Wahrlich kein Zuckerschlecken. Über zwei Stunden hat sie ihm bei einer komplexen OP an den Mozartkugeln von Pamela-Geheimrat-Anderson assistiert. »Nose hat gemeint, wenn ich mich beruflich verändern will, kann ich sofort bei ihm anfangen«, rundet sie ihren Bericht an die Kollegen ab.

»Und, wollen Sie?«, fragt Mader.

»Wie?«, fragt Gesine irritiert.

»Na, wollen Sie sich beruflich verändern? Solche Fragen stellt man sich doch manchmal. Oder andere stellen sie.«

Alle sehen ihn verwundert an.

»Was ist los, Chef?«, fragt Zankl.

»Günther will mich loswerden. Er hat mir eine Stelle in Regensburg nahegelegt. Dezernatsleitung.«

Betretenes Schweigen.

Mader macht ein ernstes Gesicht. »Wenn Sie jetzt schon meine Abschiedsfeier planen, muss ich Sie enttäuschen, ich gehe nicht.« Er grinst breit. »Ja, Dr. Fleischer, diese Dame aus Salzburg, gibt die was her? Ich mein, das ist ja eher ungewöhnlich, dass man zu später Stunde noch so eine Operation durchführt?«

»Da stecken irgendwelche geschäftlichen Verpflichtungen dahinter. Hat der Doc angedeutet. Viel Geld. Aber ich kann Ihnen nicht mal den Namen der Patientin sagen. Ärztliche Schweigepflicht.«

»Müssen Sie auch nicht. Halten Sie einfach Augen und Ohren offen, ob er irgendwelche illegalen Geschäfte macht. Und Sie machen bitte auch nichts Illegales, nehmen Sie kein Geld! Sonst haben wir ein Problem. Haben Sie denn schon was vom Labor, gibt es von Weinzierl irgendwelche Spuren an den Leichen der beiden Frauen?«

»Bislang negativ.«

»Hummel, was sagt die Lektorin?«

»Die Möller sagt, sie hat kein Manuskript, sie werden das Buch aber trotzdem rausbringen.«

»Und wie soll das gehen?«, fragt Zankl.

»Die setzen einen Ghostwriter dran, der schreibt das Buch.«

»Aber der muss doch irgendwie recherchieren. Ich wette, die Tante hat doch was und rückt es bloß nicht raus.«

»Ich weiß es nicht«, sagt Hummel. »Was ich aber weiß: Sie ist in Gefahr, wenn deswegen schon in der Agentur eingebrochen wurde. Auch wenn sie nichts hat.«

»Was ist eigentlich mit dem Co-Autor von Weinzierl?«, fragt jetzt Dosi.

Alle sehen sie mit großen Augen an.

»Wisst ihr das nicht? Der Weinzierl hat nicht allein gearbeitet. Und sein Kollege ist doch für den Täter total interessant, oder?« Sie lächelt.

Mader nickt nachdenklich und auch die anderen begreifen langsam. Mader sieht Hummel an. »Sie sind doch der Mann des Wortes bei uns, sprechen Sie sich mit der Lektorin von Weinzierl ab, die kann uns helfen, die Spur zu legen. Und prüfen Sie, ob es noch ausstehende Termine von Weinzierl gibt, wo wir Sie als Co-Autor einschleusen können.«

BULLDOZER

Als Hummel zum Verlagshaus fährt, grübelt er, ob er mal wieder die Arschkarte gezogen hat. Aber Dosis Geistesblitze beeindrucken ihn immer noch. Da sieht es aus, als stecken sie in der Sackgasse, und sie donnert einfach wie ein Bulldozer durch die Mauer am Ende der Straße. Also gibt es doch ein Manuskript. Sozusagen. Sein Leben als Autor hat er sich allerdings anders vorgestellt.

Sandy Möller ist sehr beschäftigt, als Hummel den Lektoratsflur betritt. Sie räumt gerade ihr Büro auf, wo viele Papiere noch wüst durcheinander liegen.

»Haben Sie das der Polizei gemeldet?«, fragt Hummel.

»Nein.«

»Warum nicht?«

»Weil ich es nicht für nötig halte. Das waren bestimmt meine eifersüchtigen Kolleginnen.«

»Aha. Warum sollten die so was tun?«

»Neid. Und was wollen Sie schon wieder hier?«

»Mit Ihnen reden. Sie wissen, dass Sie in Gefahr sind? Weinzierl wurde vermutlich wegen des Manuskripts umgebracht.«

»Und jetzt glauben Sie, dass der Täter es auf mich abgesehen hat?«

»Wonach sieht das hier denn aus? Weinzierls Agentur wurde ebenfalls auf den Kopf gestellt. Das ist kein Spaß. Weinzierl ist ermordet worden.«

Sie schließt die Tür, öffnet das Fenster und holt ihre Zigaretten raus. Bietet ihm eine an. Sie rauchen schweigend.

»Ich bin jetzt schon seit elf Jahren in diesem Laden«, erklärt Möller. »Das ist ein schöner Job, mit interessanten Menschen. Klar, die Autoren sind oft kompliziert, aber es ist ein Job, den man mit Herzblut macht. Man sieht die Ergebnisse schnell. Die fertigen Bücher, die ihren Weg machen oder nur mühsam das Schwimmen lernen oder gleich absaufen. Manchmal aber gehen sie durch die Decke. Wie die Bücher von Weinzierl. Das ist die eine Seite. Für die andere sorgen die Kolleginnen und Kollegen. Das ist die Hölle oder zumindest das Fegefeuer.«

»Und du legst fleißig Kohle nach«, denkt Hummel und nickt.

»Jetzt habe ich zum ersten Mal die Chance, einen richtigen Karrieresprung zu machen. Weinzierl habe ich betreut, weil es niemand sonst mit diesem egozentrischen Chauvischwein ausgehalten hat. Und jetzt will ich meinen Lohn. Mit dem Buch bekomme ich die Programmleitung.«

»Wer weiß von Ihrem Karrieresprung?«

»Nur der Chef.«

»Sind Sie sicher?«

»Was meinen Sie, was hier dann los wäre?« Sie nimmt einen letzten tiefen Zug aus ihrer Zigarette und schnippt die Kippe gedankenverloren aus dem Fenster. Hummel steht auf und tut es ihr gleich.

Einträchtig landen sie in einem offenen Porsche Cabrio und glimmen im cremefarbenen Lederpolster. Was Hummel und Möller nicht sehen, aber der Verleger sicherlich merken wird. Denn sein Porsche ist es.

Hummel blickt Möller tief in die Augen. »Ich will, dass Sie uns helfen. Wenn Sie sich weigern, geh ich da raus und erzähl den Damen und Herren, wie der Deal mit der Programmleitung läuft.«

»Das tun Sie nicht!«, faucht sie.

»Tu ich doch. Also, haben Sie das Manuskript?«

Sie sinkt auf den Stuhl. »Nein, ich habe nichts, also fast nichts. Beschissene zehn Seiten Exposé.«

»Da wird Ihnen ein Ghost auch nicht viel helfen.«

»Für Geld kriegt man alles.«

»Ich glaube nicht, dass Lerchenthaler bei 100 000 Vorschuss noch viel drauflegen wird.«

Sie starrt ihn an.

»Ich mach Ihnen jetzt einen Vorschlag«, sagt Hummel. »Sie wollen ein Buch machen, ich muss den Mord an Weinzierl klären, wir brauchen dieselben Informationen. Um an die Hintermänner zu kommen, bin ich ab sofort der Co-Autor. Falls jemand was wissen will zu den Inhalten oder zum Verbleib des Manuskripts, verweisen Sie an mich. Und ich bin offiziell natürlich kein Polizist, sondern Journalist, Weinzierls Assistent, oder wie immer Sie es nennen wollen. Haben Sie verstanden?«

Sie schüttelt den Kopf.

»Ich bin der Lockvogel.«

»Und was hab ich davon?«

»Der Täter will Mitwisser ausschalten. Wenn er das versucht, schnappen wir ihn. Vermutlich hat er schon Unterlagen von Weinzierl. Er muss ja wissen, dass Weinzierl über brisante Informationen verfügt, sonst hätte er ihn nicht umgebracht, sonst wäre auch Weinzierls Computer nicht weg.

Wenn wir die Unterlagen haben, dann kriegen Sie die auch. Sie wollen doch, dass das Buch erscheint, oder?«

Sie nickt.

»Sie bringen den oder die Täter auf meine Fährte«, fasst Hummel zusammen. »Sie stellen mir einen Ghostwriter-Vertrag aus. Den platzieren Sie dann so, dass man ihn finden muss. Bei Ihnen zu Hause.«

»Bei mir zu Hause?!«

»Hier war er ja bereits. In der Agentur ebenso. Wir probieren es. Keine Bange. Niemand wird in die Wohnung einbrechen, wenn Sie da sind. Das hoffe ich zumindest.«

»Ich will überhaupt nicht, dass jemand in meine Wohnung einbricht! Auch nicht, wenn ich nicht da bin!«

»Was wollen Sie, die Programmleiterstelle oder hier weiter Frust schieben?«

Sie nickt müde.

»Gut, weiter. Gibt es irgendwelche Termine, bei denen ich als Co-Autor ins Spiel kommen kann?«

»Weinzierl wollte unbedingt auf den DPC-Kongress, das Jahrestreffen der Deutschen Plastischen Chirurgie. Vom 27. bis zum 28. Oktober. Wir haben ewig gefeilscht, weil der Verlag natürlich alle Kosten übernehmen soll. Wissen Sie, was ein Zimmer im *Almbach* kostet?«

»Nein. Ich weiß auch nicht, was und wo das ist.«

»Ein Luxushotel bei der Zugspitze. Schlappe 700 Euro die Nacht. Weinzierl war ein übler Spesenritter.«

»Das Hotel ist gebucht?«

»Ja, wir haben nichts storniert. Noch nicht. Der Kongress findet kommendes Wochenende statt.«

»Okay. Ich spring ein.«

»Es ist ein Doppelzimmer reserviert. Nehmen Sie ruhig Ihre Frau mit. Weinzierl hatte auch immer jemanden dabei.«

Hummel grinst verlegen. Mit Chris in so ein Luxushotel? Oder mit Beate? Na ja, es würde ja wohl eher auf Dosi rauslaufen. Ist ja dienstlich.

Als sie aus dem Büro treten, zucken viele Köpfe zurück hinter die Bildschirme. Atlantiktief. Hummel fröstelt. Er beeilt sich, das kalte Haus zu verlassen. »Ich krieg meinen ersten Verlagsvertrag«, denkt er dann doch belustigt, als er zur Trambahnhaltestelle geht.

HEISSER DRAHT

Bei den beiden Unfallopfern gibt es entscheidende Fortschritte. Dank Gesine. Die hat nämlich einen heißen Draht zum Klinikum Großhadern, wo sie unter der Hand erfährt, dass die beiden Patienten der Obhut eines gewissen Dr. Dietmar Schwarz übergeben wurden. Wow! Und Nose hat die beiden kostenfrei zu Demonstrationszwecken für die Chirurgie-Studenten behandelt. Mader konfrontiert Nose mit den Informationen. Was Nose mit Blick auf den Patientenschutz recht fragwürdig findet, doch er zeigt sich auch geschockt über das plötzliche Ableben der beiden Herren und gibt bereitwillig Auskunft: Ein Freund habe ihn wegen dieser Geschichte angesprochen, weil dieser leider wegen einer Sehnenscheidenentzündung nicht selbst die Wohltat vollbringen konnte. Und dieser Freund heißt: Dr. Grasser!

»Das alles stinkt doch zum Himmel!«, sagt Hummel und ruft bei Grasser an. Leider ist dieser für einen Monat entfleucht zu einer Gastprofessur in Los Angeles, wie seine Praxis mitteilt. Großartig! Und an sein Handy geht er nicht.

»Richten Sie ihm aus, dass ihn die Münchner Kriminalpolizei dringend zu sprechen wünscht!«, teilt er Grassers Sekretärin in scharfem Ton mit. Jetzt haben sie Grasser zumindest einmal der Lüge überführt. Er hatte ja gesagt, dass die beiden Männer in dem Striplokal nur Zufallsbekanntschaften waren. Warum soll man Zufallsbekanntschaften einen solch großen Gefallen tun? Diese ganze Wohltätersülze!

»Bis wir den erreichen, hat er sich mit Nose eine völlig plausible Ausrede zurechtgebastelt«, sagt Zankl. »Die ganze Geschichte ist oberfaul!«, flucht er und ist wütend-entschlossen, das nächste Kapitel aufschlagen.

ZAHLE BAR UND SOFORT!

Es ist nicht schwer für Zankl, herauszukriegen, was mit dem komplett ramponierten BMW von dem Auffahrunfall am Irschenberg passiert ist. Er steht auf dem Hof von *Manu Meyer's gebrauchte Automobile* an der Wasserburger Landstraße. Kaufe jedes Auto! Zahle bar und sofort! Höchstpreise! Manu ist ein gewichtiger Glatzkopf von geringer Körpergröße im Blaumann und will Zankl partout nicht helfen. Erst als Zankl andeutet, er könnte sich ja mal um die Freigabe des A6 kümmern, in dem die beiden Kleinganoven ihr Leben aushauchten beziehungsweise das Kohlenmonoxid inhalierten, wird Manu aufmerksamer. Loki hat nämlich Wagen und Fahrzeugschein mitgenommen, aber noch nicht bezahlt.

»Mach ich sonst nicht. Alles auf Vertrauen, Loki hatte da irgendein tolles Geschäft am Laufen«, erklärt Manu.

»Hatte. Das Geschäft läuft definitiv nicht mehr«, erklärt Zankl ihm.

Als Manu das verstanden hat, wird er zutraulicher. Der Unfall-BMW ist bereits ausgeschlachtet, aber noch auf dem Hof, kein Problem.

»Gut!«, sagt Zankl. »Meine Kollegen holen den Wagen. Das Navi ist da fest verbaut?«

»Hab ich ausgebaut.«

Zankl sieht ihn scharf an.

Manu grinst. »Neues Modell, bringt gebraucht noch lässig 150 Euro.«

»Her damit, sonst wird das nix mit dem A6!«

EIN BISSCHEN SPIESSIG

Das Ergebnis der KTU ist eindeutig: Die Bremsen des BMW wurden manipuliert. Das war kein Unfall, sondern ein Mordversuch! Mader hat sein Team inklusive Dr. Fleischer zusammengeholt, um die neuesten Erkenntnisse zu besprechen. Die Auswertung des Navis dauert noch. Es ist aber keine 150 Euro wert, wie Manu gesagt hat, sondern schrottreif. Doch die Kollegen wollen sehen, ob sie nicht noch ein paar Daten herauskitzeln können. »Der Täter kennt sich jedenfalls mit Autos aus«, sagt Zankl. »Er weiß, wo Bremsleitungen verlaufen.«

»Nose hat einen alten Maserati«, sagt Gesine. »Der schraubt doch bestimmt selbst.«

Mader hat Zweifel: »Das macht doch keinen Sinn. Erst sorgt er für den Unfall und dann operiert er ihnen die Gesichter. Dr. Fleischer, sehen Sie sich die Leichen bitte noch mal genau an. Mich interessiert zum Beispiel, ob sie betäubt wurden, bevor sie die Abgase eingeatmet haben. Dann wäre das vermutlich der Mordversuch Nummer 2.«

Zankl sieht auf die Uhr. »Ich muss los«, sagt er mit einem Anflug von Panik in der Stimme und verlässt fluchtartig das Büro. Hummel blickt ihm erstaunt hinterher.

»Kreißsaalbesichtigung«, erklärt Dosi.

Hummel holt sich einen Kaffee, dann berät er sich mit Dosi und Mader wegen Sandy Möllers ungebetenem Besuch im Büro. Nose kommt da nicht wirklich infrage. Sehr unwahrscheinlich, dass der Doc nach der anstrengenden OP mit Gesine noch mal losgezogen sein soll, um Möllers Büro auf den Kopf zu stellen.

»Was ist mit Grasser eigentlich?«, fragt Hummel.

Mader lächelt säuerlich. »Aus der Schusslinie. Zumindest vorerst. Seit vorgestern in den USA, als Gastdozent in Los Angeles.«

»Fein raus, der Gute«, sinniert Hummel. »Zwei Einbrüche in kürzester Zeit: Agentur und Verlag. Wenn es weder Grasser noch Nose sind, die nach dem Manuskript suchen, wer dann?«

»Na ja, vielleicht hat Nose ja einfach einen Handlanger«, meint Dosi.

Hummel erzählt den beiden von dem Kongress der plastischen Chirurgen und seinem Plan, anstelle von Weinzierl an der Tagung teilzunehmen. Dass sie mitkommen kann, findet Dosi toll: »Das *Almbach* ist eines der besten Hotels weit und breit. Da war mal ein Bericht im Bayerischen Fernsehen. Die haben ein unglaubliches Wellnessangebot. Geile Saunalandschaft.«

Hummel verscheucht das unkeusche Bild von sich und Dosi in der »geilen Saunalandschaft«. Nicht dass er spießig wäre, aber das ginge ihm einen Tick zu weit. Vielleicht ist er doch ein bisschen spießig. Na und?

Mader ist skeptisch. Aber wenn die Kollegen ihr Wochenende mit Ermittlungen verbringen wollen – an ihm soll es nicht scheitern. Wenn das Hotel schon bezahlt ist. Sie verteilen die Rollen für diese Nacht. Dosi soll Nose überwachen. Vielleicht versucht er tatsächlich, sich bei Sandy Möller Weinzierls Manuskript zu beschaffen. Das wäre der letzte plausible Ort, wo eine Kopie sein könnte.

»Wobei ihm das ja auch nichts hilft, die Daten hat sie dann trotzdem noch«, meint Hummel.

»Na ja, wenn er weiß, welche Informationen Weinzierl gesammelt hat, kann er sich schon mal auf seine Verteidigung vorbereiten. Belastende Dokumente vernichten oder sich Alibis zusammenzimmern.«

Hummel nickt. Da hat sein Chef recht. »Wenn wir ihn in flagranti erwischen, dann wäre das natürlich top.«

»Na ja«, fährt Mader fort, »er muss ja gar nicht selbst den Einbruch machen. Das tun vielleicht irgendwelche Helferlein, die ihm die Sachen dann bringen. Aber dann können wir ihn festnageln.«

Hummel gibt Möller die Anweisung, ab 20 Uhr bis spät unterwegs zu sein. Er würde dann vor ihrem Haus Stellung beziehen. »Mist, ich kann ja heute nicht!«, flucht Hummel, nachdem er aufgelegt hat. Denn es ist ihm eingefallen, dass er heute Abend mit Chris verabredet ist. »Mader, könnten Sie ausnahmsweise einspringen? Ich hab ganz vergessen, dass ich eine äußerst wichtige Verabredung habe.«

»Tut mir leid, Hummel, das geht nicht. Ich habe einen wichtigen dienstlichen Termin.«

»Ja, aber später vielleicht. Wenn ich zuerst …?«

»Ich würde ja, aber es tut mir leid, ich bin nicht in München, ich bin in Regensburg.«

Der Schreck steht Hummel und Dosi ins Gesicht geschrieben.

»Keine Sorge. Ich soll mich da nur mal umschauen«, erklärt Mader und lächelt versonnen. »An die Arbeit, Leute!«

DAS GANZE LEBEN

Hummel instruiert Sandy Möller und ruft danach Chris an, um ihr für heute abzusagen. Bevor er zum Thema kommt, sagt sie: »Klaus, ich wollte dich auch gerade anrufen. Können wir uns ein andermal treffen? Ich weiß, es ist voll blöd, aber ich muss noch zu einer Veranstaltung. Ist das sehr schlimm?«

»Ja, äh, nein.«

»Doch, jetzt bist du enttäuscht.«

»Nein.«

»Weißt du, ich lass den Termin einfach sausen, und wir treffen uns wie vereinbart.«

»Nein, nein, ich mein, das ist okay, wir können ja ein andermal, ich mein, wir haben ja Zeit, das ganze Leben …«

»Oh, Klaus, du bist so süß. Und ich dachte, jetzt bist du bestimmt sauer.«

»Nein, natürlich nicht.«

»Danke, Klausi, bis bald.«

Klausi! Er hat glasige Augen, als er auflegt.

»Das ganze Leben!«, zwitschert Dosi. »Was war das denn?«

»Liebe.«

BLACK IS BEAUTIFUL

Hummel sitzt in einem kleinen Café in der Isabellastraße in Schwabing. Das Fenster erlaubt einen direkten Blick auf den Hauseingang von Sandy Möller. Es ist halb neun. Möller hat wie verabredet kurz vor acht Uhr das Haus verlassen. Vor Hummel steht eine Apfelschorle. Schlimm genug. Aber nicht nur das: Die dezent im Raum verteilten Boxen quälen ihn mit Salsa und Cumbia. So gar nicht seins. Er muss aufs Klo. Gerade jetzt würde der Täter ja nicht kommen. Er geht pinkeln und studiert beim Händewaschen den Automaten an der Wand. Kondome und Sextoys. Was zur Hölle ist eine Travelpussy?! Eine texanische Frauencountryband? Hätte er jetzt zwei Euro klein, würde er sich das mal näher ansehen. Er geht zurück ins Lokal.

Am Fenster sitzt: »Chris!«

»Klaus!«

»Was machst du denn hier?!«, sagen beide gleichzeitig.

»Ist was passiert?«, fragt Hummel und mustert sie von oben bis unten. Sie ist komplett schwarz angezogen.

»Ich muss noch auf eine Beerdigung«, sagt sie ernst.

»Im Trainingsanzug?«

Der Ober bringt ihr einen Espresso. Hummel sieht sie immer noch entgeistert an. Sie lacht. »Wir hatten eine Präsentation in so einem Undergroundschuppen, hier ums Eck. Sneakers, Shirts, Hoodies, so Hip-Hop-Zeugs. Der Kunde wollte, dass ich dabei bin. Und, steht's mir?«

»Ja, super. Aber hey! Black is beautiful! Was du alles machst … Echt, Hip-Hop?«

»Das nächste Mal nehme ich dich mit, Tiger«, sagt sie und zwinkert. »Jetzt tanke ich nur schnell einen Kaffee und dann muss ich weiter zur Oper.«

»Zur Oper?«

»Ja, ganz eilig. Die brauchen für so 'ne moderne Inszenierung, meine Models und ich soll mit den Typen vom Kostümfundus sprechen. Sofort und gleich oder gar nicht. Diese Künstler!« Sie stürzt den Kaffee runter. »Und du, was machst du hier? Ganz allein? Du wartest doch nicht etwa auf eine Frau?«

»Ich, äh, nein …«

Sie lacht. »Kaum sagt man dir einmal ab, machst du komische Sachen.« Sie sieht auf die Uhr und lacht. »Ich muss los. Sag ihr einen schönen Gruß, Süßer.« Sie drückt ihm einen Kuss auf die Wange und verschwindet. Hummel weiß nicht, ob er lachen oder heulen soll. *Süßer! Tiger!* Und ein Kuss! Wahnsinn, diese Frau! Er seufzt und winkt dem Kellner. »Ich nehm jetzt doch ein Bier.«

Das dritte Bier hat er bis zum Letzten ausgereizt, als Sandy Möller wieder im Hauseingang auftaucht. Sie winkt ihm, er winkt zurück. Er sieht auf die Uhr. 20 vor 12. Er wartet, bis oben das Licht angeht, dann zahlt er und tritt vors Café. Er zögert kurz – von der Isabellastraße ist es ist nicht allzu weit zur Kurfürstenstraße. Zur *Blackbox*.

DISCOTIME

Dosi saugt den letzten Rest Cola aus ihrem XXL-Becher von Burger King. Sie räumt raschelndes Papier vom Schoß auf den Beifahrersitz ihres verbeulten Fiesta. Das Wageninnere riecht säuerlich nach Zwiebeln und Gurken. Sie lässt den Wagen an, denn Nos alter Maserati röchelt gerade vom Parkplatz des Gewerbekomplexes an der Rosenheimer Straße. Nose ist zwei Stunden zuvor mit einer Sporttasche in dem Gebäude verschwunden. Im ersten Stock über dem dunklen Küchenstudio dreht sich immer noch die Discokugel der Tanzschule Circulo. Paare drehen sich dort jetzt nicht mehr. Es ist halb eins. »Tanzschule! Ein Mann mit vielen Gesichtern«, denkt Dosi. Jetzt folgt sie den Rücklichtern des Maserati über den Altstadtring Richtung Bahnhof, weiter geht es durch die Bayerstraße und zur Donnersberger Brücke bis hinaus nach Pasing ins Villenviertel. Sie achtet auf genügend Abstand, denn ihr kaputter Auspuff röhrt bedenklich. Der Sportwagen verschwindet schließlich hinter einem Stahltor, das die hohe Steinmauer zu einem Villengelände unterbricht und sich elektrisch öffnet und schließt. Nose lebt definitiv standardgemäß. Sie wartet noch eine Viertelstunde, dann erklärt sie die Aktion für beendet. Als sie den Motor startet und die Kupplung kommen lässt, riecht es streng. »Wehe, du machst jetzt schlapp!«, zischt Dosi den Fiesta an.

GUT VORBEREITET

Zankl ist um Mitternacht todmüde in die Federn gesunken, nachdem sie die Kreißsäle im Dritten Orden besichtigt und hinterher alle Vor- und Nachteile fein säuberlich abgewogen haben. Und jetzt kann er nicht einschlafen. Schon eine gute Stunde nicht. Zu viele Eindrücke. Eines weiß er jetzt: Sie sind nicht die Einzigen in München, die ein Kind erwarten. Ein elendes Geschubse und Gedränge im Kreißsaal. Die

Atmosphäre war explosiv. Hormone aller Couleur – Stress, Panik, Glück – wetteiferten miteinander. Und alle anderen Eltern in spe wussten so viel mehr als er, haben Fragen gestellt nach Periduralanästhesie, nach Babynotfallstation, nach Wassergeburt oder Klangschalentherapie. Jasmin hat jede auch noch so abseitige Frage und Antwort aufgesogen wie ein vertrockneter Küchenschwamm. Zankl ist sich sicher, dass all diese Informationen morgen wieder aus ihr heraussprudeln werden und nach sofortiger Überprüfung verlangen: Ist ein Dammriss einem Dammschnitt wirklich vorzuziehen? Beschleunigt die Schwerkraft tatsächlich die Geburt bei hockender Gebärstellung? Klassische Musik, Popmusik oder gar keine Musik bei der Geburt? Ist es vertretbar, als Mann das Ergebnis in angemessener Distanz abzuwarten? Das ist Medizin, Physik, Psychologie und Philosophie zugleich. Kurzum: die Hölle!

Zankl braucht lang, bis er endlich einschläft. Und dann träumt er, dass die ganzen Menschen vom heutigen Abend während ihrer Entbindung um sie herum stehen, ihm Fragen stellen, die er nicht beantworten kann, oder ihn lauthals beschimpfen: »Seht ihn an, den ahnungslosen Trottel!«

KEIN STERN

Halb drei. Hummel ist putzmunter. Hormone in Wallung. Und ganz nüchtern ist er auch nicht mehr.

Liebes Tagebuch,
dieser Tag mit all seinen Windungen und Verwirrungen
nimmt einfach kein Ende. Jetzt dachte ich, in der Blackbox

*ein bisschen nachdenken zu können, wie das mit meinem
Herz ist. Alles sehr verwirrend. Und so schicksalhaft. Ich
mein, es kann doch kein Zufall sein, dass ich Chris vorhin
im Café getroffen habe. In einer Gegend, in der ich sonst nie
bin, in einem Café, das ich bis gestern nicht kannte. Und
wie sie aussah – der schwarze Trainingsanzug! So sexy!
Wie in einem amerikanischen 70er-Jahre-Gangsterstreifen!
Ach, wär ich doch gleich heimgegangen und nicht mehr in
die Blackbox! Ausgerechnet heute schüttet Beate mir ihr
Herz aus! Dass sie ihr Leben neu ordnen, sesshaft werden
will. Aber deswegen braucht sie doch noch lange nicht
heiraten! Hab ich ihr nicht gesagt, nur gedacht. Ja klar, mit
dem Typen ist sie schon ein paar Jahre zusammen, aber das
sieht doch ein Blinder, dass sie nicht glücklich miteinander
werden. Niemals! Dieser ... verdammt ... gut aussehende
Typ mit dem tollen Job und dem dicken Gehalt. Und
trotzdem hat sie Zweifel. Eben! Aber warum erzählt sie
ausgerechnet mir das? Weil ich sie von all ihren Zweifeln
freisprechen soll? So ist das halt, wenn man so einschnei-
dende Entscheidungen trifft. Ganz ohne Bauchweh geht das
nicht. Und sie wollte noch was von mir. Eine Zusage. Ob
wir denn jetzt mit der Soulband auf ihrer Hochzeit spielen?
Sie hätte doch schon mal angefragt und ich schulde ihr noch
eine verbindliche Antwort. Ich habe gesagt, ich hätte
gedacht, das sei nur ein Scherz gewesen. Leider kein Scherz.
Am 11. November ist es so weit. 11.11. Hahaha! Wie
originell! Ist bestimmt seine Idee. Faschingsanfang. Würde
zu ihm passen, dem einfallslosen Pinsel. Den Heiratsantrag
hat er ihr bestimmt auf der Rialto-Brücke gemacht, als sie
im Frühjahr in Venedig waren. Oder auf einer dieser
Scheißgondeln. Das romantische Arschloch! Ich werde nie,
niemals auf dieser Hochzeit spielen! Nie! Ich schwör's!*

Oder? Vielleicht doch. Ich bring meine Mundharmonika mit – für ihren Zukünftigen nur das Beste: Spiel mir das Lied vom Tod.

Hummel knallt das Tagebuch zu und geht in die Küche, um das letzte Bier für diese Nacht aufzumachen. Warum nimmt er sich das alles so zu Herzen? Es gibt doch jetzt Chris. Trotzdem. Er setzt sich ans offene Küchenfenster und atmet die kalte Nachtluft ein. Schickt seine schwarzen Gedanken in den ebenso schwarzen Himmel. Kein Stern.

BOTENDIENSTE

Man kann einfach nichts mehr machen, ohne dass man irgendwo digitale Spuren hinterlässt. Die Kollegen aus der KTU haben tatsächlich das Navi aus dem gecrashten Audi auslesen können. Resultat: ein detailliertes Bewegungsprofil. Immer wieder wurden vom Klinikum Großhadern aus dieselben Ziele angesteuert: Nürnberg, Stuttgart, Innsbruck, oft Autobahnraststätten. Der letzte Bestimmungsort beim Flughafen Salzburg wurde nicht mehr erreicht.

»Die haben Botendienste gemacht«, sagt Zankl. »Dinge transportiert. Leichenteile. Dann fangen wir in Großhadern an, wenn die Reisen immer da gestartet sind. Schauen wir doch mal dort in der Pathologie vorbei.«

Zankl und Hummel treffen den dortigen Chefarzt der Pathologie, Professor Prodonsky, in einer etwas pikanten Situation. Er ist sein eigener Kunde. Nein, nicht in einem Kühlregal, so schlimm ist es noch nicht. Er ist in der Obhut seiner Kollegen aus der Kardiologie. Er liegt auf der Krankenstation am Tropf. Herzinfarkt. Hummel bleibt fast die Luft weg, als sie das Krankenzimmer betreten. »Verdammt, das ist der Typ aus dem Stripschuppen! Der mit Grasser und den beiden toten Ganoven!«, denkt er, bleibt äußerlich aber cool. Nach einem kurzen Geplänkel fragt er, wie denn die Pathologie hier organisiert sei.

»Na ja, ich bin der Chef«, sagt Prodonsky, »aber ich kümmere mich vor allem um die Verwaltung, die Organisation, den Schreibkram. Für das Tagesgeschäft ist unser Oberarzt Dr. Weiß zuständig.«

»Aha, können wir den auch sprechen? Es ist wichtig.«

»Wenn Sie so gütig wären, mir den Grund Ihres Interesses zu nennen?«

Hummel lächelt. »Eine reine Routinegeschichte. Können wir Dr. Weiß sprechen?«

»Nein, das geht leider nicht. Er hat Urlaub.«

»Aha?«

»Zwei Wochen. Nächste Woche sollte er wieder hier sein.«

Zankl sieht ihn scharf an. »Dann sprechen wir jetzt mal Klartext: Ist es denkbar, dass bei Ihnen in der Pathologie Körperteile verschwinden?«

»Wie meinen Sie das?!«

Zankl erklärt ihm seine Theorie vom schwunghaften Ersatzteilhandel. Prodonsky schüttelt amüsiert den Kopf. »Das klingt ein bisschen nach einem dieser Krimis mit Pathologen oder Rechtsmedizinern.« Er lacht schrill. »Entschuldigung, ich bin ein bisschen überarbeitet. Daher auch meine Herzbeschwerden.« Er macht eine nachdenkliche Pause. »Nein, ich weiß nichts von irgendeinem Ersatzteilhandel. Aber jetzt fällt mir ein, dass Weiß einmal so komische Andeutungen gemacht hat. Dass er eine gute Geschäftsidee hätte. Sie glauben doch nicht, dass er …? Und wenn er sich jetzt abgesetzt hat …« Er bricht ab und greift sich ans Herz.

»Wir kommen gleich wieder!«, sagt Hummel kühl und zieht Zankl hinaus.

»Was ist denn los?!«, fragt Zankl ihn auf dem Flur.

»Ich hab den Typen schon mal gesehen. In dem Nachtklub. Das ist der Heini mit Grasser und den beiden Schlägern, die Nose dann operiert hat.«

Zankl schnaubt: »Nose, Grasser, Prodonsky, die stecken alle unter einer Decke!«

Sie gehen wieder rein und fragen Prodonsky nach seinen Alibis für die inzwischen nicht gerade wenigen Mord- und Todesfälle.

Prodonsky ist erst empört, gibt dann aber Auskunft: »Ist ja ganz einfach: Wenn ich nicht bis spät in die Nacht arbeite, bin ich auf dem Golfplatz. Jede Menge Zeugen. Und ja, Grasser habe ich in dem Nachtklub getroffen. Ab und zu mal die Niveaubremse ziehen, das macht man doch gern mal unter Freunden. Aber zu den beiden Herren in der *Edelheiß-Bar* kann ich leider gar nichts sagen. Das waren zwei grobe Typen, die uns oben auf der Straße angeschnorrt haben und denen wir ein Bier ausgegeben haben.«

Zu Grassers etwas anderslautender Aussage, der ja von drei ihm unbekannten Männern gesprochen hat, sagt Prodonsky nur belustigt: »Grassi, wie er leibt und lebt. Immer konfus. Da hat er bestimmt wieder was falsch verstanden.« Und für den Umstand, dass ausgerechnet Nose die Gesichter der beiden Herren operiert hat, gibt es ebenfalls eine plausible Erklärung: Zufall natürlich: »Ich hätte die beiden Herren jedenfalls nicht wiedererkannt. Die hatten schon sehr kaputte Gesichter. Grasser hat die sicher ebenfalls nicht erkannt. Ein schöner Zufall, dass gerade er sich um sie gekümmert hat. Er hat ja eine sehr soziale Ader. Er widmet sich hier ja immer mal wieder Härtefällen, wenn das nötige Kleingeld fehlt. Zurzeit hat er allerdings ein bisschen Probleme mit seinem Golfarm. Vermutlich hat deswegen Dietmar gefragt, ob er das übernimmt. Dietmar macht so was ja öfters. Im Dienst der Wissenschaft. Er zeigt den Studenten, wie es um die Möglichkeiten der plastischen Chirurgie bestellt ist. Ein ganz hervorragender Chirurg, der Dietmar!«

»Haben Sie Adresse und Handynummer von Dr. Weiß?«, fragt Hummel.

»Warum kommen Sie denn jetzt wieder auf Dr. Weiß?«, fragt Prodonsky irritiert.

Hummel lächelt. »Also?«

»Fragen Sie meine Assistentin.«

»Diese Scheißtypen hab ich so was von gefressen!«, flucht Hummel, als sie die Klinik verlassen. »Golfarm! Das haben sich die Jungs schön ausgedacht! Aber die kriegen wir am Golfarsch!«

»Was willst du mit diesem Dr. Weiß?«, fragt Zankl.

»Nachsehen, ob der noch lebt.«

»Echt jetzt?«

»Ich hab kein gutes Gefühl. Irgendwas stinkt hier gewaltig.«

NIEDERSACHSEN

Sie erreichen Dr. Weiß nicht auf dem Handy und lassen sich seine Wohnung in Laim vom Hausmeister öffnen, als niemand auf das Klingeln reagiert. Weiß lebt allein in einem gesichtslosen Wohnblock in einer spartanisch eingerichteten Wohnung. Es sieht aus, als wäre der Bewohner nur mal kurz außer Haus gegangen. Allerdings schon vor etwas längerer Zeit. Die wenigen Zimmerpflanzen sind am Ende.

»Man fährt doch nicht in Urlaub, ohne sich um die Pflanzen zu kümmern?«, meint Hummel und gießt die Pflanzen.

Computer und TV- oder Hi-Fi-Geräte gibt es nicht. Die Befragung der Nachbarn ergibt nichts. Muss noch nichts heißen. Oder? Die Anfrage in der Vermisstenstelle ergibt nichts. Sie ziehen sich ein Bild von Weiß von der Klinikhomepage und schreiben ihn zur Fahndung aus.

Hummel googelt Prodonsky und findet ein interessantes Bild von ihm. Auf der Homepage des Golfclubs Straßlach. Mit Grasser, Nose und einem weiteren Herrn. Der vierte Mann heißt Dr. Hanke. »Den sollten wir auch noch checken«, beschließt Hummel und versucht ihn telefonisch zu erreichen. Vergeblich.

Mit Dosi fährt er zu der Gemeinschaftspraxis in Nymphenburg, wo Hanke als plastischer Chirurg arbeitet. »Hatten wir den auch auf unserer Liste, als wir die Beauty Docs gecheckt haben?«, fragt Hummel.

»Nicht dass ich wüsste«, meint Dosi, »Ärztemangel herrscht in dieser Fachrichtung jedenfalls nicht. Die san wie die Schwammerl.«

In der Praxis erhalten sie die Auskunft, dass Dr. Hanke für zwei Wochen in Urlaub sei. Wo genau, wisse man auch nicht, vermutlich sei er mit seinem neuen Sportwagen in Italien.

»Jetzt wird's aber komisch«, findet Hummel. »Wieder ein Arzt aus dem Gewerbe, der im Herbst zwei Wochen Urlaub nimmt. Sind er und Dr. Weiß ein Paar und gemeinsam weggefahren?«

»Ich finde, dass man Privates und Berufliches sauber trennen sollte«, sagt Dosi und grinst Hummel an.

Sie fahren zur Villa von Dr. Hanke in Münsing. Die Villa ist verschlossen, die Fensterläden sind verriegelt. Hausmeister gibt es keinen, der ihnen weiterhelfen könnte. Sie trinken einen Cappucino mit Blick auf den Starnberger See und kehren unverrichteter Dinge ins Büro zurück. Dort hat Zankl Neuigkeiten: »Von der Kriminalpolizei Hannover. Die haben vor ein paar Tagen einen toten Mann im Straßengraben gefunden, zu dem unser Fahndungsbild passt. Der Mann trug einen Arztkittel, hatte aber keine Papiere bei sich.« Er zeigt Hummel das gemalte Foto der Leiche und holt dann das Porträtbild von der Homepage des Klinikums Großhadern auf den Bildschirm.

Hummel kratzt sich am Kopf. »Was zur Hölle macht Dr. Weiß in Niedersachsen?«

VIELLEICHT, VIELLEICHT, VIELLEICHT

Sandy Möller ist mittags mit pochenden Kopfschmerzen aufgewacht. Sie hatte Besuch. Ihre Wohnung wurde gründlich auf den Kopf gestellt. Die ganze Beschattung durch den Kommissar war umsonst. Na super. Sie hat die Papiere auf ihrem Schreibtisch bereits überprüft. Der Co-Autorenvertrag liegt immer noch obenauf. Sie nimmt zwei Kopfschmerztabletten und legt sich wieder hin. Als sie nachmittags Hummel anruft und ihm von dem nächtlichen Besuch berichtet, ist Hummel überrascht – der Täter hat ja gar keine Hemmungen! Bricht ein, wenn die Mieterin in der Wohnung ist! Kommt Nose dafür infrage? Dosi hat die Observierung von Nose kurz nach 1 Uhr beendet. Wenn Nose dann tatsächlich noch mal losgezogen wäre, hätte er zweifellos eine erstaunliche

Kondition. Irgendwas irritiert Hummel an Dr. Nos Besuch in der Tanzschule. Er kennt das Gebäude. Ist ja gleich ums Eck bei ihm. Dort ist noch eine Tanzschule ganz anderer Art untergebracht – ein Budokan. Fernöstliche Kampfkunst. Ob Nose dort war? Das Opfer im Park hatte Spuren gezielter Schläge – Dr. Nos Alibi mal hin oder her, eine genaue Tatzeit haben sie ja nicht. Hummel nimmt sich vor, auf dem Heimweg in der Kampfsportschule vorbeizuschauen und sich die Mitgliederliste zeigen zu lassen. Aber zurück zu Möller. Das Risiko für sie wollten sie ja eigentlich vermeiden. Zum Glück ist der Möller nichts Schlimmeres passiert. Der Täter ist jedenfalls eiskalt und betäubt seine Opfer, wenn es sein muss. Und hat ihn jetzt als Co-Autor wegen des Vertrags auf dem Radar. Von nun an lebt auch er gefährlich.

Zankl steckt knietief in den Zahlen und verschafft sich detaillierte Informationen zu Dr. No's Finanzlage. Speziell zu seiner Chiemsee-Klinik. Das ist ein kostenintensiver Laden. Den Salzburger Baustoffunternehmer Nonnenmeier samt illustrer Gattin als Financiers ortet er schnell. Aber komplex das Ganze, denn Nonnenmeiers Baustoffimperium ist ein undurchdringlicher Dschungel mit vielen kleinen Unternehmen. Da muss er die österreichischen Kollegen um Amtshilfe bitten.

Dosi beschäftigt sich mit dem Tagungsprogramm der plastischen Chirurgen im Luxushotel *Almbach*. Sie muss sichergehen, dass Nose ihr dort nicht begegnet. Nose hat laut Programm einen Vortrag am Eröffnungstag. Das wird sich vermeiden lassen. Und Hummel hat Nose ja nie persönlich kennengelernt. Nach dem Vortrag muss Nose zurück an den Chiemsee. Das weiß sie, denn dort ist Gesine mit ihm verabredet, um sich seine Praxisklinik wegen eines möglichen beruflichen Tapetenwechsels näher anzusehen.

Mader ist fahrig und unkonzentriert, als er mittags im Präsidium eintrifft. Niemand spricht ihn an. Alle wissen, dass er gestern in Regensburg war. Dosi wundert sich über sich selbst. Vor nicht allzu langer Zeit hätte sie sich hier für jede Stelle qualifiziert gesehen, auch für Maders, aber inzwischen weiß sie, was für ein schwieriger Job das ist. Im Hintergrund die Strippen ziehen, den Überblick bewahren und Günther unter Kontrolle halten. Nicht auszudenken, was passiert, wenn Mader sie verlässt. Dann käme bestimmt irgendein gelackter Arsch von außen, der Günther nach dem Mund faselt.

Es wird eine lange Teamsitzung. Mader ist sehr mit Zankls Ergebnissen aus der Navi-Überprüfung zufrieden. Da laufen einige Fäden zusammen. Das mit Dr. Weiß und dem Fundort seiner Leiche in Hannover irritiert auch ihn. Und diesen Dr. Hanke sollten sie ebenfalls genauer unter die Lupe nehmen. Wenn er aus dem Urlaub zurück ist. Auf wen sollen sie sich jetzt konzentrieren? Professor Prodonsky ist im Moment mit Herzproblemen schachmatt, Dr. Hanke vielleicht irgendwo in Italien, Dr. Grasser in Kalifornien. Dr. Weiß ist tot. Bleibt im Moment nur Dr. No. Mit etwas Glück würde Gesine am Chiemsee einen tieferen Einblick in seine Geschäfte bekommen. Vielleicht erfahren sie auf dem Kongress von einem der Beauty-Chirurgen interessante Dinge in puncto Organhandel, denn solche Zusammenkünfte sind ja brodelnde Gerüchteküchen. Vielleicht, vielleicht, vielleicht. Aber was sollen sie schon machen? Einen Versuch ist es wert. Zankl soll Dr. Fleischer unauffällig Begleitschutz geben. Und er selbst wird ein Auge auf Dosi und Hummel haben. Damit sie sich keinen Gefahren aussetzen. Er hat sich ein Zimmer in einem Wirtshaus in Klais gebucht. Wenn es keine besonderen Vorkommnisse gibt, will er die Zeit für ausgedehnte

Spaziergänge mit Bajazzo vor der Kulisse des Zugspitzmassivs nutzen. Der Wetterbericht ist gut, und es gibt so manches, worüber er nachdenken muss. Mader glaubt nicht wirklich, dass dieses Wochenende wesentliche Fortschritte bringen wird, aber er schätzt es sehr, dass seine Leute so viel Initiative zeigen. Die würden eigentlich ganz gut ohne ihn auskommen. Obwohl – einer muss ja den Hut aufhaben, oder? Die richtige Mischung aus persönlichem Ehrgeiz und Teamarbeit – dahin versucht er seine Leute zu lenken. Nachdenklich blättert er in dem Wanderführer *Rund um die Zugspitze* und betrachtet die eindrucksvollen Fotos. Saftige Almwiesen vor schroffem Fels. »So was gibt's in der Oberpfalz jedenfalls nicht!«

BISSCHEN VIEL

Hummel raucht der Kopf. Er nimmt einen Schluck Bier und zupft das Zellophan von einer Schachtel Prince Denmark.

Hey Tagebuch,
alles ein bisschen viel zurzeit, sehr komplizierter Fall. Ich
kann gar nicht mehr abschalten. Was genau ist da los im
Ersatzteilgeschäft? Wer ist der Boss? Professor Prodonsky
sitzt an der Quelle, liefert die Ersatzteile über die zwei
Boten aus, die jetzt tot sind, erst ein schwerer Autounfall
und dann der Sauerstoffmangel wegen der Autoabgase.
Dr. Weiß hängt da auch irgendwie mit drin, ist vermutlich
für das Praktische zuständig. Na ja, er war es. Warum ist
er jetzt tot? Liegt in einem Straßengraben viele Hundert
Kilometer entfernt von München? Und dann noch diese

Schwester und der Assistenzarzt mit ihrer bizarren Aussage, dass sie Dr. Weiß kürzlich in einem der Kühlfächer gefunden hätten? Lebendig. Ist das ein Sport wie Eisbaden? Stand der auf Kreonik? Spinnen die alle? Bedienen sich bei den Narkosemitteln und legen sich dann high in eins der Schubfächer? Und was ist mit diesem Dr. Hanke? Wo steckt der? Was hat der mit Prodonsky, Schwarz und Grasser zu tun? Hat er sich abgesetzt? Haben die lieben Kollegen ihn verschwinden lassen? Wie könnte das Geschäft funktionieren? Grasser macht die Orga und Nose operiert. Und woher kommen die Bestellungen? Ist Nose der Anführer? Die richtigen gesellschaftliche Kontakte hätte er jedenfalls. Genug Abnehmerinnen für schöne Nasen und so. Aber wie sollen wir da irgendwas beweisen? Der Typ ist doch mit allen Wassern gewaschen.

Entschuldige, wenn ich dich mit diesem Berufsquatsch belästige. Wenn ich diese verzwickte Geschichte wenigstens als Inspiration für meinen Krimi nehmen könnte. Aber das glaubt mir dann wieder keiner. Ach, ich weiß es nicht. Gute Nacht, ich muss morgen früh raus.

Ins Bett geht Hummel allerdings nicht gleich. Er raucht nachdenklich. Wie sehr sehnt er sich danach, dass ihn jetzt jemand in den Arm nimmt. Es ist ihm eigentlich egal, ob Chris oder Beate. Hauptsache, dass ihn mal jemand festhält. Bevor ihn die Melancholie gänzlich niederringt, geht er ins Wohnzimmer und macht sich eine Soulplatte an. Was ganz Altes von Bobby Womack. Und es funktioniert. Die Welt sieht gleich ganz anders aus. Nach drei Songs freut er sich sogar auf den »Ausflug« morgen. Mist, jetzt fällt ihm noch ein, dass er das mit der »Tanzschule« vergessen hat – die

Kampfsportschule. Muss er am Montag überprüfen. Vielleicht ist Nose bis dahin ja schon überführt, dann kann er sich den Weg sparen – haha!

ALM-ÖHI

7 Uhr 32. Der Regionalexpress verlässt ächzend den noch im diesigen Herbstmorgenlicht versunkenen Bahnsteig 28 im Münchner Hauptbahnhof. Hackerbrücke, Donnersberger Brücke, die kalten Lichter, das Rattern der Schienen und Weichen. Hummel gähnt herzhaft. Dosi öffnet eine ihrer beiden großen Papiertüten und bringt eine Art Papptablett zum Vorschein, in das zwei Kaffeebecher gedrückt sind. Sie gibt Hummel einen. Sie greift in die zweite Tüte und reicht ihm eine Butterbreze. Dann zieht sie die Stiefel aus und parkt ihre in leicht rosa verfärbten Tennissockenfüße auf dem Sitz gegenüber.

Hummel lässt seine Schuhe an. Er trägt einen unauffälligen grauen Anzug, den er in den Tiefen seines Kleiderschranks gefunden und für einen Journalisten als angemessen befunden hat. Seinen neuen braunen Anzug will er bei dieser Aktion nicht entweihen. Der ist den Frauen dieser Welt vorbehalten.

Bald haben sie die tristen Münchner Vororte hinter sich gelassen. Als hätte der Herrgott mit dem Finger geschnippt, ist der Bodennebel weg. Die Morgensonne lässt das feuchte Gras glänzen. Hummel denkt daran, dass er erst vor kurzer Zeit in dieser Gegend unterwegs war, dass er im Wirtsgarten im Murnauer Moos gesessen ist, als Gesines Anruf kam. Hirschgulasch, Ratatouille, Weinzierls Tod, Frau von Kaltern,

Sandy Möller – eine endlose Kette von Ereignissen und Personen. Und er hat keine Kontrolle darüber. *Am Steuer deines Lebens lenkst du meist vergebens.* Oder so ähnlich. So lautet eine Zeile aus einem Schlager. Glaubt er zumindest. »Ja, die Ereignisse treiben uns«, murmelt er.

»Hä?«, fragt Dosi.

»Na, die meisten Dinge passieren ohne unser Zutun, und wir versuchen trotzdem, sie zu lenken.«

»Nein, das tun wir nicht. Wir lenken nix. Wenn wir kommen, ist es schon zu spät. Wir schauen nur, wer schuld ist, wenn etwas passiert ist, wenn jemand gestorben ist.«

Hummel hat das nicht nur beruflich gemeint, aber er nickt und schaut wieder aus dem Fenster. Ja, mit Blick auf den Job hat Dosi recht. Sie sind diejenigen, die nur die Scherben zusammenfegen und versuchen, darin Muster zu erkennen. Wie sehr beneidet er Leute, die etwas Neues schaffen, etwas Kreatives, Positives – Künstler, Autoren.

»Scho geil, oder?« Dosi deutet aus dem Fenster. Majestätisch stemmt sich das Zugspitzmassiv gegen den jetzt blendend blauen Himmel. Hummel nickt und versinkt in dem Anblick.

In Garmisch verlassen die zahlreichen Senioren in ihren quietschbunten Gore-Tex-Jacken den Zug. Der Tag ist perfekt für ein gepflegtes Weißbier und ein Nickerchen in einem der Liegestühle auf dem Wank oder auf der Terrasse des Zugspitzhauses.

Nach Klais haben sie nur noch wenige Mitfahrer. Der Zug kämpft sich die lang gezogenen Kurven hoch durch den dichten dunklen Wald. Hummel blickt mit staunenden Augen aus dem Fenster. Hochalmen mit verwitterten windschiefen Heuschobern und in Silbergrau der nackte Fels. Stellenweise frisch gepudert. Alles menschenleer. Jetzt im

Herbst ist die Natur weitgehend für sich und tut nichts anderes als schön ausschauen. Hummel sieht sich schon im nächsten Sommer als Alm-Öhi eine Auszeit nehmen. Ein bisschen Viehwirtschaft, Käsen und nachts den sternenklaren Himmel betrachten. Da würden ihm die guten Ideen zum Schreiben nur so zufliegen.

»Was is jetzt, Hummel, packst di zam?«, fragt Dosi. Hummel sieht erschrocken auf und merkt, dass der Zug zum Stehen gekommen ist. *Höchster IC-Bahnhof Deutschlands* verkündet das Schild am Bahnsteig. Klais. Außer ihnen steigen nur ein paar Einheimische aus. Keine Kongressteilnehmer.

»Wenn ich einen Porsche hätt, würd ich auch nicht Bahn fahren«, meint Dosi. »Also, wie kommen wir jetzt zu dem Hotel?«

Hummel sieht sich um. Keine Taxis, keine Bushaltestelle.

Sie gehen ins nächste Wirtshaus und lassen sich vom Wirt ein Taxi rufen. Aus Garmisch. Es bleibt genug Zeit für ein Paar Weißwürste und ein Weißbier.

»Ihr seid's auf dem Kongress?«, sagt der Wirt. »Wie Ärzte schaut's ihr ned aus?«

»Presse«, erklärt Hummel.

»So, Presse!«, sagt der Wirt, und *zack!* erschlägt er mit seinem feuchten Geschirrtuch eine fette Fliege auf dem Tisch. Erschrocken starren Hummel und Dosi auf den Fliegenbatz, den der Wirt lässig mit dem Mittelfinger wegschnippt.

In dem Großraumtaxi aus Garmisch sitzen bereits zwei asiatische Geschäftsleute. Vermutlich ebenfalls Kongressteilnehmer. »Sojanara«, flachst Dosi und lässt sich auf die hintere Rückbank fallen. Die Herren nicken überaus freundlich, Hummel lächelt zurück.

Das Taxi kämpft sich zehn Minuten die steile gewundene Bergstraße hoch, biegt dann in eine schmale Privatstraße ein und kommt schließlich vor dem Wellnesshotel *Almbach* zum Stehen. Die Asiaten streiten sich, wer denn nun das Taxi zahlen dürfe, sodass Dosi kurz entschlossen aussteigt und Hummel an der Hand hinter sich herzieht. »Hoch lebe die asiatische Großzügigkeit. Hummel, komm, ich denke, du willst pünktlich sein!«

EIN HAUCH LUXUS

Vor dem Hotel parken Porsche, Mercedes, Jaguar, Maserati. Sogar ein zitronengelber Lamborghini. Im Foyer des Hotels tummeln sich Kongressteilnehmer in gehobener Kleidung. Hummel hat das Gefühl, als würden ihn alle anstarren. Das ist nicht der Fall, aber das Umfeld ist so gar nicht seins. Dosis schon. »Für uns ist reserviert. Klaus Hummel mit Gattin«, meldet sie sich forsch bei einem der Livrierten an der Rezeption. Bevor dieser antworten kann, fügt sie hinzu: »Und wo ist der Tagungssaal Kopernikus? Mein Mann muss pünktlich zum Eröffnungsvortrag!« Der dienstbare Geist tritt hinter dem Tresen hervor und bringt Hummel zu Kopernikus.

Dosi checkt ein und lässt sich das Gepäck aufs Zimmer bringen. Das Appartement ist vom Schnitt her nicht schlecht, die Aussicht auf die Berge fantastisch, aber einrichtungsmäßig hätte sie sich noch ein bisschen mehr Komfort erwartet. Tja, im Internet sieht immer alles besser aus. Sie mustert das Doppelbett und grinst. Muss Hummel wohl auf dem Sofa schlafen. Wer zuerst kommt, mahlt zuerst. Sie lässt sich aufs Bett fallen und testet die Sprungfedern. Nicht zu hart, nicht zu weich. Perfekt. Sie lacht und muss an Fränki denken. Der war gar nicht begeistert, als er von der Aktion hier erfahren hat. »Du mit dem Heini in einem Zimmer!?« – »Hey, das ist doch nur der Hummel. Ich bin definitiv nicht sein Typ und umgekehrt«, hat sie versucht, ihn zu beruhigen. »Den Typ möchte ich sehen, dessen Typ du nicht bist!«, hat er erwidert. »Was für ein verschraubter Satz! Süß!«, denkt sie. Jetzt wird sie sich erst mal in den Bademantel schmeißen und den Wellnessbereich auschecken. Sie holt ihren Badeanzug aus dem Rollkoffer und geht in das geräumige Bad. Bestens gelaunt. Ein Hauch Luxus – das ist es, was sie ab und an in ihrem Leben vermisst.

TERMINSACHE

11 Uhr. Zankl sieht Mader mit Bajazzo zu dem Gasthof rübergehen. Im Rückspiegel. Dann gibt er Gas. Von Klais fährt er zur Bundesstraße in Richtung Holzkirchen und zur Salzburger Autobahn. Sein Ziel ist Prien am Chiemsee, wo Gesine mit Dr. No am Nachmittag verabredet ist. Zankl ist angespannt. Gestern hat Jasmin erste Wehen bekommen. Viel zu früh. Er rechnet zum x-ten Mal die Monate zurück. Und lacht auf. Ironie des Schicksals: Seine Frau war längst schwanger, bevor er die peinsame Hormontherapie begonnen hat! Ein Witz. Alle konzentrieren sich auf seine angeblich schwächelnden Spermien und er hat ihre Leistungsfähigkeit längst unter Beweis gestellt. Warum Jasmin weitere drei Monate ihre Tage bekam, ist ein Rätsel. Aber Frauen sind generell ein Rätsel. Die Fruchtbarkeitsferien in Österreich hätten sie sich jedenfalls schenken können. Obwohl, es war ja ganz schön dort, bis auf das bescheuerte Essen, das makrobiotische Zeugs, das bei ihm so unerträgliche Blähun-

gen verursachte. Egal, Hauptsache, Jasmin ist schwanger. Trotzdem, die ersten Wehen sind zweifellos zu früh. Zwei Monate soll das Kind noch in Jasmins Bauch bleiben. Zumal bei Weitem nicht alle Vorbereitungen abgeschlossen sind. Jasmin war heute Morgen erstaunlich cool, als sie ihn verabschiedet hat. Auch das können Hormone. Totale Hysterie wäre ihm logisch erschienen, aber sie hat gemeint, er solle seinen Job ruhig machen, so schnell würde es schon nicht losgehen. Und bitte nicht mitten in der Nacht zurückfahren, wenn er morgen sowieso vor Ort sein müsste. Sie würde ihm schon Bescheid geben, wenn sie ihn braucht. So viele Gedanken, während er mit 120 über die Bundesstraße zischt.

ALLE NEUNE!

Mader sitzt in der Wirtsstube des Berggasthauses *Alpspitzblick*. Er hat sich ein Saures Lüngerl als frühes Mittagessen bestellt. Das er dann leider nicht mit der angemessenen Muße genießen kann, sondern nur inmitten der lärmenden Gesellschaft der soeben eingetroffenen Busladung des Berliner Kegelklubs *Alle Neune!* Herrgottsakra! Dieser Dialekt! Dieses Lachen! Findet er sehr anstrengend. Zumindest würde er nicht groß auffallen in dieser grölenden Menge. Bajazzo findet es hier astrein, hat ihm doch der Wirt das wirklich große Endstück von einem wirklich großen Leberkäs überlassen.

DER SONNE ENTGEGEN

Gesine packt die Reisetasche in den Kofferraum ihres Alfa Spider und startet den Motor. Sie hat sogar schöne Nachtwäsche eingepackt. Falls sich bei dem Besuch von Dr. Nos Klinik herausstellen sollte, dass Nose eine blütenreine Weste hat, und er spontan vorschlägt, noch einen Tag in den Bergen zu verbringen, in einem romantischen Berggasthof im Schatten der Kampenwand. Ha, was für Gedanken! Quatsch natürlich! Aber man weiß ja nie. Sie stellt das Autoradio laut – Aerosmith mit Walk this Way – und schert auf den Mittleren Ring ein.

OUTER APPEARANCE PROFIT

Als donnernder Applaus aufbrandet, schreckt Hummel hoch, ist einen Moment orientierungslos, bis ihm klar wird, wo er sich befindet. Inmitten einer Horde sonnenverbrutzelter älterer Männer in messerscharfen Businessanzügen. Ist dies eine Boss-Modenschau? Hummel sitzt in der letzten Reihe und war weißbiermäßig einen Hauch zu relaxed, um dem Einführungsvortrag von Professor Limburg aus Gießen in allen Einzelheiten zu folgen. Jetzt aber volle Aufmerksamkeit. Denn der zweite Redner ist Dr. No. Den er ja noch nie live erlebt hat. Jetzt versteht er Dosi und Gesine: die markanten Gesichtszüge, das volle dunkle Haar. Und mit seinem oliven Anzug und der braunen Krawatte an rosa Hemd ist er modetechnisch ganz weit vorn dabei. Geiler Typ. Tatsächlich.

Dr. No wählt einen betriebswirtschaftlichen Zugang zum Thema und verwendet als Leitbegriff das schöne Wort *Beauty Life Management*, das gekennzeichnet sei von *Professional and Private Balance*. Für die man *Human Creative Ressources* zielgerichtet einsetzen müsse, um maximalen *Outer Appearance Profit* zu erzielen. Den *Personal Profit* in *Marketing Harmony* zu bringen, sei die eigentliche *Challenge*, natürlich stets unter *Home Market Conditions. Made in Germany* müsse bleiben, was es immer war: eine unverwechselbare *Trademark*, ein *USP*.

Während die schweizerischen und österreichischen Kollegen die Ausführungen zu *Made in Germany* mit Murren und Räuspern quittieren – woraufhin Nose die Qualitätsherkunftsorte sogleich auf den gesamtdeutschen Sprachraum ausdehnt und von Schweizer Wertarbeit und österreichischer Kreativität faselt –, überlegt Hummel, wo er das mit den USPs schon mal gehört hat. Klar, im Verlag, der Lerchenthaler und die Möller haben davon gesprochen. Unique Selling Point. Das ausschlaggebende Verkaufsargument. Im Fall von Weinzierls Buch ist es der Umstand, dass der Autor tot ist. In Erfüllung seiner Pflicht gestorben, quasi für den Leser. Mehr kann man als Autor nicht geben. Und er, Hummel, ist hier, um sein Erbe anzutreten. Nur offiziell natürlich.

Er sieht sich um. Von der Presse ist keiner da, zumindest sieht niemand so aus. Wahrscheinlich schlagen die erst zum Mittagessen auf. Hummel verfolgt, wie Nose beeindruckende Grafiken erläutert, die der Beamer hinter ihm an die Wand wirft. Sich aufbäumende Prozentkurven als Kompetenztapete für die Person davor. Wie am Ende des *Heute Journals*, wenn Gundula Gause fragt: »Und, Valerie Haller, welche Auswirkungen hat das Bruttosozialprodukt von Venezuela für die Apple-Aktie?« Wenn jetzt ein Börsenticker mit Prozentzahlen unten durch das Fernsehbild liefe, stünden bei Dr. No minus 5,4 Prozent. Denkt Hummel. Hinsichtlich der Wahrscheinlichkeit, dass er die zwei Models und den Autor umgebracht hat. Und vielleicht auch noch die beiden Kurierfahrer und Dr. Weiß. Dr. Nos grüner Prognosepfeil hingegen würde steil nach oben zeigen. Er ist ein Mann, der Vertrauen ausstrahlt. Unangenehmes perlt von ihm ab wie von Teflon. Das signalisiert sein ganzes Auftreten.

IM SCHULDENLOCH

Zankl hat hinter die Kulissen gesehen. Dr. Nos Aktien stehen nicht so gut, wie es Hummel erscheint. Nose hat sich millionenschwer verschuldet mit seiner Klinik am Chiemsee. Die Kollegen von der Wirtschaftskriminalität und aus Salzburg haben ihm die entscheidenden Informationen gegeben: Nose ist in der Hand des schwerreichen Salzburger Baustoffhändlers Geheimrat Nonnenmeier, dem die österreichischen Finanzbeamten schon seit Jahren erfolglos auf den Fersen sind. Die Praxisklinik am Chiemsee ist zum Erfolg verdammt, will Nose irgendwie aus seinem Schuldenloch herauskommen. Momentan arbeitet die Klinik laut Finanzamt höchst defizitär. Die hohen Investitionen sind offenbar mit der momentanen Nachfrage an Brust- und Gesichts-OPs nicht reinzuholen. Warum nicht mit ein paar illegalen Machenschaften wie der Transplantation illegal erworbener Körperteile? So Zankls These. »Hoffentlich weiß Gesine, was sie da tut, wenn sie Nose jetzt so sehr auf den Pelz rückt«, denkt Zankl und stellt sich Noses sicherlich gut behaarte Brust vor. Er bekommt schweißnasse Hände am Lenkrad. Er setzt den Blinker und biegt in Prien auf den Parkplatz vom Seilerwirt ein.

ALPENSAFARI

Mader geht spazieren. Mittagssonne senkrecht über ihm. Er trägt ein dunkelgrünes Hemd zu sandfarbener Cargohose und Wanderstiefeln, obenrum Sonnenbrille und Schirmmütze. Alpensafari. Bajazzo schießt kläffend durchs Unterholz. Der Waldboden federt unter Maders festen Sohlen. Es riecht nach Nadeln, Harz, Rinde, Moos – erdig. Nein, so richtig dienstlich ist er nicht hier. Kongress hin oder her. Mader hat sich vorgenommen, die Natur zu genießen, ein bisschen nachzudenken. Zum Beispiel über Regensburg. Klar, Günther will ihn loswerden. Aber auf diese Weise wird er im Gegenzug Günther los. Doch eine andere Wahrheit ist: In Regensburg würde es wieder einen Günther geben, anderer Name, eine Etage höher. Er beginnt, die Vor- und Nachteile abzuwägen. Gehaltsmäßig definitiv eine Verbesserung, schon mal wegen der Lebenshaltungskosten. In puncto Altstadt hat Regensburg auch die Nase vorn. Na ja, die Kopfsteinpflasteridylle ist okay für einen Wochenendbesuch. Aber dauerhaft? Dann diese Donau – ein Trauerspiel! Der stolze Strom eingepfercht in ein Bett aus Beton, schnurgerade ohne jedes Leben. Seine Isar hingegen: reißend, lebenslustig, wild.

Mader hat jetzt das eindrucksvolle Luxushotel *Almbach* erreicht. Eine Granittrutzburg mit modernistischen Glasanbauten inmitten grüner Almwiesen. Nicht sein Geschmack. Ein feuchter modernistischer Architektentraum.

Klar, das *Schlosshotel Wetterstein*, ein paar Kilometer weiter, ist noch mal die Krönung im Quadrat, aber das hier genügt ihm schon. Protzodont. Beim Anblick der Sportwagen und fetten Limousinen auf dem Parkplatz denkt er: »Na, da werden Hummel und Doris sicher ihren Spaß haben.«

Der Waldweg führt in angemessener Distanz am Hotel vorbei. Plötzlich stutzt er. Was ist das? Ein Lichtreflex. Er huscht hinter einen Baum, sieht zu Bajazzo runter, legt den Zeigefinger mahnend auf die Lippen und holt einen kleinen Feldstecher aus der Seitentasche seiner Outdoorhose. Sucht den Waldrand ab. Da ist es wieder, das Blitzen: zweifach. Die Reflektion der Objektive eines Fernglases im Sonnenlicht. Mader und Bajazzo pirschen sich heran. Ein Ast knackst unter Maders Stiefeln. Schnell drückt er sich hinter einen Baum. Lugt hervor und sieht ihn: den Mann in schwarzer Kleidung, mit schwarzer Schirmmütze. Sein Gesicht geht jetzt in Maders Richtung. Mader zuckt hinter den Stamm, zählt bis zehn, ehe er einen erneuten Blick wagt. Der Mann beobachtet das Hotel! Auch Mader richtet sein Fernglas auf das Hotel. Was gibt es dort zu sehen? Er sucht die Fassade ab, bleibt an einer Glasfront hängen: ein großes Schwimmbecken, Liegen, Indoordschungel. Ein Spanner? Ein Schwimmer zieht einsam seine Bahnen. Schwimmt jetzt zum Beckenrand und steigt die Leiter hoch. Eine Schwimmerin. DOSI!

Nach einem Sekundenbruchteil Empörung – so ermittelt die also?! – versteht Mader: Der Mann beobachtet ihren Undercovereinsatz! Wer weiß von der Aktion hier? Ist der Typ bewaffnet? Mader überlegt fieberhaft. Mist, wo ist der Mann jetzt?! Mader blickt auffordernd zu Bajazzo, doch der sieht ihn nur treudoof an. Der Typ ist wie vom Erdboden verschluckt. Mader tritt hinter dem Baum hervor und geht zurück zum Weg. Plötzlich stürzt etwas von oben auf ihn herab.

Mader touchiert unsanft den Waldboden, die Arme werden ihm auf den Rücken gedreht. *Ratsch!* Mader schreit auf, als der Kabelbinder in die Handgelenke schneidet.

»Ahhh!«, gellt es durch den Wald. Diesmal nicht Mader. Der schwarze Mann. Bajazzo hat ihm seine Raubtierzähne in die rechte Wade gejagt, der Mann versucht den knurrenden Dackel abzuschütteln. Er stürzt davon, Bajazzo hinterher. Mader sieht sie nicht mehr, hört nur noch das Knacken und Rascheln im Unterholz. Er lauscht. Nichts. Nur ein paar Waldvögel zwitschern lustig. Wenn er Bajazzo pfeifen könnte! Ohne Finger schwierig. Er probiert es mit bloßen Lippen. Ein läppisch-leiser Ton entweicht ihm. Mader sinkt gegen einen Baum. Er hat sich einfach übertölpeln lassen!

Schließlich kommt Bajazzo zurück. Mit hängender Zunge, aber stolzgeschwellter Dackelbrust. Als will er sagen: Dem hab ich's aber gegeben!

»Braver Bajazzo!«, lobt Mader und erhebt sich schwer. Er überlegt kurz, ob er wegen seiner Plastikfessel zum *Almbach* rübergehen soll. Nein, das würde nur für unnötiges Aufsehen sorgen. Er schlägt den Weg zurück nach Klais ein. »Das fängt ja gut an«, denkt er.

KÜMMERLICH

Zankl und Gesine haben beim Seilerwirt eingecheckt und sitzen in der Gaststube über eine topografische Karte des Chiemsees gebeugt. »Das hier ist die Klinik«, sagt Gesine. »Hier unten verläuft der Uferweg. Da hat man vermutlich einen ganz guten Blick aufs Grundstück. Ist aber für Autos gesperrt.«

»Super, frier ich mir den Arsch ab.«

»Ach komm, du brauchst da nicht rumlungern. Du parkst oben an der Straße, kurbelst den Sitz zurück, und wenn wirklich was ist, schick ich dir 'ne WhatsApp.«

»Und wie komm ich dann rein?«

»Hhm, vielleicht da unten.« Sie deutet auf eine kleine Brücke am Uferweg.

Zankl studiert die Karte. Der Kellner bringt das Essen. Einmal Forelle für Gesine, einen Schweinsbraten für Zankl. Kümmerliche Portionen, die sich auf großen weißen Tellern verlieren. Vielleicht nur eine optische Täuschung? Leider nein. Auch geschmacklich ist das Dargebotene eine Enttäuschung. »Frisch aus der Mikrowelle«, meint Zankl betrübt, als er den ersten Bissen zu sich genommen hat.

»Meine Forelle ist wunderbar«, sagt Gesine.

»Echt?«

»Echt nicht. Das ist Tiefkühlzeug. Und die haben den See vor der Haustür! Ober!«

NICHT DIE MAFIA

Hummel holt Dosi zum späten Mittagessen ab und gibt Entwarnung. Nose ist gerade mit seinem Maserati vom Parkplatz gebrettert. Wohin, wissen beide.

»Und, wie ist es?«, fragt Dosi, als sie am Buffet stehen und sie sich Berge von Shrimps und Kalamari auflädt.

»Noch keine besonderen Vorkommnisse«, sagt Hummel und bugsiert Vitello Tonnato auf seinen Teller.

»Was ist das?«, fragt Dosi interessiert.

»Kalbfleisch mit Thunfischsoße.«

»Aha. Gut sieht das nicht aus.«

Hummel sieht sie genervt an und geht an einen der wenigen noch freien Tische. Die Luft vibriert. Rege Konversation, unterbrochen von dezentem Gelächter. Fast nur Männer. Nein, ein paar Frauen sind auch dabei. Gattinnen? Geliebte? Demonstrationssubjekte? Oder gar Ärztinnen? Arbeiten auch Frauen in der Schnippelbranche? Warum nicht. Verdammte Vorurteile. Trotzdem deutlich in der Unterzahl. Eine scharfe Brise Testosteron durchzieht den Speisesaal. Oder fischelt es nur vom Buffet?

Dosi schnabuliert die Meeresfrüchte, als gäbe es kein Morgen, und macht sich erneut auf zum Buffet. Hummel hofft, dass Dosi keine unnötige Aufmerksamkeit auf sich zieht. Nein, wohl kaum, denn hier ist jeder mit sich selbst beschäftigt. Eine merkantile Bedürfnisanstalt. Man feilscht um welke Großbaustellen. Auch ältere Männer sind als Kunden groß im Kommen, hat er vorhin erfahren. Ewige Jugend ist auch für männliche Best-Ager ein verlockendes Versprechen.

»Geiles Zeug«, sagt Dosi und deutet auf ihre frittierten Scampi.

»Pass auf, dass du keinen Eiweißschock kriegst.«

»Du Handtuch könntest ruhig ein bisschen mehr essen.«

»Ist hier noch frei?«

Sie drehen sich um und sehen den hochgewachsenen Herrn mit dem gewinnenden Lächeln an. »Aber bitte, Professor Limburg, setzen Sie sich doch«, sagt Hummel.

»Danke, kennen wir uns?«

Hummel nickt. »Wer kennt Sie nicht? Ihr Eingangsvortrag vorhin – sehr erhellend. Ich bin Klaus Hummel, Journalist, das ist meine Gattin Doris.«

»Gnädigste …«, sagt Limburg und lächelt. Dann zu Hummel: »Für welche Zeitung schreiben Sie?«

»Ich schreibe Sachbücher. Ich bin gerade dabei, ein Buchprojekt abzuschließen. Für meinen Kollegen, Dr. Kurt Weinzierl.«

Limburgs Miene verfinstert sich.

»Stimmt etwas nicht?«, fragt Hummel.

»Weinzierl ist tot, habe ich gehört?«

Hummel nickt. »Ja, das spricht sich scheinbar schnell rum. Sehr tragisch. Großer Mann, großer Journalist. Sehr hartnäckig.«

Limburg nickt nachdenklich. »Es heißt, er sei nicht auf natürliche Art verstorben?«

»Ja, so scheint es. Aber die Polizei lässt nichts raus.«

»Und Sie haben mit ihm zusammengearbeitet?«

»Ja, bei diesem Projekt über illegale Geschäftspraktiken in der plastischen Chirurgie. Sie kannten Weinzierl näher?«

»Nein. Aber ich habe ihm ein längeres Interview gegeben. Ihm meinen Standpunkt erläutert. Der ihn nicht wirklich interessiert hat. Er hatte sich seine Meinung bereits gebildet.«

»Die ich nicht unbedingt teile«, sagt Hummel.

Limburg sieht ihn erstaunt an. Dann kalt. »Wir könnten uns einigen. Wenn das Buch nicht erscheint, wäre das Ihr Schaden nicht.«

»Sie wissen doch gar nicht, was drinsteht?«

»Ich möchte es auch nicht wissen. Kommen wir ins Geschäft?«

Hummel sieht ihn fragend an. Sagt nichts. Sodass Limburg nachlegt: »Nicht, dass Sie etwas Falsches denken. Hier geht es um nichts Illegales. Aber wenn es neben Fachwissen eine Grundlage in unserem Beruf gibt, dann ist es Diskretion.«

»Sie sprechen also von Schweigegeld?«

»Ich spreche von Diskretion gegenüber unseren Kundinnen und Kunden. Ein hohes Gut, das viel wert ist. Keinesfalls dürfen Namen von Ärzten und Patientinnen in dem Buch genannt werden. Aber genau das war ja Weinzierls Ziel: die Sensationslust der Massenmedien zu befriedigen. Kein Respekt vor Patientenschutz und ärztlicher Schweigepflicht. Entschuldigen Sie, aber Weinzierl war ja ein egozentrischer Wichtigtuer mit bizarren Verschwörungstheorien. Wissen Sie, die ganze Schönheitsindustrie ist ein reines Nachfragegeschäft, auch die plastische Chirurgie. Wir drängen niemanden dazu, ihr oder sein Aussehen zu verändern. Dafür sorgt die Werbung, die Mode, die öffentliche Wahrnehmung, der Ehemann, die Partnerin. Wir erfüllen Wünsche. Wir sind Dienstleister und nicht die Mafia.«

Hummel nickt aufmerksam. »Genau davon möchte ich mir ein Bild machen. Deshalb bin ich hier.«

Ein junger Mann kommt an den Tisch. »Herr Professor, die asiatische Delegation würde Sie jetzt gerne sprechen.«

»Sympathischer Mensch«, sagt Dosi, als Limburg weg war. »Sollte mehr essen. Hat seine Sachen nicht mal angerührt.« Sie zieht Limburgs Meeresfrüchteteller an sich. Hummel stöhnt leise.

»Schweigegeld«, meint Dosi schmatzend, »du gehst ja ganz schön in die Vollen.«

»Wie würdest du denn das nennen?«

»Das ist keine Kritik. Im Gegenteil. Bis zur nächsten Kaffeepause weiß jeder, warum du hier bist, und vielleicht legen sie ja zusammen. Wäre doch ein gutes Geschäft. Vor allem, weil wir nix haben.«

»Oder es überlegt sich einer auszupacken. Irgendwer muss Weinzierl ja mit Informationen versorgt haben.«

»Na, ob der sich das nach Weinzierls Tod noch traut? – So, ich geh jetzt mal schauen, ob von dem Zeugs mit der Thunfischsoße noch was da ist.«

LOST AND FOUND

»Draußen bleim!«, zischt der Wirt, als Mader mit dreckver-
krusteten Schuhen und lehmverschmierter Hose das Gasthaus betritt.

»Obacht!«, sagt Mader drohend.

»Eam schaug o«, pampt der Wirt. »Mit dene Schuah
kommst da ned nei. Schuah aus!«

»Wenn Sie mir behilflich sind, gerne«, sagt Mader und
dreht sich um. Der Wirt sieht die gefesselten Hände und
sagt: »I ruaf die Polizei.«

»Die bin ich selber. Hauptkommissar Mader von der Kripo
München.«

»So? Da ko ja jeda kemma.«

»Machen Sie mir endlich den Scheißkabelbinder ab, und
ich zeig Ihnen meinen Dienstausweis, kruzefix!«

Misstrauisch musterte ihn der Wirt von oben bis unten.
Dann geht er in die Gaststube und kommt mit einem großen Messer zurück.

»San's bloß vorsichtig«, murmelt Mader.

Ein beherzter Schnitt und die Plastikfessel fällt zu Boden.
Mader reibt sich die Handgelenke. »Danke.« Er bückt sich,
um die Wanderstiefel aufzuschnüren.

»Ausweis!«, stößt der Wirt hervor, das Messer in Anschlag.

Mader seufzt. Er greift in die Gesäßtasche. In die andere … Nein?! Er muss seine Brieftasche bei der Rauferei
im Wald verloren haben. Verdammt! Der Wirt sieht ihn
ängstlich an. Das Messer in seiner Hand zittert. »Jetzt legen
'S endlich des Messer weg!«, weist Mader ihn an. »Ich hab

meine Brieftasche im Wald verloren. Kommen Sie mit auf mein Zimmer, ich zeige Ihnen meine Dienstwaffe.« Erschrocken sieht ihn der Wirt an. »Na los, kommen Sie!«, fordert Mader ihn noch mal auf. Der Wirt folgt ihm die Treppe hoch, das Messer noch immer stichbereit. Mader holt seine Waffe aus der Reisetasche – Aufbewahrung nicht gerade vorschriftsmäßig – und findet auch noch den Schnellhefter mit der Stellenausschreibung und Günthers Empfehlung für Regensburg. Die er hier in Ruhe noch mal lesen wollte. Er gibt das Schreiben dem Wirt, der kurz das Dienstwappen auf dem Briefkopf studiert und dann nickt. »Soll ma ned die Polizei rufen, ich mein, die hiesige? Wenn Sie da oana im Wald überfallt?«

Mader schüttelt den Kopf. »Das war eine, äh, private Auseinandersetzung.«

»Äh?«

»Wegen einer Frau.«

Der Wirt hebt die Hände. »I misch mi ned ei.«

Als die Tür zufällt, lässt sich Mader ächzend aufs Bett fallen. Sein Kopf brummt, seine Handgelenke tun weh, sein Geldbeutel samt Papieren ist weg! Verdammt noch mal! Ihm bleibt nichts anderes übrig, als noch einmal an den Ort des Geschehens zurückzukehren. Er erhebt sich widerwillig. »Bajazzo, du musst mir suchen helfen!«

Kurz darauf sind sie wieder unterwegs. Alles glänzt golden in der warmen Nachmittagssonne. Mader achtet nicht darauf. Die Natur ist ihm wurscht. Nicht einmal hier ist man sicher.

Nach einer Dreiviertelstunde erreichen sie die Stelle, wo er überwältigt wurde. Er mustert den zertrampelten mooslehmigen Waldboden, kann aber nichts entdecken. Bajazzo wuselt durchs Unterholz, verschwindet lange und kommt schließlich zurück. Geldbeutel im Maul. Mader atmet erleichtert auf. »Gut gemacht, Bajazzo!« – Aber nein, es ist nicht seine Brieftasche. Dafür ist das schwarze Etui zu klein. Mader öffnet es. Diverse Schlüssel. Einer hat einen kleinen Lederanhänger mit dem Logo der britischen Motorradmarke *Triumph*. Mader nickt nachdenklich. Vor einer der Pensionen in Klais hat er ein Oldtimermotorrad gesehen.

MEIN BABY

»Gesine, wunderbar, dass das tatsächlich klappt, seien Sie herzlich willkommen!«, begrüßt Dr. No die Kollegin auf dem Parkplatz seiner Privatklinik. Zuvor hat sich Gesine an der Videopforte angemeldet. Hochsicherheit. Das schwere Stahltor hat sich geräuschlos geöffnet und den Blick freigegeben auf ein parkähnliches Grundstück. Und auf die Klinik, die ganz anders aussieht, als Gesine sie sich vorgestellt hat. Ein bisschen wie das Buchheim-Museum in Bernried. Schwebende Leichtigkeit. Filigraner Sichtbeton und große Glasfronten. Die allerdings Transparenz nur vortäuschen und raffiniert verspiegelt sind. Das alles muss ein Vermögen gekostet haben. Eine topmoderne Klinik inmitten alten Baumbestands.

»Mein Baby«, sagt Nose stolz und segnet mit einer großzügigen Geste seine Wirkungsstätte.

DUNKEL & HELL

Das Motorrad steht vor der Pension Alpina. Mader steckt den Schlüssel ins Zündschloss und dreht ihn. Die Leerlauflampe flammt grün auf.

Er betritt die Pension. »Wohnt bei Ihnen der Herr mit dem Motorrad da draußen?«, fragt Mader ein verhärmtes Hausmutterl in einem karierten Kittel.

»Des geht Sie gar nix an«, erwidert die Dame.

»So ...«, sagt Mader und hätte jetzt gern seinen Dienstausweis gezückt. Der allerdings in seiner abwesenden Geldbörse ist. »Ich hab einen Schlüssel gefunden. Vielleicht von dem Motorrad da draußen.«

»Dann geben 'S den her!«

»Ich sagte vielleicht. Wenn der Herr kommt und seinen Schlüssel vermissen sollte, schicken Sie ihn doch zum Berggasthof *Alpspitzblick*.« Mader geht, ohne eine Antwort abzuwarten. »So g'scherte Leit«, denkt er, als er zu seinem Wirtshaus zurückgeht. Jetzt ist die Zeit reif für ein Bier. Ein Dunkles. Er macht sich auf seinem Zimmer frisch und zieht saubere Kleidung an. Dann betritt er die überheizte Wirtsstube. Er ignoriert den Stammtisch mit den Einheimischen und ihren unverhohlen neugierigen Blicken und nimmt Platz an dem kleinen Tisch im Schatten des Kachelofens. Der Wirt ist gerade damit beschäftigt, ein neues Fass anzuzapfen, und Mader hat ein bisschen Muße, das Ambiente zu studieren. Die karierte Tischdecke an Furnierholz, Salz & Pfeffer in erblindetem Glas in Edelstahlschiffchen aus den 50er-Jahren, ein verstaubtes Plastik-Usambaraveilchen im Steinguttöpfchen, vermutlich aus derselben Epoche wie die Gewürzbehältnisse. »Mehr Flair geht nicht«, denkt Mader. Als er seinen Blickradius erweitern will, kommt der Wirt endlich an seinen Tisch. Mader bestellt ein Dunkles.

»Da hat o'ana grad was bracht«, sagt der Wirt und reicht Mader eine Brieftasche. Maders Miene hellt sich auf. Er schaut nach, ob alles drin ist. Der Wirt beäugt ihn. »Sagen 'S, des Foto in dem Geldbeutel, is des Eahna Frau?«

Mader schlägt das Fach mit dem Schwarz-Weiß-Foto auf. »Ja, das ist meine Frau.«

»Sauber, sog i«, meint der Wirt und geht zum Tresen zurück, bevor Mader fragen kann, wer die Geldbörse gefunden hat. Er betrachtet das Bild von Catherine Deneuve und murmelt: »Sauber, sog I.«

Der Wirt bringt das Bier mit einer Botschaft: »Der Finder sitzt da vorn.« Er deutet zu einem Tisch, der halb von der Garderobe verdeckt ist. Mader nimmt sein Glas und geht hinüber. Ohne zu fragen, setzt er sich.

Ein Mann. Jetzt zwei Männer. Sehen sich an. Mader denkt scharf nach. Er ist sich nicht sicher, ob das der Mann ist, mit dem er sich vorhin auf dem Waldboden gewälzt hat.

»Sie haben meine Brieftasche gefunden?«

»Ja, im Wald, beim *Almbach*.«

»Zufällig.«

»Nein. Ich hab mein Schlüsselbund verloren und im Wald gesucht.«

Mader greift in die Hosentasche und schiebt das Schlüsseletui über den Tisch.

»Herr Mader, es tut mir leid wegen vorhin. Ein furchtbares Missverständnis. Wenn ich gewusst hätte, dass Sie es sind … Ich hab Sie nicht erkannt mit der Mütze und der Sonnenbrille.«

Mader ist verwirrt. »Also Freunderl, wer sind Sie, was machen Sie hier, warum haben Sie mich angegriffen?«

»Ich bin, äh, ich bin Fränki, der Freund von Dosi.«

Mader ist baff. Klar, flüchtig hat er ihn schon mal gesehen. Und das ist auch der Typ auf dem Kraxlvideo von der Hotelfassade! Elvis! »Tut's noch weh, das Bein?«

»Geht so.«

»Was haben Sie da gemacht, im Wald, mit dem Fernglas?«

»Hab ich mich bei Ihnen auch gefragt. Sie haben Dosi beobachtet.«

»Nein, Sie.«

»Ja, weil … Ach, ich weiß auch nicht. Diese Undercovergeschichte gefällt mir gar nicht. Ich hab dran denken müssen, was damals auf dieser Burg an der Isar alles schiefgegangen ist, und dachte: Diesmal lass ich sie nicht aus den Augen. Und dann noch mit diesem Hummel!«

Mader lacht auf. »Sie sind eifersüchtig.«

»Nein!«, sagt Fränki, mehr als einen Tick zu scharf. »Aber plötzlich sind Sie da. Also nicht Sie, aber ein Mann, der ihr hinterherspioniert, da ist mir die Sicherung durchgebrannt. Ich hab Sie nicht erkannt.«

»Und Sie haben immer Kabelbinder dabei, für den Fall der Fälle?«

»Nein, ich mein, ja, also für den Auspuff von der *Triumph*. Am Topf hinten vibriert's immer eine Schraube ab. Da hilft so ein Kabelbinder im Notfall. Tut mir leid. Echt.«

»Sie könnten bei der Polizei anfangen«, sagt Mader. »Sehr fingerfertig.«

Fränki schiebt ihm das Fernglas hin. »Das lag auch noch im Wald. Krieg ich jetzt Ärger?«

Mader überlegt. Eigentlich hätte er größte Lust, Fränki einen Denkzettel zu verpassen. Aber er hat sich ja gestellt.

Na ja, was ist ihm auch übrig geblieben? Über die Zulassungsstelle hätte er schnell erfahren, wem das Motorrad gehört.

»Schwamm drüber«, sagt Mader. Er hebt sein Dunkles, Fränki sein Helles. Sie stoßen an. Wenn der Typ schon da ist, dann kann er ihm ruhig helfen, zwei Augen mehr auf Dosi und Hummel zu haben.

EINER PACKT AUS

Dosi und Hummel spazieren gerade den wunderbaren Höhenweg vom *Almbach* nach Graseck. Es tut gut, sich die Füße zu vertreten nach dem langen Sitzen. Denkt zumindest Hummel. Dosi hat ja bereits ausgiebig den Wellnessbereich erkundet. Der Besuch des Kongresses lohnt sich jedenfalls, denn Hummel hat eine Quelle aufgetan.

»Und wer ist dieser Dr. Sammer?«, fragt Dosi.

»Ein Arzt aus Prien. Der weiß was und will reden.«

»Warum ausgerechnet jetzt?«

»Weil sich rumgesprochen hat, dass ich Weinzierls Job zu Ende bringe. So schnell geht das. Er traut sich aus der Deckung, weil er Angst hat, jetzt, wo Weinzierl ermordet wurde und sein Kollege Hanke verschwunden ist.«

»Ich denke, der ist in Urlaub?«

»Sommer glaubt das nicht. Er war mit ihm diese Woche verabredet. Hanke ist nicht erschienen.«

»Aha. Und wann sprechen wir Sammer?«

»Morgen nach dem Abschlussvortrag um 11 Uhr.«

»Hey, das ist doch super! Dass wir tatsächlich was rauskriegen. Ich dachte schon, der ganze Stress ist für die Katz.«

»Stress?« Hummel sieht sie verwundert an und grinst. Sein Handy klingelt. Er geht dran – und strahlt. »Tschuldigung«, sagt er zu Dosi und tritt ein paar Schritte zur Seite. »Chris, hallo! Das ist aber eine Überraschung! Wie geht's dir? … Ja? Oh, ja, das wäre schön … Nein, heute geht es leider gar nicht. Ich arbeite noch … Hinterher geht auch nicht. Du, ich bin unterwegs. Bei Garmisch … Dienstlich, unser Fall … Morgen? Schlecht. Ich hab noch ein wichtiges Gespräch mit einem Arzt. Nein, das kann ich nicht verschieben … Nein … In Prien. Nein, hier, also der Arzt, der kommt aus Prien. Und, äh, das Gespräch ist hier, und ich muss … Im *Almbach*. Doch, bis Mittag müsste ich fertig sein … Echt? Doch, ja, das wäre toll … Gut, du meldest dich. Ciao.«

»Na, deine Verehrerin?«, fragt Dosi, als er wieder zu ihr aufgeschlossen hat.

»Wie läuft's denn mit Fränki?«, erwidert Hummel. »Immer noch so eifersüchtig? Wo wir jetzt sogar ein Hotelzimmer teilen.«

»Würde mich nicht wundern, wenn er da irgendwo im Wald hockt und uns beobachtet.«

»Oder unter dem Bett liegt, damit ja nix passiert.«

»Kann er machen. Für dich ist ja das Sofa reserviert.«

»Ich freu mich.«

»Steht denn heute noch was an?«

»Nur Freizeit. Fackelwanderung zur Partnachklamm.«

»Gehen wir mit?«

»Logisch. Augen und Ohren offen halten.«

»Dann dreh ma jetzt um. Ich hab Hunger und Durst.«

»Komm, wir gehen ins Café vom *Wetterstein*. Ich lad dich auf Kaffee und Kuchen ein.«

»Hey, in den Luxusschuppen? Geil! Du sollst öfter solche Anrufe kriegen!«

AUSWEGLOS

Zankl schnarcht. Zwischen Schoß und Lenkrad klemmt seine Lektüre zum Zeittotschlagen: *Mein Hebammenrat* von Ingeborg Stadelmann. Er parkt auf einem Feldweg, gut verdeckt durch Bäume, aber mit genug Aussicht auf das Tor des Klinikgeländes. Die Sonne steht tief, die Bäume werfen lange Schatten über die Uferlandschaft. Sein Handy piepst. Er hört es nicht. Ist die Nachricht von Gesine? Ist sie in einer ausweglosen Notlage? Liegt sie gefesselt auf einem der OP-Tische? Bedroht Nose sie mit dem Skalpell, bereit, sie aufzuschlitzen und ihr schönes Gesicht zu zerstören, wenn sie nicht sofort die wahren Hintergründe ihres Besuchs hier draußen offenbart? Und hat sie im letzten Moment noch eine WhatsApp an ihn abgesetzt – die Zankl jetzt verpennt?

ECHAUFFIERT

Dosi ist hochgradig echauffiert. »Was san des für Deppn, dass die uns ned neilassn!? So, samma im P 1, is des a Promidisko, oder was?!«

»Jetzt beruhig dich doch!«, versucht es Hummel.

»Na, I beruhig mi ned! Soll ma da in blankgewienerte Pumps auflaufen? In die Berg?!«

»Das mit dem Dienstausweis hättest du dir jedenfalls sparen können. Super-Undercovermission.«

»Der hat g'sagt, da ist alles reserviert. Da war koa oide Sau in dem Scheißcafé!«

»Wenn du im *Almbach* auch noch deinen Ausweis zeigst, bin ich gespannt, ob Dr. Sammer morgen immer noch mit mir reden will.«

»Ja, okay, das war nicht optimal«, sagt Dosi missmutig, »aber so was ist mir noch nie passiert.«

»Im *Almbach* wird's auch noch einen Kuchen geben.«

»Jetzt könn ma gleich aufs Abendbrot warten. Auf Kuchen ist mir der Appetit vergangen.«

Hummel muss grinsen. Dann ruft er bei Mader durch, um Bericht zu erstatten. »Was ist das für ein Lärm bei Ihnen?«, fragt Hummel.

»Eine Berliner Kegeltruppe hat meinen Gasthof gekapert. Preißngaudi de luxe. Gibt's bei Ihnen Neuigkeiten?«

»Ein möglicher Zeuge, ein Informant. Wir erfahren morgen mehr.«

»Gut. Wenn was ist, rufen Sie an, egal welche Zeit. Ach, noch was, aber sagen Sie Doris nix: Ihr Verehrer ist hier. Er will sie im Auge behalten.«

»Echt, Fränki?!«

»Ja. Also keine Romanze, Hummel!«

»Mei schad, wo die Gelegenheit so günstig wär.«

»Der Herrgott sieht alles. Ich hab ein Auge auf den Jungen.«

»Danke. Und Obacht, ich kenn seine harte Rechte. Bis dann.« Hummel legt auf.

»Hey, was hattest du mit Mader so lang zu bereden?«, fragt Dosi.

»Männersachen«, sagt er und grinst.

ERHOLUNG PUR

Bei Gesine ist alles im grünen Bereich. Nose hat sie durch die Gemächer seines topmodernen Reichs geführt, ihr einige seiner illustren Klientinnen vorgestellt, die sich übrigens aus freien Stücken und bei klarem Bewusstsein für einen Aufenthalt hier entschieden haben, um ein paar Optimierungen an ihren kostbaren Körpern durchführen zu lassen. Mit charmanter Lässigkeit hat Nose die Balzattacken der Patientinnen an sich abperlen lassen.

»Ja, er könnte sie alle haben«, denkt Gesine. Sie ist von seiner Professionalität beeindruckt. Sie hat es mit eigenen Augen gesehen. Das Ganze hier hat Stil und nichts von dem halbseidenen Wellnessbeautyschmarrn der Vorabendserien, den sie irgendwie erwartet hat.

Dr. Nos Führung gipfelt in seinem Arbeitszimmer: ein riesiger Saal mit Glasfront zum Balkon und zum Chiemsee hinaus. Innen: Regale voller Bücher, ein großer Baselitz an der unverputzten Betonwand, prasselndes Kaminfeuer, Kirschholzparkett und eine tiefgelegte schiefergraue Sofalandschaft. Von deren straffen Polstern aus sieht Gesine über die Verlängerung ihrer schlanken Strumpfbeine den Chiemsee und die ganze zackige Pracht der Kampenwand. Alles im roten Gold der Abendsonne.

»Schön haben Sie es hier«, sagt Gesine.

»Ja«, antwortet Nose von seinem Standort hinter der Hausbar. »Leider bin ich viel zu selten hier in meinem Livingroom. Die viele Arbeit. Zu wenig Zeit für Muße. Ich kann mich nicht zweiteilen. Unter der Woche in München, am Wochenende hier. Und dann meistens im OP oder auf Visite.«

»Machen Sie denn nie Pause?«

»Doch, jetzt zum Beispiel. Dieser Anblick ist Erholung pur.« Er sieht nicht zum Fenster, sondern zu ihr. Lächelt. Sie errötet. Was im Schein des Kaminfeuers und der untergehenden Sonne nicht weiter auffällt. »Ja,«, sagt er, »ich könnte hier wirklich Unterstützung brauchen. Eine Person, die handwerklich geschickt ist und mit anspruchsvollen Leuten umgehen kann. In jeder Hinsicht. Beim ersten Punkt bin ich von Ihnen mehr als überzeugt, beim zweiten müssen Sie mir sagen, was Sie denken. Ich will Ihnen nicht verheimlichen, dass das sehr anstrengend sein kann. Denken Sie nur an unsere Salzburger Barockvenus.«

Gesine muss beim Gedanken an Pamela Nonnenmeier lachen. Sie steht auf und geht ans Fenster, den Blick starr in den wahrlich wundersamen Sonnenuntergang gerichtet. »Ich werde darüber nachdenken«, sagt sie.

Nose vollendet die Drinks, sieht kurz zu Gesine, die immer noch am Fenster steht, und lässt dann den Inhalt einer Ampulle in eines der Gläser tropfen. *Cheers!*

DARK SIDE OF THE MOON

Zankl wacht auf. Er ist durchgefroren, die Autoscheiben sind komplett beschlagen. Er braucht etwas, um sich zu vergegenwärtigen, wo er sich befindet. Draußen ist es dunkel. Er sieht auf sein Handy. Halb acht. Drei neue Nachrichten. Er öffnet sie. Zweimal seine Frau. Jasmin will nur wissen, ob alles okay ist. Bei ihr gibt es nichts Neues. Die dritte und älteste Nachricht ist von Gesine von 17 Uhr 35: »Alles klar, keine Gefahr, kannst fahren. Lgg.«

Fahren? Warum? Was ist klar?! So war das nicht abgesprochen. Hat Nose sie in seiner Gewalt und sie gezwungen, diese Nachricht zu schicken? Soll er Gesine anrufen, ihr eine WhatsApp schicken? Nein! Wenn er ihr Handy hat! Zankl hat ein ungutes Gefühl und steigt aus. Begutachtet die Mauer um das Grundstück. Sehr hoch. Er sieht die oben eingelassenen langen Metallstifte. Sicher nicht nur zur Taubenabwehr. Und bestimmt gibt es hier auch Videoüberwachung. Zankl geht an der Mauer entlang zum See runter. Das Mondlicht klebt als breiter Streifen auf dem Spiegel des Chiemsees. Mystisch. Das Schilf rauscht im kühlen Wind. Zankl orientiert sich. Zwischen Klinikgelände und See verläuft der Chiemsee-Radweg. Er folgt ihm bis zur Holzbrücke, die sie auf der Karte gesehen haben. Der Kanal führt auf das Klinikgelände. Ein Bootshaus. Vorhängeschloss. Läppisch. Kurz darauf sitzt er in einem schmalen Boot und steuert es in den Kanal.

Der Bug läuft auf Kies. Der volle Mond taucht alles in milchiges Licht. Im Schatten der Bäume huscht Zankl zur Klinik hinüber. An der großen Glasfront im ersten Stock hat er gerade im schwachen Feuerschein des Kaminfeuers eine Person gesehen. Nose? Und wo ist Gesine? Zankl spürt es: Hier ist was faul! Er stellt sich auf einen Gartenstuhl, greift nach den Stahlstreben der Balkonbrüstung und zieht sich kraftvoll nach oben. Er klettert über die Brüstung und verschwindet in dem Schatten, den ein großer Baum auf das Haus wirft. Die Angst, sofort entdeckt zu werden, drückt Zankl den Schweiß aus allen Poren.

Dr. No ist beschäftigt. Sehr beschäftigt. Er beugt sich gerade über die Couch, jetzt sieht Hummel die Frauenbeine im Feuerschein, schemenhaft den Rest des Körpers. Und

Dr. Nos Hände. Sie legen sich um den Hals der Frau. Zankl springt auf, zieht die Waffe, entsichert sie und … erstarrt, als er die Frauenhände auf Dr. Nos Rücken sieht. Die hinabwandern, seinen Hosenbund nach unten schieben, die Unterhose ebenfalls. Dr. Nos nackter Po glänzt im Mondlicht.

Zankl sinkt zu Boden. Er kommt sich vor wie der allerletzte Idiot. Nein, jetzt packt ihn die Wut. Am liebsten würde er die Riesenglasscheibe in tausend Stücke schießen. Er sieht den nackten Hintern und Rücken, die pumpenden Bewegungen, das V der Frauenbeine. Was macht Gesine da?! Nun ja, das sieht der dümmste Bauer. Zankl kauert sich in die dunkle Balkonecke. Plötzlich muss er grinsen. Hey, Gesine ist erwachsen, sie hat ihm eine Nachricht geschickt, dass alles in Ordnung ist, dass er ins Hotel fahren soll. Und was tut er? Kapert ein Boot und klettert auf einen Balkon, um den Spanner zu geben. Vielleicht sind sie echt auf der falschen Spur. Nose ist ein Weiberheld. Sonst nichts! Nose und Gesine also. »Zankl, hier ist dein Typ nicht gefragt«, sagt er sich, klettert vom Balkon und verschwindet vom Grundstück.

Ihm schwirrt der Kopf, als er sein Auto nach Prien zum *Seilerwirt* lenkt. Er ist reif fürs Bett. Vorher noch ein Bier.

PFADFINDER

Kurz nach halb elf. Fackelschein vor dem *Almbach*. Zigarettenglühwürmchen, Gelächter, irgendwo geht ein Glas zu Bruch. Wieder Gelächter. Stimmung wie bei den Pfadfindern. »Wollen wir uns das wirklich antun?«, fragt Dosi.

»Ja klar«, sagt Hummel. »Ganz nüchtern ist hier keiner mehr. Da sitzt die Zunge locker.«

Der Trupp setzt sich in Bewegung in Richtung Partnachklamm. Der Mond steht kalt und weiß am klaren Himmel, die Sterne glänzen frisch poliert. Die mächtige Bergkulisse zeigt viele Varianten Schwarz. Sehr beeindruckend. Eine feierliche Grundstimmung legt sich über die fackelnde Wandergruppe. Andächtige Stille.

Schließlich erreichen sie Graseck und den Einstieg zur Klamm. Tosendes Wasser durchbricht die Stille, jetzt werden wieder Scherze gemacht, man lacht, wenn der Vordermann auf den nassen Felsen ausrutscht. Dosi reicht einem älteren Herrn ihren Arm, den dieser gerne annimmt. Hummel unterhält sich mit einem jungen Arzt über Wandern, Bergsport und den Chirurgenberuf. Der Arzt gibt unumwunden zu, den Beruf des Geldes wegen gewählt zu haben. Endlich mal keiner, der irgendeinen Unsinn über Ästhetik faselt.

»Würden Sie denn jeden Wunsch erfüllen?«, fragt Hummel.

»Ja, wenn es machbar und medizinisch vertretbar ist.«

»Was ist denn nicht vertretbar?«

»Brüste wie Medizinbälle. Davon kriegen die Damen Haltungsschäden.«

»Nasen?«

»Da geht eigentlich alles. Wo keine unkontrollierte Masse im Spiel ist, kann nicht viel passieren.« Er lacht anzüglich.

Hummel konzentriert sich auf den Weg. Ein Tunnel. Die Fackeln rußen. Der Pfad ist sehr abschüssig. Sie treten aus dem Tunnel heraus. Das Wasser donnert ohrenbetäubend. Doch bald wird es einfacher, der Steig wird breiter und ist nun weniger steil, das Wasser spritzt nicht mehr bis auf den Weg. Alle fahren den Konzentrationslevel wieder runter, Gespräche werden fortgesetzt.

An der Talstation der kleinen Seilbahn gibt es Glühwein und Schnaps. Hummel sieht sich um. Endlich entdeckt er Dosi. »Wer war der Mann an deiner Seite?«, fragt er.

»Professor Habersreuther aus Tübingen. Eine Koryphäe. Sehr netter älterer Herr. Und du, hast du was erfahren?«

»Nichts, außer dass man für Geld so ziemlich alles bekommt und dass die meisten Herren hier es auch anbieten.«

»Hast du Dr. Sammer gesehen?«

»Beim Hotel. Mit den Asiaten. Da wollte ich nicht stören.«

»Boah, es ist saukalt hier. Ich hol uns einen Glühwein.«

Hummels Handy piepst. Er liest die Nachricht: »Freu mich auf morgen, Chris.« Die Hitze steigt ihm ins Gesicht. Er sieht zu Dosi hinüber. Sie ist am Glühweinstand. »Ich auch«, schreibt er zurück und lässt das Handy verschwinden.

»Da«, sagt Dosi und drückt ihm einen Becher Glühwein und eine Serviette in die Hand, in die etwas eingewickelt ist. »Kletzenbrot«, erklärt sie begeistert.

Hummel hat Hunger und beißt in das klebrige Früchtebrot. Dazu der Glühwein. Er wird schlagartig müde. Und jetzt den ganzen Weg zu Fuß zurück? Mitnichten. Zurück geht es mit der altmodischen Kabinenbahn, und bei Graseck warten bereits mehrere Pferdekutschen auf die erschöpften Wanderer. Dosi grunzt zufrieden, als sie neben Hummel auf die Bank sinkt und das Gefährt sich schwankend in Bewegung setzt. Sie zieht die gemeinsame Decke weiter zu sich.

SPITZ WIE HUBERS WALDI

Gesine erwacht mit schwerem Brummschädel. Sie versucht sich an den gestrigen Abend zu erinnern. Hat sie ...? Ihr Blick fällt auf den Nachttisch. Ihr »Beautycase«: eine Kanüle mit Blut. Jetzt fällt es ihr ein. Das hat sie sich selbst abgezapft, als sie hier eingetroffen ist. Weil sie wissen wollte, was in ihrem Blut war. Nose hat ihr irgendwas in ihren Manhattan getan. Sie hat es gemerkt, als ihr Unterleib heftig zu kribbeln begann. Etwas sehr Durchblutungsförderndes. Und ihre Gedanken sind Achterbahn gefahren. Sie war spitz wie Hubers Waldi, hatte die Lage aber noch überrissen. Im Zustand höchster körperlicher Erregung hat sie bei Nose eine dringliche Nachricht auf dem Handy vorgetäuscht, die sie sofort nach München zurückbeorderte. Was er etwas konsterniert, aber doch professionell aufgenommen hat. »Schade« war sein letztes Wort.

Sie ist natürlich nicht nach München, sondern nur die paar Kilometer zum *Seilerwirt* gefahren, wo sie gerade völlig gerädert aufgewacht ist. Sie nimmt zwei Kopfschmerztabletten und sinkt zurück ins Kissen. Ein paar Minuten noch.

DAS UNIVERSUM

Zankl sitzt beim Frühstück und beißt lustlos in die lappige Aufbacksemmel. Er ist immer noch geschockt, dass sich Gesine mit diesem Typen eingelassen hat. Ihre Hände auf seinen Mondhälften. Diese Erkenntnis schmeckt noch schlechter als die Tiefkühlbackware und der Filterkaffee hier. Umso größer ist sein Erstaunen, als Gesine den Frühstücksraum betritt. »Gesine, ich denk, du …«

»Was denkst du?«

»Ich, ich hab euch gesehen. Dich und Nose, er hatte die Hosen unten.«

»Mich? Wohl kaum.«

»Ich war auf dem Balkon. Ich hab gesehen, was da auf dem Sofa passiert ist. Sein nackter Arsch im Mondschein. Und deine Hände drauf.«

Gesine sieht ihn perplex an. »Welche Uhrzeit?«

»So gegen neun.«

Gesine schüttelt den Kopf und lacht. »Da hatte ich mich schon lange vom Acker gemacht. Die geile Sau!«

Hummel sieht sie irritiert an. Sie erzählt ihm ihre Geschichte und schließt: »Und dann holt sich der Typ einfach eine seiner vielen Konkubinen und zeigt ihr das Universum!«

Zankl sieht sie zweifelnd an.

»Hey, Zankl, echt nicht!«

Er nickt. »Sorry, die ganze Geschichte kommt mir total bescheuert vor.«

»Ist sie auch. Der hat mir was in den Drink getan. Das hab ich gemerkt und den Abgang gemacht. So ein Mist, wir sind keinen Schritt weitergekommen.« Sie schenkt sich Kaffee nach.

Zankls Handy klingelt. Er nimmt das Gespräch an, horcht angestrengt, nickt. »Ja, wir kommen gleich.« Er legt auf. »Hummel. Die haben ein Problem. Ein Kongressteilnehmer ist verschwunden. Der sollte heute eine Aussage machen.«

EINFACH WEG

Mader und Fränki sind in Dosis und Hummels Zimmer. Dosi hat nicht schlecht gestaunt, dass Mader ihren Lover im Schlepptau hat. Erst war sie sauer auf Fränki, aber irgendwie schmeichelt es ihr auch, dass er ihr nachgereist ist. Auch, dass sein Kontrollblick jetzt eifersüchtig das zerwühlte Bett und die Couch scannt.

»Gut, halten wir fest«, sagt Mader, »dieser Dr. Sammer will Hummel heute wegen Weinzierls Arbeit sprechen. Nach der Tagung. Und jetzt ist er weg?«

»Ja, einfach weg. Verschwunden. Sein Auto ist noch da. Als er nicht zum Frühstück kam, bin ich auf sein Zimmer.«

»Wie hast du das gemacht?«, fragt Zankl.

»Spielt keine Rolle. Das Bett war unberührt«, berichtet Hummel. »An sein Handy geht er nicht.«

»Wann haben Sie ihn denn zuletzt gesehen?«, fragt Mader.

»Gestern Abend auf der Nachtwanderung zur Partnachklamm. Also am Anfang, vor dem Hotel. Mit den Asiaten. Aber die wissen nix, ich hab sie bereits gefragt.«

»Ist er ins Hotel zurückgekehrt?«

Hummel zuckt mit den Achseln.

»Gut«, meint Mader. »Oder nicht. Der Termin heute war fest vereinbart?«

»Bombenfest. Er wollte unbedingt mit mir reden.«

»Dann sollten wir eine Suchmeldung rausgeben«, sagt Dosi.

LIEBESNEST

»Zankl, was machst du denn hier?!«, fragt ein Mann auf dem Parkplatz vom *Almbach*, als Zankl und Gesine gerade ins Hotel gehen wollen. Zankl mustert den Mann.

»Kennst mi nimmer?«, fragt der.

Zankl braucht einen Moment. »Doch, freilich, Lehrgang Verhörtechniken im schönen Nürnberg.«

»Genau, der Untermeier Schorsch.«

»Servus, Georg«, sagt Zankl.

»Deine Frau?«, fragt Meier mit Blick auf Gesine.

»Nein, eine Kollegin.«

Gesine lächelt und gibt ihm die Hand. »Fleischer. Dr. Fleischer.«

Untermeier hebt die Augenbrauen. »Respekt, Zankl, Respekt.«

Zankl hat keine Lust, etwas zu erklären. Soll der Depp doch denken, was er will. Jeder Blindgänger sieht, dass sich ein kleiner Kripobeamter hier kein Liebesnest mit der Frau Kollegin leisten kann. »Und, was machst du hier?«, fragt Zankl.

»Arbeit. Drüben in der Klamm. Wir haben eine Leiche.«

»Was?! Wer?«

»Ein Chirurg aus dem Chiemgau. Dr. Sammer. Offenbar ist er hier auf dem Kongress. Also er war es zumindest. Ich wollte jetzt mal nachfragen.«

»Und warum Kripo?«, fragt Zankl.

»Weil da der Steig ja eigentlich gut gesichert ist. Die örtlichen Kollegen fanden's komisch und haben uns angerufen. Klar, wenn's ein Fischkopf wär, würden wir nicht so genau hinschaun.«

Jetzt tritt Mader auf den Parkplatz hinaus. Zankl winkt ihn heran: »Chef, die Kollegen aus Garmisch haben einen Toten in der Partnachklamm.«

»Mader, Kripo München, Mordkommission.«

»Untermeier, Kripo Garmisch.«

»Ihr Chef ist der Eisenhut Alfons, oder?«

»Ja, und?«

»Wir kennen uns gut. Sagen Sie ihm bitte, dass wir hier in einem Mordfall ermitteln. Die Leiche würden wir gerne sehen. Der Alfons soll gleich ein paar Leute mitbringen, Spurensicherung, Rechtsmedizin.«

Während Untermeier telefoniert, bringen sich die Münchner Kollegen über die jeweiligen Erlebnisse auf den neuesten Stand.

»Nose hat ein Alibi für gestern Nacht?«, fragt Mader.

»Ja, aber nur, wenn er die ganze Nacht bei seiner Sofaliebe geblieben ist«, sagt Gesine, »wann war die Nachtwanderung?«

»So halb elf«, sagt Hummel. »Könnte das passen?«

Zankl nickt. »Könnte. Ich hab ihn gegen halb neun in Aktion gesehen. Da war er in der Klinik.«

»Er hat ein schnelles Auto«, sagt Gesine.

»Woher kann er gewusst haben, dass Dr. Sammer auspackt?«, fragt Mader. »Oder kann sonst noch wer gewusst haben, dass sich Sammer mit Ihnen treffen will?«

Hummel schüttelt den Kopf. »Von uns jedenfalls nicht. Aber so ein Kongress …«

Untermeier tritt wieder zu ihnen. »Einen schönen Gruß von Eisenhut. Wir treffen ihn in der Klamm.« Er zählt die Anwesenden. »Vier kann ich mitnehmen.«

Mader nickt. »Fränki, Sie warten bitte in Klais auf uns.«

Sie steigen in Untermeiers hochbeinigen Gelände-Mercedes. Untermeier lässt den Motor aufheulen und donnert los. Als sie den Teerweg des Hotels verlassen, reduziert Untermeier das Tempo nicht. Steine schlagen an den Unterboden und spritzen links und rechts weg. Es ist ein grauer Vormittag, und die wenigen Spaziergänger, die unterwegs sind, springen erschrocken beiseite. Das Blaulicht auf dem Dach sorgt für den nötigen Respekt.

»Blöder Alpendjango!«, denkt Mader.

KOPFÜBER

Nach hundert Metern steilen Fußwegs durch die Klamm hinab kommen sie an eine mit Absperrband markierte Stelle. Sie beugen sich über das Geländer. »Ich seh nix«, sagt Dosi.

»Doch, da!« Hummel zeigt auf die Kante, über die die Partnach hinunterstürzt, wo am felsigen Rand das Gebüsch übers Wasser wuchert. Jetzt entdeckten die anderen auch, dass sich im Geäst ein schwarzer Schuh verfangen hat. Samt Inhalt.

»Den Rest sieht man von unten besser«, sagt Untermeier und weist den Weg.

Sie steigen weiter die Klamm hinab und blicken nach oben in den tosenden Wasserfall. Im sprudelnden Wasser hängt kopfüber ein lebloser Männerkörper, eine große Platzwunde an der Stirn. »Hier hat ihn heute Morgen ein Berliner Kegeltrupp entdeckt«, erklärt Untermeier.

Mader kann sich ein Grinsen nicht verkneifen. Die Preißn. Im Frühtau zu Berge und dann so was. »Woher wisst ihr, wer das ist?«, fragt Mader.

»Seine Jacke. Hat er verloren. Hängt da zwischen den Felsen. Alles drin. Ausweis, Geldbörse. Dr. Martin Sammer. Wohnhaft in Prien am Chiemsee.«

Mader sieht nach oben. Das Geländer ist dort fast brusthoch. »Da stürzt man nicht einfach so.«

»Grüß Gott«, sagt jetzt ein älterer Herr in Tracht, der den Weg hochgekommen ist.

»Servus, Alfons«, sagt Mader. »Fesch schaust du aus.«

Kriminalhauptkommissar Alfons Eisenhut tippt sich an die filzige Kopfbedeckung. »Nicht mal in die Kirche kannst gehen, ohne dass wer stirbt. Wer is des, der Tote?«

»Ein Arzt aus Prien. Möglicher Zeuge in einem Münchner Mordfall. Sind wir irgendwo ungestört?«, fragt Mader.

Die Spurensicherung rückt an, und weitere Beamte und Leute von der Bergwacht treffen ein, um die Leiche zu bergen. Gesine bleibt am Fundort, um sich mit dem gerade eingetroffenen Garmischer Kollegen die Leiche anzuschauen. Mader & Co. verziehen sich ins Wirtshaus am Eingang der Klamm.

200 000 VOLT

Dr. Herbert Koslik, wie sich der Garmischer Rechtsmediziner vorgestellt hat, beginnt mit Gesine die Leiche zu untersuchen. Angesichts des reichlich desolaten Zustands ist es nicht ganz einfach zu entscheiden, wonach sie wirklich schauen sollten.

»Was ist das?«, fragt Gesine schließlich und deutet auf zwei schwarze Punkte am Hals von Sammer.

»Ein Vampirbiss?«, rät Koslik.

»Sehr witzig.«

Koslik holt ein starkes Vergrößerungsglas aus seinem Koffer und prüft die Hautstelle. »Könnten Brandwunden sein. Sieht aus wie von einem Elektroschocker, einem Paralyzer. Die Dinger haben bis zu 200 000 Volt. Die machen solche Flecken.«

Gesine nickt. »Aber warum? Es hätte doch gereicht, ihn runterzustürzen …«

»Dann hätte er geschrien. Das wäre ein bisschen auffällig gewesen. Ich schau ihn mir später noch genauer an. Kommen Sie mit in die Rechtsmedizin?«

»Nein, vielleicht komm ich nach.«

»Schade.«

Sie sieht ihn erstaunt an. Erst jetzt fällt ihr auf, dass Koslik ein attraktiver Mann ist. Hochgewachsen, jugendlich, Dreitagebart. Durchaus ihr Typ. Sie lächelt.

SMOKE GETS IN YOUR EYES

Auf dem großen Tisch im Hinterzimmer der Wirtschaft stehen Weißwursthaferl und mit schnurpseligen Wursthäuten und braunen Senfflecken verzierte Teller. Die Tischdecke ist übersät mit Hagelsalz und Breznbröseln. Die durch das kleine Fenster hereinfallende Sonne erleuchtet Weißbier auf Halbmast in schlierigen Gläsern. Im Raum stinkt es wie in einer Räucherkammer. Das Rauchverbot ist nicht bis in die letzten Winkel Bayerns vorgedrungen, wie Hummel begeistert festgestellt hat. Eisenhut entzündet gerade ein neues Zigarillo. Mader und Hummel haben Eisenhut und Untermeier einen Abriss des Münchner Falls mit den Modelmorden gegeben. In Grundzügen.

»Dr. Sammer, also der Tote, wollte jedenfalls heute Vormittag eine Aussage machen«, sagt Hummel. »Er hat angedeutet, dass er jemanden im Beautybusiness auffliegen lässt. Und dass das einigen gar nicht schmecken würde. Und er hatte Angst, weil Weinzierl ja …« – »Wer ist des jetzt noch mal?«, unterbricht ihn Eisenhut.

»Der tote Bestsellerautor«, erklärt Mader. »Mit dem Buch über die Schönheitsindustrie.«

»Wegen so was bringt man Leute um?«

»In München schon«, sagt Mader.

Hummel fährt fort: »Weil Weinzierl tot ist und ein mit ihm befreundeter Arzt, Dr. Hanke, spurlos verschwunden ist, wollte Sammer offenbar auspacken.«

Gesine tritt ein und reibt sich die kalten Hände.

»Und, wie schaut's aus?«, fragt Mader.

»Der Mann wurde vor seinem Sturz mit einem Elektroschocker schachmatt gesetzt.«

Eisenhut stößt beißenden Zigarillorauch aus. »Sauber, dann hamma tatsächlich an Mord.«

Mader lächelt. »Vielleicht könnt's ihr des touristisch nutzen. Die *Mordsklamm, Partnachtod* … Oder: *Sterben, wo andere Urlaub machen.* Na, des gibt's schon. Oder?«

Eisenhut sieht ihn schräg an. »Und ihr meint's, dass wir euch bei uns ermitteln lassen?«

Mader lächelt wieder. »Des schaff ma grad so, oder? Kurzer Dienstweg.«

Eisenhut drückt sein Zigarillo aus. »Aber des kost a Maß.« Er steht auf.

»Chef?«, fragt Untermeier.

»Sie helfen den Münchnern, ich hab noch Termine.«

»Stammtisch«, murmelt Untermeier, als sein lodenumhüllter Chef den Raum verlassen hat.

Hummel will sich eine neue Zigarette anzünden, aber Mader hebt warnend den Zeigefinger und öffnet das Fenster.

EIN SCHRITT VORAUS

Fränki langweilt sich. Er ist nicht in seine Pension nach Klais zurückgekehrt, sondern hat es sich in Dosis Zimmer auf dem Doppelbett bequem gemacht. Nachdem er alles durchschnüffelt hat. Er hat sogar im Badezimmermülleimer nachgesehen. Aber kein Beleg für unbotmäßige Handlungen. Die zwei leeren Bierflaschen, die auf dem Sideboard stehen, geben nichts her. Die kann Dosi auch alleine verdrückt haben. Und wenn nicht, dann haben die beiden eben ein Bier zusammen getrunken. Na und? Fränki späht in den offenen Zimmersafe. Jetzt kommt ihm eine Idee. Er greift zum Telefon und ruft in der Rezeption an. »Hallo, hier ist Hummel, Kripo München.«

»Herr Hummel, was kann ich für Sie tun?«

»Sagen Sie, haben alle Zimmer einen Safe?«

»Viele.«

»Ist in Dr. Sammers Zimmer ein Safe?«

»Warten Sie. Die 24. Nein, in diesem Zimmer ist kein Safe.«

»Hat Dr. Sammer etwas im Hotelsafe deponiert?«

»Moment … Ja, Dr. Sammer hat gestern Abend seinen Laptop hier deponiert.«

»Gut. Ich komm gleich runter.«

»Aber den Laptop hat doch Ihre Kollegin bereits abgeholt.«

Fränki strahlt. Seine Dosi! Immer einen Schritt voraus. Was für eine Frau! Er reibt sich die von Bajazzos Biss noch immer schmerzende Wade und fühlt sich plötzlich hundemüde. Der gestrige Abend mit Mader, das Bier, die frische Luft. Selig lässt er den Kopf in Dosis Kissen sinken.

NICHT SEHR BELIEBT

Mader hat Professor Limburg gebeten, nach dem Abschlussvortrag ein paar Worte an die Kongressteilnehmer richten zu dürfen. Was Mader dann auch tut: »Ja, es sieht aus wie ein tragischer Unfall, aber da wir jegliches Fremdverschulden ausschließen wollen, bitte ich Sie, uns alles zu erzählen, was Sie über Dr. Sammer wissen und was uns bei unserer Arbeit helfen könnte.«

Die Ärzteversammlung nimmt seine Botschaft eher desinteressiert auf. Von Anteilnahme keine Spur. Professor Limburg hat den Polizisten bereits gesagt, dass Dr. Sammer im Kollegenkreis nicht sehr beliebt war – vorsichtig ausgedrückt. Unter anderem, weil er mit solchen Leuten wie Weinzierl kooperierte. Ein Wichtigtuer. Niemand meldet sich mit spezifischem Wissen zu Sammer.

HEIDIGLÜCK

Nach dem offiziellen Kongressende gehen Hummel und Dosi auf ihr Zimmer, um zu packen. Dort schnarcht Fränki selig. »Süß!«, lautet Dosis Urteil. Hummel hebt die Augenbrauen. Sein Handy klingelt. »Ja? ... Oh, ja, klar, ich freu mich. Das Café vom Wetterstein?! Äh, ich weiß nicht. Da lassen's mich vielleicht nicht ... Doch, weiß ich. Ja, gut, ich probier's. Sonst ruf ich noch mal durch. Bis nachher ... Ja, ich mich auch.«

Dosi sieht ihn erstaunt an. »Oh, der hohe Herr kehren noch im *Schlosscafé* ein? Darf man fragen, wer die Glückliche ist?«

»Darf man nicht. Das ist privat.« Er deutet auf den schnorchelnden Fränki. »Lass ma den da liegen?« Dosi entdeckt ein Loch in Fränkis Socken und steckt den kleinen Finger hinein, um ihn zu kitzeln. Hummel kräuselt die Nase. Fränkis Schnarchen kommt aus dem Rhythmus, er verschluckt sich und bekommt einen Hustenanfall. Dosi richtet ihn auf und klopft ihm fest auf den Rücken.

»Wo, wo bin ich?«, röchelt Fränki.

»Im Himmel«, erklärt Dosi. Er strahlt sie an und lässt sich von ihr aus dem Bett helfen. »Checkst du mit aus?«, fragt Dosi Hummel.

»Ein bisschen später. Ich mach mich noch schnell frisch.«

Dosi lacht. »Na dann viel Spaß noch, ich fahr schon mit den anderen.«

»Du fährst mit mir«, sagt Fränki bestimmt. »Die *Triumph* steht in Klais. Helm für dich hab ich dabei.«

»Okay, Fränki-Schatz, ich geb nur noch Zankl meine Sachen mit. Ciao, Hummel.«

Hummel zieht sich aus und stellt sich unter die Dusche. Er will für Chris frisch und sauber sein. Den Berufsalltag abwaschen. Den Dreck, das Verbrechen. Endlich Freizeit! Das Wetter ist noch richtig schön geworden. Klarer Plan: romantisch spazieren gehen, die leuchtenden Farben des Herbstlaubs bestaunen, den letzten Kraftakt der Herbstsonne im Gesicht spüren, die nahen Berggipfel mit und ohne Schnee bewundern. Die perfekte Kulisse – für eine Umarmung, einen Kuss, um Hand in Hand über Almwiesen zu laufen. *Heidiglück!* Er lacht und dreht die heiße Dusche aus.

100 PROZENT

»Wir hoffen, es hat Ihnen bei uns gefallen«, sagt der junge Mann an der Rezeption.

»Sehr gut«, sagt Hummel und schiebt seine Keycard über den Tresen.

»Dann beehren Sie uns bald wieder.«

»Aber sicher«, sagt Hummel und wendet sich zum Gehen.

Er ist schon durch die große Glastür nach draußen getreten, als der Livrierte ihn einholt. Er schwenkt einen Briefumschlag. »Das war in Ihrem Postfach!«

Verdutzt nimmt Hummel den Umschlag entgegen. »Wer hat den abgegeben?!«

»Tut mir leid, das war bei den Kollegen gestern in der Spätschicht.«

Hummel steht unschlüssig in der prallen Mittagssonne. Eigentlich ist er jetzt außer Dienst. Er öffnet den Umschlag.

Ein USB-Stick fällt ihm entgegen. Kein Brief dazu, keine Notiz. Er denkt sofort an Sammer. Und sieht auf die Uhr. Er geht zurück in die Lobby. »Gibt es bei Ihnen ein ruhiges Büro, wo ich mir das hier anschauen kann?«, fragt er und zeigt den USB-Stick.

Er wird in ein enges Büro geführt, das dezent schweißelt. Die Dusche ist schon Geschichte. Hummel steckt den Stick in den altersschwachen PC-Tower und öffnet ein paar Dateiordner. Er findet darin Excel-Listen, Zahlenkolonnen, Eingang, Ausgang, Euro, Dollar, Franken. Kontobewegungen – so viel ist klar. Aber keine Bezeichnungen für Produkte oder Dienstleistungen. Und keine Namen. Nur Zahlen, Zahlen, Zahlen. Das muss sich ein Profi ansehen. Er greift zum Handy. Es dauert lange, bis jemand abhebt. »Wallicek, Pforte Polizeidienststelle Ettstraße.«

»Wally, servus, ich bin's, Hummel. Du, ist irgendwer von der Wirtschaft im Haus?«

»Es ist Sonntag!«

»Hast du Kramers Privatnummer? Es ist wichtig!« Hummel wartet, bis Wallicek sich am PC durch die Listen geklickt hat und ihm die Nummer durchgibt.

Kramer ist nicht erfreut, Sonntagmittag gestört zu werden, aber als ihm Hummel schildert, worum es geht, wird er neugierig. Hummel soll ihm ein paar Dateien zur Prüfung an seine Privatadresse mailen. Er würde sich dann umgehend melden.

»Läuft!«, denkt Hummel, als er die Dateien vermailt hat. Soll er Mader anrufen? Nein. Dann kann er den Nachmittag knicken. Er wird warten, bis Kramer ihm Bescheid gibt, und dann entscheiden, was zu tun ist. Jetzt hat er nur noch einen Wunsch: Chris sehen! Er steckt den Stick in die Hosentasche und geht los.

Ein fantastischer Herbsttag. Als würden alle Kräfte der Natur noch einmal zum letzten Halali blasen. Der Berufsalltag fällt von ihm ab wie der getrocknete Lehm von den Sohlen seiner Stiefel.

Als er sich der Eingangstür des Schlosscafés nähert, beschleichen ihn Zweifel. Er hat die Szene von gestern in bester Erinnerung – den blasierten Kellner, der aussah wie ein faltiger Pinguin und ihnen ebenso unsensibel wie bestimmt den Einlass verwehrt hat. Hummel erkennt ihn sofort wieder. Umgekehrt nicht. »Mein Herr, das geht leider …« – »Ich werde erwartet«, unterbricht Hummel ihn forsch. »Das bezweifle ich«, sagt der Pinguin mit Blick auf Hummels schmutzige Stiefel.

Hummel späht an ihm vorbei. Er entdeckt Chris an einem der Bistrotische und winkt ihr. Sie winkt zurück. Was der Kellner mit Erstaunen registriert. Hummel kann es in seinen Augen lesen: Wie kann so eine Dame mit so einer Null verabredet sein?! Dennoch geleitet der Pinguin ihn mit einem Minimum an Höflichkeit an den Tisch.

»Der Herr ist mit Ihnen verabredet?«, fragt er Chris.

»Danke, Willibald, so ist es. Komm, Klaus, setz dich.«

»So ein Depp«, murmelt Hummel, als Willibald Leine zieht. »Den kennst du?«

»Nein, aber er hat sich bei mir als Willibald vorgestellt. Nicht so deins hier?«

»Nein, Willi und Chichi sind nicht so meins.«

Sie deutet auf das Panoramafenster. »Aber die Aussicht schon, oder?«

»Ja, die kann auch nichts dafür, dass das blöde Hotel hier steht.«

Sie lacht. »Na komm, dann schauen wir uns das draußen live an. Was für ein toller Tag!«

»Ja, was für ein toller Tag«, denkt Hummel, nachdem er seine Tasche mit dem Anzug in ihrem Auto verstaut und sie ihre Bergschuhe angezogen hat. Sie gehen nebeneinander den Wirtschaftsweg hinauf in Richtung Wettersteinalmen. Hummel staunt, welches Tempo Chris vorlegt. Eine vielseitige Frau: schön, klug, sportlich.

»Und, wie war's im *Almbach*?«, fragt sie.

»Schön, äh … Es war ja dienstlich und …«

Sie winkt ab. »Dienstlich geht mich nichts an.«

»Na ja, wenn es Veronika Saller und Andrea Meyer betrifft, schon. Wir suchen immer noch den Typen, der das getan hat.«

»Hier?«

»Nicht wirklich. Na ja, wir dachten, dass die Todesfälle vielleicht etwas mit diesen Schönheits-OPs zu tun haben.«

»Deswegen das *Almbach* – der Beautykongress.«

Er sieht sie erstaunt an. »Woher weißt du das?«

»Hat mir der Kellner im Schlosscafé erzählt.«

»Quasimodo.«

Sie lacht schallend.

»Hat er sonst noch was erzählt?«, fragt Hummel.

»Ja, dass ein toter Mann in der Partnachklamm gefunden wurde. Habt ihr damit auch was zu tun?«

Hummel schüttelt den Kopf. »Ein Kongressteilnehmer. Muss gestern bei der Nachtwanderung abgestürzt sein. Tragisch. Aber die Kollegen tragen es mit Fassung. Diese Skalpellkünstler sind nicht zimperlich. Ich mag die nicht.«

»Ach, das ist auch nur ein Beruf wie jeder andere.«

»Findest du?«

»Aus professioneller Sicht schon. Da gilt Angebot und Nachfrage.«

Hummel schluckt. »Du meinst deine Models, oder?«

»Ja. Hey, warum guckst du mich so komisch an? Du glaubst doch nicht …? Mensch, Klaus, das ist hundert Prozent Natur, was du hier siehst!«

Hummel errötet. Ihr schönes Gesicht. Und im Geiste ist er schon bei ihren Brüsten, die ihre Softshelljacke sanft spannen. Und die ganz gewiss so sind, wie die Natur sie erschaffen hat.

Schweigend gehen sie weiter.

Plötzlich ergreift sie seine Hand.

Wow! Hummels Kopf ist mit einem Schlag leer. Total leer. Und sein Herz randvoll. Er will etwas sagen. Er kann nicht. Echtes Gefühl kennt keine Worte! Er wagt es nicht, sie anzusehen. Sie gehen einfach nebeneinander, inmitten der herrlichen Natur, Hand in Hand.

»Und du warst da allein, in dem Hotel?«, fragt Chris unvermittelt.

»Nein, meine Kollegin Dosi war dabei.«

»Das ist die von der Modenschau?« Sie sieht ihn direkt an.

»Nein, das ist unsere Rechtsmedizinerin. Ich war hier mit Dosi, meiner Kollegin aus Niederbayern. Ganz anderes Kaliber. Nichts, was dich beunruhigen müsste.« Er kichert. »Stell dir vor, ihr eifersüchtiger Freund ist ihr nachgereist, um zu schauen, ob auch wirklich alles in Ordnung ist.«

»Süß«, sagt Chris.

KÜR UND PFLICHT

Mader, Zankl und Gesine sitzen in der Garmischer Fußgängerzone vor der Konditorei Krönner in der Sonne. Bajazzo hat sich auf den warmen Steinplatten ausgestreckt und döst. Die Bedienung bringt zwei Cappuccino, zwei Apfelstrudel und einen Eisbecher. Letzteren für Mader.

»Wenn der Sonntag schon ruiniert ist, genießen wir wenigstens ein Stündchen in der Sonne«, fasst Mader die Lage zusammen.

Zankl nickt, obwohl er ein wenig auf Kohlen sitzt und ein schlechtes Gewissen wegen seiner schwangeren Frau hat. Ihr Telefonat vorhin war sehr zäh. »Wo ist ihre Coolness von gestern?«, denkt er. Heute *grande lamento*. Aber Gewissen hin oder her, irgendwie ist er froh, jetzt noch ein bisschen in der Sonne zu sitzen und sich nicht ihr Gejammer reinziehen zu müssen. Er verteilt die Sahne großzügig auf dem warmen Apfelstrudel und sieht fasziniert zu, wie sie in kleinen Rinnsalen durch die Furchen der Kruste fließt.

Gesines Handy klingelt. Sie nimmt das Gespräch an, hört zu, nickt immer wieder. »Danke, nein, muss ich nicht selbst sehen. Keine Spuren, Fasern, Haare, Haut? … Und die Blutprobe? … Aha, das ist interessant. Ja, danke. Vielen Dank. Das ist sehr nett. Nein, schon unterwegs. Ein andermal vielleicht.« Sie legt auf und sagt zu Mader und Zankl: »Das war Koslik, der hiesige Rechtsmediziner. Jetzt ist es amtlich: Der tote Arzt wurde mit einem Elektroschocker ausgeschaltet. Letal waren aber der Sturz und Unterkühlung. Jedenfalls zweifelsfrei Mord.«

Mader rührt in seinem Eisbecher. »Wir haben keinen blassen Schimmer, wer dahintersteckt.«

»Nose hat kein wasserdichtes Alibi«, sagt Zankl. »Und 'nen schnellen Wagen.«

»Ich weiß nicht«, sagt Gesine. »Der wird seine Bettgenossin verabschieden, 140 Kilometer durch die Nacht rasen, den Sammer in die Partnach schmeißen und dann schnell wieder zurück zum Chiemsee? Und was, wenn tatsächlich ich an seiner Seite im Bett gelegen wäre?«

»Na ja, vielleicht war das genau die Idee. Er gibt dir ein Schlafmittel in den Drink, du entschlummerst sanft, er bringt den Typen um, und schon hätte er ein Superalibi gehabt, wenn du morgens an seiner Seite aufwachst.«

»Er hat mir tatsächlich was in meinen Drink getan. Ich habe dem Koslik eine Blutprobe von mir mitgegeben. Die haben offenbar ein schnelles Labor. Jedenfalls war in meinem Blut das Gegenteil von K.-o.-Tropfen: Sildenafil. Fördert die Durchblutung des Unterleibs. Wird auch als *Lovegra* verkauft. So eine Art *Viagra* für Frauen. Und zudem ist eine Prise Flibanserin in meinem Blut. Das ist für den Kopf. Der spielt beim Sex ja auch eine Rolle, also bei Frauen zumindest.«

Zankl lässt sich nicht beirren: »Dann wäre das Schlafmittel danach gekommen. Erst Kür, dann Pflicht.«

»Na klar, Zankl. Und woher sollte er gewusst haben, dass der Arzt aus Prien auspacken will?«

»Oder es war ein Kongressteilnehmer«, meint Mader. »Auf so einem Branchentreffen bleibt doch nix geheim. Wenn Hummel beim Kongressleiter platziert hat, dass er Weinzierls Buch fertig schreibt, und irgendjemand mitkriegt, dass er mit Sammer spricht …«

»Gut, dass dieser Irgendjemand nicht auch Hummel in die

Partnach gestürzt hat«, meint Gesine. »Wo steckt Hummel denn eigentlich?«

Zankl grinst. »Hat noch ein Rendezvous laut Dosi.«

PANIERT

»Boah, was für ein geiles Teil!«, sagt Dosi und meint damit nicht die schwarze *Triumph*, die vor ihnen in der Sonne funkelte, sondern das gewaltige Wiener Schnitzel, das einen Berg Bratkartoffeln bedeckt und weit über die Ränder des riesigen Tellers ragt. Von so einer Portion könnte eine Kleinfamilie satt werden. Und vor ihnen stehen zwei vollbeladene Teller! Fränki weiß, wie er seine Dosi glücklich macht. »So lass ich mir Sonntagsarbeit gefallen«, verkündet Dosi, schneidet sich ein großes Stück Schnitzel ab und mustert das panierte Fleisch voller Vorfreude.

»Und den Kollegen immer eine Nase voraus«, sagt Fränki. »Dass du an den Tresor gedacht hast, super!«

»Was für ein Tresor?«, fragt Dosi mit vollem Mund.

GROSSER BRAUNER

Dosi hat Mader nicht angerufen. Erst will sie selbst wissen, was da los war. Wer hat sich als Polizistin ausgegeben und Sammers Laptop einkassiert? Fränki gibt der *Triumph* die Sporen. Mit röhrendem Auspuff jagen sie die steile Straße nach Klais hinauf und weiter zum Hotel, wo sie schließlich mit quietschenden Bremsen zum Stehen kommen.

»Ruhig, großer Brauner«, sagt Dosi und tätschelt Fränkis Oberschenkel, die noch vom Adrenalin zittern. Sie springt von der Sitzbank und stürmt ins Foyer, ohne den Helm abzunehmen. Panisch sieht der Rezeptionist sie an. »Sie wünschen?!«

»Eine Auskunft!«, bellt Dosi. »Haben Sie den Laptop von Sammer aus dem Hoteltresor geholt?«

»Ja, ich, äh …«

»Haben Sie ihn mir gegeben?«

Er sieht sie verunsichert an. Endlich nimmt sie Helm und Sturmhaube ab. Dann schüttelt er den Kopf.

»Wie kommen Sie dazu, einfach den Laptop rauszugeben?!«

»Aber die Dame war von der Polizei!«

»Hatte sie einen Dienstausweis?«

»Das hoffe ich doch.«

»Das hoffen Sie?! Wissen Sie, was ich gleich hoffe?!«

»Sie hat gesagt, dass sie eine Kollegin von Klaus Hummel ist. Und das ist doch der Herr, der mich heute Morgen befragt hat. Der mit Ihnen da war.«

In Dosis Kopf rattert es. Wer kann das gewesen sein? Wer wusste, dass sie hier waren? Und warum sie hier waren? »Wie sah die Frau aus?«

»Schön. Also, ich hab mir gedacht: ungewöhnlich, so schöne Frauen bei der Polizei?!« Er sieht Dosi indigniert an. »Entschuldigen Sie …«

Dosi atmet tief durch. »Beschreibung: Haarfarbe, Augenfarbe, Kleidung?«

Mit »blond, groß, grüne Augen, gehobene Kleidung« kann sie nichts anfangen. Jetzt kommt ihr ein Gedanke. Mit wem ist Hummel heute Nachmittag verabredet? Was, wenn die Laptopfrau und seine Verabredung ein und dieselbe Person ist?! Sie wählt Hummels Nummer. Nichts. Er hat vermutlich keinen Empfang. Sie ruft Mader an. Besetzt.

Zankl hebt sofort ab. »Dosi, was ist? Habt ihr 'nen Platten?«

»Nein, wir sind im *Almbach*. Da hat sich eine Frau an der Rezeption als Polizistin ausgegeben und Sammers Laptop eingesackt. Der war im Hotelsafe!«

»Im Safe? Sind wir blöd!«, stöhnt Zankl. »Woher weißt du das?«

»Das ist jetzt egal. Ich erreich Hummel nicht.«

»Was hat denn der damit zu tun?«

»Hummel ist hier irgendwo mit seinem Gspusi unterwegs. Wenn das die Frau ist, die den Laptop geholt hat, ist er in Gefahr! Ich mach mir Sorgen!«

»Dosi, beruhig dich! Hummel sitzt irgendwo in der Sonne, wie wir auch. Vielleicht mit Beate.«

»Beate?«

»Seine große Liebe.«

»Groß und blond?«

»Groß und blond und schön.«

»Das könnte die Frau sein!«

»Dosi, komm runter! Ich kenne Beate. Sie ist eine Schwabinger Kneipenwirtin und keine Gangsterbraut.«

»Ist was passiert?«, fragt Gesine Zankl, als dieser das Handy weggelegt hat und sich nachdenklich am Kopf kratzt. »Gleich.« Er deutet auf Mader, der noch telefoniert.

Endlich legt Mader auch auf. Und ergreift zuerst das Wort: »Hummel hat Material. Er hat Daten zu Geldtransfers zwischen Schönheitskliniken an Kramer gemailt. Und jetzt erreicht Kramer Hummel nicht.«

Nun wird auch Zankl unruhig. Er berichtet von dem Gespräch mit Dosi. Sie zahlen und fahren zurück zum *Alm-*

bach. Zurück bleibt neben leeren Cappuccinotassen und Apfelstrudelresten ein Edelstahlbecher mit geschmolzenem Eis. Mader hat keine drei Löffel davon gegessen. Von wegen: die Sonne genießen.

KÖNIG-LUDWIG-FEELING

Dosi hat unnötig Angst um Hummel. Denn dem geht es richtig gut. Das schöne Wetter beflügelt die beiden Turteltauben. Sie steigen den Schachenweg weiter bergan, obwohl die Sonne schon tief steht. Irgendwie hat Hummel die romantische Vorstellung, da oben am Schachenhaus dann ganz allein mit Chris auf einer Bank zu sitzen und in die Ferne zu schauen. König-Ludwig-Feeling. Die schroffen Berggipfel, die sanften Almwiesen. Das Hotel Wetterstein sieht von hier aus wie ein Playmobilschloss, klein auch die Häuser bei Graseck, oben die Alpspitze, irgendwo weit unten im Dunst die Ausläufer von Garmisch und die Autobahn, an deren Ende dann München käme. Mal die Perspektive andersrum, nicht vom Olympiaturm oder vom Alten Peter aus.

Nur noch vereinzelt kommen ihnen Wanderer und Spaziergänger entgegen. Hummel sieht auf sein Handy. Viertel nach drei. Bis sechs ist es noch hell. Und er hat keinen Empfang. Gut so. Konzentration auf das Wesentliche – in fünf Buchstaben: L-I-E-B-E.

VÖLLIG ÜBERSCHÄTZT

Der Motor der *Triumph* faucht noch einmal heiser auf, bevor er verendet. Der Kellner sieht mit besorgtem Blick auf die beiden lederschwarzen Biker, die auf das Café zueilen. Jetzt nehmen sie die Helme ab. Die darunter sitzenden Sturmhauben sind kaum vertrauenerweckender. Eher im Gegenteil. Der Kellner nestelt in seiner Hosentasche nach dem Schlüssel. Zu spät. Dosi zieht mit einer Hand die Sturmhaube vom Kopf, mit der anderen die Türe auf. Funkelt ihn an. »Wir kennen uns!« Oberkellner Willibald starrt auf ihren roten Kurzhaarschnitt und nickt. So eine Dame vergisst man nicht. Dosi hält ihm ihren Dienstausweis unter die Nase. »Mordkommission München. Heute keine leere Drohung! Wir ermitteln! Ich erwarte mehr Entgegenkommen als gestern!«

Er nickt und sagt: »Ich habe da noch einen sehr schönen Tisch am Panoramafenster. Wenn Sie mir folgen wollen.«

»Nein, das wollen wir nicht. Außer meine Begleitung von gestern ist noch hier.«

Willibald sieht verunsichert zu Fränki, dann fällt es ihm ein. »Der Herr mit den ungekämmten Haaren – der ist schon fort.«

»Mit wem hat er sich getroffen?«

»Mit einer Dame.«

»Name?«

»Ich kenne nicht alle unsere Gäste persönlich.«

»Wie sieht sie aus?«

»Groß, sehr gut aussehend.«

»Blond?«

»Nein. Kastanienbraun. Und anders als er. Distinguiert.«

Die braunen Haare irritieren Dosi. Der an der Hotelrezeption hat von einer blonden Frau gesprochen. »Augenfarbe?«

»Grau, sehr klar, wie ein Bergbach.«

»Das wissen Sie aber genau?«

»Für Schönheit habe ich einen Blick.«

Dosi atmet auf. Okay, nicht blond, keine grünen Augen. Hummel ist nicht mit der Frau unterwegs, die an der Rezeption den Laptop abgeholt hat. Sie hat sich umsonst Sorgen gemacht. Sie probiert es wieder bei Mader. Der wiederum erzählt ihr von den gemailten Dateien. Dosis Adrenalinpegel steigt sofort wieder. Hummel hat die Daten garantiert von Sammer. Also ist Hummel doch in Gefahr. Und seine Bergfreundin vielleicht auch. Sie muss die beiden warnen! »Was macht man hier, wenn man verliebt ist?«, fragt sie den Oberkellner, der die ganze Zeit mit verkniffener Miene neben ihr steht.

»Wir sind kein Stundenhotel!«

»Ich meine, wohin geht man? Wenn man alleine sein will. Spazieren. Wandern.«

»Vermutlich zum Schachenhaus.«

»Wie weit ist das?«

»Das kommt auf Ihre Kondition an.«

»Ich geb Ihnen gleich was auf die Kondition. Gibt's da einen Fahrweg?«

»Einen Wirtschaftsweg.«

Dosi will schon zum Motorrad gehen, da dreht sie sich noch mal um und sieht Willibald streng in die Pinguinaugen. »Wissen Sie, was man im *Almbach* über das *Schlosscafé* sagt?«

»Nein?«

»Scheißservice und völlig überschätzt.«

SEELENVERWANDTSCHAFT

Hummel hat keine Ahnung, dass ihnen jemand auf den Fersen ist. Er schwebt im siebten Himmel. Plötzlich klingelt sein Handy. Erstaunt sieht er es an. Empfang. Er zögert kurz, dann geht er dran. »Hallo, hier Hummel?«

»Ich bin's, Kramer. Ich hab dich nicht erreicht.«

»Der Empfang ist schlecht. Ich bin in den Bergen. Und, was sind das für Daten auf dem Stick?«

»Kontobewegungen. Große Summen. Von Schönheitskliniken. USA, Thailand, Schweiz und so weiter.«

»Schönheitskliniken! Bingo!«

»Ich hab Mader angerufen.«

»Warum das denn?!«

»Ich hab dich nicht gleich erreicht und gedacht, es ist wichtig. War das nicht okay?«

»Doch, doch. Danke. Ich schau morgen bei dir vorbei. Ich hab 'nen Stick, da ist noch mehr drauf. Ciao.« Er ballt die Faust. »Yes!«

»Eine gute Nachricht?«, fragt Chris.

»Mehr als gut. Der Durchbruch. In dem, äh, in einem komplizierten Fall. Hey, wenn wir den abschließen, gibt's echt was zu feiern.« Sein Strahlen erstirbt. »Oh, tut mir leid, wir sind hier in der wunderbaren Natur, und ich erzähl dir von der Arbeit. Ich mach jetzt mein Handy aus.« Er sieht am Display, dass Dosi es bei ihm probiert hat. Nein. Heute nicht mehr. Er ist jetzt wirklich außer Dienst. Entschlossen schaltet er es aus.

»Komm, wir beeilen uns ein bisschen« sagt Chris. »Nicht, dass wir in die Dunkelheit kommen.«

Sie forciert das Tempo und er kann den Blick kaum von ihrem durchtrainierten Po lassen. Ja, die Natur ist wirklich wunderbar.

»Hier gibt es eine Abkürzung.« Chris deutet auf einen schmalen Pfad zu ihrer Linken.

»Du kennst dich hier aber gut aus!«, sagt er erstaunt.

»Ich war früher oft mit meinen Eltern in den Bergen.«

»Ich auch«, sagt er und denkt: »Seelenverwandtschaft.«

»Zu schwer?«, fragt sie, als es etwas unwegsam wird.

»Für mich doch nicht.« Er staunt, wie geschickt sie sich bewegt, wie eine Gemse. Ihren Po hat er jetzt allerdings nicht mehr im Fokus, denn der Weg ist ziemlich anspruchsvoll.

Plötzlich sind sie auf einem schmalen Grat, sehr ausgesetzt, unter einer steilen Felswand. »Wir müssen hier rechts queren«, sagt Chris und deutet auf den drahtseilgesicherten Steig. Ein falscher Tritt und es geht 30 Meter in die Tiefe.

Schon bald erreichen sie ein kleines Felsplateau mit atemberaubendem Blick.

»Schön, nicht?«, sagt Chris.

»Wunderschön«, sagt Hummel und schnauft durch.

»Ein ganz besonderer Platz«, sagt sie.

Er nickt und lässt den Blick schweifen: Die Bergwelt ist vor ihnen ausgebreitet wie ein fürstliches Mahl. Und er ist hier ganz allein mit dieser wunderbaren Frau. Ein Traum.

Von unten klingt der Sound eines Motorrads herauf. »Die Dorfjugend«, lacht Hummel.

Das Knattern verhallt. Jetzt ist es still. Die Sonne hat sich den ganzen Tag an die Felswand gelegt, die nun die Wärme wieder abstrahlt. Alles ist golden. Hummel fühlt sich wie erleuchtet. Er sieht Chris an. Das weiche Licht auf ihrem Gesicht. Hummel ist, als verstünde er zum ersten Mal in seinem Leben, was Schönheit ist. Sie lächelt. Er muss sie jetzt küssen. Nein, nicht so profan. Er muss etwas sagen, etwas Bedeutsames, das alles hier zum Ausdruck bringt, das Wunder der Natur, Chris' Schönheit, ihre silbernen Augen, die wie Diamanten funkeln. Er schämt sich für den allzu platten Vergleich und ringt nach geeigneten Worten, da tritt sie auf ihn zu, ihr Gesicht kommt näher, er schließt die Augen, fühlt ihre Hand im Nacken, er öffnet die Lippen. Dann spürt er etwas Kaltes. Am Hals. Er reißt die Augen auf. Sieht in ihre. Bergbach. Eiskalt.

»Klaus, das an deinem Hals ist ein Elektroschocker, 200 000 Volt. Eine falsche Bewegung und der Strom fließt. Das Ding macht nur ohnmächtig, aber ich glaube, hier fällt man eher ungut. Hast du verstanden?!«

Er versteht. So wurde Sammer ausgeknockt.

»Hast du deine Dienstwaffe dabei?«, fragt sie.

Er nickt wieder, und sie fährt mit der freien Hand unter seinen Pulli, zieht die Waffe aus dem Schulterholster und steckt sie hinten in ihren Hosenbund. »Jetzt den USB-Stick. Wo ist der?«

»Rechte Hosentasche.«

»Rausholen. Keine falsche Bewegung.«

Er gibt ihn ihr. »Das wird dir nichts helfen. Ich hab die Daten an die Kollegen gemailt.«

»Da ist noch mehr drauf«, zitiert sie ihn. »Aber die paar Dateien an deinen Kollegen reichen nicht.«

»Hast du den Sammer mit dem Ding umgebracht?«

Sie lächelt. »Nein. Das Ding bringt keine Leute um. Ein tragischer Unfall. Ein kleiner Stromstoß und platsch!«

»Wie bist du auf Sammer gekommen?«

»Mir hat ein lieber Bekannter geflötet, dass er noch einen Termin hat, mit einem Arzt aus Prien …«

Hummel wird noch mulmiger. Er selbst hat es ihr gegenüber am Telefon erwähnt. »Das hätte genauso Dr. Schwarz sein können!«

»Wohl kaum, der war nur für einen Vortrag da.«

»Du bist ja bestens informiert.«

»Klaus, du bist ein schlaues Kerlchen, aber du trägst dein Herz auf der Zunge. Für einen Bullen nicht ganz optimal. Als ich bei der Möller den Vertrag mit dir als Ghost für Weinzierl gesehen hab, war mir klar, dass ihr nah dran seid. Dass ihr wisst, warum Weinzierl gestorben ist. Aber dass gerade du den Lockvogel machst! Zu leicht durchschaubar, eine echt schwache Finte. Schade eigentlich.«

Hummel stöhnt leise. Ihre Begegnung in dem Café in der Isabellastraße, ihr schwarzer Trainingsanzug. Jetzt hat er es amtlich: Liebe macht tatsächlich blind! »Die Mädchen und den Journalisten, die hast du auch umgebracht!«, stößt er hervor. »Was ist so wichtig, dass dafür mehrere Menschen sterben mussten?!«

»Ach, Klaus, es sind schon Leute für weniger gestorben. Ich musste es tun. Die Mädels haben mich erpresst, Weinzierl hätte mir mein Geschäft kaputtgemacht.«

»Du handelst mit Körperteilen? Von toten Menschen?«

Sie lächelt. »Das tut niemandem weh. Du ahnst gar nicht, wie viel Schönheit auf dieser Welt einfach so verloren geht, wegstirbt. Es wäre doch eine Verschwendung, wenn man sie nicht noch gewinnbringend einsetzen würde.«

»Und deine Models haben alle …«

»Ach, Klaus, du bist so süß. Du denkst immer gleich an das Schlimmste. Es gibt auch sehr schöne Frauen, die nicht operiert sind. Vroni und Andy gehörten allerdings nicht zu denen. Die beiden Mädels waren ganz schön schlimme Finger. Sehr geschäftstüchtig. Sie haben mir geholfen, das Netz aufzubauen. Veronika hat ganz persönlich davon profitiert. Sie war so scharf auf eine neue Nase. Aber irgendwann wurden Vroni und Andy zu gierig. Als sie dann noch mit diesem Journalisten rumgemacht haben, bin ich nervös geworden. Aber es hat sich ja alles in Wohlgefallen aufgelöst.«

»Ich versteh das alles nicht.«

Sie lacht. »Ach, es ist auch ein bisschen verzwickt. Vroni wollte mehr Geld. Wir hatten einen Riesenstreit – und haben uns wieder vertragen. Bei einem Näschen Koks. Für Vroni hatte ich zur Feier des Tages eine ganz besondere Mischung dabei. Tja, sie hat die Nase wohl ein bisschen zu voll genommen. Dass dann ausgerechnet Andy in ihrer Wohnung erscheint, war allerdings blöd. Die dumme Kuh hatte einen Schlüssel. Wäre sie mal lieber noch ein paar Tage in den USA geblieben. Man darf nicht gleich springen, wenn die Freundin pfeift. Aber Andy wollte gar nicht zur Polizei, die wollte nur Geld. Was mich erstaunt: Warum habt ihr Vroni so schnell gefunden? Sagst du es mir, Süßer?«

»Ein Spanner.«

»Uh, da hab ich ja Glück, dass er mich nicht gesehen hat, nicht wahr?«

»Und dann hast du die Meyer umgebracht?«

»Ich war ja guten Willens und hab ihr fünf Mille gegeben. Aber sie wollte mehr. Ich hab gesagt, dass es eine erste Anzahlung ist. Und dass sie den Kontakt mit diesem Journalisten abbrechen muss, wenn sie mehr Geld will. Mir war schnell klar, dass ich mich auf sie nicht verlassen kann. Tja, man sollte nicht nachts im Park joggen. Zu gefährlich. Dass ausgerechnet dein Chef sie findet, während wir beide in der Kneipe flirten. Großartig! Das könnte man nicht besser erfinden.«

»Warum hast du sie in den Gully gesteckt?«

»Da habt ihr euch Gedanken gemacht, nicht wahr? Eine spontane Eingebung. Und so passend. Da gehört sie hin, die kleine Ratte. Aber dann ist mir der Scheißjournalist so richtig auf die Pelle gerückt. Offenbar hatten Vroni oder Andy ihm doch schon zu viel gesagt. Aber das war einfach – dieses sexbesessene überhebliche Arschloch! Der hat vor Lust gewimmert, als ich ihn ans Bett geschnallt habe. Na ja, nicht allzu lange.«

»Warum erzählst du mir das alles?«

»Weil es guttut zu reden. Wenn man das alles mit sich allein ausmachen muss, das frisst einen auf. Jetzt fühle ich mich schon viel besser. Weißt du, ich stehe vor einem sehr interessanten Geschäftsabschluss. Ein todsicheres Geschäft mit ausgesuchten Kliniken und klinischen Instituten und Pharmafirmen. Noch illegal, aber wer weiß, irgendwann ändert sich die Gesetzeslage auch mal. Warum soll es denn erlaubt sein, lebenswichtige Organe zu spenden, aber andere Körperteile nicht? Und wenn ich mich so umsehe: Es gibt einen hohen Bedarf an schönen Nasen oder Ohren.«

»Du bist wahnsinnig!«

»Nein, bin ich nicht. Nur Geschäftsfrau.« Sie blickt ihm ernst in die Augen. »Bist du jetzt enttäuscht von mir?«

Er sieht sie entgeistert an. »Enttäuscht« ist nicht das richtige Wort für das Erdbeben, das gerade all seine Gefühle, Hoffnungen, Werte, seinen Gerechtigkeitssinn bis ins Mark erschüttert hat. »Damit kommst du nicht durch!«

»Doch, komm ich. Mich hat niemand auf dem Schirm.«

»Die Daten.«

»Irgendwelche Kontobewegungen. Glaubst du im Ernst, dass Sammer dir sein ganzes Wissen anvertraut? Das ist auf dem Laptop. Ich hab mal kurz reingeschaut. Der Depp hat ja nicht mal ein Passwort. Sammer war offenbar ganz dick mit Weinzierl. Der hat ihm eine Sicherungskopie seiner Recherchen gegeben, sein Manuskript. Ich muss schon sagen: Weinzierl war nah dran.«

»Was willst du jetzt mit mir machen? Mich auch umbringen?«

»Hummel!«, schallt es von unten herauf.

Chris grinst. »Ah, dein Liebchen, die dicke rote Maus.«

»Die kriegen dich.«

»Wetten, nicht?«

Er sieht ihn nicht kommen, den blitzartigen Schlag vor die Brust, auch nicht den schnellen Griff nach seinem strauchelnden Bein. Elegant, perfekt ausgeführt, kampfsporterprobt. Hummel schreit und stürzt den Abhang hinab. Er versucht, sich am Gestrüpp festzuhalten, reißt sich die Hände auf, rutscht, rollt, schlägt sich an Felsen blutig und kommt schließlich im Geröll zum Liegen.

Aus. Schwarz. Tiefschwarz.

»Klaus! Klaus!! Klaus!!!« Verzweifelte Schreie hallen von oben herab. Chris. Er kann sie nicht hören. Nicht mehr. Dosi und Fränki hingegen vernehmen sie sehr wohl. Chris wischt Hummels Waffe ab und wirft sie ihm hinterher. Dann säubert sie auch den USB-Stick und den Elektroschocker und versenkt beide in einer Felsspalte. Klickernd verabschiedet sich der Elektromüll in den Tiefen des Bergs. Chris schreit aus Leibeskräften nach Hummel und heult Rotz und Wasser, bis Dosi und Fränki ihr an der Drahtseilsicherung entgegenkommen.

ZÄHER HUND

Mader, Zankl und Gesine sind bis zur Wetterstein-Alm mit dem Auto gefahren. Weiter geht es nur zu Fuß. Oder mit dem Motorrad offenbar. Denn sie sehen die Reifenspuren im Matsch. Zu Dosi oder Hummel bekommen sie keine Handyverbindung. Mader, Zankl und Gesine stürmen den holprigen Weg hinauf, allen voran Bajazzo.

Oben ist Dosi gerade voll im Einsatz: »Keine Bewegung!«, ruft sie mit gezogener Waffe.

Chris hebt die Hände. »Was soll das?! So helfen Sie mir doch. Klaus ist abgestürzt. Da!« Sie deutet nach unten. »Er wollte runterschauen, als Sie gerufen haben«, sagt Chris tränenerstickt.

»Erzählen Sie keine Scheiße!«, erwidert Dosi, die ihre Panik nicht verbergen kann. »Hände her!« Eine Handschelle an Chris' rechte Hand, eine an die Seilsicherung in der Wand. Dosi legt sich auf dem Felsplateau auf den Bauch, Fränki hält ihre Füße, sie späht nach unten. Nur Felsen und Gestrüpp. Kein Hummel. Jetzt hört sie Rufe von unten. Mader & Co. sind im Anmarsch. »Hier!«, schreit sie und winkt. »Hummel liegt da unten!«

Mader schickt Bajazzo los. »Such, Bajazzo, such den Hummel!«

Bajazzo ist ein guter Polizeihund. Schnell hat er Hummel gefunden. Oder das, was von ihm übrig ist.

»Noch kein Kunde von mir«, ist Gesines erste Diagnose. Es ist noch Leben in Hummels zerschundenem Körper. Aber nur ein Hauch. Gesine wagt es nicht einmal, ihn in stabile

Seitenlage zu bringen. »Keine Ahnung, was da alles gebrochen ist. Wir brauchen einen Hubschrauber!« Sie zieht ihr Handy. Kein Empfang. »Zankl, lauf den Weg runter, bis du Empfang hast.«

Zankl tut, wie ihm geheißen, und schon eine halbe Stunde später hören sie das Knattern des Rotors. Ein Hubschrauber der Bergwacht taucht über ihren Köpfen auf. Es geht sehr schnell und professionell. Die Bahre samt Hummel wird mit der Seilwinde nach oben gezogen und der Helikopter verschwindet.

»Wird er durchkommen?«, fragt Mader bedrückt.

Gesine zuckt mit den Schultern. »Ich weiß es nicht …«

»Hummel ist ein zäher Hund«, sagt Zankl.

»Was machen wir mit der Tante da oben?«, fragt Dosi.

»Wer ist sie?«, fragt Mader.

»Die Chefin von der Modelagentur. Sie steckt hinter dem Ganzen.«

LEBEN UND TOD

Es dämmert, als sie den Weg hinabtraben. Chris trägt Handschellen. Sie hat heftig protestiert, sagt jetzt aber gar nichts mehr, nachdem sie mitgeteilt hat, dass sie ihren Anwalt sprechen will. Ihr gutes Recht. Fränki rollt im Leerlauf mit der *Triumph* hinter ihnen den Weg hinab. Nach einiger Zeit piepst Zankls Handy. Hier gibt es wieder Empfang. Er hört die Box ab, Röte steigt ihm ins Gesicht, seine Augen weiten sich.

»Ist was passiert?«, fragt Mader.

»Meine Frau. Es geht los. Sie ist mit dem Taxi in die Klinik gefahren.«

Dosi drückt ihm ihren Helm in die Hand und wendet sich an Fränki: »Du bringst Zankl nach München, pronto!« Sie gibt Zankl ihre Lederjacke. Er zögert.

»Was ist, Zankl?«, fragt Dosi.

»Ich weiß nicht. Gerade haben sie Hummel abgeholt, ich kann doch jetzt nicht einfach weg!«

»Doch, können Sie«, sagt Mader bestimmt. »Wir fahren zu Hummel in die Klinik und nachher telefonieren wir. Und Sie fahren jetzt zu Ihrer Frau!«

Zankl nickt, zieht den Reißverschluss der viel zu kurzen Jacke hoch und setzt den Helm auf. Fränki kickt den Motor an und Zankl nimmt hinter ihm Platz. Bollernd verschwinden die beiden in der Dämmerung.

»Gibt einem schon zu denken«, meint Gesine, »wie nah das alles zusammenliegt …«

»Sagen Sie so was nicht«, murmelt Mader.

HALBWAISE

Zankl stirbt tausend Tode. Fränki fährt wie der Henker. Auf der steilen und kurvigen Straße nach Garmisch runter setzen immer wieder die Fußrasten auf und schicken Funkenregen in die anbrechende Nacht. Wie ihm Fränki geraten hat, stützt Zankl sich beim Bremsen vorne am Tank ab, sonst wäre er von der Bank geflogen. In dieser halben Stunde, die sie bis zur Autobahnauffahrt brauchen, regiert blanke Angst in Zankls Gehirn – nein, in seinem ganzen Körper. Er weiß nicht, ob er so zittert oder ob das die Vibrationen des Zweizylinders sind. Wenn sie jetzt einen Unfall haben! Sein Kind schon als Halbwaise geboren!

Sie haben keinen Unfall. Als sie über die Autobahn fliegen und Zankl sich in den Windschatten hinter Fränkis schmalen Rücken schmiegt, fühlt er sich sicher, geborgen, ist ganz ruhig. Im Auge des Sturms. Er weiß nun, dass er rechtzeitig bei seiner Frau sein und dass Hummel überleben wird. »Alles wird gut!«, denkt er.

MADERS REVIER

Die Notärzte in der Garmischer Klinik rotieren. Noch ist unklar, welche inneren Verletzungen Hummel hat. Sie haben ihn in künstliches Koma versetzt. Drei Nachtgespenster und ein Hund warten auf und unter der Bank im Gang vor dem OP-Bereich.

Mader geht nach draußen, um zu telefonieren, und kommt kurz darauf noch schlechter gelaunt zurück. »Die haben die Gegenüberstellung mit Frau Winter auf der Wache bereits gemacht.«

»Und?!«, fragt Dosi.

»Der Portier vom *Almbach* hat sie nicht erkannt. Also nicht mit Sicherheit.«

»Wieso?!«

»Chris Winter hat braune Haare. Die Frau, die den Laptop abgeholt hat, war blond. Frau Winters Augen sind grau und nicht grün.«

Dosi stöhnt auf. »Eine Perücke, farbige Kontaktlinsen!«

»Also, ich weiß nicht«, sagt Mader.

»Und die Stimme?!«

»Der Portier hat sie nicht erkannt.«

»Kruzefix! Was passiert jetzt mit ihr?«

»Ich hab gesagt, sie sollen sie vorerst auf dem Revier behalten.«

»Was ist mit ihrem Auto?«

»Schon überprüft. Steht beim Wetterstein. Da war nur Hummels Tasche drin und ein paar Schuhe, wie sie es gesagt hat.«

»Keine Perücke, Kontaktlinsen?«

»Nein. Auch kein Laptop.«

»Hat sie ein Zimmer im Wetterstein?«

»Nein.«

»Wo könnte sie das Zeug deponiert haben? Wir müssen die Gegend um die Hotels absuchen. Ich bin mir sicher, sie steckt hinter den Morden. Und wir brauchen einen Durchsuchungsbefehl für ihre Wohnung in München. Da finden wir sicher belastendes Material.«

Mader schüttelt den Kopf. »Doris, so geht das nicht. Viel zu aufwendig. Und bei der Faktenlage kriegen wir beim Staatsanwalt nie und nimmer einen Beschluss. Die hat sicher einen guten Anwalt.«

Dosi sinkt auf die Bank und murmelt: »Wir können nichts machen. Wir haben nichts in der Hand. Niemanden, der sie belastet.«

»Doch«, sagt Gesine. »Hummel wird aussagen. Ihr habt doch gesagt, er ist doch, also, ich mein, ein zäher Hund …«

Bajazzo spitzt die Ohren. Was reden die schon wieder? Hummel ist doch kein Hund. Er ist ein Mensch. Ohne Zweifel. Bajazzo ist sich sicher, dass die Ärzte Hummel wieder zusammenflicken werden. Wer soll denn sonst mit ihm in den Englischen Garten und in die Max-Anlagen gehen? Ist ja so gar nicht Maders Revier. Das sieht Hummel sicher genauso.

BRENNGLAS

Für Anfang November ist es definitiv zu warm. Die Sonne brazt am Himmel, die Wiesen zeigen noch mal unnatürlich grünes Grün. Mäntel und Daunenjacken sind wieder in den Schränken verschwunden. Für den Leichenschmaus ist im *Tassilogarten* reserviert. Bei schönem Wetter sollte der Biergarten eingedeckt werden. Und das Wetter ist schön.

Als ob sich jetzt ein Kindheitstraum erfüllt. Die Menschen, die ihm etwas bedeuten, und noch ein paar mehr, haben sich eingefunden, um ihm die letzte Ehre zu erweisen. Und sie sind alle sehr traurig. Erschüttert vom Verlust eines Menschen, dessen wahre Größe sie erst langsam erahnen. Jetzt, zu spät. Sie stehen vor der Aussegnungshalle des Ostfriedhofs und warten auf Einlass. Alle sind gekommen: seine geschiedenen Eltern, Zankl mit Frau, Mader mit Bajazzo und seiner Ex-Frau, Dosi mit Fränki, Günther samt Gattin, seine Verlegerin und seine Agentin. Und sogar Beate.

Nun betreten sie alle die Aussegnungshalle, nehmen Platz, richten ihre trauernassen Blicke auf den reich geschmückten Sarg. Seine Mutter spricht ein paar hilflose Worte, dann sein Vater. Beide mit tränenerstickten Stimmen. Dass ausgerechnet der Tod des gemeinsamen Sohns die beiden zusammenbringt! Tragisch. Sehr tragisch. Die Luft ist bleischwer. Er hört von draußen auf dem Ostring einen Güterzug vorbeirattern, das Ächzen der Bremsen der S-Bahn – Geräusche, die ihn jahrelang in der Orleansstraße begleitet haben. Weit ist er nicht gekommen. Der Ostfriedhof liegt keine

500 Meter Luftlinie von seiner Wohnung entfernt. Kurze Wege. Das hat er an Haidhausen immer gemocht.

Jetzt ist Hummel gespannt, denn Zankl geht ans Pult, um auch ein paar Worte zu sagen. Nur ganz wenige, aber er sagt die richtigen: »Ich spreche für mich und für meine Kollegen. Klaus Hummel war ein toller Polizist und ein echter Freund, auf den man sich immer verlassen konnte. Selbstlos, immer mit einem offenen Ohr für die Probleme der anderen, immer mit einem aufmunternden Wort und voller Fantasie. In der Arbeit und privat. Ein wirklich außerordentlicher Mensch, unangepasst, uneitel, ein liebenswerter Lebenskünstler.«

Als Zankl geendet hat, setzt die Musik ein. Hummels Herz macht einen Sprung. Seine Band spielt eine wunderbare akustische Version von Ben E. King's *Stand by me*. Spätestens jetzt fließen bei allen die Tränen. Hummel ist zufrieden. Das ist echte Anteilnahme. Daran hat er keinen Zweifel, als er all das betrachtet. Aus seiner abstrakten Perspektive. Irgendwie mittendrin und zugleich von oben. Seine Seele schwebt im Raum, sie ist wie ein Flaschengeist seinem sterblichen Körper entwichen, der jetzt in dem mit Blumen überhäuften Sarg liegt. Er lauscht der Musik. Warum haben sie so einen Song mit der Band zu seinen Lebzeiten nicht so schön hingekriegt? Das Zarte, das Leichte und Gefühlvolle. Er muss diesen Sound im Kopf behalten. Denn das ist das Letzte, was er jemals zu hören bekommen wird. Denkt er. Gleich geht es hinaus in die ewige Stille, ins Jenseits, in einen körper- und konturlosen Raum. Es wird sich weisen, wohin er nach dem Fegefeuer des Krematoriums fährt. Hinauf in den Himmel oder hinab in die Hölle.

Gefühlsmäßig ist seine Bilanz zu Erdenzeiten nicht schlecht. Er hat geliebt, wenn auch nicht sehr erfolgreich. Er hat Musik gemacht, ebenfalls nicht sehr erfolgreich. Dasselbe gilt fürs Schreiben. Aber darum geht es ja gar nicht – um den Erfolg. Es ging ihm immer darum, etwas zu machen, was er gerne mochte, Dinge auszuprobieren, die er liebte, Menschen zu mögen, die er schön oder interessant fand. Egal, ob das von Erfolg gekrönt war. Er sieht das alles – sein Leben, seine Ideale, seine Träume – wie in einem Brennglas, als er von oben den Leichenzug betrachtet, der dem Sarg mit seinem Körper zum Krematorium folgt.

Als er nun die heißen Zungen spürt, die an seinem Eichensarg lecken, werden Leib und Seele doch eins und Panik steigt in ihm hoch. Sie verpufft fast im selben Moment. Wovor soll er denn jetzt noch Angst haben?!

GET READY

Hummel hat Glück. Er landet im Himmel. Was heißt schon Glück? Er hat es verdient. Er ist ja einer von den Guten. Davon ist er in seinem Innersten immer überzeugt gewesen. Um ihn herum ist alles wolkig weiß. Als er jetzt vor der Himmelstür steht und noch zögert, ob er wirklich klopfen soll, geht ihm so vieles durch den wattigen Kopf. Er ist jetzt doch ein bisschen frustriert. Nicht, weil in seinem Leben so viel schiefgelaufen wäre. Nein – im Gegenteil –, weil er noch so viel vorgehabt hätte. Aber wer weiß, was jetzt noch auf ihn wartet?

Er klopft. Ein heiseres Schnarren, das ihn zusammenzucken lässt. Dann öffnet sich die Tür. Hey! Er kennt den Mann, der jetzt vor ihm steht: Reverend Solomon Burke! Der Hohepriester des Soul! Schmal ist er geworden, aber immer noch ein stattlicher Mann. Seine viel beringten Finger wölben sich über den goldenen Knauf seines Spazierstocks aus schwarzem Ebenholz. Sein breites Gesicht grinst Hummel an, und von seinen Lippen perlen die Worte: »Hey, Soulbrother, es ist gut, dich hier bei uns zu haben. Sei willkommen und tritt näher.«

»Hi«, sagt Hummel schüchtern und tritt ein. Solomon führt ihn durch einen langen Gang – wie der Flur in einem abgetakelten Luxushotel: dicke Teppiche, mit Paisleystoff bespannte Wände, die jeden Schall schlucken. Der große Solomon scheint durch den Raum zu schweben. »Sind alle da, wirst sehen!«, sagt er und lacht dröhnend.

Er stößt eine Tür auf und sie betreten eine verrauchte Lounge. Gut besucht. Aus den Boxen dröhnt *Please, please, please* von James Brown. Hummel lässt sich von Solomon durch die vielen Gäste an die Bar manövrieren. Der Barkeeper schiebt ihm einen Whiskey on the Rocks hin und eine Schale Erdnüsse. Er zwinkert verschwörerisch. Hummel sieht sich um und zuckt zusammen. Das dahinten, das ist James Brown persönlich! Er diskutiert mit einem Typen ähnlichen Kalibers. Klar, das ist Ike Turner! Nach und nach erkennt Hummel sie alle: Sam Cooke beim Kartenspielen mit Marvin Gaye und Levi Stubbs. Jimi Hendrix, sich ausschüttend vor Lachen über einen Witz, den Otis Redding gerade vom Stapel gelassen hat. *Big O!* Hummel ist völlig geplättet und nimmt einen großen Schluck Whiskey. Dann setzt sich jemand auf den Barhocker neben ihm. Ein zierlicher älterer dunkelhäutiger Herr mit Nickelbrille. Sehr distinguiert, ganz Gentleman. Er lächelt Hummel an.

»Kennen wir uns?«, fragt Hummel.

»Du kennst meine Songs«, sagt der Mann.

»Ich, äh, bin das erste Mal hier … Und ich weiß nicht …«

»Ich helf dir auf die Sprünge«, sagt der Mann und geht zur Jukebox hinüber. Er wirft eine Münze ein und drückt eine Taste. Hummel erkennt den Song sofort, bekommt eine Gänsehaut, als er seine eigene Stimme hörte: »Wenn's Wetter so schee is und Bier schmeckt guad – d'Leit essn Radi …«

Als der Mann wieder bei ihm ist, strahlt Hummel ihn an. »*People get ready!* Sie sind Curtis Mayfield!«

Curtis lächelt. Dann knipst er sein Lächeln aus und sagt: »If there is a hell below, we all gonna go! Für deine grauenvolle Coverversion meines wunderbaren Songs fährst du zur Hölle, Bruder!«

Hummel sieht ihn dämlich an, jäh öffnet sich der Boden unter seinem Barhocker und er fällt in ein tiefes Loch. »*Uaaaahhhhhhhh …!*«

SCHAU MA MOI

»Hummel, hey, was ist mit dir!? Kannst du mich hören?« Hummel kennt diese Stimme. Nein, er wird die Augen nicht öffnen, er will nicht wissen, wer ihn hier in der Hölle erwartet. Hölle! Curtis hat ja recht, genau da gehört er hin. »Hummel hörst du mich!?« Nein, da stimmt etwas nicht. Diese Person hat hier unten nichts verloren. Beate!? Er riskiert einen Blick.

Beate!

Er schließt die Augen sofort wieder und betet lautlos: »Herr, so vergib mir meine Sünden, ich bereu sie ach so sehr!« Wieder hört er Beates Stimme: »Hummel!? Ich bin's, Beate! Jetzt mach doch die Augen auf!« – »Im Leben nicht!«, denkt Hummel. Aber jetzt erklingt es wieder: »Wenn's

Wetter so schee is und Bier schmeckt guad – d'Leit essn Radi …«

»Mach das aus!«, stöhnt Hummel und öffnet die Augen. »Beate?«

Beate schaltet die Bluetooth-Box aus. »Du erkennst euren Song? Du erkennst mich?«

»Dich würd ich immer erkennen, meine schöne Münchnerin.«

Beate lacht, dann treten ihr die Tränen in die Augen. »Mann, bin ich froh, dass du aufgewacht bist.«

»Hab ich geschlafen?«

»Könnte man sagen.«

Hummel sieht sich um – ein Klinikzimmer – und bemerkt, dass auf dem Baum vor dem Fenster Schnee liegt. »Is leicht scho Winter?«, fragt er erstaunt.

»Januar.«

»Sauber. Wenn die fünfte Kerze brennt, hast du Weihnachten verpennt.«

»So ist es.«

»Hey, ich hätte im November auf deiner Hochzeit spielen sollen.«

»Geschenkt.«

»War's schön?«

»Vielleicht wär's schön gewesen … Ich hab's nicht gemacht.«

Hummel richtet sich auf. »Du hast nicht geheiratet?!«

»Nein.«

Er strahlt.

Sie lächelt. »Übernimm dich nicht. Werd jetzt erst mal gesund und dann schau ma moi.«

Sie gibt ihm einen Kuss auf die Wange und geht. Er sinkt zurück ins Kissen, glücklich.

Schau ma moi!

VERLOREN UND GEWONNEN

Hummel hat drei Monate verloren. Einfach so. Was heißt hier »verloren«? Er hat ein ganzes Leben gewonnen. Er ist aus dem Reich der Toten zurückgekehrt. Er freut sich über die Blumen auf seinem Nachttisch, über die vielen Karten mit den Genesungswünschen. Es ist sogar eine von seiner Mutter und seinem Vater dabei. Von beiden gemeinsam! Wie immer sie das hingekriegt haben.

Und es kümmert ihn auch nicht wirklich, dass seine Kollegen dann doch etwas enttäuscht waren, dass er nichts zum Tathergang auf dem Felsplateau sagen kann. Ausradiert. Der schwere Sturz. Was für das Strafmaß von Chris Winter auch nicht mehr relevant gewesen wäre, denn sie wartet bereits auf ihr Urteil, das gar nicht anders ausfallen kann als lebenslänglich.

ZU ALLEM FÄHIG

Dr. No war der Schlüssel, um die Blackbox Chris Winter zu knacken. Als Zankl mithilfe von Fränkis erstaunlichem Computerwissen die Geldströme von und zu Dr. Nos Klinik noch einmal ganz genau untersucht und daraufhin ein bemerkenswertes Gespräch mit dem Salzburger Baustoffhändler und Mitbetreiber der Klinik am Chiemsee geführt hat, verfügt er über genug Material, um Nose unter Druck zu setzen. Die Bilanzen der Chiemsee-Klinik sind nur nach außen auf defizitär getrimmt. In Wahrheit läuft dort die reinste Fließbandarbeit an prominenten Gesichtern, Busen und anderen Körperteilen. Und die ist höchstprofitabel. Nichts Illegales aus gesundheitlicher Sicht, kein Organhandel, doch die kreative Buchführung von Dr. No ist Steuerhinterziehung reinsten Wassers. Hier werden Verluste ausgewiesen, die es gar nicht gibt. Steuerbetrug in Millionenhöhe – aber kein Mord. Gesine ist es, die charmant die Botschaft an den Mann bringt: Informationen über illegale Organgeschäfte gegen den Luxus einer späten Selbstanzeige beim Finanzamt, so der Deal. Auf den Dr. No nach kurzer Beratung mit seinem Rechtsanwalt Dr. Steinle eingeht. Nose will von seiner Existenz retten, was noch zu retten ist – auch wenn er wohl kaum weiterpraktizieren kann. Er hängt sich jedenfalls richtig rein, um seine kostbare Haut zu retten. Und seine Verbindungen sind exzellent. Er sammelt die entscheidenden Tipps ein, welche Kliniken im Ausland welche Produkte anbieten und wen man fragen muss, wenn man ganz spezielle Wünsche und Bestellungen hat. Und schnell kristallisiert sich heraus, wer die Kontaktperson in München für so manch dubiose Praktik im Schönheitsgewerbe ist: Chris Winter. Bald wissen sie, wie das ebenso perverse wie lukrative Geschäftsmodell der Agenturchefin im Detail aussieht: ein Ersatzteilhandel internationalen Ausmaßes, noch im Testlauf, aber kurz vor der Serienreife.

Bei der Vernehmung von Chris Winter zahlt sich Zankls kürzliche Fortbildung in Verhörtechniken aus. Er beeindruckt Dosi und Mader mit furiosen Auftritten zwischen verständnisvoller Polizist und paranoider Cop – beängstigend! Vielleicht kompensiert er damit sein zerrüttetes Nervenkostüm, das den schlaflosen Nächten mit seinem Baby geschuldet ist? Jedenfalls ist er großartig. Der reinste Psycho.

Nach tagelangen Verhören knickt Chris Winter ein und gibt nicht nur das Ersatzteilgeschäft, sondern auch die zahlreichen Morde zu. Sechsfacher Mord. Ja, nicht nur die zwei Model, Weinzierl und Sammer, sondern auch die beiden rumänischen Kleinganoven. Dafür gab es allerdings inzwischen schon Indizien, denn Gesine hat die beiden Leichen noch mal auf Spuren eines Elektroschockers abgesucht, wie er bei Sammer zum Einsatz gekommen war. Und wenn man weiß, was man sucht, dann findet man es auch. Selbst wenn das nicht einfach war bei den bereits vom vorangehenden Unfall reichlich ramponierten Körpern der beiden Jungs. Zum Tod von Dr. Weiß und dem Verschwinden von Dr. Hanke hat Chris Winter leider nichts beizutragen. Aber Dr. Grasser und Professor Prodonsky liefert sie eiskalt ans Messer. *Tausche Hollywood und Klinik-Chefsessel gegen Stadelheim* – heißt für die beiden Ärzte nun das neue Lebensmotto.

Einen belastet sie erstaunlicherweise nicht: Dr. No. Das Unschuldslamm. Haben die Kriminaler von Anfang an offenbar einen falschen Verdacht gehabt, selbst wenn Dr. No natürlich mit Andrea Meyer kurz vor ihrem Tod geschlafen hat. Aber was ist schon eine kleine Falschaussage gegen Mord und Organhandel? Damit will er beileibe nichts zu tun haben. »Na, sehen Sie«, sagt Günther zufrieden, »ich hab Ihnen doch gesagt, dass Dr. Schwarz mit den Mordfällen nichts zu tun hat.« Womit Dr. Günther ausnahmsweise einmal recht hat.

In Chris Winters Bankschließfach finden sich schließlich noch einige Laptops und Handys verstorbener Personen mit interessanten Detailinformationen. Und auch die Perücke und Sammers Laptop tauchen auf. Kinder finden sie beim Spielen in einem alten Heuschober beim *Almbach*. Hat

Chris Winter ja nicht mehr abholen können. Was Mader, Zankl und Dosi fast am meisten erstaunt: Stets hat Chris Winter bei ihren Opfern selbst Hand angelegt, um Mitwisser zu vermeiden. »Frauen sind zu allem fähig!«, lautet Zankls Schlussfolgerung, der niemand widerspricht. Doch einen Schönheitsfehler hat das Ganze: Dass sie Hummel geschubst hat, das gibt Chris Winter nicht zu.

PERFEKT

Dosi hätte es gerne noch perfekt gemacht. Sie hat Hummel nach seiner Rückkehr ins Leben ein bisschen Schonzeit gegönnt, doch jetzt will sie die Sache zu Ende bringen. Eines späten Vormittags, Hummel ist gerade in seinem Klinikzimmer aus tiefem Schlaf erwacht, geht sie nach ein paar Aufwärmfreundlichkeiten in die Vollen: »Hummel, selbst wenn du dich nicht erinnerst, das muss die Winter ja nicht wissen. Sie wird alles zugeben, wenn sie dich sieht und du es ihr ins Gesicht sagst.«

»Nein«, sagt Hummel sehr klar. »Ich will sie nicht sehen.«

»Warum?«

»Sie hat mir das Herz gebrochen.«

»Was?!«

Er lacht.

»Das find ich nicht komisch! Sie muss doch dafür belangt werden!«

»Aber ich erinnere mich nicht daran.«

»Das ist doch egal, sie wird es zugeben, wenn du es sagst.«

»Aber ich weiß es nicht. Vielleicht bin ich tatsächlich ausgerutscht.«

»Vielleicht, vielleicht. Was soll das, Hummel?!«

»Dosi, komm runter. Es ist mein Leben. Es ist mir egal, was vorgefallen ist. Wenn die Tante lebenslänglich sitzt, dann war's das. Ich brauch das nicht.«

»Was brauchst du nicht, Gerechtigkeit?«

»Ach Quatsch. Gerechtigkeit ... Weißt du, ich bin so glücklich. Ich könnte die ganze Welt umarmen. Ihr habt den Fall geklärt, und ich bin bald hier raus und wieder im Einsatz.«

»Du kommst zurück?«

»Ja, logisch, was denkst du denn?«

»Die Polizeipsychologin hat uns gesagt, nach so schweren traumatischen Erlebnissen ...?«

»Hey, ich bin 'nen Berg runtergefallen. Das hat wehgetan. Aber ich bin doch kein Psycho. Weißt du, es ist perfekt: Ich wach auf, und die schönste Frau der Welt steht an meinem Bett. Was will ich mehr?«

Dosi wird knallrot und strahlt wie eine 100-Watt-Glühbirne.

Hummel strahlt auch. Er meint zwar Beate, aber das ist im Moment nicht so wichtig. Das Leben ist schön!

»Ich geh dann mal«, flüstert Dosi und drückt ihm einen scheuen Kuss auf die Wange. Sie ist schon halb aus der Tür, da fällt ihr noch was ein. Sie greift in ihre Umhängetasche und holt ein Buch heraus. »Ein bisschen Lektüre.«

Er betrachtet das Buch mit dem schönen Frauengesicht auf dem Umschlag. *Gestohlene Schönheit.* Von Kurt Weinzierl. Mit Spiegel-Bestseller-Button. Er blättert darin und muss grinsen. »Und, ist es gut?«

Aber Dosi ist bereits verschwunden.

ENDE